La Poussière du temps

MICHEL DAVID

La Poussière du temps

Tome IV

Au bout de la route

www.quebecloisirs.com

UNE ÉDITION DU CLUB QUÉBEC LOISIRS INC.
© Avec l'autorisation des Éditions Hurtubise HMH ltée
© 2006, Éditions Hurtubise HMH ltée
Dépôt légal — Bibliothèque nationale du Québec, 2006
ISBN 10: 2-89430-774-8
ISBN 13: 978-2-89430-774-8
(publié précédemment sous ISBN 2-89428-881-6
                    et ISBN 978-2-89428-881-8)

Imprimé au Canada

*Le temps nous laisse parfois au bord
d'un bonheur tremblant.*

Yves Duteil

Les principaux personnages

LA FAMILLE DIONNE

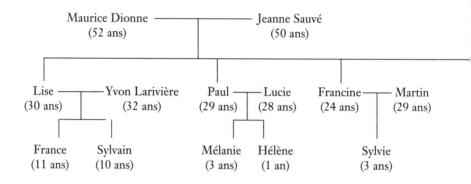

Maurice Dionne (52 ans) ——— Jeanne Sauvé (50 ans)

| Lise (30 ans) ——— Yvon Larivière (32 ans) | Paul (29 ans) ——— Lucie (28 ans) | Francine (24 ans) ——— Martin (29 ans) |

| France (11 ans) | Sylvain (10 ans) | Mélanie (3 ans) | Hélène (1 an) | Sylvie (3 ans) |

LES PARENTS DE JEANNE

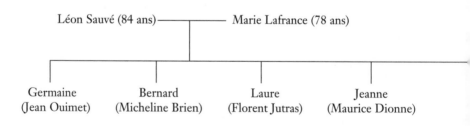

Léon Sauvé (84 ans) ——— Marie Lafrance (78 ans)

| Germaine (Jean Ouimet) | Bernard (Micheline Brien) | Laure (Florent Jutras) | Jeanne (Maurice Dionne) |

LES PARENTS DE MAURICE

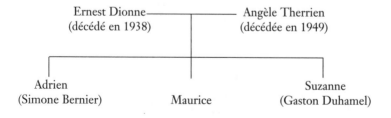

Ernest Dionne (décédé en 1938) ——— Angèle Therrien (décédée en 1949)

| Adrien (Simone Bernier) | Maurice | Suzanne (Gaston Duhamel) |

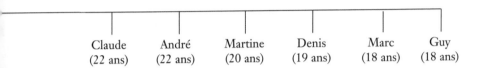

Claude (22 ans)   André (22 ans)   Martine (20 ans)   Denis (19 ans)   Marc (18 ans)   Guy (18 ans)

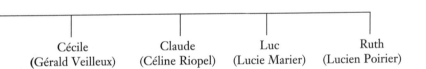

Cécile (Gérald Veilleux)   Claude (Céline Riopel)   Luc (Lucie Marier)   Ruth (Lucien Poirier)

---

* Entre parenthèses, l'âge de chaque personnage au début du roman.

Chapitre 1

Un vendredi soir

Maurice Dionne claqua la porte d'entrée du bungalow derrière lui et secoua bruyamment ses pieds couverts de neige sur le paillasson. La deuxième semaine de janvier avait été aussi froide que la première. Vraiment, l'année 1974 commençait mal. Depuis le jour de l'An, on n'avait connu que des froids sibériens et des chutes de neige.

— Es-tu prête? cria-t-il à sa femme d'une voix exaspérée sans quitter le paillasson. Le moteur du char tourne.

— J'en ai pour cinq minutes, répondit Jeanne du fond de la salle de couture, l'ancienne chambre de leur fils Paul. Je suis avec madame Daignault.

— Grouille-toi si tu veux être revenue à temps des commissions pour faire le souper, lui ordonna-t-il sèchement.

Le temps n'avait guère amélioré l'apparence et le caractère du concierge de cinquante-deux ans de l'école St-Andrews. La silhouette de l'homme de taille moyenne s'était passablement alourdie, mais il avait conservé la même perruque brun foncé et les mêmes lunettes à monture d'acier. Par ailleurs, toujours aussi irascible et impatient, il donnait le plus souvent l'impression de ne chercher qu'une occasion d'exploser.

Il se décida finalement à faire trois pas dans l'étroit couloir pour aller jeter un coup d'œil au thermostat, dans

le but de vérifier si quelqu'un avait osé modifier la température de la maison, qu'il avait soigneusement réglée
avant de partir au travail le matin même. L'appareil indi-
quait 66 °F.

— Christ, elle sait qu'on doit aller faire les commissions le vendredi après-midi ! jura-t-il à mi-voix. Veux-tu
ben me dire pourquoi elle reçoit ses maudites clientes à
cette heure-là ?

Toutes les deux semaines, le vendredi après-midi, le
même scénario se reproduisait. Maurice s'empressait de
quitter l'école à trois heures et quart pour revenir à la
maison. Sa femme n'avait qu'à monter dans l'auto et il la
conduisait au magasin Steinberg du centre commercial
Boulevard. Il aurait voulu que Jeanne l'attende debout près
de la porte, bottes aux pieds et manteau sur le dos, prête à
sauter à bord de la Chrysler Cordoba beige. Il détestait la
corvée des emplettes et il n'aspirait qu'à s'en débarrasser le
plus vite possible. Ce qui avait le don de l'exaspérer ces
après-midi-là, c'était de retrouver sa femme en compagnie d'une cliente venue faire réparer ou modifier des
vêtements.

— Je t'attends dans le char ! Dépêche-toi ! dit-il rageusement avant de sortir de la maison en faisant claquer la
porte derrière lui.

Quelques minutes plus tard, Maurice aperçut dans son
rétroviseur une grosse dame vêtue de noir descendre pré-
cautionneusement les quatre marches du balcon et se diriger vers le trottoir. Il donna alors deux coups secs d'avertisseur pour rappeler à sa femme, encore à l'intérieur, qu'il
l'attendait toujours. Cette dernière apparut presque immédiatement à la portière du côté passager. Elle n'avait même
pas pris le temps de boutonner son manteau de drap gris.

— Sacrement ! T'es pas capable de leur dire que tu
peux pas les recevoir le vendredi après-midi quand on fait

les commissions, explosa-t-il au moment où Jeanne prenait place à ses côtés dans la voiture.

— Quand elles me téléphonent avant de venir, je leur dis, se défendit Jeanne, mais madame Daignault s'est arrêtée juste en passant. Elle m'a pas avertie.

— Je suis écœuré qu'elles prennent ma maison pour un moulin, tes maudites clientes. Ça entre et ça sort quand ça veut, ce monde-là. Je vais finir par toutes les sacrer dehors, s'emporta-t-il, l'air mauvais.

Jeanne ne répliqua pas. Trente-deux ans de vie commune lui avaient appris depuis longtemps que le meilleur moyen d'éteindre le feu était de le laisser se consumer.

À cinquante ans, la mère de neuf enfants avait pris un peu de poids elle aussi. Ses cheveux comptaient peut-être quelques mèches grises, mais elle n'avait rien perdu de son sens de l'humour. Même si elle en avait vu de toutes les couleurs avec son Maurice, elle avait toujours refusé de se laisser écraser par lui. Au fil des ans, elle avait appris à considérer avec un certain détachement ses crises de colère. Dotée d'une personnalité attachante, elle se réalisait par ses travaux de couture. Ses clientes devenaient le plus souvent des amies. D'ailleurs, sa clientèle s'était considérablement accrue depuis quelques années, au point qu'elle lui avait conféré une certaine indépendance financière, ce qui était loin de plaire à son mari.

Le silence s'installa dans l'habitacle pendant que Maurice se concentrait sur la circulation rendue plus difficile par les chutes de neige des derniers jours. Après avoir franchi le viaduc qui enjambait le boulevard Métropolitain, il tourna vers l'ouest dans la rue Jean-Talon en direction du centre commercial Boulevard édifié au coin du boulevard Pie IX. Le conducteur pénétra dans le vaste stationnement et immobilisa son véhicule à une faible distance de l'épicerie.

Après avoir éteint le moteur, Maurice ouvrit son manteau et tira de la poche de sa chemise la somme exacte prévue pour l'achat de la nourriture. Avant de tendre les billets à sa femme, il prit tout de même soin de les recompter une dernière fois au cas où il aurait commis une erreur.

— Tu descends pas ? lui demanda Jeanne en constatant qu'il ne faisait pas mine de vouloir la suivre.

— Non, je t'attends. Essaye de pas traîner.

— Tu vas geler, prédit-elle en ouvrant la portière.

— Laisse faire.

Jeanne n'insista surtout pas. Elle détestait avoir son mari sur les talons quand elle faisait son épicerie. Il poussait le chariot en la houspillant sans cesse. Il critiquait ses achats et se mêlait même d'ajouter en catimini des produits dont elle ne voulait pas et qu'elle devait payer une fois parvenue à la caisse.

Pendant que Jeanne se dirigeait vers les portes de l'épicerie Steinberg, Maurice se cala confortablement contre le dossier de son siège et s'alluma une cigarette. Dans une trentaine de minutes, il allait descendre de temps à autre pour aller vérifier à travers la vitrine si sa femme avait pris place dans une file d'attente à l'une des cinq caisses de l'épicerie.

Près de trois quarts d'heure plus tard, l'obscurité était tombée depuis quelques minutes lorsqu'il vit Jeanne en train de payer la caissière. Il retourna précipitamment à sa voiture pour l'approcher de l'entrée de l'épicerie de manière à ce que le jeune commis puisse déposer la douzaine de sacs de papier brun, marqués du grand S rouge et vert et débordants de produits, dans l'énorme coffre de la Chrysler. Maurice remercia l'employé sans lui offrir le moindre pourboire et rabattit le couvercle du coffre avant de se rasseoir derrière le volant.

Le véhicule venait à peine de quitter le stationnement du centre commercial quand Maurice demanda à sa femme :

— Est-ce que t'as pensé à m'acheter une boîte de Whippet?

Ces biscuits Viau enrobés de chocolat étaient son péché mignon et Jeanne lui achetait parfois cette gâterie pour lui faire plaisir.

— Non, pas cette semaine, laissa-t-elle tomber. J'avais pas assez d'argent.

— Comment ça, pas assez d'argent? demanda-t-il, furieux.

— Ça fait six mois que je te dis que tout augmente, Maurice Dionne. Tu fais semblant de pas comprendre quand je te le dis. J'arrive plus avec ce que tu me donnes. Il me semble que c'est clair!

— Whow! Je te donne plus d'argent que quand tous les enfants étaient à la maison. Il en reste juste six. Tu me feras pas croire que t'en as pas assez. T'arrives pas parce que tu gaspilles mon argent. Achète moins de cochonneries et tu vas arriver.

— Imagine-toi donc que je suis obligée de prendre de l'argent que je gagne à coudre pour payer une partie de la commande, protesta Jeanne, de mauvaise humeur. Est-ce que ça a de l'allure, ça? Pendant ce temps-là, toi, t'empoches la pension des enfants chaque semaine et tu peux te payer autant de cigarettes et de Coke que tu veux. Pendant qu'on se prive, tu te gênes pas pour te payer du luxe, comme toujours.

— Ah ben, Christ! c'est la meilleure, celle-là! Je mange des sandwichs tous les midis et je déjeune même pas. Essaye surtout pas de me faire croire que t'arrives pas.

Un silence plein de rancune retomba dans l'habitacle de la Chrysler. Jeanne jeta un coup d'œil en coin à son mari. Il mâchonnait le filtre de sa cigarette en arborant son air buté des mauvais jours. Encore une fois, il allait bouder durant quelques heures parce qu'elle avait osé lui demander d'augmenter son budget de nourriture. Elle s'en fichait. Elle lui avait dit ce qu'elle avait sur le cœur. C'était devenu un véritable tour de force de nourrir sa famille avec la faible somme qu'il lui allouait chaque semaine. Il ne voulait rien comprendre. S'il désirait des Whippet, il n'avait qu'à s'en acheter avec son argent.

—

À leur arrivée devant la maison du boulevard Lacordaire, le conducteur aperçut ses deux plus jeunes fils en train de nettoyer l'entrée et il dut klaxonner pour que les jumeaux lui laissent la voie libre.

— Est-ce que ça fait longtemps que vous êtes arrivés ? leur demanda leur mère en descendant de l'auto.

— Une quinzaine de minutes, s'enquit Marc avec une pointe de reproche dans la voix.

— Denis est pas avec vous autres ? leur demanda leur père.

— Je l'ai vu avant de partir de chez Shell. Il m'a dit qu'il ferait deux ou trois heures supplémentaires à l'ouvrage. Son inventaire est pas fini.

À dix-neuf ans, Denis était magasinier à la compagnie Shell depuis plus d'un an.

— C'était pas nécessaire de pelleter, leur fit remarquer leur père en ouvrant le coffre de la voiture. L'entrée était propre.

— On le sait, p'pa, dit Guy. On faisait ça pour se réchauffer.

Le père comprit le reproche non formulé, mais il ne le releva pas.

Si les jeunes avaient dû attendre à l'extérieur, c'était à cause de l'entêtement paternel. Maurice refusait obstinément de confier la clé de SA maison à quiconque. Il n'y avait que Jeanne qui en possédait une. Il était hors de question que l'un de ses enfants puisse entrer et sortir de la maison à sa guise. Ainsi, il s'assurait un parfait contrôle de son foyer. Sa décision était irrévocable et ne souffrait aucune contestation.

— Bon. Donnez-nous un coup de main pour tout porter dans la maison, dit Maurice en s'emparant d'un seul sac pour avoir une main libre afin de déverrouiller la porte.

En un rien de temps, les sacs de provisions se retrouvèrent sur la table de cuisine et Jeanne entreprit de ranger la nourriture après avoir enlevé son manteau. Une fois l'auto stationnée dans le garage érigé au bout de l'allée asphaltée sur le côté droit de la maison, Maurice pénétra dans le bungalow à un étage. Il enleva ses couvre-chaussures, retira son manteau et sa casquette en cuir noir qu'il suspendit dans la penderie avant de se diriger vers le comptoir pour se préparer une tasse de café soluble. Ses deux fils avaient déjà quitté la cuisine.

Guy et Marc étaient deux grands garçons de dix-huit ans solidement charpentés qui dépassaient leur père de près d'une demi-tête. L'idée ne serait venue à personne de douter qu'il s'agissait de jumeaux tant ils se ressemblaient physiquement. Guy était, depuis peu, vendeur dans un magasin de produits électroniques de Ville Saint-Michel tandis que son frère travaillait dans les bureaux de la compagnie Shell, à Pointe-aux-Trembles.

Après avoir aidé à transporter la nourriture dans la maison, tous les deux étaient montés à l'étage pour changer de vêtements avant le repas.

L'aménagement de l'étage était demeuré inchangé depuis que les Dionne avaient fait l'acquisition du bungalow en 1958. L'espace était toujours réparti entre deux pièces de dimensions inégales dont la construction avait été, de toute évidence, bâclée. Ces dernières n'étaient séparées l'une de l'autre que par un rideau. De chaque côté de chacune des pièces, on avait installé des portes en mince contreplaqué de trois pieds de hauteur derrière lesquelles s'entassait une quantité invraisemblable de vêtements usagés amassés par Jeanne au fil des années.

La vocation des pièces de l'étage était toujours demeurée la même. La plus petite, dont les deux fenêtres accolées s'ouvraient sur le boulevard Lacordaire, était restée la salle familiale de télévision. Elle était toujours meublée de deux vieux fauteuils et d'un sofa avachi. À côté, le grand dortoir éclairé par les deux fenêtres qui donnaient sur la cour arrière n'avait guère subi de transformations. On y trouvait encore cinq lits bien alignés qui accueillaient chaque soir Claude, André, Denis, Marc et Guy Dionne.

Quelques minutes plus tard, les jumeaux revinrent dans la cuisine et tendirent à leur père, sans dire un mot, les vingt-cinq dollars représentant leur pension hebdomadaire. Au moment où ils s'apprêtaient à retourner à l'étage, la porte s'ouvrit sur Claude et André, travaillant tous les deux pour Moreau Transport, une compagnie de camionnage de Saint-Léonard.

— Vous arrivez juste à temps, déclara Jeanne aux deux garçons. On va souper dans cinq minutes.

— J'espère que j'ai le temps de me nettoyer un peu ? demanda André.

— Oui, mais sers-toi de la cuve de la cave, répondit sa mère. Quand tu te nettoies dans le lavabo de la salle de bain, j'arrive plus à faire partir la graisse.

André se contenta de lever les épaules et prit la direction du sous-sol. Même s'il ne mesurait que cinq pieds six pouces, il se dégageait du jeune mécanicien râblé de vingt-deux ans une impression de force tranquille et d'équilibre. En fait, il ne s'énervait pas facilement, même quand ses frères l'appelaient « le gros » pour le mettre en colère. Dans la famille, on le savait surtout un travailleur acharné et on lui reconnaissait un bon sens de l'humour, un trait de caractère qu'il n'avait sûrement pas hérité de son père.

— Où est-ce que vous avez laissé vos chars ? demanda Maurice à ses fils.

— Le mien est sur Belleherbe, en face, répondit André en parlant de sa vieille Pontiac 1965 noire dont il prenait un soin jaloux.

— Le mien est dans l'allée, répondit Claude à son tour.

— Je t'ai déjà dit cent fois que je voulais que tu laisses ta Volkswagen sur la rue. Je veux pas l'avoir dans les jambes quand j'ai à sortir.

— Ben là, il vous nuira pas longtemps, rétorqua Claude sans montrer le moindre remords d'avoir bravé une autre règle édictée par son père. Aussitôt que j'ai fini de souper, je sors. Je pars dans dix minutes.

Avant que son père n'ait trouvé une remarque cinglante à lui adresser, Claude déposa le montant de sa pension sur le coin de la table et fila à l'étage.

Claude était répartiteur chez Moreau Transport depuis un peu plus d'un an. À vingt-quatre ans, il était sur le marché du travail depuis presque sept ans. Sans véritable spécialité, il avait occupé tour à tour divers emplois chez différents employeurs. Durant toutes ces années, il avait été à la recherche du travail qui répondrait le mieux à ses aspirations. En fait, il se sentait né pour être un *boss*, comme il n'hésitait pas à l'affirmer sans fausse modestie à son entourage, et il se conduisait comme tel.

Force était de reconnaître que l'adolescent frondeur des années soixante avait cédé la place à un jeune homme nerveux qui ressemblait physiquement à son père au même âge. Il avait sa taille et sa chevelure châtain clair déjà clairsemée. Plus grave, il avait aussi hérité de son caractère explosif. Par contre, son aplomb indéniable, son besoin de se faire remarquer et le peu de respect qu'il éprouvait envers l'argent lui étaient tout à fait propres.

André retrouva Claude dans le dortoir après s'être nettoyé les mains au sous-sol.

— As-tu payé ta pension? lui demanda Claude.

— Pas encore. Je la lui paierai tout à l'heure. Toi?

— C'est fait. Mais le bonhomme me fait suer avec son maudit *drive-way*. On dirait qu'il a peur qu'on l'use avec notre char. Je suis certain que si on lui offrait cinq piastres de plus par semaine pour stationner à côté de la maison, il serait d'accord.

— Sors-tu avec Diane après le souper? demanda André, sans relever la dernière remarque de son frère.

— Oui, je vais la reconduire chez une de ses tantes à Saint-Hyacinthe, répondit Claude, un peu plus calme.

— Tu trouves pas qu'elle te prend pour un maudit beau poisson? Elle te téléphone jamais durant la semaine. Les seules fois où elle a l'air de se rappeler que t'existes, c'est quand elle a besoin d'un taxi gratis.

— Ben non. On voit ben que tu connais pas grand-chose aux filles, toi, protesta Claude avec assurance. Elle a pas le temps de m'appeler durant la semaine parce qu'elle étudie.

André secoua la tête d'un air entendu et entreprit d'enlever sa chemise sale pour enfiler un chandail qu'il venait de tirer de l'un des tiroirs de la commode installée entre son lit et le lit voisin.

— Toi, vas-tu passer la soirée avec Johanne ?

— Non, je suis trop fatigué et je travaille demain matin jusqu'à midi, répondit André. On va aller voir un film demain soir.

— Tu la trouves pas un peu jeune ?

— Elle est pas si jeune que ça, protesta André. Elle a dix-sept ans.

— Je le sais, mais elle va encore à l'école secondaire.

— Puis après ?

Debout au pied de l'escalier, Marc vint crier à ses frères :

— On soupe !

—

Maurice et ses quatre fils prirent place autour de la table, attendant l'assiette que Jeanne allait leur servir. André en profita pour déposer devant son père les vingt-cinq dollars que ce dernier s'apprêtait à lui réclamer.

— Qu'est-ce qu'on mange ? demanda Claude en se tournant vers sa mère.

— Des bonnes *beans*, répondit sa mère. On est vendredi.

Les quelques grimaces suscitées par l'annonce du menu disparurent devant le coup d'œil mécontent du père. Mais Claude persista.

— Vous savez, m'man, on doit ben être les derniers de Saint-Léonard à encore faire maigre le vendredi. Il y a plus personne qui s'occupe de ça. Tout le monde mange de la viande à cette heure, le vendredi comme les autres jours.

— Claude Dionne, essaye pas de me faire fâcher, le prévint sévèrement sa mère.

— Si ça fait pas ton affaire ce qu'il y a sur la table, t'as juste à aller manger au restaurant, intervint sèchement son père. À cette heure, ferme ta gueule et mange.

— Ben, là. Je peux pas faire les deux en même temps, p'pa, répliqua effrontément Claude.

Puis se tournant vers sa mère, il ajouta :

— J'ai rien contre vos *beans*, m'man. Elles sont bonnes. Mais on dirait que c'est le vendredi que j'ai le plus le goût de manger un bon steak, vous savez, un steak ben épais avec des patates frites, comme ils le servent à la brasserie Chez le père Gédéon.

Son père jeta un regard assassin à l'impertinent, mais il ne dit rien. Autour de la table, chacun prit un air concentré pour ne pas se laisser aller à rire. Pour l'y avoir aperçu à plusieurs reprises, ses fils savaient depuis longtemps que leur père était un client assidu de cette brasserie de Ville Saint-Michel le vendredi midi. Ce jour-là, le concierge de St-Andrews jetait à la poubelle les sandwichs aux œufs préparés par sa femme et oubliait miraculeusement l'obligation de faire maigre.

— Mange, le comique ! répéta son père.

André donna un léger coup de pied à son frère aîné pour l'inciter à se taire. Ce dernier fit un effort visible pour ne rien rétorquer et il plongea sa fourchette dans les fèves au lard que sa mère venait de lui servir. Personne ne songea à s'informer du dessert. Il n'y avait qu'à regarder l'énorme pot de beurre d'arachide et le contenant de mélasse trônant au centre de la table pour le deviner.

Au moment où Claude se retirait de table après avoir hâtivement bu une tasse de café, la porte d'entrée s'ouvrit pour livrer passage à Denis Dionne. Le jeune homme de dix-neuf ans avait sensiblement la même taille que son frère Claude à qui il ressemblait physiquement. Son visage étroit aux traits fins était surmonté de cheveux châtain clair. Déjà, son front était un peu dégarni.

— Bonsoir, dit le jeune homme en retirant ses bottes sur le paillasson. J'espère que vous m'avez laissé quelque chose à manger. Je meurs de faim. J'ai oublié de me préparer un lunch avant de partir à matin. J'ai pas mangé à midi.

Denis s'avança dans la cuisine et suspendit son manteau au dossier d'une chaise.

— Viens pas nous raconter ta vie, le taquina Guy. Approche. On t'a laissé une pleine chaudière de *beans*. Tu vas pouvoir te bourrer la face.

— En tout cas, t'as le don de te sauver de la vaisselle, reprit Marc qui venait de s'emparer d'un linge pour essuyer la vaisselle que son père s'était mis à laver dans l'évier.

— Je suis pas comme toi, moi, rétorqua Denis en s'assoyant devant l'assiette de fèves au lard fumantes déposée par sa mère. Je passe pas ma journée le derrière cloué dans un fauteuil dans les bureaux de la compagnie. Je travaille, moi.

— Tu sauras, mon frère, que partout il faut des bras et une tête. Toi, t'es les bras, répliqua Marc, narquois.

Un éclat de rire général salua la saillie.

— Ça va. Arrête de faire le bouffon, dit Maurice à l'endroit de son fils Marc. Essuie la vaisselle plus vite, elle est en train de sécher. Ça paraît pas que vous êtes trois à l'essuyer; je suis en train de vous enterrer, ajouta le père.

— C'est pas de notre faute, p'pa, répliqua Guy, c'est André qui nous retarde. Il essaie d'effacer les fleurs au fond des assiettes.

Durant quelques instants, le silence régna dans la cuisine. Pendant que Denis mangeait, Jeanne rangeait la nourriture, ne laissant sur la table que ce qui était nécessaire à l'affamé.

— Ah! pendant que j'y pense, dit soudainement Denis après avoir avalé sa dernière bouchée, j'étais assis à côté de Claude Vinet dans l'autobus en revenant de l'ouvrage.

— Puis? demanda sa mère.

— Il m'a dit que la maison sur le coin de Lavoisier a été vendue hier.

— La maison des Letendre?

— Oui. Ils partent. Il paraît que ça leur a pris que deux jours pour la vendre.

— Est-ce qu'il t'a dit qui s'en venait rester là? demanda sa mère, intéressée par l'identité des nouveaux propriétaires de la maison presque voisine du bungalow des Dionne.

— Tenez-vous ben. Il paraît que ce sont des Italiens qui l'ont achetée.

— Encore des Italiens! s'exclama Maurice. Calvaire! Veux-tu ben me dire ce qu'ils viennent faire dans notre coin?

— Il faut croire qu'ils aiment Saint-Léonard, commenta Jeanne.

— Ouais, c'est ben beau, ça, mais ils commencent à nous envahir en sacrement! Ils sont déjà partout de l'autre côté du boulevard Métropolitain.

— C'est un signe que Saint-Léonard change vite, rétorqua Jeanne, réaliste.

Elle avait raison. Le village tranquille de Saint-Léonard-de-port-Maurice, où la Coopérative d'habitation de Montréal avait entrepris de construire des maisons unifamiliales en 1956, avait disparu depuis belle lurette.

Le projet domiciliaire avait permis à plusieurs centaines de modestes travailleurs québécois de devenir propriétaires de petits bungalows sans prétention dans les années cinquante et soixante. L'unique épicerie de la coopérative avait dû céder sa place à deux petits centres commerciaux édifiés sur le boulevard Lacordaire depuis quelques années.

Bref, le petit village était devenu progressivement une municipalité en pleine expansion, traversée du nord au sud par de grands axes routiers comme les boulevards Lacordaire, Langelier et Viau. Son parc industriel, situé à l'est du boulevard Langelier, s'était considérablement développé. Toutes les terres agricoles de l'endroit n'étaient plus qu'un vague souvenir. Évidemment, les autobus jaunes de la compagnie de transport Vanier avaient été remplacés depuis une douzaine d'années par les autobus réguliers de la ville de Montréal qui assuraient un véritable service de transport en commun.

Par ailleurs, quatre nouvelles écoles primaires et secondaires ainsi qu'une énorme polyvalente avaient été construites pour répondre aux besoins des jeunes de la municipalité. De fait, il n'y avait que l'église de la paroisse Sainte-Angèle dont l'érection avait longuement tardé. Il avait fallu attendre plus de dix ans pour que le curé Antoine Courchesne ait le plaisir de célébrer sa première messe dans la nouvelle église ultramoderne de la rue Lavoisier. L'abandon du gymnase de l'école Pie XII n'avait causé aucun chagrin au digne ecclésiastique qui s'était dépensé sans compter pour doter sa grande paroisse d'un temple digne de ce nom.

Enfin, avec les années, il s'était établi un clivage certain entre les populations établies au nord et au sud du boulevard Métropolitain. Si les francophones s'étaient installés au nord du boulevard à cause de la Coopérative d'habitation de Montréal, les italophones s'étaient regroupés au sud. Or, depuis le début des années soixante-dix, ces derniers n'hésitaient plus à venir acheter des maisons unifamiliales dans le secteur nord parce qu'ils se sentaient trop à l'étroit chez eux. De plus en plus, ils se portaient acquéreurs de bungalows au nord de la rue Jarry. Leur désir de demeurer entre eux causait d'ailleurs involontairement une hausse importante du prix des maisons du secteur.

— Oublie pas ta pension, dit Maurice en voyant Denis se préparer à quitter la cuisine.

— Je sais pas si je vais avoir assez d'argent, plaisanta ce dernier.

— Si t'en as pas assez pour payer ta pension, tu vas coucher dehors, répliqua son père d'un ton dépourvu de tout humour. Tu vas t'apercevoir que dormir dehors à − 20°, c'est pas chaud, abrié avec une clôture.

Denis tira la somme de l'une des poches de son pantalon et il la tendit à son père avant de s'esquiver.

—

Au moment où Maurice ouvrait la porte du réfrigérateur pour prendre une bouteille de Coke, Claude, vêtu de son manteau, traversa le couloir pour aller chausser ses bottes.

— Rentre avant minuit et arrange-toi pour pas réveiller tout le monde quand t'arriveras, lui dit son père. J'aime pas voir la porte de la maison débarrée toute la nuit. Et oublie pas de la barrer comme il faut avant de monter te coucher.

— Ben oui, p'pa, fit le jeune homme sur un ton excédé avant de sortir.

Maurice jeta un coup d'œil par la fenêtre de la cuisine sur l'allée asphaltée et attendit que la Volkswagen de son fils l'ait quittée avant de s'asseoir dans sa chaise berçante.

— Je me demande ben ce qu'il peut trouver d'intéressant à faire dehors avec un froid pareil, dit-il à Jeanne qui revenait des toilettes. On dirait qu'il cherche juste un moyen de dépenser sa paye le plus vite possible.

Jeanne ne répondit pas, mais ses garçons encore présents dans la pièce se jetèrent un regard de connivence. Le père se leva quelques instants plus tard, après avoir éteint son mégot de cigarette dans le cendrier posé sur le rebord de la fenêtre.

— Bon. Je vais aller brancher le réservoir d'eau chaude, reprit-il en relevant son pantalon qui avait tendance à glisser parce qu'il ne serrait pas trop sa ceinture après un repas. S'il y en a qui veulent prendre un bain, ils pourront le faire dans une quinzaine de minutes.

Sur ce, le père de famille quitta la cuisine et descendit lourdement au sous-sol dans l'intention de brancher le chauffe-eau. C'était une tradition bien établie chez les Dionne : le bain ne se prenait que le vendredi soir, unique soir de la semaine où l'eau chaude était disponible dans la maison.

Par un souci d'économie mal placé, Maurice avait décrété dès l'installation de la famille dans le bungalow en 1958 qu'on n'utiliserait l'eau chaude que le lundi matin, pour le lavage des vêtements, et le vendredi soir, pour un bain. À ses yeux, laisser fonctionner le chauffe-eau en d'autres temps était un gaspillage éhonté qu'il n'avait pas les moyens de s'offrir. Le mazout était trop cher pour se permettre cette fantaisie. Il n'aurait jamais accepté de croire celui qui lui aurait affirmé que faire chauffer de l'eau dans la bouilloire à tout moment pour les besoins domestiques lui coûtait beaucoup plus cher.

De retour du sous-sol, il s'arrêta un instant au bout du couloir pour annoncer qu'il montait s'asseoir devant le téléviseur, à l'étage.

— Il y a un bon film qui commence dans dix minutes. Montes-tu ? demanda-t-il à Jeanne.

— Ce sera pas long, répondit sa femme. Il me reste juste ton lunch à faire.

— Vous autres? lança-t-il à l'endroit de ses fils.

Les quatre garçons avaient l'air d'hésiter sur leur emploi du temps de la soirée. Denis, Marc et André venaient de s'allumer une cigarette et parlaient de voitures, tandis que Guy consultait des papiers qu'il avait tirés de l'une de ses poches.

— Est-ce qu'on joue aux cartes? proposa Marc.

— C'est une idée, répondit Guy, après un instant d'hésitation en remettant dans ses poches les papiers qu'il consultait.

— À quel jeu on joue? demanda Denis.

— On va choisir un jeu pas trop compliqué pour toi, mon Denis, plaisanta son frère Guy. Aimes-tu mieux jouer au *rouge ou noir* ou au *paquet voleur*?

— Niaise-moi donc! rétorqua Denis.

— Moi, je pense que je vais prendre un bain et aller regarder un bout du film, déclara André sans trop d'enthousiasme.

— En tout cas, laissez pas les lumières allumées trop longtemps pour rien, leur ordonna leur père qui avait attendu patiemment leur réponse. L'électricité, je la paye.

De toute évidence, Maurice était contrarié que ses fils ne viennent pas tous s'installer avec lui et Jeanne devant le téléviseur. Il n'y avait rien qui l'indisposait autant que de voir une lumière allumée dans une pièce où il ne se trouvait pas.

Aussitôt que leur père et leur mère furent montés à l'étage, les jeunes s'installèrent autour de la table et Denis se mit à distribuer les cartes.

— Sacrifice! j'ai les doigts gelés, dit Marc en se levant quelques instants plus tard. On gèle tout rond. Ça me surprendrait pas que le père ait encore eu une crampe en réglant le thermostat, ajouta-t-il en se rendant jusqu'à l'appareil fixé au mur, entre la chambre de Martine et celle de ses parents.

Marc se pencha pour consulter l'appareil. Il marquait 66 °F.

— 66 ! On peut ben geler. Aïe ! André, si tu vas prendre ton bain, niaise pas, sinon tu vas attraper ton coup de mort avec cette température-là, dit Marc en revenant s'asseoir à la table.

— Si ça continue, il va falloir se traîner une couverte partout dans la maison pour pas mourir de froid, renchérit Denis en feignant de réprimer à grand-peine un frisson.

— On pourrait peut-être jouer aux cartes avec notre tuque et nos mitaines, plaisanta Guy.

— Si encore on pouvait boire une bouteille de bière, lança Denis, frondeur. Il me semble que ça nous réchaufferait un peu.

— Es-tu malade, toi ? demanda Marc. Des plans pour que le père fasse une crise cardiaque.

— Un café d'abord, suggéra Guy.

— Tu vas avoir besoin de lait pour ton café. À ce moment-là, tu vas le voir débouler l'escalier pour venir voir ce qu'on a à fouiller dans le frigidaire, exagéra Denis.

Fait certain, tous les enfants Dionne savaient depuis longtemps que leur père possédait un cinquième sens le prévenant chaque fois que quelqu'un ouvrait la porte du réfrigérateur. Lorsque cela se produisait à d'autres moments qu'à l'heure des repas, on pouvait alors être certain de l'entendre demander sur un ton rogne : « Qui est-ce qui fouille dans le frigidaire ? » Il n'acceptait pas que quelqu'un mange entre les repas et, encore moins, qu'on ose toucher à ses bouteilles de Coke.

Vers huit heures et demie, la porte de la maison s'ouvrit pour laisser entrer Martine. Sans dire un mot, la jeune fille de vingt ans enleva ses bottes et entra dans sa chambre pour y accrocher son manteau.

— Maudit que j'ai mal aux pieds, dit-elle à mi-voix en sortant de la pièce.

Caissière à la Banque de Montréal, Martine supportait difficilement les nombreuses heures de travail qu'elle devait passer debout à servir des clients. La cadette des filles Dionne était presque aussi grande que ses frères. Cette brune dotée d'un visage rond avait un caractère bouillant et une poigne solide. Elle avait appris très tôt à se défendre des attaques de ses frères. Elle leur avait prouvé depuis longtemps qu'elle était capable de rendre coup pour coup. Mais après cette journée interminable de travail, elle était harassée et ne songeait qu'au repos.

— Est-ce qu'ils sont en haut? demanda-t-elle sans s'adresser à l'un ou l'autre des joueurs de cartes en particulier.

— Où est-ce que tu veux qu'ils soient? rétorqua Denis.

Martine se dirigea immédiatement vers le pied de l'escalier d'où elle salua ses parents.

— Je laisse l'argent de ma pension sur votre bureau, p'pa, dit-elle.

— C'est correct.

— Si t'as faim, indiqua sa mère, il reste des *beans* du souper. Tu peux t'en faire réchauffer.

— Merci, m'man, mais j'ai eu assez de mon lunch, répondit la jeune fille en réprimant une grimace. Je pense que je vais me contenter de prendre mon bain et je vais me coucher tout de suite après. Je suis fatiguée.

Avant de quitter le pied de l'escalier, elle décida d'entrer dans la minuscule salle de bain dont la porte ouvrait à sa droite. Elle passa sa main à l'intérieur de la baignoire pour en vérifier la propreté et regarda avec dégoût ce qui était resté collé sur ses doigts. Elle s'empara d'un chiffon en marmonnant et entreprit d'essuyer soigneusement la baignoire avant de faire couler l'eau. Elle s'arrêta un instant dans la cuisine avant de pénétrer dans sa chambre.

— Qui est le dernier à avoir pris son bain? demandat-elle aux trois joueurs de cartes sans prendre la peine de dissimuler sa colère.

— André.

— Il est pas capable de nettoyer son bain comme du monde quand il a fini de se laver, lui! J'en reviens ben d'être obligée de le décrotter chaque fois que je veux m'en servir.

— T'as juste à le lui dire, répliqua Denis. Il est en haut.

— C'est ça. Ça va encore faire un drame, dit Martine avec mauvaise humeur en songeant à la réaction possible de son père. Laisse faire, ajouta-t-elle en tournant les talons.

— Prends pas toute l'eau chaude, lui demanda Guy. Je vais prendre mon bain tout de suite après toi.

Martine ne se donna pas la peine de lui répondre. Elle pénétra dans la chambre qu'elle avait partagée tour à tour avec ses sœurs Lise et Francine avant leur mariage. Elle en sortit quelques instants plus tard, les bras chargés de son pyjama, de sa robe de chambre et de sa bouteille de shampoing.

—

Un peu avant onze heures, Maurice éteignit le téléviseur et descendit au rez-de-chaussée en compagnie de Jeanne.

La maison était totalement silencieuse. On n'entendait que la fournaise dans le sous-sol dont le moteur venait de se mettre en marche. Un peu plus tôt dans la soirée, Denis avait été le dernier à se mettre au lit dans le grand dortoir à l'étage et Maurice avait encore baissé le volume du téléviseur pour permettre à ses fils de dormir. Le mince rideau qui séparait la salle de télévision du dortoir n'empêchait pas la clarté de l'écran d'éclairer un peu la pièce voisine.

Maurice s'assit sur le palier de l'escalier conduisant au sous-sol pour retirer ses chaussures et ses chaussettes et s'empressa de fermer la porte pour empêcher l'odeur nauséabonde dégagée par ces dernières d'envahir le couloir. Après être passé aux toilettes, il s'arrêta une seconde devant le thermostat pour le régler à 55 °F pour la nuit puis pénétra dans sa chambre à coucher. Jeanne l'attendait pour une courte prière du soir avant de se mettre au lit.

— J'espère que t'as pas trop baissé la température, dit-elle à son mari au moment où il se glissait sous les couvertures à ses côtés.

— Inquiète-toi pas pour ça, rétorqua Maurice en remontant les couvertures jusqu'à la hauteur de ses oreilles.

Un instant plus tard, au moment où Jeanne allait sombrer dans le sommeil, elle entendit la voix de son mari lui dire en parlant de Claude :

— Je me demande juste ce que l'autre tata a d'intelligent à faire dehors à une heure pareille.

Le père de famille était ainsi fait qu'il ne parvenait pas à dormir paisiblement avant que son dernier enfant soit rentré au bercail. Jeanne avait beau lui répéter qu'ils étaient maintenant bien assez vieux pour qu'on cesse de s'inquiéter à leur sujet, rien n'y faisait. Il avait tendance à couver ses enfants, mais il ne l'aurait jamais admis devant personne.

Plus tard, Maurice s'éveilla en sursaut. Il venait d'entendre la porte d'entrée s'ouvrir puis se refermer sans faire beaucoup de bruit. Il attendit un instant dans le noir pour s'assurer d'entendre le déclic du verrou poussé par

Claude. Il jeta un coup d'œil au réveille-matin posé sur le bureau : minuit et demi. Pendant un bref moment, il eut la tentation de se lever pour aller reprocher à son fils de vingt-quatre ans de réveiller toute la maisonnée en rentrant à une pareille heure. Le temps de se décider à rejeter les couvertures, il était déjà trop tard. Les marches de l'escalier conduisant au dortoir grinçaient sous le poids du couche-tard. Furieux, il se retourna plusieurs fois dans son lit avant de se résoudre à se lever finalement pour aller fumer une cigarette dans la cuisine.

Lorsque ses pieds nus touchèrent le parquet, Maurice eut un violent frisson tant il était froid, mais le goût de griller une cigarette fut plus fort que celui de rester bien au chaud sous les couvertures. Il se leva, prit son paquet de Rothman's et son briquet au passage, sur le bureau, et se rendit dans la cuisine. Avant de s'asseoir dans l'obscurité, dans sa chaise berçante placée près de la cuisinière électrique, il jeta un coup d'œil dans l'allée pour s'assurer que Claude n'y avait pas stationné sa Coccinelle. L'allée était déserte, mais il la découvrit toute blanche. En regardant le halo de lumière produit par les lampadaires du boulevard Lacordaire, il s'aperçut que la neige s'était mise à tomber lentement.

— Sacrement ! jura-t-il entre ses dents. Je vais encore être poigné pour pelleter les entrées de l'école en arrivant là-bas.

Il s'assit, mécontent, et il alluma une cigarette dont il aspira profondément la première bouffée.

Chapitre 2

Les aînés

Ce samedi matin là, Maurice se réveilla, comme d'habitude, quelques minutes avant que la sonnerie de son réveille-matin ne se fasse entendre. Il était exactement cinq heures et demie. Il s'empressa de neutraliser la sonnerie. Il s'habilla dans le noir et quitta la chambre sur le bout des pieds.

Il s'arrêta un bref instant devant le thermostat dont il haussa le régulateur de quelques degrés, juste assez pour faire démarrer le moteur de la fournaise. Il fit ensuite bouillir un peu d'eau pour se confectionner une tasse de café soluble avant d'aller se raser dans la salle de bain.

De retour dans la cuisine, il regarda par la fenêtre l'allée asphaltée et la rue pour évaluer l'épaisseur de neige tombée durant la nuit. À peine quelques pouces, juste assez pour l'obliger à nettoyer le devant des portes de l'école ainsi que les marches des escaliers extérieurs.

Avec les années, le concierge de St-Andrews en était venu à considérer son école comme sa seconde demeure et son refuge. Il était chez lui dans cette école primaire érigée sur la voie de desserte du boulevard Métropolitain, au coin de la 6e Avenue de Ville Saint-Michel. Même si les religieuses enseignantes avaient été remplacées au milieu des années soixante par des institutrices laïques, son attachement à cette institution était demeuré inchangé. Il était fier de la propreté de son école où il passait d'ailleurs beaucoup plus de temps qu'à la maison. Le dimanche avant-midi, le gymnase de St-Andrews était loué pour accueillir les fidèles d'une paroisse italophone de Ville Saint-Michel alors que les loisirs de la municipalité occupaient l'endroit toute la journée du samedi et quatre soirs durant la semaine.

À St-Andrews, la direction et les enseignants reconnaissaient volontiers leur chance de profiter d'un concierge en or. Toujours souriant et de bonne humeur, Maurice était d'une serviabilité exemplaire. On pouvait lui demander ce qu'on désirait, il se mettait en quatre pour satisfaire toutes les demandes. De plus, l'école était si propre qu'il aurait été malaisé de se plaindre. L'inspecteur responsable des bâtiments scolaires du secteur ne se donnait plus que rarement la peine de venir jeter un coup d'œil à l'établissement tant il était certain de la qualité de son entretien.

Inutile de préciser que le concierge de St-Andrews trouvait amplement son compte dans cette excellente réputation qu'il soignait avec application. C'est en partie à cause d'elle que chaque automne, la municipalité et la paroisse louaient le gymnase de son école. Ces locations procuraient au concierge de l'établissement des revenus supplémentaires non négligeables. En outre, les enseignants ne rataient jamais une occasion de lui faire de petits cadeaux fort appréciés.

Bref, à St-Andrews, Maurice Dionne se métamorphosait en homme si gentil et si accommodant que les siens auraient eu bien du mal à le reconnaître s'ils l'avaient vu en action.

Ce matin-là, au moment où il allait quitter la maison, il entendit des pas à l'étage. Ce devait être André, le seul de ses fils obligé d'aller au travail le samedi avant-midi. Au même moment, Jeanne sortit de la chambre en se frottant les yeux.

— Tu pars déjà ? lui demanda-t-elle à voix basse. Il est même pas six heures et demie.

— T'as pas vu la neige qui est tombée, répliqua Maurice, vaguement agacé que sa femme se soit levée avant son départ. J'ai au moins une heure de pelletage à faire à l'école.

— Travaille pas trop vite avec ta pelle ; il paraît que c'est pas bon pour un homme de ton âge, lui recommanda Jeanne.

— Ce qui est surtout pas bon pour moi, c'est de jamais pouvoir me reposer le soir quand je reviens de travailler. J'espère au moins qu'on va avoir la paix à soir pour regarder la télévision, ajouta Maurice à mi-voix en ouvrant la porte.

Cette dernière remarque visait indifféremment l'un ou l'autre de ses trois aînés, mariés et parents de jeunes enfants. Il n'était pas rare qu'ils choisissent le samedi soir pour rendre visite à leurs parents, ce que Maurice n'appréciait pas particulièrement. Il aimait bien ses gendres, sa bru et ses quatre petits-enfants, mais il ne ressentait nul besoin de les voir chaque semaine. De fait, il préférait de beaucoup regarder un bon film ou une émission télévisée intéressante que de prendre connaissance, par exemple, des incidents qui avaient pu survenir à Lise et aux siens durant la semaine.

—

Lise, l'aînée de la famille, avait épousé Yvon Larivière en août 1962 et le jeune couple s'était installé dans un petit appartement de la rue Hochelaga. En se mariant, la jeune fille de dix-huit ans avait quitté avec une joie égale son emploi de vendeuse chez Woolworth et la tutelle étouffante de son père pour se consacrer à son nouveau foyer.

Dès son retour de voyage de noces, ses parents subirent un violent choc en s'apercevant qu'elle avait sacrifié ses longs cheveux châtains qui descendaient jusqu'au bas de son dos.

— Pourquoi t'as fait ça ? lui demanda sa mère, horrifiée. Tes cheveux étaient tellement beaux !

— Parce que j'en avais le goût, se contenta de dire la jeune mariée.

Maurice et Jeanne comprirent alors instinctivement que leurs relations avec leur fille avaient changé. La lunatique dénoncée par tant de ses enseignantes avait fait place à une jeune femme décidée qui s'était déjà mise à fumer durant son voyage de noces pour affirmer son indépendance.

— Tu fumes, à cette heure ? lui demanda sa mère sur un ton réprobateur.

— Ben oui, m'man, répondit Lise, agacée. Je vois pas pourquoi je fumerais pas. Si les hommes peuvent se le permettre, pourquoi pas nous ?

— Ça fait pas tellement distingué, Lise, lui fit remarquer Jeanne.

— Laissez faire, m'man, avait coupé la jeune femme.

Par ailleurs, durant les premiers mois de leur union, Yvon profita de tous les congés que son emploi de pompier lui offrait pour faire goûter les joies de la nature et du camping à sa compagne, en explorant les Laurentides à bord de la vieille Pontiac verte d'occasion qu'il avait achetée peu après leur mariage.

Quelques semaines avant l'arrivée de leur premier enfant, le jeune couple acheta deux lots boisés situés à Notre-Dame-de-la-Merci, lots qu'Yvon entreprit de défricher avec l'intention d'y construire un chalet pour sa petite famille.

Lorsque Lise, rayonnante, apprit à ses parents l'arrivée prochaine de leur premier petit-fils ou petite-fille, ces derniers ne manifestèrent pas une joie excessive. Même si, pour eux, cette naissance avait sa place dans le cours normal des choses, ils auraient préféré qu'elle se produise un peu plus tard.

— Pauvre petite fille! avait dit Jeanne à son mari ce soir-là. Il me semble qu'elle est bien jeune pour avoir aussi vite un enfant sur les bras.

— Ben, elle a dix-neuf ans, avait rétorqué Maurice.

— Je le sais bien, mais elle aurait pu se payer un peu de bon temps avant de commencer sa famille, avait plaidé Jeanne. Il y avait rien qui pressait.

— En tout cas, viarge! moi, je me trouve encore pas mal jeune pour devenir un pépère, avait conclu Maurice. J'ai juste quarante-deux ans. Notre famille est même pas encore toute élevée qu'elle commence déjà la sienne. Les jumeaux viennent juste de commencer à aller à l'école…

Que Marc et Guy aient été à peine âgés de sept ans à l'époque ne changea rien à l'affaire, et Lise donna naissance, moins d'un an après son mariage, à une petite fille qu'elle prénomma France. Un an plus tard, la jeune mère accoucha de son premier fils, Sylvain.

Après ces deux naissances rapprochées, Lise avait déclaré tout net à ses parents son intention d'en rester là.

— Ça va faire. Mon effort de guerre est fait, déclara-t-elle alors sur un ton sans appel. Yvon et moi, on a décidé que c'était assez. On a le couple. Moi, j'ai pas l'intention de passer ma vie à laver des couches et à me désâmer à élever une trâlée d'enfants. Deux, c'est assez.

— Ça te fait pas une bien grosse famille, avait tenté de la raisonner Jeanne qui se sentait jugée à travers la décision de sa fille. Peut-être que dans un an ou deux, tu vas en vouloir un troisième.

— Il y a pas de danger, m'man. Je trouve que deux, c'est déjà pas mal de trouble. Je sais pas comment vous avez fait pour en élever neuf, avait ajouté la jeune femme pour amadouer sa mère qui, de toute évidence, désapprouvait sa décision.

Les années avaient passé et la famille Larivière ne s'était pas agrandie. Yvon était parvenu à construire un modeste chalet après avoir beaucoup travaillé au défrichement de ses lots. Les enfants avaient grandi et l'appartement de la rue Hochelaga était devenu rapidement trop petit. Alors, le couple s'était mis à la recherche d'une petite maison, qu'il avait finalement découverte à Saint-Hubert. Les Larivière s'y étaient installés quelques mois avant que leur aînée soit d'âge scolaire.

— Il y a pas mal de réparations à faire, monsieur Dionne, avait alors expliqué Yvon à son beau-père lors de la première visite de ses beaux-parents. Mais avec le temps, je pense être capable d'en faire quelque chose, avait-il conclu avec une certaine assurance.

— J'ai pas de crainte pour ça, s'était contenté de répondre Maurice, pas du tout entiché de ce vieux bungalow qui allait nécessiter de la part de son nouveau propriétaire de nombreuses réparations avant d'être confortable.

En fait, Maurice n'avait pas compris pourquoi son gendre avait acheté une maison aussi détériorée. Impatient et malhabile quand il s'agissait d'effectuer un travail manuel, il ne voyait pas comment on pouvait arriver à retaper ce qu'il appelait déjà après sa première visite une «cabane». Il ignorait à quel point Yvon possédait la patience et l'habileté nécessaires pour effectuer les modifications qui s'imposaient.

À compter de cette époque, les Larivière partagèrent leurs loisirs entre leur chalet dans le Nord et la rénovation de leur bungalow de Saint-Hubert. Maurice et Jeanne les trouvaient courageux, mais ils désapprouvaient en secret le peu d'importance qu'ils accordaient à la fréquentation régulière de l'école par leurs enfants. Jeanne trouvait répréhensible que les parents fassent régulièrement rater une ou deux journées d'école à France et Sylvain pour les amener avec eux au chalet.

— T'as pas peur de leur faire manquer leur année scolaire? finit par demander Jeanne à son aînée qui, jusqu'à ce moment-là, s'était entêtée à faire la sourde oreille à chacune des allusions de ses parents.

— Ben non, m'man. Les jeudis et les vendredis, ils font rien à l'école la plupart du temps. Les enfants apportent des devoirs de l'école et ils les font au chalet. Ça change pas grand-chose.

Il était visible que Lise refusait d'accepter sa part de responsabilité dans le fait que les notes de ses deux enfants étaient en chute libre depuis quelques mois.

— Tu perds ton temps à essayer de lui faire comprendre ça, avait décrété Maurice, une fois pour toutes. Yvon et elle trouvent ça plus important d'aller au chalet que les études de leurs enfants. Laisse-les faire à leur tête; ils payeront pour ça plus tard.

On pouvait reprocher beaucoup de choses à Maurice, mais pas celle de sous-estimer l'importance de l'assiduité scolaire. Le fait de n'être allé à l'école que jusqu'à sa 4e année primaire y était probablement pour beaucoup. Il en avait d'ailleurs parlé avec son fils Paul dans l'espoir que le jeune enseignant tenterait d'inciter sa sœur à changer son comportement, mais ce fut en pure perte. Sans le dire ouvertement, Paul se refusa à discuter de la situation avec sa sœur sous le prétexte que ça ne le concernait pas.

—

Francine fut la deuxième enfant à quitter le toit familial, cinq ans après le départ de sa sœur aînée.

Après son séjour de quelques mois au noviciat des sœurs de Saint-Paul au début des années soixante, la jeune fille s'était trouvé assez facilement un emploi de caissière à la Banque de Montréal. Sa connaissance de la langue italienne acquise lors de son séjour dans la communauté religieuse l'y aida beaucoup. L'institution financière était alors à la recherche d'employés capables de servir sa clientèle italophone établie dans le nord de la métropole.

Dès son entrée sur le marché du travail, Francine n'accepta pas aussi facilement que sa sœur aînée l'espèce de carcan imposé par son père. Elle pouvait supporter de payer une pension pour le gîte et le couvert, mais elle ruait dans les brancards devant l'interdiction formelle de recevoir son petit ami à d'autres moments que les samedis et les dimanches soir. Être confinée au salon familial durant les fréquentations lui paraissait démodé et surtout, ennuyeux. Elle n'était pas la seule à ne pas accepter ces limites si on considère avec quelle rapidité son premier petit ami disparut de la circulation. Le second devait se montrer d'une tout autre trempe.

Martin Guérard était un jeune employé de banque plein d'ambition qui fut séduit par la vivacité et l'aplomb de la nouvelle caissière qui venait de commencer à travailler à la même succursale que lui. Lorsqu'il lui demanda la permission de la fréquenter, Francine ne lui cacha pas qu'il devrait se contenter de venir passer les soirées de ses week-ends dans le salon des Dionne, sous la surveillance étroite de ses parents. Cette obligation ne découragea pas le garçon. Il faut dire qu'il n'était pas aussi timide que l'avait été Yvon Larivière, le prétendant de Lise. Il ne doutait pas un instant de parvenir à arracher certaines permissions de sortie au père de sa nouvelle flamme.

Fait étrange, Maurice ne trouva rien à redire sur le compte du nouveau cavalier de sa fille lorsqu'elle le lui présenta. Sa politesse et son aisance lui plurent même assez. Martin était poli et respectueux, c'était ce qui lui importait.

Durant plus de deux ans, Martin fréquenta Francine. Lorsqu'il apprit sa promotion au poste de comptable à la Banque de Montréal, il estima que son nouveau salaire allait lui permettre de subvenir convenablement aux besoins d'un foyer. Alors, à l'automne 1966, il décida de demander la jeune fille en mariage et sa demande fut agréée. Les jeunes fiancés eurent beaucoup de mal à se dénicher un appartement libre à quelques mois de la tenue de l'exposition universelle « Terre des Hommes ». Ils finirent tout de même par en trouver un sur la rue Granby, dans l'est de la métropole.

Pour leur mariage, Maurice retint les services d'un traiteur et la réception eut lieu dans le gymnase de St-Andrews, comme pour le mariage de Lise. Quand le dernier invité eut quitté les lieux ce jour-là, le père de la mariée ne put se retenir de s'exclamer :

— Sacrement ! J'espère que la dernière se pressera pas trop de se marier ! Je suis tout de même pas pour travailler toute ma vie juste pour payer des noces à mes filles.

— Console-toi, le rassura Jeanne. Martine sera la dernière pour qui tu vas avoir à payer et elle a seulement treize ans. T'as le temps de voir venir.

— Ouais, acquiesça Maurice. Et je voudrais ben voir le père de la fiancée d'un de nos gars venir essayer de me demander de payer une partie de la noce. J'ai payé pour mes filles ; il paiera pour marier la sienne. Il fera comme moi.

Les Dionne remarquèrent le même phénomène chez Francine que chez Lise, à son retour de voyage de noces.

La nouvelle madame Guérard avait acquis son autonomie et elle n'entendait pas se la faire limiter par quiconque, surtout pas par son mari.

Il suffit de quelques semaines à ce pauvre Martin pour découvrir qui portait la culotte dans son ménage. Francine avait hérité de son père un tempérament autoritaire, et elle se mit à réglementer tout ce qui se passait dans son foyer. Son mari, trop lent et trop réfléchi à son goût, dut apprendre, bien malgré lui, à accélérer le mouvement.

Quand Francine décida d'apprendre à conduire, Martin n'eut pas le courage de s'y opposer.

— Une femme qui conduit! laissa tomber dédaigneusement Maurice devant sa fille. On sait ben ce que ça vaut. C'est juste bon à causer des accidents.

— Voyons, p'pa, protesta la jeune femme. Il faut être à la mode. On voit des femmes partout qui conduisent un char aujourd'hui, et elles sont pas pires que les hommes.

— Ça, c'est toi qui le dis, répliqua sèchement son père.

— Vous en faites pas, monsieur Dionne, intervint Martin ce soir-là. C'est surtout moi qui vais conduire.

— Aïe! toi, Guérard! fit Francine sur un ton menaçant, tu m'empêcheras pas de conduire notre char quand on va en avoir un.

Quelques semaines plus tard, Maurice, assis sur son balcon en compagnie de Jeanne, aperçut une vieille Plymouth verte freiner brusquement sur le boulevard Lacordaire à la hauteur du bungalow. Lorsqu'il vit le conducteur mettre son clignotant pour tourner dans son entrée, il se souleva un peu sur son siège pour tenter de l'identifier. Avant même qu'il ait le temps de dire à Jeanne qu'il venait de reconnaître Francine au volant, la Plymouth accéléra brutalement. Le véhicule entra en trombe dans l'allée et vint buter contre le solage de la maison, écrasant du même coup la gouttière qui servait à l'évacuation des eaux de pluie.

Maurice se précipita au bas de l'escalier qui conduisait au balcon en resserrant la ceinture de son pantalon.

— Christ! Veux-tu ben me dire comment tu conduis, toi? hurla-t-il à sa fille un peu étourdie par son entrée fracassante chez son père. Essayes-tu de tasser la maison?

— Je me suis trompée de pédale, p'pa, avoua la jeune femme, l'air penaud, en descendant de sa voiture.

— Regarde donc ce que t'as fait à mon solage que j'ai repeinturé la semaine passée, sacrement! Et ma gouttière!

— Pis j'ai bossé mon char, constata Francine, au bord des larmes.

— C'est pas un char neuf, c'est une maudite minoune, déclara son père sur un ton cassant. Quand on sait pas conduire, on laisse ça à quelqu'un qui est capable de le faire.

Jeanne était descendue à son tour du balcon et regardait le garde-boue avant droit bosselé de la Plymouth.

— Tu t'es pas fait mal, c'est le principal, dit-elle à sa fille en faisant les gros yeux à Maurice qui avait l'air furieux. Qu'est-ce que Martin va dire de tout ça, d'après toi?

— Lui, il a rien à dire, dit Francine d'un ton sans appel. Si vous voulez, p'pa, ajouta-t-elle en se tournant vers son père dans l'intention de l'amadouer, Martin va venir samedi avant-midi, il repeinturera ce que j'ai éraflé avec mon char et il remplacera la gouttière.

— Laisse faire… Es-tu sûre au moins que t'as ton permis de conduire, toi? lui demanda son père en essayant de faire oublier sa mauvaise humeur.

— Ben oui, p'pa.

— Je voudrais ben connaître le maudit gnochon qui te l'a donné, moi.

À la fin de la soirée, Maurice, revenu de ses émotions, proposa à sa fille d'aller chercher Martin à la maison pour qu'il vienne prendre le volant de la Plymouth.

— Êtes-vous sérieux, p'pa? demanda Francine. Il conduit encore plus mal que moi.

— Bâtard! s'exclama Maurice, ça va devenir dangereux en maudit de se promener à Montréal avec vous deux dans le chemin.

Bref, la première sortie de Francine comme conductrice allait longtemps défrayer la chronique familiale et faire la joie des Dionne.

À la fin de l'année 1969, Francine tomba enceinte et il fut décidé que les Guérard emménageraient dans un appartement un peu plus grand de la rue Louis-Veuillot le printemps suivant en attendant de dénicher le bungalow qu'ils rêvaient d'habiter pour élever leur enfant. Neuf mois plus tard, la jeune mère accoucha d'une fille qu'elle prénomma Sylvie.

L'année suivante, Martin et Francine, pleins de fierté, se portèrent acquéreurs d'une maison neuve à Belœil. Un troisième enfant des Dionne allait imiter ses deux sœurs l'année suivante en s'établissant sur la rive sud du fleuve.

—

En 1974, Paul Dionne allait bientôt atteindre la trentaine. Au même titre que ses deux sœurs mariées, il était visé par la remarque que son père avait faite un matin de janvier au sujet des visiteurs indésirables du samedi soir.

Avec les années, l'adolescent nerveux et angoissé s'était transformé en un homme un peu plus calme, mais pas beaucoup moins introverti. S'il avait pris une trentaine de livres depuis l'époque où il fréquentait le collège Sainte-Croix, il n'en était pas gras pour autant.

Quelques mois après le mariage de sa sœur aînée, le collégien de dix-huit ans s'était mis à fréquenter Lucie Audet, la fille d'un courtier d'assurances demeurant rue Lavoisier, à moins de six cents pieds de la résidence familiale. L'adolescente d'un an sa cadette était alors étudiante en première année à l'École normale. Elle étudiait dans l'intention d'obtenir un diplôme d'enseignante.

Selon Jeanne et Maurice, l'idylle entre ces deux étudiants ne pouvait être bien sérieuse, puisque les deux adolescents avaient encore de nombreuses années d'études devant eux. De plus, Paul, toujours boursier de l'Œuvre des vocations du diocèse de Montréal, devait devenir prêtre. C'était du moins l'espoir de ses parents et du curé Antoine Courchesne, au courant de sa situation.

Malgré tout, ces fréquentations évoluèrent rapidement, compliquant encore un peu plus la vie de Paul. Déjà aux prises avec ce qui lui semblait d'insurmontables problèmes d'argent, il continuait à entretenir des relations de plus en plus difficiles avec son père qui n'avait jamais accepté d'avoir à lui assurer le vivre et le couvert durant ses études classiques.

Régulièrement menacé d'être mis à la porte de la maison familiale, l'adolescent, privé de ressources financières, n'avait d'autre choix que de supporter les crises paternelles à répétition. Si Maurice avait su que Lucie Audet allait dîner avec son fils tous les jours au jardin botanique du boulevard Pie IX, le drame aurait sûrement éclaté. Il acceptait déjà très difficilement que le « grand sans-cœur » qui vivait à ses crochets aille passer quelques heures chez son amie chaque samedi soir.

En somme, ce qui aurait dû représenter pour Paul une période heureuse de sa vie s'avéra particulièrement difficile tant il se sentait tiraillé entre son manque chronique d'argent, les colères de son père et son statut de boursier de l'Œuvre des vocations. Pourtant, le jeune couple persévérait contre vents et marées. On voyait les deux adolescents se promener si souvent ensemble dans les rues du quartier qu'on les reconnaissait de loin.

Les deux jeunes gens eurent à traverser trois crises majeures avant de stabiliser vraiment leur relation. Tout d'abord, après quelques mois de fréquentations assidues, Paul dut apprendre à son amie qu'il était obligé d'accepter l'emploi de moniteur aux Grèves de Contrecœur que lui imposait l'Œuvre des vocations. Cette séparation de deux mois pesa lourd sur l'avenir du couple. L'échange quotidien de lettres cimenta sérieusement leur entente.

Le début de l'automne réservait à Paul une autre tuile : le Centre étudiant. Le diocèse de Montréal venait de faire construire à grands frais une magnifique maison pour accueillir tous ses boursiers qui se destinaient à la prêtrise. Érigée en bordure d'un immense terrain bien aménagé du boulevard Gouin, l'édifice d'un étage en brique beige offrait à ses occupants de belles chambres bien éclairées.

Pas question de refuser l'invitation de son jeune et dynamique directeur de venir l'habiter. Durant quelques heures, Paul espéra tout de même que son père s'opposerait à son départ parce qu'il échapperait ainsi à son contrôle. Il se souvenait encore trop bien qu'il n'avait pu garder que quelques jours la chambre louée à l'hôpital l'année précédente. Mais il n'en fut rien. En un tourne-main, les bagages de l'étudiant furent entassés dans le coffre de la voiture familiale et il fut laissé devant la porte de son nouveau domicile. Avant de le quitter, sa mère insista pour qu'il revienne à la maison chaque week-end.

Pour sa part, Lucie eut du mal à accepter le départ de son ami de cœur, mais elle se consola en pensant qu'ils se verraient tous les midis et que Paul continuerait à lui rendre visite le samedi soir. De plus, elle se réjouissait à la pensée que l'adolescent allait enfin échapper aux sautes d'humeur de son père.

Les douze mois suivants passés au Centre étudiant permirent à Paul d'étudier en toute quiétude. Il apprécia autant le calme de sa chambre que les discussions animées tenues avec la vingtaine d'étudiants qui habitaient sous le même toit que lui. Si le manque d'argent n'avait pas été aussi préoccupant, il aurait même pu se dire assez heureux. Chaque samedi midi, il revenait à la maison après son dernier cours au collège. Pendant que sa mère lavait ses vêtements, il s'empressait d'aller amasser l'argent nécessaire pour payer ses billets d'autobus de la semaine en allant laver des parquets ou des voitures chez des voisins. Pendant ce temps, Lucie prenait son mal en patience et se contentait du peu de temps que son amoureux pouvait lui consacrer.

Tout changea brusquement au début de la dernière année du cours classique de l'étudiant, qui avait maintenant vingt ans. Un soir, le visage fermé, son père lui déclara à brûle-pourpoint et sur un ton qui ne souffrait aucune discussion :

— À partir d'aujourd'hui, tu lâches la petite Audet. Il est pas question que tu continues à sortir avec une fille pendant que je te fais vivre. C'est clair ?

Paul avait été assommé par cette sommation aussi brutale qu'inattendue. Il ne voyait vraiment pas la raison qui avait poussé son père à prendre cette décision. Il fréquentait déjà Lucie depuis près de trois ans et à aucun moment il n'avait négligé ses études pour elle. Cet ultimatum était d'autant plus injuste que démuni comme il l'était, il n'avait aucune possibilité de le braver.

Lorsqu'il apprit la nouvelle à la jeune fille, cette dernière lui redonna du courage en lui disant qu'ils pourraient toujours continuer à se voir chaque midi. Cette séparation ne fit que renforcer les liens entre les deux jeunes gens. Si Maurice avait pris cette décision dans le but d'inciter son fils à opter pour la prêtrise à la fin de ses études, il avait commis une grossière erreur. Ce dernier avait fait son choix depuis longtemps : il voulait devenir enseignant et épouser Lucie.

Mais il lui restait une décision difficile à prendre. Quand devrait-il rencontrer l'abbé Gauthier, le directeur du Centre étudiant où il demeurait depuis plus d'un an ? Durant plusieurs semaines, il recula devant l'épreuve et se tortura l'esprit à imaginer toutes les sortes de scénarios possibles. Comment l'ecclésiastique allait-il réagir en apprenant son choix de ne pas entrer au grand séminaire, lui, un boursier de l'Œuvre des vocations ? Qu'allait-il lui arriver ? Son père allait-il accepter son retour à la maison, son inscription à l'École normale et une autre année d'études s'il recevait son baccalauréat ès arts en juin ? Paul n'en dormait plus.

À la fin du mois de novembre, il se décida à affronter d'abord le directeur du Centre. À son grand soulagement, ce dernier ne sembla nullement surpris de sa décision et ne tenta aucunement de le persuader de modifier son choix. Mieux, il lui proposa de demeurer encore au Centre jusqu'aux vacances de Noël.

Le week-end suivant, après une longue hésitation, Paul, poussé par Lucie, s'ouvrit à ses parents de son intention de s'inscrire à l'École normale et de devenir enseignant. Le cœur battant, il attendit l'explosion de colère de son père lorsqu'il apprit la nouvelle... Il n'y en eut aucune. Ce dernier se contenta de demander :

— Tu reviens quand ?

— Aux vacances de Noël, si ça vous dérange pas trop, p'pa, répondit-il, n'osant pas croire ce qu'il venait d'entendre.

— Bon. C'est correct. Mais je veux que ce soit ben clair, ajouta Maurice. L'année à l'École normale, c'est la dernière année où je te fais vivre.

— Merci, p'pa, répondit le jeune homme, soulagé au-delà de toute expression.

Paul revint donc à la maison et termina son cours classique cette année-là. Il passa sans trop de difficulté l'examen d'entrée à l'École normale Jacques-Cartier à la fin du printemps et il se trouva un emploi d'été de commis à la Banque de Montréal. À la fin du mois de juin, encouragé par Lucie, il eut sa première conversation d'homme à homme avec son père pour lui demander la permission de reprendre ses fréquentations avec son amie. Ce dernier, à court d'arguments, ne s'y opposa pas.

Paul obtint son diplôme d'enseignant en même temps que Lucie et tous les deux entrèrent au service de la Commission scolaire de Montréal en septembre 1966. Dorénavant, les deux jeunes gens pouvaient parler ouvertement de mariage et commençaient déjà à économiser pour s'installer. Pour la première fois de sa vie, Paul possédait un peu d'argent. À aucun moment il ne lui vint à l'idée de louer un appartement pour échapper aux sautes d'humeur de son père qui s'amusait, comme il l'avait toujours fait, à souffler le chaud et le froid. À cette époque, le jeune homme était trop occupé à faire ses premières armes dans l'enseignement et à réaliser un vieux rêve: acheter sa première voiture après avoir appris à conduire.

Maurice Dionne vit là une bonne occasion de se débarrasser à bon prix de sa Pontiac Parisienne 1964 noire. Il allait, lui aussi, réaliser l'un de ses rêves les plus chers: s'acheter une voiture de l'année, une Grande Parisienne. Avant même que son fils n'ait obtenu son permis de conduire, il l'entraîna un soir chez un concessionnaire GM de l'est de la ville et lui vendit son véhicule au prix listé avant de se porter acquéreur de sa nouvelle voiture. Que son fils doive emprunter au GMAC à un taux élevé d'intérêts ne l'arrêta pas une seconde.

Les semaines suivantes, la présence de la Pontiac noire stationnée sagement près de la maison devint un véritable supplice de Tantale pour son nouveau propriétaire qui ne pouvait la conduire qu'en présence d'un conducteur chevronné possédant un permis de conduire. Durant tout le temps où il dut attendre l'attribution de son permis de conduire permanent, le jeune enseignant mourait d'envie de se mettre au volant de sa nouvelle acquisition. Or, chaque fois qu'il demandait à son père s'il ne viendrait pas faire une balade avec lui, il s'entendait répondre invariablement :

— Attends d'avoir ton permis. Moi, j'ai pas juste ça à faire.

Le jeune homme devait alors ronger son frein et se contenter d'astiquer sa voiture au lieu de la conduire.

Quelques semaines avant d'obtenir enfin son permis, un dimanche après-midi, Paul se rendit compte qu'il n'avait plus de cigarettes au moment même où il arrivait chez Lucie. Sans la moindre hésitation, Adélard Audet tendit les clés de sa rutilante De Soto au petit ami de sa fille en lui disant qu'il pouvait l'utiliser pour aller au centre commercial du boulevard Lacordaire. Le cœur battant, Paul s'installa derrière le volant et démarra. À la vue de son père assis sur le balcon de la maison familiale, il ne put s'empêcher de klaxonner autant pour le saluer que pour lui montrer que le courtier d'assurances n'avait pas craint de lui laisser conduire sa propre voiture. À son retour à la maison à l'heure du souper, Maurice se contenta de lui dire, sans parvenir à dissimuler tout à fait son dépit :

— Ça prend un maudit fou pour te laisser conduire son char sans que t'aies ton permis !

Le jour même où Paul put enfin conduire sa voiture, il dut trouver un autre endroit que l'allée asphaltée près de la maison pour stationner son automobile.

— Ta Pontiac me nuit, avait décrété son père. Je vais finir par l'accrocher avec mon char neuf. Trouve-toi une place ailleurs.

Encore une fois, le père de Lucie prit le jeune homme en pitié et lui permit de stationner chez lui.

Durant la première semaine de janvier 1967, le courtier d'assurances fut emporté par un arrêt cardiaque, plongeant dans le deuil sa femme et ses quatre enfants. Ce fut alors au tour de Paul de réconforter Lucie. Peu avant sa mort, l'homme de quarante-neuf ans avait suggéré au jeune couple de s'accorder un délai d'un an avant de se marier et les deux amoureux avaient reconnu le bien-fondé de cette suggestion. Après son décès, les jeunes gens respectèrent leur promesse et en profitèrent pour économiser suffisamment pour payer leur installation.

Enfin, en juillet 1968, après plus de cinq ans de fréquentations, Paul et Lucie se marièrent et s'installèrent dans un petit appartement de la rue Marseille. Ils enseignaient tous les deux. Dans le but de gagner un meilleur salaire, Paul s'inscrivit à l'Université de Montréal l'automne suivant à titre d'étudiant à temps partiel. Comprenant l'ambition de son mari, Lucie ne s'y opposa pas. En fait, la nouvelle madame Dionne s'ingéniait à faciliter la vie de son conjoint depuis leur mariage. En outre, la jeune femme faisait des efforts méritoires pour plaire à ses beaux-parents et entretenir des relations chaleureuses avec eux. Il fallait reconnaître qu'elle n'avait eu aucun mal à conquérir Jeanne qui la considéra rapidement comme sa quatrième fille, autant parce qu'elle rendait son fils heureux que parce qu'elle cousait, ce que ses propres filles refusaient de faire.

Deux ans plus tard, Lucie devint enceinte de son premier enfant et le couple décida d'acheter un chalet. Paul et sa femme étaient persuadés que continuer à faire du camping avec un bébé n'était pas la meilleure solution. La naissance de Mélanie leur apporta une grande joie. Cependant, la décision de la jeune mère de retourner enseigner l'année suivante suscita la désapprobation muette de ses beaux-parents.

— Tu me feras pas croire qu'il est pas capable de faire vivre sa femme et sa petite avec son salaire, déclara son père, réprobateur.

— Lucie a l'air de trouver ça normal, plaida Jeanne.

— Ben non, c'est pas normal, rétorqua Maurice. La place d'une mère, c'est à la maison, à élever ses enfants. C'est ce que font Lise et Francine. Si ça a de l'allure de laisser un bébé de moins d'un an à une pure étrangère, ajouta-t-il en faisant allusion au fait que le couple avait confié le bébé à une voisine.

— Si la petite était gardée par de la parenté, c'est sûr que ce serait moins pire, avança Jeanne.

— Aïe, toi! la mit en garde Maurice, soupçonneux. Que je te voie jamais proposer qu'on garde leur petite! On l'a pas fait pour les enfants des autres; je vois pas pourquoi on le ferait pour la leur. Ils ont juste à péter moins haut que le trou. Ils ont voulu s'acheter un chalet et ils roulent dans un char neuf... Ben, qu'ils s'organisent avec leurs troubles. S'ils dépensaient moins, elle serait pas obligée de retourner travailler.

— Énerve-toi pas pour rien, le calma Jeanne. Je lui en ai même pas parlé.

— Il me semble qu'on a été ben clairs là-dessus avec tous ceux qui sont mariés. On est prêts à garder leurs enfants dans les cas urgents seulement. Il est pas question qu'ils viennent à tour de rôle nous laisser leurs enfants sur les bras quand ils ont envie de sortir.

— Ils sont pas stupides, rétorqua Jeanne. Ils ont bien compris ce que tu leur as dit.

— C'est parfait. Comme ça, c'est clair pour tout le monde, conclut Maurice en s'allumant une cigarette.

Cette discussion n'était, en fait, d'aucune utilité, car il ne serait jamais venu à l'idée de Lucie de confier son bébé à sa belle-mère chaque jour. Elle avait beau l'aimer beaucoup, elle craignait que cette dernière ne gâte trop sa Mélanie.

Mais il en était tout autrement pour son beau-père. Depuis son mariage, Lucie s'était cantonnée dans une sorte de paix armée. Elle ne se gênait pas pour dire à son mari que son père lui en avait trop fait voir durant leurs fréquentations pour lui pardonner aussi facilement. Par contre, elle était toujours la première à inciter Paul à mettre fin aux bouderies qui s'installaient parfois entre lui et son père, ce qui n'était pas une mince tâche. Elle s'était rendu compte depuis longtemps que Paul était au moins aussi rancunier que son père.

En mai 1971, Paul et Lucie emménagèrent dans un appartement plus grand de Montréal-Nord et, moins de deux ans plus tard, la jeune femme donna naissance à Hélène, le second enfant du couple.

Pour la jeune famille, le temps passait trop rapidement. Paul, écartelé entre ses études universitaires et sa charge de travail d'enseignant, avait aussi peu de loisirs que sa femme qui devait s'occuper de leurs filles et de leur intérieur après ses journées de classe. Inutile de dire que les sorties en famille étaient rares. Paul et Lucie avaient du mal à trouver le temps d'aller visiter leurs parents au moins une fois toutes les deux semaines.

À la fin de l'automne 1973, le jeune couple, excédé de vivre en appartement dans un immeuble bruyant, décida d'acheter un bungalow. Après de longues recherches, il finit par opter pour une maison neuve située dans le nouveau Longueuil. Paul Dionne fut donc le troisième enfant de la famille à choisir d'aller vivre avec les siens sur la rive sud du fleuve Saint-Laurent. Cependant, l'aménagement n'était prévu que pour la fin du printemps suivant.

Chapitre 3

Adrien

Un dimanche matin, Maurice se leva et quitta sa chambre sur la pointe des pieds pour ne pas réveiller Jeanne. Il était six heures et demie et le soleil n'était pas encore levé. Après avoir allumé le néon installé au-dessus de l'évier, il mit de l'eau à bouillir pour se préparer une tasse de café. Il jeta ensuite un coup d'œil par la fenêtre de la cuisine pour voir s'il avait neigé durant la nuit. Le boulevard, bien éclairé par les lampadaires, ne portait aucune trace de neige récente. Tant mieux. Dans quelques minutes, il irait déverrouiller les portes de St-Andrews pour la messe dominicale et il n'aurait pas à pelleter.

Il alla se raser rapidement dans la salle de bain, pressé d'en finir avec cette corvée quotidienne pour enfin pouvoir savourer sa première cigarette de la journée. Il venait à peine de s'asseoir dans sa chaise berçante pour boire son café que la sonnerie du téléphone le fit sursauter.

— Veux-tu ben me dire qui appelle à une heure pareille ? dit-il à mi-voix en se précipitant vers le téléphone installé au mur du couloir.

Il décrocha l'appareil.

— Oui, allô !

— Mon oncle Maurice ?

— Oui, qui parle ? demanda Maurice, incapable d'identifier son interlocuteur.

— C'est André, mon oncle.

— Qu'est-ce qui se passe, André ? s'enquit Maurice, se doutant bien qu'on n'appelait pas quelqu'un un dimanche matin aussi tôt pour prendre des nouvelles de sa santé.

Immédiatement, le concierge de St-Andrews pensa à sa belle-sœur Simone aux prises avec la polyarthrite depuis de nombreuses années. On l'avait probablement hospitalisée. Mais dans ce cas-là, c'est Adrien qui l'aurait appelé...

— Je vous appelle pour vous dire qu'il est arrivé quelque chose à p'pa, dit difficilement le jeune homme à l'autre bout du fil.

— Quoi ? Qu'est-ce qui lui est arrivé ? Un accident ?

— Non, mon oncle. Il est mort la nuit passée. M'man l'a trouvé étendu dans la salle de bain.

— Ben voyons donc ! s'exclama Maurice. C'est pas possible ! Ton père était pas malade... Comment c'est arrivé ?

André Dionne raconta en quelques mots ce qu'il savait des dernières heures de son père. Son interlocuteur écoutait en tentant de combattre l'émotion qui l'envahissait. En tournant la tête, il aperçut Jeanne qui venait de sortir de leur chambre en serrant contre elle les pans de sa robe de chambre. Elle s'arrêta à faible distance de son mari. Immobile, l'air inquiet, elle attendait avec impatience qu'il lui dise ce qui était arrivé. Pendant ce temps, Maurice, silencieux, écoutait les explications que lui donnait leur neveu.

— As-tu besoin d'aide ? finit-il par demander au jeune homme.

— Ça va, mon oncle. P'pa avait des pré-arrangements.

— Et ta mère ?

— Le docteur lui a donné des calmants, mon oncle.

— OK. Est-ce que tu vas m'appeler pour me dire où et quand il va être exposé ? demanda Maurice d'une voix légèrement éteinte.

— Aussitôt que tout va être arrangé, je vais vous téléphoner, promit André.

Maurice raccrocha.

— Veux-tu ben me dire ce qui se passe ? demanda Jeanne en suivant son mari qui venait de se laisser tomber dans sa chaise berçante après s'être allumé une cigarette.

— C'est Adrien.

— Quoi, Adrien ? Qu'est-ce qui lui est arrivé ?

— Il est mort hier soir. Simone l'a trouvé à terre dans la salle de bain. André m'a dit qu'ils étaient allés jouer aux cartes chez la sœur de Simone et qu'ils étaient revenus un peu avant minuit. Il paraît qu'Adrien est allé aux toilettes en rentrant. À un moment donné, Simone a fini par trouver qu'il prenait pas mal de temps à revenir et elle est allée voir ce qui se passait. C'est là qu'elle l'a trouvé. Ils vont faire une autopsie. Il paraît que ça pourrait être une crise cardiaque. Ça a quasiment pas d'allure, finit par ajouter Maurice, la voix étranglée. Il venait juste d'avoir cinquante-quatre ans. Il allait prendre sa retraite dans six mois…

— Il est mort du cœur, comme ta mère, lui rappela Jeanne à mi-voix.

— C'est pas pantoute la même chose, s'insurgea Maurice. La mère, on s'y attendait un peu. Elle a été malade une couple de semaines avant. On voyait ben qu'elle remontait pas la pente. Mais lui, il était en santé. On l'a vu au jour de l'An, il y a quinze jours ; il avait l'air ben correct.

— Est-ce que Simone a besoin d'aide ?

— André dit que lui et ses sœurs sont avec elle. Le docteur est venu et lui a donné quelque chose pour la faire dormir un peu. Pour moi, Adrien sera pas exposé avant deux jours, le temps de faire l'autopsie.

Désarmée devant la peine évidente de son mari, Jeanne ne savait pas trop quoi faire ou quoi lui dire pour le consoler.

— Je te fais un autre café, déclara-t-elle en se levant.

— Fais ça vite. Il faut que j'aille débarrer les portes de l'école pour la messe.

Pendant qu'elle préparait une autre tasse de café à son mari, ce dernier, silencieux dans sa chaise berçante, regardait le mur en face de lui sans paraître le voir. Son unique frère venait de partir. À cinquante-quatre ans, ce n'était pas bien vieux. Il n'y avait que deux ans de différence entre eux… Ils avaient presque le même âge… Chienne de vie! On ne se voyait pas vieillir. Son frère n'avait même pas eu le temps de profiter d'une seule journée de sa retraite. Maurice sentait son cœur l'étouffer. Son frère était mort et il ne lui restait plus que sa sœur Suzanne.

Soudainement, Maurice effaça de sa mémoire la jalousie qu'il avait toujours entretenue envers celui qu'il avait surnommé par dérision le «cheuf» parce qu'il était gradé chez les pompiers de la ville de Montréal. Il oublia leurs bouderies qui duraient des mois, voire des années, parce qu'ils étaient trop orgueilleux l'un et l'autre pour s'expliquer et s'excuser. Il ne restait plus qu'un grand vide qu'il allait avoir bien du mal à combler.

— Je vais aller m'habiller, lui dit Jeanne sans qu'il l'entende vraiment, perdu qu'il était dans ses pensées.

Elle lui tendit une tasse de café avant de se diriger vers leur chambre. Il n'y avait aucun bruit dans la maison. Même Martine, pourtant couchée dans la chambre située en face de la cuisine, ne semblait pas avoir été réveillée par l'appel téléphonique.

Les yeux dans l'eau, Maurice essayait de se familiariser avec l'idée que son frère était mort, disparu, qu'il ne le reverrait plus.

— Tu parles d'une maudite façon de réveiller le monde un dimanche matin! dit-il à mi-voix. Ça va faire drôle de plus le voir, même s'il faisait dur…

Maurice ne se rendait pas compte qu'il ressemblait physiquement à son frère aîné de façon troublante. Adrien avait senti le besoin de s'affubler d'une perruque avant d'atteindre ses quarante ans pour dissimuler une calvitie qu'il n'acceptait pas. À l'époque, Maurice en avait fait des gorges chaudes et avait surnommé son frère «la moumoute», ignorant qu'il en viendrait lui-même à poser le même geste dès le début des années soixante. Avec l'âge, il était évident aux yeux des gens que les deux hommes étaient des frères : même taille, même corpulence et même tête.

Jeanne était revenue dans la cuisine et s'était assise au bout de la table.

— Pauvre Adrien, chuchota-t-elle, lui qui était si ambitieux !

— Ça lui aura pas donné grand-chose d'être devenu chef de district, ajouta Maurice. Il a passé sa vie à passer tous les concours.

— Simone a toujours dit qu'il faisait ça parce qu'il voulait avoir un meilleur salaire et parce qu'il aimait diriger des hommes.

— Ça, ça me surprend pas. Il aimait ça faire le frais et jouer au *boss*, dit Maurice.

En fait, il était certain qu'Adrien Dionne avait toujours été un homme ambitieux et fier qui n'avait jamais compris que son frère Maurice ne cherche pas à améliorer son sort.

— Il doit pas laisser Simone dans la misère, c'est sûr, reprit Jeanne.

— Je comprends. Il dépensait presque jamais une cenne, exagéra Maurice. Il a gardé sa vieille bagnole durant des années. C'est juste au mois d'octobre qu'il a acheté son Ambassador neuve.

— Il était bien prudent avec l'argent. Il dépensait pas pour rien. Son char, il voulait le payer comptant, précisa Jeanne.

Maurice sentit dans les paroles de sa femme un blâme implicite.

— Moi aussi, j'ai toujours payé mes chars comptant, sacrement! protesta-t-il amèrement. Il était pas plus fin que moi. Le problème était qu'il avait peur de son ombre. Il a jamais voulu emprunter une maudite cenne pour s'acheter une maison. Il voyageait pas parce qu'il avait peur de ce qui pouvait lui arriver. Ça fait longtemps qu'il avait les moyens de s'acheter un chalet. Ben non, il aimait mieux louer la même maudite cambuse à Saint-Eustache chaque été.

— C'est vrai, acquiesça Jeanne. Il aurait pu avoir une bien plus belle vie s'il avait pas tant ménagé.

— Tu te rappelles comment il s'en faisait pour son compte de taxes municipales chaque année, reprit Maurice d'une voix adoucie. Il en faisait pitié. Il partait de son chalet et revenait en ville vider sa boîte à lettres deux fois par semaine durant tout le mois de juillet pour être sûr de pas le manquer.

Maurice s'était toujours moqué de cette inquiétude du lendemain de son frère, inquiétude qu'il jugeait un peu ridicule. Par ailleurs, il était évident qu'Adrien n'avait jamais compris l'espèce d'insouciance de son jeune frère. Avoir une famille de neuf enfants sans posséder vraiment les moyens de les faire vivre et de les faire instruire, c'était là un comportement qui le dépassait. Il l'avait trouvé follement téméraire d'avoir osé s'acheter une maison neuve sans économies et de changer aussi souvent de voiture. Une telle conduite heurtait son sens de l'économie et sa très grande prudence.

— Ça empêche pas que c'était un bon diable qui avait le cœur sur la main, ajouta Jeanne.

— Ouais, approuva Maurice, sans enthousiasme.

— Il a jamais oublié une fête de Paul. Il a toujours été le premier à lui apporter un cadeau à sa fête comme à Noël. Te rappelles-tu quand on est arrivés sur la rue Notre-Dame? Il est venu nous aider à peinturer. Il était toujours prêt à nous donner un coup de main et...

— Whow! l'arrêta Maurice avec humeur. On n'est pas pour en faire un saint non plus, hein! Il avait un Christ de mauvais caractère!

Sa femme se retint difficilement de lui faire remarquer qu'ils avaient à peu près le même.

— Bon. C'est ben beau tout ça, mais il faut que je m'en aille, dit Maurice en se levant et en déposant sa tasse sur le comptoir. Tu peux peut-être appeler les enfants cet avant-midi pour leur dire que leur oncle est mort.

— C'est correct.

Maurice alla endosser son manteau et chausser ses bottes avant de sortir.

Quand la porte se referma derrière son mari, Jeanne alla se poster à la fenêtre de la cuisine: Maurice venait de lever la porte du garage. Elle vit d'abord la fumée expulsée par le tuyau d'échappement de la Chrysler avant d'apercevoir l'arrière du lourd véhicule sortir lentement du garage construit à côté de la maison. Elle jeta un coup d'œil à l'horloge murale: sept heures et demie. Ça ne valait pas la peine de se remettre au lit. Elle décida de préparer le déjeuner avant de réveiller les jeunes pour les envoyer à la messe. Elle ne téléphonerait pas à Lise, à Paul et à Francine avant neuf heures pour ne pas risquer de réveiller les enfants, au cas où ils dormiraient encore.

Jeanne se prépara deux rôties sur lesquelles elle tartina de la confiture de fraises et s'assit, seule, au bout de la table.

« Pauvre Maurice ! se dit-elle. Je pense que son frère va lui manquer pas mal plus qu'il le pense. Ils avaient beau avoir tous les deux des caractères de cochon, ils finissaient toujours par se parler. C'est vrai qu'il ne fallait pas grand-chose à Adrien pour monter sur ses grands chevaux... Dans ce temps-là, il devenait rouge comme une pivoine, mais il ne disait pas un mot. Par contre, tu pouvais être sûr qu'il allait bouder un bon bout de temps et qu'il ne t'adresserait plus la parole avant des mois. Moi, je n'ai pas à me plaindre ; il ne m'a jamais boudée. Il était peut-être un peu orgueilleux, le beau-frère, mais il avait raison. Il pouvait être fier de ce qu'il faisait et sa famille a jamais manqué de rien. »

Dans la maison silencieuse, Jeanne se plongea durant plusieurs minutes dans ses souvenirs. Un peu avant neuf heures, elle alla réveiller ses fils et sa fille avant de téléphoner à chacun de ses enfants mariés pour leur apprendre la mauvaise nouvelle. Cependant, elle ne parvint à rejoindre que Paul. Lise et les siens devaient être à leur chalet, dans le Nord, tandis que Francine avait probablement accompagné Martin à Terrebonne où il aimait faire de l'équitation de temps à autre le dimanche avant-midi.

À son retour de St-Andrews un peu après midi, Maurice apprit de la bouche de sa femme qu'elle avait téléphoné aussi à Simone, la veuve de son frère, pour avoir de ses nouvelles. Elle tenait le coup et elle lui avait dit qu'Adrien serait exposé mardi et mercredi et que son service funèbre serait célébré à l'église Saint-Stanislas, le jeudi matin.

— Bon. On dirait qu'ils ont déjà tout arrangé, constata Maurice, un peu déçu qu'on n'ait pas fait appel à ses services.

— Oui. Simone m'a dit qu'elle avait un lot au cimetière Côte-des-Neiges pour le faire enterrer là.

Ce soir-là, Paul et Lucie vinrent avec leurs deux filles rendre une courte visite aux Dionne dans l'intention de remonter le moral de Maurice. Ce dernier, le visage fermé, parla peu durant toute la durée de leur visite. On aurait dit qu'il réalisait peu à peu l'ampleur de la perte qu'il venait de subir.

Martine et son ami, Georges Delorme, quittèrent durant quelques minutes le salon familial pour se joindre aux visiteurs dans la cuisine.

— Qu'est-ce qu'on fait pour mon oncle? demanda Paul à son père.

— De quoi tu parles?

— Est-ce qu'on lui paye des fleurs ou des messes?

— C'est déjà arrangé, déclara Maurice d'un ton sans appel. J'ai commandé une grosse couronne à matin et j'ai fait marquer dessus que c'était au nom de toute notre famille. Je ramasserai plus tard l'argent de ceux qui veulent participer.

— On pourrait aussi lui faire chanter des messes, proposa Jeanne.

— Exagère pas, toi, la prévint sèchement son mari. On n'est pas pour se mettre dans la rue parce que mon frère est mort. Une grosse couronne comme celle que j'ai commandée, ça va faire l'affaire. Pendant que j'y pense, ajouta Maurice à l'intention de Paul et de sa femme, on va essayer de laisser la famille d'Adrien une couple de minutes toute seule quand le salon va ouvrir pour la première fois.

Lucie ne put s'empêcher de jeter un regard excédé à son mari en entendant son beau-père donner sa directive. Cela allait de soi qu'on allait laisser tante Simone et ses enfants seuls avec le disparu durant quelques minutes pour les aider à apprivoiser leur douleur.

Lorsque Paul reprit le volant de sa Dodge pour rentrer à Longueuil une heure plus tard, il ne put s'empêcher de dire à sa femme :

— Le père changera jamais. Il décide toujours tout pour les autres et t'as pas un mot à dire. Pour la couronne, on n'aura qu'à payer.

—

Le mardi soir suivant, toute la famille se retrouva au salon funéraire Urgel Bourgie de la rue Laurier vers sept heures trente. Chacun semblait avoir observé la consigne de Maurice, soit laisser à Simone et à ses enfants quelques minutes d'intimité avec la dépouille d'Adrien Dionne, avant d'envahir les lieux.

Lorsque Maurice vint s'agenouiller devant le corps de son frère entouré d'arrangements floraux qui avaient été livrés durant la journée, il ne put s'empêcher de penser que c'était le premier membre de sa famille proche qui disparaissait depuis la mort de sa mère, en novembre 1947, plus de vingt-cinq ans auparavant. Puis il se laissa distraire par les couronnes de fleurs, cherchant à identifier celle qu'il avait commandée chez un fleuriste de la rue Jean-Talon. Il avait devant lui un arrangement floral représentant un imposant casque de pompier couvert de roses blanches et toutes les couronnes disposées autour semblaient sensiblement plus petites. Vaguement mécontent, il quitta le prie-dieu et, en compagnie de Jeanne, alla offrir ses condoléances à Simone et à ses enfants avant d'aller rejoindre sa sœur Suzanne et son mari Gaston, un policier de cinquante ans qui songeait déjà sérieusement à la retraite.

Les années n'avaient guère ménagé Suzanne. La sœur de Maurice avait pris du poids et les traits de son visage s'étaient durcis. Ses lunettes à fine monture métallique et ses lèvres minces lui conféraient un air assez rébarbatif. Il suffisait de l'entendre s'adresser à son mari et à ses trois enfants adultes pour comprendre qu'elle savait se montrer aussi autoritaire que son frère Maurice.

Pendant que Suzanne parlait à son frère à voix basse, elle retira ses lunettes durant un moment pour s'essuyer les yeux.

— Pauvre Adrien, dit-elle tout bas, qui aurait dit qu'il serait celui qui partirait le premier ? Il approchait de sa retraite. Il aurait été bien avec Simone. Ils auraient fait une belle vie tous les deux...

Durant quelques minutes, Maurice discuta avec le couple avant de se diriger vers Paul qui venait d'entrer en compagnie de Lucie, de Lise et de son mari. Il leur laissa le temps d'aller s'agenouiller devant le corps avant de s'avancer vers son fils.

— Essaie donc de voir laquelle de ces maudites couronnes est la nôtre, dit-il en désignant du menton la vingtaine d'arrangements floraux qui tapissaient tout le fond du salon funéraire.

— C'est la bleue, à gauche, p'pa, indiqua Lise alors qu'Yvon venait de s'éloigner pour aller dire quelques mots à des confrères pompiers venus rendre un dernier hommage à leur chef.

— Quoi ? Cette petite-là ? Voyons donc ! Ça a pas un maudit bon sens ! chuchota son père. J'ai payé cinquante piastres pour ça.

Sur ces mots, Maurice, mécontent, s'avança en direction de la couronne constituée d'un arrangement de fleurs bleues et blanches pour mieux l'examiner.

— En tout cas, on peut dire que le père perd pas le nord, même si c'est son frère qui est mort, déclara Claude qui venait de se joindre au petit groupe.

— Pourquoi tu dis ça ? lui demanda Paul.

— Sacrifice ! Il nous a collecté cinq piastres chacun pour la couronne. On est neuf. Si vous savez calculer, sa couronne lui a pas coûté plus que cinq piastres, s'il l'a vraiment payée cinquante piastres, comme il le dit. En tout cas, la mort de son frère risque pas de lui coûter une fortune.

— C'est vrai, ça, approuva Lise en jetant un coup d'œil vers son père en train de parler avec son neveu André.

Ce soir-là et le lendemain, il y eut passablement de visiteurs au salon funéraire, même si la famille Dionne était peu nombreuse. La principale raison était probablement que le chef de district décédé avait été apprécié autant par ses subalternes que par ses supérieurs.

Le jeudi matin, le service funèbre fut célébré à l'église Saint-Stanislas devant une foule clairsemée. À la fin de la cérémonie, bien peu de gens bravèrent la neige qui s'était mise à tomber ce matin-là pour suivre le maigre cortège qui prit la direction du cimetière Notre-Dame-des-Neiges. Après que la dépouille d'Adrien eut été déposée dans le charnier en attendant de pouvoir être inhumée au printemps, les amis, les parents et les collègues se dispersèrent rapidement pour rentrer chez eux et retrouver leurs occupations quotidiennes.

Quelques minutes plus tard, Jeanne rompit le silence qui régnait dans la Chrysler qui les ramenait à la maison.

— D'après toi, est-ce que le lot acheté par Simone va être proche de celui de tes parents ? demanda-t-elle à Maurice qui n'avait pas dit un seul mot depuis qu'il avait pris le volant.

— Qu'est-ce que tu racontes là ? demanda-t-il, agacé. Mon père et ma mère ont pas de lot.

— Comment ça, pas de lot ? Ils ont pourtant été enterrés au cimetière Côte-des-Neiges, non ?

— Ben oui, mais on n'a pas payé l'entretien quand ils nous ont envoyé le compte, il y a une quinzaine d'années. Ça fait qu'ils ont mis les os dans une fosse commune.

— Dans une fosse commune ! s'exclama Jeanne, horrifiée. Mais pourquoi vous avez pas payé ? Vous étiez trois. Ça devait pas coûter une fortune et...

— Whow, Jeanne Sauvé ! Ça, ça te regarde pas pantoute ! s'emporta Maurice en freinant à un feu rouge. Occupe-toi donc de tes maudites affaires ! Nous autres, on voulait pas dépenser pour une niaiserie comme ça. C'est du vol.

— J'espère que Simone et les enfants penseront pas comme toi et ta sœur quand va venir le temps de payer l'entretien du lot qu'elle vient d'acheter, laissa tomber Jeanne.

— Qu'est-ce que tu veux que ça fasse au mort, cette histoire-là ?

— C'est pas pour les morts qu'on fait ça, c'est pour ceux qui vivent et qui veulent aller prier sur leur tombe.

Le silence retomba dans l'habitacle surchauffé.

Chapitre 4

Le manteau de fourrure

Deux semaines après le décès d'Adrien, Maurice rentra de son travail à l'heure habituelle, un peu après quatre heures de l'après-midi. Pour une fois, Jeanne avait guetté son retour par la fenêtre, cherchant à deviner son humeur.

Si elle se fiait à sa manière de rabattre doucement la porte du garage, son mari n'était pas de mauvaise humeur cet après-midi-là. Rassurée, elle retourna dans sa salle de couture. On était jeudi, l'une des trois soirées de la semaine où le gymnase de l'école St-Andrews n'était pas loué par les loisirs de Ville Saint-Michel.

La porte de la maison s'ouvrit pour livrer passage à Maurice qui entreprit d'enlever son manteau et ses bottes.

— C'est moi, se contenta-t-il de dire en déposant sa casquette de cuir dans le placard de l'entrée.

— J'arrive dans deux minutes, répondit Jeanne qui avait commencé à repasser la robe qu'elle venait de réparer pour une cliente.

Maurice alla se préparer une tasse de café soluble et s'assit dans sa chaise berçante après avoir allumé une cigarette. Jeanne entra dans la cuisine au moment où il buvait la première gorgée du liquide bouillant.

— On est chanceux, dit-elle. On dirait que le mois de février commence bien. On est le 4 et il n'y a pas eu de neige depuis une semaine.

— Il était temps que ça lâche un peu, laissa tomber Maurice. On sait plus où la mettre, la maudite neige.

— Cécile a téléphoné à midi, poursuivit Jeanne en changeant de sujet.

— Puis?

— L'organisation du soixantième anniversaire de mariage de mon père et de ma mère avance.

— J'espère ben, laissa tomber Maurice. C'est dans trois semaines. Je veux ben croire que Laure et elle ont loué depuis longtemps une salle du Sambo et qu'elles ont engagé les musiciens, mais il y a un paquet d'autres affaires à prévoir.

— Cécile se plaint que Laure prend toute la place et fait comme si elle existait pas. Il paraît qu'elle décide tout sans lui demander son avis, comme une vraie maîtresse d'école.

— Pourtant, Cécile aussi est une maîtresse d'école.

— Par exemple, elle m'a dit que Laure avait déjà commandé des fleurs et un punch sans lui en parler, reprit Jeanne sans tenir compte de la remarque de son mari. Il paraît qu'elle a décidé d'offrir en plus une bourse aux fêtés et de leur acheter des cadeaux. Elle a aussi demandé à Paul d'écrire une adresse qu'il va lire en avant.

— Est-ce qu'elles vont avoir assez d'argent pour payer toutes ces dépenses-là au moins? s'inquiéta Maurice. En tout cas, moi, j'ai prévenu tes sœurs l'été passé que louer le Sambo sur la rue Sherbrooke, c'était payer ben trop cher pour rien. Elles auraient pu louer une autre salle pour le tiers du prix et faire venir un buffet. Ben non, ta sœur Laure avait des idées de grandeur. Qu'elle vienne surtout pas se plaindre après qu'elle arrive pas.

— Ça a pas l'air de l'inquiéter, d'après Cécile. Elle m'a dit qu'à peu près tout le monde a répondu à l'invitation qu'elle a envoyée. Elle et Laure ont reçu les chèques de ceux qui allaient venir. Il paraît qu'on va être presque cent cinquante invités.

— On verra ben, conclut Maurice, avec l'air d'en douter.

—

L'été précédent, les huit frères et sœurs Sauvé s'étaient réunis pour décider quel type de célébration il convenait d'organiser pour célébrer le soixantième anniversaire de mariage de leurs parents.

D'entrée de jeu, l'aînée s'était déclarée incapable d'aider ses frères et sœurs.

— Nous autres, on reste à Québec, avait affirmé Germaine sur un ton geignard. Jean et moi, on n'est pas à même de faire grand-chose. En plus, depuis son accident, Jean en arrache.

Ses frères et sœurs se jetèrent des regards entendus. Ils savaient dès le départ qu'ils ne pourraient pas compter sur elle. À cinquante-huit ans, la femme de l'agent d'assurances n'avait guère changé. Le décès de son dernier-né trisomique, survenu deux ans auparavant, lui avait enlevé le peu d'énergie qui lui restait. Elle continuait à dormir le jour et à vivre la nuit dans une maison où il ne restait que trois de ses neuf enfants vivants. Pour sa part, son mari sortait d'une année d'hospitalisation et de physiothérapie après avoir été heurté par une voiture en traversant la rue.

— Moi, je comprends pas pourquoi on fait encore une fête, avait dit Bernard en affichant un gros cigare d'un air suffisant. Il me semble que ça fait pas si longtemps que ça qu'on leur a organisé leurs noces d'or. J'ai pas le temps de me mêler de ça. Je travaille jusqu'à minuit tous les soirs de la semaine.

Bernard avait quitté Drummondville au début des années soixante pour fonder une école de conduite automobile. Après quelques années de vaches maigres, sa modeste entreprise allait assez bien pour qu'il roule en grosse Cadillac et plastronne avec des airs d'homme d'affaires prospère.

— J'ai pas grand temps moi non plus, avait dit à son tour Claude Sauvé, qui venait de se lancer dans la vente et la pose de couvre-planchers.

— Moi non plus, je peux pas rien faire, avait affirmé Luc. Je travaille de nuit et j'ai besoin de dormir durant la journée.

L'ouvrier de la Dominion Textiles avait les traits tirés et le visage blafard de ceux qui sont astreints à travailler la nuit.

— Bon, ça va faire, avait tranché Laure, mise de mauvaise humeur par les déclarations de ses trois frères. Ça a tout l'air que ça va ressembler aux noces d'or. Encore une fois, les gars de la famille sont tous trop occupés pour aider. Encore une fois, répéta-t-elle, ça va être aux filles de tout faire.

La femme du cultivateur Florent Jutras se tourna vers ses sœurs.

— Que j'en entende pas un me dire que, moi, je manque pas de temps parce que j'ai pas eu d'enfant, menaça la dame à la stature imposante. J'enseigne comme Cécile et j'ai pas trop de mes journées pour faire tout ce que j'ai à faire. En plus, il faut que j'aide Florent. Si on se fie à ça, tout le monde, ici, a de l'ouvrage par-dessus la tête. Ruth a ses sept enfants à élever. Cécile a encore des jeunes à la maison et elle fait l'école. Jeanne aussi en a encore six à la maison et elle coud.

— On peut peut-être se partager l'ouvrage, avait suggéré Jeanne, pleine de bonne volonté.

Maurice lui avait alors lancé un regard meurtrier, mais il n'avait pas dit un mot.

Un long silence était ensuite tombé sur la pièce pendant que chacun cherchait une solution au problème ou un moyen élégant de s'en tirer sans avoir à donner de son temps.

— Je peux suggérer quelque chose, avait fini par proposer Laure, impatiente. Les filles pourraient tout organiser et on demanderait l'aide des garçons quand on serait mal prises. Qu'est-ce que vous en pensez?

Tout le monde avait approuvé et on s'était quitté sur ce mode d'organisation assez lâche. Un mois plus tard, il était devenu évident que Laure avait été obligée de prendre l'organisation de la fête en main. Elle voyait à tout et bousculait ceux qui traînaient trop les pieds lorsque c'était nécessaire. Par la force des choses, sa sœur Cécile était devenue son bras droit.

Six mois plus tard, on en était aux derniers préparatifs d'une fête que les enfants des jubilaires avaient fini par souhaiter mémorable.

—

— Moi, j'ai fini ma robe, déclara Jeanne à Maurice, ce jeudi après-midi là. J'ai les souliers et la sacoche qui vont avec.

— Tant mieux pour toi, dit Maurice d'un ton distrait.

— Il me reste juste à faire réparer mon manteau de mouton.

— Qu'est-ce qu'il a ton manteau? Il est ben correct.

— La doublure est tout usée et elle est déchirée à deux places, lui expliqua Jeanne.

— T'as juste à la réparer.

— Je suis pas capable de faire ça avec ma machine à coudre. Il faudrait que j'aille dans un magasin où on fait des manteaux de fourrure. Je voudrais pas avoir honte au soixantième avec un manteau qui a une doublure à moitié arrachée.

Jeanne venait de jeter l'hameçon. Il restait à savoir si le poisson mordrait. Depuis une semaine, elle guettait le bon moment pour demander à son mari de la conduire chez un fourreur de Montréal-Nord. C'était pour cette raison qu'elle surveillait si étroitement son humeur depuis quelques jours. Elle aurait bien demandé à André ou à Claude de l'amener, mais ils finissaient de travailler trop tard.

Maurice n'eut aucune réaction. Sa femme dut se résoudre à demander carrément qu'il la conduise à la boutique du fourreur.

— Il fait beau et encore clair dehors. Ça te tenterait pas de m'amener dans un magasin qui vend des manteaux de fourrure, Maurice? Ça prendrait pas de temps. On serait revenus pour le souper.

— Le char est déjà dans le garage. Je suis pas pour le sortir pour cette niaiserie-là.

— Si t'aimes mieux qu'on passe pour des pauvres...

— Maudite fatigante! s'emporta-t-il. C'est trop demander que de me laisser respirer un soir que j'ai pas de location à l'école? Où est-ce qu'il est ton maudit magasin? Je t'avertis tout de suite. S'il est dans le bas de la ville, j'y vais pas. Tu prendras l'autobus.

— Bien non. J'en connais un. Il est à Montréal-Nord, tout près.

Maurice laissa échapper un chapelet de jurons pour exprimer son mécontentement d'avoir à sortir à peine quelques minutes après son retour à la maison. Jeanne laissa passer la tempête sans rien dire. Son mari finit par se lever de sa chaise berçante.

— Envoye! Grouille! Qu'on en finisse, lui ordonna-t-il sur un ton brusque en se dirigeant vers la porte de la penderie où il prit sa casquette et son manteau.

Pendant qu'il allait sortir la voiture du garage, Jeanne s'empressa d'endosser son manteau de drap et prit un grand sac dans lequel elle avait déposé son vieux manteau de mouton qui avait été acheté plus de vingt ans auparavant. Quelques minutes plus tard, Maurice arrêta l'auto devant le magasin de fourrures Lebrasseur du boulevard Henri-Bourassa.

— Tu descends pas? demanda Jeanne. Je voudrais pas que tu gèles à m'attendre.

— Non, fit Maurice sur un ton sans appel. Grouille-toi. J'ai pas que ça à faire, moi, t'attendre.

Jeanne ne sortit du magasin que trois quarts d'heure plus tard. Son mari, furieux, faisait les cent pas devant la vitrine depuis déjà plusieurs minutes.

— Veux-tu ben me dire, bout de Christ, ce que tu niaisais là-dedans? s'écria-t-il en la voyant apparaître sur le trottoir.

— J'ai été obligée d'attendre. J'étais pas la seule cliente du magasin, répondit Jeanne sans fournir plus d'explications.

— Où est ton manteau? s'enquit Maurice en remarquant brusquement que sa femme avait les mains libres.

— J'ai dû le laisser. Il sera pas prêt avant samedi.

— En tout cas, t'es mieux de te trouver un autre taxi ou te préparer à prendre l'autobus pour venir le chercher, lança-t-il, de mauvaise humeur. Je suis pas pour gaspiller du gaz pour ça.

— C'est sûr, Maurice Dionne. Ce char-là, c'est juste pour toi, répliqua sèchement Jeanne.

Deux jours plus tard, Maurice revint à la maison au milieu de l'après-midi après avoir placé les chaises dans le gymnase de St-Andrews en prévision de la messe dominicale. Il entra dans la maison, mais demeura debout sur le paillasson de l'entrée sans se donner la peine d'enlever ses bottes.

— C'est toi, Maurice? demanda Jeanne, occupée à suspendre des vêtements dans la garde-robe de sa chambre à coucher.

— Qui est-ce que tu veux que ce soit? Es-tu toute seule dans la maison? dit Maurice, à son tour.

— Oui. Martine est partie magasiner. Denis et Marc travaillent. Les autres, je sais pas où ils sont passés. Ils sont partis tout de suite après le dîner.

— Est-ce que ça veut dire que t'es pas allée chercher ton manteau de mouton?

— Bien non, répondit Jeanne en sortant de la pièce.

— Bon. Habille-toi. On va aller le chercher, déclara Maurice en exhalant un soupir d'exaspération.

— T'es bien fin, Maurice. Je suis prête. J'en ai pour une minute.

Quelques minutes plus tard, Maurice déposa sa femme devant la porte du magasin.

— J'espère que ce sera pas long comme jeudi, dit-il en tournant la clé de contact.

— Je veux que tu descendes, dit Jeanne sur un ton décidé. Viens. J'ai une surprise pour toi.

— Ah non! Laisse-moi tranquille avec ça.

— Descends, Maurice. Il faut que tu viennes, insista Jeanne. Je t'ai acheté ton cadeau de fête en avance.

— Sacrement! jura-t-il. Ma fête est juste en avril. T'es en avance pas pour rire.

Exaspéré, Maurice descendit de mauvaise grâce de la Chrysler et suivit sa femme à l'intérieur du magasin.

Antoine Lebrasseur était un vieillard adipeux aux manières un peu efféminées. Il sortit de son arrière-boutique dès qu'il entendit tinter la clochette de la porte d'entrée de son commerce et s'avança vers Jeanne avec l'onction d'un vieil évêque.

— Bonjour, madame Dionne. Vous arrivez juste à temps pour un essayage. J'allais vous téléphoner.

— Si ça vous fait rien, monsieur Lebrasseur, s'empressa de dire Jeanne, j'aimerais que vous montriez d'abord à mon mari ce que je lui ai acheté.

— Comme vous voudrez, dit le fourreur en se dirigeant vers le comptoir installé au fond de son magasin.

— Qu'est-ce que cette vieille maudite tapette est partie me chercher? chuchota Maurice à sa femme. Veux-tu ben me dire ce que t'as pu m'acheter dans une place comme ça?

Il était à la fois intrigué et visiblement mécontent.

— Attends, tu vas voir.

— Approchez, monsieur Dionne, l'invita Lebrasseur en déposant une boîte à chapeau sur le comptoir devant lui.

Le marchand sortit alors de la boîte un magnifique chapeau en vison pour homme.

— Si vous voulez bien retirer votre casquette, on va vérifier s'il vous va bien, proposa l'homme en tenant le chapeau comme s'il s'agissait du saint sacrement.

Maurice obéit à contrecœur et laissa le fourreur déposer sur sa tête le couvre-chef étrangement léger.

— Il vous va parfaitement bien, monsieur! s'exclama Lebrasseur en affichant une mine ravie. N'est-ce pas, madame? fit-il en se tournant vers Jeanne qui examinait son mari d'un œil critique.

— Ça te fait une belle tête, Maurice. Regarde-toi dans le miroir en face, lui suggéra-t-elle.

— Il faut croire que les mensurations de la tête que vous m'avez données étaient les bonnes, conclut Lebrasseur.

Maurice s'examina un bref instant dans le miroir sans exprimer beaucoup d'enthousiasme pour ce qu'il y voyait. Après avoir inutilement attendu d'être félicité, le fourreur se tourna vers Jeanne.

— Bon, je vous apporte votre manteau, madame Dionne, dit le vieil homme en se dirigeant vers le rideau qui séparait le magasin de son arrière-boutique.

Aussitôt que Lebrasseur eut quitté les lieux, Maurice enleva le chapeau qu'il déposa sans ménagement sur le comptoir.

— Christ! jura-t-il, es-tu devenue folle? Comment ça va te coûter ce chapeau-là? En fourrure! Laisse faire. J'en veux pas. Quand est-ce que tu penses que je vais me mettre ça sur la tête?

— Maurice Dionne, c'est un cadeau! Il a été fait sur mesure. Je peux pas le laisser là. Il est déjà payé. Occupe-toi pas du prix. Il te coûte rien. C'est moi qui le paye.

À ce moment-là, le fourreur sortit de l'arrière-boutique en portant sur le bras un somptueux manteau de fourrure. Il contourna le comptoir et invita du geste Jeanne à enlever son manteau de drap.

— C'est une merveille, madame Dionne! J'ai fait les retouches dont je vous ai parlé jeudi. Il devrait vous faire comme un gant.

Tout en parlant, le gros homme aidait Jeanne à endosser un magnifique manteau de vison dont le lustre disait assez la qualité. Ensuite, il fit avancer sa cliente vers un grand miroir sur pied pour qu'elle puisse s'admirer.

— Regardez comme il vous va bien. Vous ne regretterez jamais cet achat. Ça, je peux vous l'assurer.

Pendant tout ce temps, Maurice était demeuré muet de stupéfaction. Maintenant, le visage crispé par une colère qu'il avait beaucoup de mal à empêcher d'éclater, il attendait avec impatience de sortir du magasin.

— Est-ce que vous voulez le porter pour rentrer à la maison ou bien est-ce que je vous le mets dans une housse, madame Dionne ? demanda le marchand.

— Vous pouvez mettre mon manteau de drap dans la housse, répondit Jeanne, toute fière de son achat, en se pavanant devant le miroir. Je vais le garder.

— Et pour le chapeau ?

Jeanne jeta un coup d'œil à son mari. Sa mine renfrognée l'avertit de la tempête en préparation.

— Mettez-le dans sa boîte. Mon mari aime mieux porter sa casquette pour conduire.

Sans attendre que l'homme ait fini l'emballage, Maurice se dirigea vers la porte du magasin et sortit. Jeanne le rejoignit cinq minutes plus tard, les bras chargés de la boîte à chapeau et de la housse. Elle ouvrit difficilement l'une des portières arrière pour déposer le tout sur la banquette avant de venir s'asseoir aux côtés de son mari qui démarra immédiatement la Chrysler.

Durant un long moment, un silence pesant régna dans l'habitacle. Puis, comme Jeanne s'y attendait, Maurice laissa éclater sa colère.

— Est-ce que je peux savoir combien ça t'a coûté ?

— T'as pas à le savoir, c'est un cadeau que je te fais.

— Je te parle pas du chapeau. Je te parle du manteau, maudite hypocrite ! Réparer ton vieux manteau de mouton, hein ! Pendant tout ce temps-là, tu te faisais faire un manteau de vison.

— Aïe! Maurice Dionne, ça va faire! s'insurgea sa femme. J'ai voulu faire réparer mon manteau de mouton, mais il était mangé par les mites et le faire réparer m'aurait presque coûté aussi cher que d'en acheter un neuf. Monsieur Lebrasseur m'a montré un manteau de vison qu'une cliente avait commandé, mais qu'elle est jamais venue chercher. Il me l'a laissé à la moitié du prix. C'est un manteau de cinq mille piastres.

Le chiffre avancé par sa femme surprit tellement Maurice qu'il faillit emboutir la voiture qui roulait devant la sienne.

— Quoi! Es-tu en train de me dire que t'as payé deux mille cinq cents piastres pour un manteau?

— Bien oui, imagine-toi donc! Pour une fois, je me suis payé un petit luxe avec mon argent. En plus, si tu tiens à le savoir, ton chapeau m'a coûté trois cents piastres. Es-tu satisfait, là?

— Ah ben, Tabarnak! J'aurai tout entendu! Deux mille cinq cents piastres pour un manteau! T'es devenue folle à enfermer à Saint-Jean-de-Dieu!

— C'est sûr que c'est pas un char, poursuivit Jeanne. Mon manteau roule pas, lui.

— Viens pas essayer de comparer les deux, Jeanne Sauvé! s'écria Maurice, hors de lui. Un char, ça sert à toute la famille. C'est une nécessité. Pas ton maudit manteau de poil! Que je t'entende encore me demander plus d'argent pour acheter à manger! Si c'est pas écœurant de gaspiller l'argent comme ça!

— Maurice Dionne, t'as un maudit front de «beu», s'insurgea sa femme, rouge de colère. Je te demande jamais une cenne pour m'habiller et il y a pas une semaine que je mets pas de mon argent dans la commande chez Steinberg. Mon manteau de fourrure t'a rien coûté et je t'ai rien demandé.

— Il aurait plus manqué que ça !

— En tout cas, ça vaut la peine de te faire un beau cadeau de fête, toi, reprit Jeanne, au bord des larmes. J'essaye de te faire plaisir, et c'est comme ça que tu me remercies…

Le visage de Maurice se ferma et les époux, mécontents l'un de l'autre, se murèrent dans un silence plein d'amertume.

La bouderie de Maurice ne dura pourtant qu'une journée. Le vendredi suivant, après les achats de nourriture, Jeanne entraîna son mari chez Pat Fitzgibbon, la mercerie chic pour homme située à quelques portes de l'épicerie Steinberg.

— Qu'est-ce qu'on va encore aller faire là ? demanda Maurice, méfiant.

— J'en n'ai pas fini avec ton cadeau de fête. Je veux que tu te choisisses un beau manteau de toilette bleu marine pour aller avec ton chapeau neuf.

— Celui que j'ai fait encore l'affaire, protesta mollement Maurice.

— Non. Il est usé jusqu'à la corde et t'as de la misère à entrer dedans.

Moins d'une demi-heure plus tard, le couple sortit du magasin avec un manteau neuf pour Maurice.

— Comme ça, on n'aura pas l'air de quêteux au soixantième, dit Jeanne dont les derniers achats avaient sérieusement entamé le bas de laine.

Chapitre 5

Le soixantième anniversaire

Le second samedi de février arriva enfin. Depuis plus de vingt-quatre heures, une petite neige folle tombait par intermittence, rendant les déplacements sur les routes plutôt hasardeux. La météo annonçait des chutes de neige plus importantes durant la soirée.

— J'espère que ça empêchera pas le monde de venir, dit Jeanne avec une pointe d'inquiétude dans la voix, ce matin-là, au moment où son mari s'apprêtait à partir pour St-Andrews.

— On le verra ben cet après-midi. Je vois pas pourquoi. Les Jutras sont déjà chez ta mère depuis hier matin et les Ouimet ont sûrement dû coucher chez ta sœur Ruth. Pour les autres, la plupart viennent de Montréal. Si ta sœur Laure a invité tes oncles, tes tantes et tes cousins de Saint-Joachim et de Drummondville, comme aux noces d'or, ils trouveront ben le moyen d'être là s'ils ont déjà payé. Juste notre famille, on va être une vingtaine.

— J'ai fini juste à temps la robe neuve de m'man. Elle va être pas mal chic. J'aurais aimé ça faire un beau cadeau à mon père et à ma mère, reprit Jeanne, songeuse.

— Exagère pas! On paye déjà trente piastres pour aller à la fête et, en plus, t'as fait la robe de ta mère. Il me semble que c'est déjà pas mal plus que ce que les autres ont fait.

— De toute façon, il est trop tard pour leur trouver quelque chose.

— Bon, je vais revenir vers trois heures. Je vais avoir juste le temps de me laver et de m'habiller avant d'y aller. Essaye d'être prête quand je vais arriver, sinon on va manquer la messe à Notre-Dame-des-Victoires.

À la fin de l'après-midi, sous un ciel assombri par de lourds nuages, plus d'une centaine d'invités prirent place dans l'église de la rue Monsabré pour regarder Marie et Léon Sauvé s'avancer dans l'allée centrale du temple.

Le petit homme à demi chauve de quatre-vingt-quatre ans donnait le bras à sa femme qui le dépassait de plusieurs centimètres. Soigneusement coiffée et vêtue d'une robe mauve assez sobre, Marie prit le temps de saluer au passage quelques membres de sa famille et des parents avant de prendre place aux côtés de son mari dans l'un des deux fauteuils disposés devant la sainte table.

La messe fut célébrée par un jeune prêtre, neveu des jubilaires. Ce dernier, après leur avoir fait répéter leurs vœux de mariage, parla avec émotion de ce qu'ils étaient parvenus à construire en soixante ans de vie commune. Si la messe fut servie par deux enfants de Ruth, la lecture des saintes Écritures revint à Cécile et à son mari, Gérald Veilleux. Après une dernière bénédiction du célébrant, le couple descendit lentement l'allée centrale aux sons de la marche de Mendelssohn sous les applaudissements nourris de l'assistance.

Quelques minutes plus tard, tous les invités se retrouvèrent dans le hall du restaurant Sambo de la rue Sherbrooke, attendant avec une certaine impatience de se débarrasser de leurs lourds manteaux au vestiaire.

— Sacrifice ! Maurice, as-tu gagné à la loterie ? demanda Bernard Sauvé à son beau-frère qui arborait fièrement son chapeau de vison.

Dans la cohue, plusieurs têtes se tournèrent vers Jeanne et Maurice.

— Ouais, ça a l'air payant de travailler pour la Commission scolaire de Montréal, intervint Céline, la femme de Claude Sauvé, en dissimulant mal un air envieux. La belle-sœur a tout l'air d'étrenner un beau manteau de vison neuf, à part ça. J'haïrais pas ça, moi, partir avec à la fin de la soirée.

— On va le surveiller, plaisanta Maurice, tout heureux d'attirer l'attention et se gardant bien de mentionner qu'il n'était pour rien dans l'achat de ces vêtements luxueux.

Aussitôt arrivée sur place, Laure Jutras joua à l'hôtesse et passa d'un groupe à l'autre pour prévenir les invités qu'un punch allait leur être servi dans le hall avant qu'ils n'accèdent à la salle de réception.

— Moi, j'aime pas ça, ce petit jus de fruits là, dit Luc avec qui Maurice discutait après avoir déposé son manteau au vestiaire. Ça goûte rien. Si le bar peut ouvrir, on va pouvoir boire quelque chose qui a du bon sens.

— Fais attention à toi, mon Luc, lui conseilla son beau-frère Gérald, qui passait près de lui. Si je me fie aux dernières noces, tu m'as pas l'air de trop ben supporter la boisson. T'as été malade comme un chien et on a été obligés d'aller te reconduire chez vous.

Le petit homme rondelet au grand sourire faisait allusion au fait que Luc, reconnu dans la famille pour sa pingrerie, avait une nette tendance à boire à s'en rendre malade lorsque l'alcool était gratuit dans une fête. Par contre, il demeurait d'une sobriété exemplaire quand il devait payer ses consommations.

— Tu te trompes, Gérald, le reprit en riant Florent avec un sourire moqueur. Luc porte ben la boisson, c'est la quantité qu'il porte pas.

— Whow! Exagérez pas, s'insurgea le plus jeune frère de Jeanne. Je suis pas un ivrogne.

— Non, c'est vrai; mais disons que tu trouves que la boisson a ben meilleur goût quand t'as pas à la payer, s'esclaffa son frère Claude en donnant un coup de coude à Jean, le mari de Germaine.

Le maître de cérémonie finit par apparaître à la porte de la salle pour inviter les gens à entrer et à s'asseoir autour de la quinzaine de tables rondes sur chacune desquelles les serveurs avaient disposé huit couverts. La foule envahit bruyamment les lieux. Dès leur entrée dans la grande salle, les jubilaires, l'abbé Lafrance ainsi que deux des frères de Léon et leurs épouses furent priés de prendre place à la table d'honneur dressée à l'avant de la salle. Pendant ce temps, les invités s'installèrent en cherchant à se retrouver à la même table que ceux avec qui ils croyaient avoir le plus de plaisir durant le repas.

C'est ainsi que les familles se regroupèrent tout naturellement dans la salle, sans vraiment le chercher. Par exemple, les jeunes Dionne se retrouvèrent tous ensemble autour de deux tables et leurs nombreux cousins firent de même.

Laure, l'air préoccupé, se mit alors à circuler parmi ses frères et sœurs.

— Essayez de ne pas tous vous asseoir aux mêmes tables, leur dit-elle sèchement. Il y a des amis et des cousins de p'pa et de m'man qui ont l'air perdus. Le mieux serait que chacun aille s'installer à l'une des autres tables.

— Énerve-toi pas avec ça, Laure, rétorqua son frère Claude. S'ils sont perdus, je leur montrerai le chemin de la porte à la fin de la soirée.

Laure retint difficilement la réplique cinglante qui lui vint aux lèvres. Elle se contenta de tourner les talons et de se diriger vers un petit groupe d'invités qui cherchait des yeux où s'installer.

Il n'y eut que Cécile et Gérald Veilleux qui se sacrifièrent pour aller s'asseoir avec des parents éloignés et des inconnus. Tous les autres Sauvé et leurs conjoints prirent place en plaisantant autour de deux tables.

Maurice se retrouva assis près de Jean Ouimet avec qui il s'était toujours particulièrement bien entendu. Pendant que ce dernier lui donnait des nouvelles de ses nombreux enfants, le concierge de St-Andrews constatait avec stupéfaction à quel point l'homme de soixante-quatre ans avait vieilli prématurément depuis son accident. Il ne l'avait pas revu depuis son hospitalisation, un an auparavant. Le grand et gros homme semblait avoir fondu et s'être tassé. Pour dire vrai, il avait maintenant l'air presque aussi vieux que son beau-père.

Durant presque tout le repas, à cette table, on se remémora des plaisanteries et des mésaventures survenues à des membres de la famille durant les années précédentes. C'était drôle et émouvant, particulièrement quand on évoquait celles de Gustave, le frère décédé vingt ans auparavant. On rappela à Ruth le repas de Noël où elle avait involontairement blasphémé devant sa mère. Maurice raconta pour la énième fois comment son beau-père et lui étaient parvenus à hisser une grosse voisine ivre chez elle, au second étage, à l'époque où Jeanne et lui habitaient rue Notre-Dame.

À deux ou trois reprises durant le repas, des invités frappèrent avec insistance sur les tables pour que les jubilaires se lèvent et s'embrassent. Au dessert, Laure s'empara du micro pour annoncer qu'un petit-fils allait lire une adresse à ses grands-parents. Sur ce, elle fit signe à Paul de venir à l'avant de la salle.

Ce dernier, malgré l'habitude de faire face à des groupes d'élèves, se sentit intimidé devant tous ces gens qui le regardaient. Les genoux un peu tremblants, il déplia un parchemin décoré par les soins de sa tante Cécile et se mit à lire un texte où les principales étapes de la vie de ses grands-parents étaient retracées. Lorsqu'il termina sa lecture, il s'empressa de rouler le document avant d'aller le présenter à sa grand-mère.

Ensuite, la fille cadette de Ruth alla offrir un gros bouquet de roses rouges à ses grands-parents. La fillette fut suivie par Laure et Cécile qui présentèrent aux jubilaires la bourse amassée pour la circonstance.

Avant que le maître de cérémonie reprenne possession du micro, Léon et Marie remercièrent les organisateurs de la fête et les invités. Quand la musique reprit, ils se levèrent de table pour aller parler avec les gens, apparemment soulagés de ne plus être le pôle d'attraction de la soirée.

— Il y a tellement de fumée que les yeux me piquent, déclara Cécile à sa sœur Jeanne.

— La fumée de cigarette me dérange pas trop, répondit cette dernière. J'y suis habituée. Mais la senteur du cigare de Bernard me lève le cœur.

Ce disant, Jeanne chassa de la main la fumée nauséabonde qui lui parvenait. Cécile tourna la tête vers son frère aîné qui venait de déposer son gros cigare dans un cendrier pour tirer de l'une de ses poches un flacon plat rempli d'alcool dont il mit une bonne rasade dans sa tasse de café. Il en offrit ensuite généreusement à ses voisins immédiats.

— Dis donc, Bernard, est-ce que c'est de la crotte de chien que tu fumes? demanda Cécile, mi-sérieuse.

— Aïe! Viens pas dire ça! se défendit le gros homme à la tête argentée. C'est un cigare cubain d'une piastre et demie.

— On pourrait peut-être changer d'air en allant dans le hall, proposa Gérald Veilleux qui venait de s'arrêter devant la table occupée par ses beaux-frères et ses belles-sœurs. Comme ça, on sera pas dans les jambes des employés pendant qu'ils vont nettoyer les tables.

— Bonne idée, approuvèrent en chœur ses beaux-frères en se levant.

Les quatre hommes assis à la table s'empressèrent de quitter les lieux. Quand ils arrivèrent dans le hall, ils s'aperçurent que de nombreux invités les avaient devancés.

— Vous avez vu ce qui tombe ? demanda Luc en montrant du pouce les portes vitrées du Sambo qui s'ouvraient sur le stationnement du restaurant.

À la lueur des lampadaires qui éclairaient violemment l'endroit, les gens pouvaient voir les lourds flocons qui tombaient serrés. Maurice s'approcha pour mieux évaluer la quantité de neige accumulée depuis leur entrée dans la salle de banquet. Plusieurs pouces de neige couvraient déjà les voitures stationnées.

— C'est une vraie tempête, dit-il à son beau-frère Florent qui l'avait suivi. J'ai l'impression que tu vas avoir de la misère à retourner à Saint-Cyrille à soir.

— Je prendrai pas la route en pleine tempête, déclara le cultivateur, placide. Je vais téléphoner à mon voisin pour lui demander d'envoyer un de ses garçons faire mon train demain matin et je monterai à la campagne seulement demain après-midi, quand les chemins vont être bien déblayés.

— Tu fais ben. Moi, j'aurai pas ta chance. Demain matin, je vais être obligé d'aller pelleter les entrées de l'école avant la messe.

Les deux hommes revinrent à l'un des groupes qui s'étaient formés dans le hall.

— On dirait que Luc est déjà au bar, fit remarquer Maurice en montrant du menton son beau-frère en train de commander une consommation.

— Sa femme est mieux de le surveiller à soir si elle veut rentrer à la maison. Je vois pas Luc payer un taxi pour s'en retourner, dit le cultivateur en riant.

— Es-tu malade, toi ? ricana Maurice. Il laissera jamais sa Falcon ici.

Deux ans auparavant, Luc s'était décidé à acheter sa première voiture et il avait opté, après plusieurs mois d'hésitation, pour une Falcon, une automobile intermédiaire produite par la compagnie Ford. Il avait choisi cette voiture très économique autant pour son bas prix que pour sa faible consommation d'essence. En pleine crise du pétrole, il n'était pas question de faire des folies.

Du jour au lendemain, le petit véhicule était devenu le centre de ses préoccupations et l'objet de tous ses soins. Il le lavait deux fois par semaine et ne l'utilisait habituellement que les week-ends, surtout pour rendre visite à des parents qu'il ne recevait d'ailleurs jamais, toujours par souci d'économie.

Au fil du temps, la Falcon de Luc était devenue une source durable de plaisanteries dans la famille parce qu'il était impossible de rencontrer son propriétaire sans qu'il vous entretienne à n'en plus finir des qualités insoupçonnées de sa voiture. Lorsqu'on désirait le faire sortir de ses gonds, il suffisait de déprécier son automobile.

Certains jeunes avaient aussi quitté la salle pour venir former deux ou trois groupes supplémentaires dans le hall. Dans un coin, quelques jeunes femmes parlaient des mérites des nouvelles couches jetables, des avantages de travailler hors du foyer, de la nécessité que les pères prennent une part plus active aux travaux ménagers et, à mots couverts, de la pilule anticonceptionnelle. Un peu à l'écart, trois cousines Sauvé, vieilles enseignantes proches de leur retraite, se plaignaient des méfaits de l'école mixte et se racontaient à quel point les jeunes d'aujourd'hui étaient devenus incontrôlables.

Un peu plus loin, des adolescents s'enthousiasmaient pour les derniers disques d'Elvis Presley et de Roy Orbison. Certains se mirent à discuter du nouveau film de Coppola intitulé *Le Parrain* dont la version française les avait enchantés.

Pour sa part, Gérald Veilleux s'était glissé dans un petit groupe de Lafrance, des membres de la famille de sa belle-mère, parce qu'on y parlait de politique et d'économie, deux sujets qu'il adorait. Quelqu'un venait de prédire d'un air important que le gouvernement minoritaire de Trudeau ne durerait pas un an de plus et que les Américains finiraient par se mordre les doigts d'avoir laissé Pinochet faire son coup d'État au Chili pour renverser Allende. Un des frères de Marie, un sexagénaire bedonnant, profita d'un moment de silence pour faire dévier la conversation sur les effets de la crise du pétrole.

— Moi, le gaz, ça m'intéresse bien moins que l'enquête de la CÉCO, déclara un homme d'âge mûr. Je suis sûr qu'on va continuer à en apprendre des belles sur la mafia avec cette enquête-là.

— Peut-être, intervint Gérald, mais on devrait peut-être enquêter aussi sur l'honnêteté de nos politiciens.

— Tu penses à quoi? demanda celui qui venait de parler.

— Je pense à Mirabel qu'on va inaugurer bientôt. Ça, c'est un bel exemple de gaspillage de notre argent! Ottawa a décidé d'arracher leur terre à des dizaines de cultivateurs pour aller construire un gros aéroport en pleine campagne. À cette heure qu'il est presque fini de construire, on dit qu'il n'y a plus d'argent pour faire des routes qui vont aller jusque-là. C'est brillant, ça!

— Et les dépenses de fou de Drapeau pour ses Olympiques, elles! s'exclama un autre. Ça, c'est écœurant! Moi, je trouve que Bourassa a attendu ben trop longtemps pour se décider à contrôler la folie des grandeurs du maire de Montréal. C'est pas des farces! Il paraît que ça va peut-être nous coûter quatre fois plus cher que prévu! C'est ben beau parler d'une régie: le mal est déjà fait. Moi, je vous dis qu'on n'a pas fini de payer pour ces maudits jeux-là.

— Ça, c'est du Bourassa tout craché, commenta un vague cousin de Marie. Comme d'habitude, il a attendu tellement longtemps avant de se décider à bouger qu'il était trop tard quand il l'a fait.

À l'écart, Florent, Maurice et Jean écoutaient Claude et Bernard Sauvé se vanter de leurs récents succès en affaires. Les deux frères se livraient une lutte sournoise et cherchaient à s'épater mutuellement. Ainsi, l'année précédente, quand Bernard avait fait l'acquisition d'une Cadillac de l'année, son jeune frère s'était empressé de l'imiter en se portant acquéreur d'un modèle encore plus luxueux. Si Bernard affirmait avoir dû engager d'autres moniteurs pour répondre à la clientèle de plus en plus nombreuse de son école de conduite automobile, Claude rétorquait qu'il avait du mal à trouver assez d'employés qualifiés pour poser tous les couvre-planchers et la céramique vendus.

Les hommes auraient peut-être choisi de continuer à discuter plus longtemps, mais les femmes finirent par venir les chercher. Elles voulaient danser.

Durant le reste de la soirée, Maurice, une bouteille de cola à la main, se déplaça en de nombreuses occasions pour voir si ses fils ne buvaient pas trop d'alcool. Lorsqu'il se rendit compte qu'André allait au bar pour la seconde fois en moins d'une heure, il s'approcha du jeune homme, l'air mécontent.

— Essaye de pas nous faire honte à soir, lui dit-il.

— Pourquoi vous me dites ça, p'pa ? demanda le jeune homme, surpris.

— Ça fait deux ou trois fois que je te vois venir chercher de la bière. C'est pas parce qu'elle est gratuite que tu dois te rendre malade. Oublie pas que tu dois conduire ton char à la fin de la soirée.

— Inquiétez-vous pas, p'pa. J'ai bu juste deux bouteilles de bière depuis le commencement de la soirée. L'autre bouteille était pour Johanne.

— Ah ! Ta blonde boit de la bière, dit Maurice d'un ton réprobateur.

— Ben oui, p'pa, comme la plupart des filles, reprit André, agacé d'être surveillé par son père comme s'il était encore un enfant.

Sur ces mots, le jeune homme retourna à la table où il était assis en compagnie de sa jeune amie Johanne, de Paul, de Lucie, de Francine et de Martin Guérard.

— Qu'est-ce que le père te voulait ? lui demanda Paul.

— Ah ! Il est ben inquiet de nous voir boire autant, se contenta-t-il de répondre en tendant la bouteille de bière à la jeune fille de dix-sept ans qu'il fréquentait depuis quelques mois.

Vers onze heures, quelques invités commencèrent à quitter la fête. Depuis près d'une heure, Maurice n'attendait que cela avec une impatience grandissante. À la vue des premiers départs, il se rendit sans tarder à la table occupée par les jeunes.

— Il est pas mal tard. Je pense que c'est l'heure de partir, leur dit-il.

S'il avait espéré qu'ils se lèveraient tous à son signal pour le suivre, il en fut pour ses frais. Aucun ne bougea.

— Vous avez l'intention de traîner ici jusqu'à quelle heure ? demanda-t-il, l'air mécontent.

— On va y aller dans quelques minutes, p'pa, répondit Claude.

— À part Martine, qui monte avec moi ?

— Je vais ramener les jumeaux, si ça fait votre affaire. Je peux aussi ramener Martine et laisser Georges au terminus, offrit Claude.

— Martine revient avec nous autres, trancha son père. Comme il est déjà pas mal tard, tu peux toujours laisser Georges où il veut.

— Denis va monter avec nous autres, intervint André.

— Bon, c'est correct. Rentrez pas trop tard. Je laisserai pas la porte de la maison débarrée toute la nuit.

Sur ce, Maurice, dépité, s'arrêta au vestiaire pour prendre son manteau et celui de sa femme avant d'aller rejoindre Jeanne assise à une table en compagnie de ses sœurs Germaine et Ruth. Il aurait bien aimé que tous les siens quittent la fête en même temps que lui, comme ils l'avaient toujours fait lors des fêtes précédentes.

— Il serait temps qu'on y aille, dit-il sèchement à sa femme après avoir attendu avec impatience que sa belle-sœur Germaine en ait fini avec le récit de son plus récent malheur.

— Quoi ! Vous partez déjà ? lui demanda la sœur aînée de Jeanne. Laure m'a dit que la salle était louée jusqu'à une heure et demie.

— Oui, je le sais, répondit Maurice, mais demain matin, je dois me lever de bonne heure pour ouvrir l'école. Avec la neige qui tombe, il va falloir que j'arrive encore plus de bonne heure pour pelleter les entrées.

— C'est de valeur que vous partiez déjà, intervint Ruth, assise près de ses sœurs.

— On va se reprendre une autre fois… Bon. Viens-tu, Jeanne ? ajouta Maurice. Pendant que tu vas dire bonsoir à ton père et à ta mère, je vais aller réchauffer le char et enlever la neige dessus. Avertis Martine de se préparer.

Quelques minutes plus tard, Jeanne et sa fille s'engouffrèrent dans la Chrysler où Maurice les attendait avec une impatience manifeste.

— Sacrement ! Ça vous a ben pris du temps à sortir, jura-t-il en embrayant.

— Il fallait bien que j'aille remercier Laure et Cécile pour la fête et dire bonsoir à mon père et à ma mère, plaida Jeanne.

— T'avais pas d'affaire à remercier tes sœurs, trancha Maurice. On a payé trente piastres pour cette soirée-là. C'était pas donné.

— Parlant de donner, as-tu pensé à donner quelque chose au vestiaire pour les manteaux ?

— Whow, Rockefeller ! Je viens de te dire que le souper nous a coûté trente piastres. Tu pensais tout de même pas que j'étais pour donner une piastre de plus pour le vestiaire, non ?

Jeanne se contenta de secouer la tête. À l'arrière, Martine ne dit pas un mot. Elle était mécontente d'être ainsi privée de la présence de son amoureux.

Maurice conduisait lentement et avec une prudence exagérée, laissant une très grande distance entre sa voiture et celle qui le précédait.

— Est-ce que ta sœur Laure t'a dit si elle aurait assez d'argent pour tout payer ? demanda-t-il à Jeanne alors qu'ils attendaient le feu vert à une intersection.

— Non, mais Cécile m'a dit qu'il y avait pas de problème. D'après elle, il manquera pas d'argent.

— S'il en reste, qu'est-ce que Laure va en faire? Ce serait bon qu'on le sache. Il manquerait plus que ta sœur profite de cet argent-là!

— Inquiète-toi pas pour ça, Maurice. Je pense pas qu'il en reste non plus. Même s'il en restait, il manquerait plus qu'on demande à Laure et à Cécile de le partager entre nous autres.

Chapitre 6

Un mois de mars mouvementé

Huit jours plus tard, la routine avait repris son cours chez les Dionne. En ce premier dimanche de mars, Maurice et Jeanne étaient allés rendre une courte visite à Léon et Marie durant l'après-midi. De retour à la maison un peu après quatre heures, ils avaient pris un souper hâtif et s'étaient empressés de s'installer devant le téléviseur, à l'étage, dans l'intention de profiter pleinement de la dernière soirée de la semaine. Les garçons étaient tous sortis et il ne restait que Martine à la maison. Comme d'habitude, la jeune fille se préparait à recevoir son Georges.

Georges Delorme fréquentait Martine depuis un an et demi. Après avoir travaillé durant quelque temps dans un magasin Zellers, il venait de décrocher, à vingt-deux ans, un emploi de technicien pour la compagnie Bell. C'était un garçon sérieux qui plaisait bien à Maurice pour de nombreuses raisons. Par exemple, il ne serait jamais venu à l'idée du jeune homme de contester l'autorité du père sur sa fille. Selon lui, Maurice Dionne avait raison d'imposer des règles strictes et il ne se cachait pas pour dire qu'il en ferait autant s'il était à sa place pour protéger ses filles. De plus, il ne laissait ignorer à personne qu'il croyait avant tout à la famille. Bref, le garçon rondelet avait succédé volontiers à Yvon Larivière et à Martin Guérard dans le salon des Dionne les samedis et les dimanches soir.

Si Maurice et Jeanne voyaient d'un bon œil le garçon fréquentant leur troisième fille, ils conservaient tout de même un doute sur l'avenir de leurs relations. Il faut avouer que Martine et son amoureux avaient en commun un caractère explosif et leurs querelles étaient assez fréquentes pour que les parents soient en droit de s'interroger. Il leur était même arrivé à quelques reprises d'entendre claquer la porte d'entrée de la maison au milieu de la soirée. Ce bruit avait été suivi par celui des pas précipités de Martine vers sa chambre et le claquement de la porte de la pièce.

— Bon. Ça y est. Ils se sont encore chamaillés en bas, laissait alors tomber Maurice. Je vais te gager que c'est lui qui vient de prendre la porte. S'ils sont pas capables de s'entendre, veux-tu ben me dire pourquoi elle s'entête à l'inviter à veiller, bout de Christ?

— Ça va se replacer, le tempérait Jeanne, qui ne se donnait même plus la peine de descendre pour s'informer de la cause du départ précipité du prétendant.

Lorsque Maurice et sa femme descendaient une heure ou deux plus tard, toutes les lumières étaient éteintes au rez-de-chaussée et Martine était couchée.

— Notre fille va avoir une belle façon demain matin, disait Jeanne, fataliste, en se préparant pour la nuit.

— Elle, elle est mieux de pas trop s'énerver, parce que je vais te la calmer, moi, répliquait son mari.

En effet, le lendemain matin, Martine quittait la maison pour le travail avec un visage fermé qui en disait long sur le genre de nuit qu'elle avait passé. Georges finissait par téléphoner durant la soirée et la jeune fille s'empressait de s'enfermer dans la salle de couture avec l'écouteur pour fuir les oreilles indiscrètes. Invariablement, elle raccrochait quelques minutes plus tard de bien meilleure humeur. La brouille entre les amoureux était terminée.

Mais en cette soirée de mars, il y eut un long et étrange conciliabule dans le salon avant que Martine ne monte à l'étage avec son amoureux. La pièce était plongée dans l'obscurité et n'était éclairée que par l'écran du téléviseur. Maurice sursauta en les voyant apparaître dans la salle de télévision. Par tradition, les cavaliers de ses filles s'étaient toujours contentés de venir le saluer de loin à leur arrivée et à leur départ en demeurant habituellement debout au pied de l'escalier.

— J'aimerais vous parler, monsieur Dionne, dit Georges Delorme, la voix un peu étranglée, mais je vais vous laisser finir de regarder votre émission.

— Ben non, c'est pas nécessaire, protesta Maurice. C'est un film plate à mort.

— Martine, allume donc la lampe à côté du divan et baisse donc le son de la télévision en passant, commanda Jeanne qui avait deviné ce qui amenait les deux jeunes gens à l'étage.

— Assoyez-vous. Restez pas debout pour rien, proposa Maurice.

À voir l'air de son mari, Jeanne comprit que lui aussi savait de quoi il allait retourner.

Le jeune homme, l'air emprunté, s'assit sur le bout du vieux divan, à côté de Martine qui lui donna un léger coup de coude pour l'encourager à parler.

— Bon. Monsieur Dionne, j'aimerais vous demander la main de votre fille, débita-t-il tout d'une traite.

Maurice laissa passer quelques secondes avant de répondre.

— C'est correct. Tu penses avoir les moyens de la faire vivre ?

— Je pense que mon salaire va être assez bon.

— Vous pensez vous marier quand ?

— Est-ce qu'au mois d'août, ça ferait l'affaire ? demanda le prétendant. C'est le seul temps de vacances que je peux avoir avec Bell.

— Il devrait pas y avoir de problème, dit son futur beau-père, accommodant.

— Pour vos fiançailles ? s'enquit Jeanne.

— Quand vous le voudrez, madame Dionne.

— Est-ce que Pâques, c'est trop vite ?

Georges regarda Martine qui lui fit signe d'accepter.

— C'est bien correct, madame Dionne. Je peux acheter la bague de fiançailles pour cette date-là.

Ce soir-là, au moment de se mettre au lit, Jeanne ne put s'empêcher de faire remarquer à son mari :

— C'est notre dernière fille qui va s'en aller.

— Oui et on va s'apercevoir que ça va nous coûter pas mal plus cher que pour Lise ou pour Francine, répondit Maurice, l'air sombre. Une chance qu'on n'en a pas d'autres.

— Pourquoi ça coûterait plus cher ? Je vais lui faire sa robe de mariée, comme aux deux autres.

— Il y a pas juste la robe de mariée, tu sauras, répliqua vivement son mari. Il y a la salle, le repas, les musiciens, le cadeau de noces, les faire-part et...

— Mais la salle te coûtera rien si on fait les noces à ton école, le coupa Jeanne.

— Non, cette fois-là, on va louer une salle ailleurs, peut-être la salle du buffet sur Des-Grandes-Prairies. Je me rappelle encore des noces de Francine. Faire ça dans ma salle salit presque toute mon école et je suis obligé, après, de refaire le ménage. Je vais voir les prix qu'ils vont me faire pour le repas.

Le lendemain, Jeanne s'empressa d'apprendre la nouvelle du prochain mariage de Martine à toute la famille. Partagée entre la joie de l'heureux événement, l'émotion des préparatifs et la peine de voir partir sa fille cadette, la mère de famille finit par se dire qu'il valait mieux laisser la vie suivre son cours et ne pas trop s'en faire.

—

Une semaine plus tard, Maurice rentra de mauvaise humeur de son travail. Une lourde giboulée de mars l'avait obligé à pelleter à plusieurs reprises pour dégager chacune des portes de l'école et, de plus, il avait eu du mal à revenir à la maison à cause de la circulation qui avançait au ralenti.

Il entra dans la maison et enleva ses bottes, son manteau et sa casquette avec des gestes brusques. Il passa ensuite dans la cuisine pour se confectionner une tasse de café.

— Où est-ce que t'es? demanda-t-il à Jeanne.

— Dans le sous-sol. J'achève d'ôter mon linge sec sur les cordes, lui cria-t-elle.

Maurice s'assit dans sa chaise berçante et attendit que sa femme monte au rez-de-chaussée. Elle apparut quelques minutes plus tard, les bras chargés d'un panier rempli de vêtements secs qu'elle déposa sur la table de cuisine. Elle entreprit immédiatement de plier les vêtements.

— T'as fermé l'eau chaude?

— Bien oui, Maurice, répondit-elle, sarcastique. Inquiète-toi pas. Je m'en suis servie juste pour le lavage. On est bien trop pauvres pour avoir l'eau chaude sept jours par semaine.

Son mari, remarquant probablement que sa femme était d'aussi mauvaise humeur que lui, feignit d'ignorer la remarque.

— Si les gars peuvent arriver, on va gratter l'entrée.
J'ai eu de la misère à me rendre jusqu'au garage avec tout
ce qui est tombé aujourd'hui.

Jeanne dut faire un effort pour se retenir de lui dire
qu'il était bien chanceux de pouvoir compter sur l'aide des
garçons pour enlever la neige de l'allée alors qu'il leur
défendait d'y stationner leur voiture.

—J'espère que tu vas attendre après le souper pour
faire ça. Je finis de plier le linge et je mets la table.

Ce soir-là, dès que ses enfants furent rentrés de leur
travail, elle servit le repas avec l'aide de Martine. Claude
en était à raconter ses démêlés avec un chauffeur récalcitrant qui refusait de faire une livraison quand Maurice
déposa bruyamment ses ustensiles près de son assiette.

— Ah ben, sacrement! Il manquait plus que ça!
s'exclama-t-il en recrachant quelque chose dans sa main.

— Qu'est-ce qui se passe, p'pa? lui demanda Martine
en le regardant.

— Il se passe que je viens de me casser une dent sur ce
maudit poulet-là, dit Maurice en se levant. Bâtard! Tu l'as
pas désossé avant de préparer les *hot chicken*? demanda-
t-il d'un ton accusateur à sa femme.

— Oui, je l'ai désossé, mais ça arrive qu'on voie pas un
petit os.

— Même pas capable de préparer un repas comme du
monde, déclara-t-il, furieux, en se levant de table.

Il se précipita vers la salle de bain pour examiner les
dégâts. Il ne revint que plusieurs minutes plus tard.

— Regarde-moi ça, dit-il à sa femme en ouvrant la
bouche. C'est une dent d'en avant qui est partie avec cette
maudite cochonnerie-là. C'est le *fun*. Je vais être obligé
d'aller faire réparer mon dentier. Pas de saint danger que
ça aurait été une dent d'en arrière qui paraissait pas.

— Ça peut être pratique, p'pa, hasarda Claude. Ça vous fait un trou pour cracher ou pour laisser passer l'air.

— Laisse faire tes maudites niaiseries, le rabroua Maurice, l'air mauvais. J'ai pas envie de rire.

Sur ce, il repoussa sa chaise berçante et alluma une cigarette.

— Tu finis pas ton souper? lui demanda Jeanne.

— J'ai plus faim.

Le lendemain soir, Maurice ne rentra à la maison que vers six heures en affichant son air des plus mauvais jours.

— Veux-tu bien me dire d'où tu sors aussi tard? lui demanda Jeanne. Je commençais à m'inquiéter.

— Je suis allé faire réparer mon dentier après l'école.

— Puis?

— Puis c'est une maudite belle gang de voleurs! éclata Maurice. D'abord, le gars voulait pas réparer ma dent parce qu'il disait que mon dentier était fini. Il a fini par la recoller en attendant, mais il m'a dit qu'elle tiendrait pas longtemps. D'après lui, il me faut absolument un dentier neuf. C'est sûr. C'est pas mal plus payant pour lui de me vendre un dentier neuf que de coller une dent.

— Il date de quand ton dentier?

— Est-ce que je le sais, moi? fit Maurice avec mauvaise foi.

— De 56 ou 57, non? Il me semble que tu l'as fait refaire un peu avant qu'on déménage à Saint-Léonard.

— En tout cas, le bonhomme m'a dit qu'il était fini et qu'il m'en fallait un autre. Même si j'ai marchandé pendant une demi-heure, mon dentier neuf va me coûter quatre fois le prix que l'autre m'a coûté. J'ai pas eu le choix. Il a pris mes empreintes et je vais l'avoir dans une dizaine de jours.

— Bon. Si t'as pas le choix, il faut bien que tu t'en fasses faire un, déclara Jeanne. T'es tout de même pas pour manger du gruau trois repas par jour jusqu'à la fin de tes jours parce que t'as pas de dentier.

— Ça tombe mal, cette maudite dépense-là, dit Maurice, sur un ton rageur. Avec les taxes qui s'en viennent en plus...

Le silence retomba dans la cuisine et le concierge de St-Andrews s'abîma dans ses pensées pendant que Jeanne préparait son repas. La dépense était imprévue, mais il avait vraiment tout tenté pour économiser.

Il avait téléphoné à sa sœur Suzanne durant l'avant-midi parce qu'elle s'était déclarée très satisfaite de la nouvelle prothèse dentaire qu'elle portait depuis le mois de décembre. Elle lui avait chaudement recommandé le denturologue Duguay dont le bureau était situé au rez-de-chaussée de l'immeuble qu'elle habitait, rue Saint-Denis. Elle lui jura qu'il était, et de loin, le moins cher des denturologues. Elle en avait contacté une douzaine pour s'en assurer, avait-elle affirmé.

Bref, Maurice s'était présenté au bureau de Conrad Duguay à la fin de l'après-midi. Ce dernier, après l'examen de sa prothèse, en avait déploré l'usure puis avait déclaré qu'elle avait fait son temps et qu'il pouvait lui en fabriquer une autre pour un prix très abordable.

— Une bonne prothèse, monsieur Dionne, c'est important autant pour l'apparence que pour la digestion. On ne plaisante pas avec ça.

Convaincu, Maurice avait accepté. Il allait lui en coûter un peu plus de mille dollars pour renouveler ses fausses dents. Contrairement à ce qu'il avait affirmé à sa femme, il n'avait pas du tout tenté d'obtenir le moindre rabais. Son orgueil était tel qu'il craignait de passer pour un miséreux s'il marchandait.

Quelques jours plus tard, un peu après l'heure du dîner, Jeanne était occupée à laver la vaisselle de son repas du midi quand elle aperçut par la fenêtre de la cuisine la Pontiac verte de Francine et Martin s'immobiliser près de la maison.

Au début de l'été précédent, la vieille Plymouth des Guérard était devenue une épave lors d'un voyage familial au lac George, dans l'État de New York. Martin, optimiste, avait refusé de se laisser distancer sur la route par la Chrysler de son beau-père et la Dodge de Paul, deux voitures presque neuves. Résultat: le moteur de la Plymouth avait rendu l'âme à une vingtaine de kilomètres du lac et le couple n'avait obtenu du garagiste que vingt-cinq dollars pour leur auto. Il avait fallu revenir chercher les naufragés et leur trouver une place dans les deux véhicules déjà surchargés. Par conséquent, le couple avait dû se procurer un autre véhicule à son retour à Montréal.

Francine sonna et entra dans le bungalow. Sans attendre l'invitation de sa mère, elle retira son manteau et le déposa sur le lit de ses parents avant de venir l'embrasser.

— As-tu dîné? lui demanda Jeanne.

— Oui, avant de partir de la maison, m'man. Dérangez-vous pas.

— Qu'est-ce que t'as fait de la petite?

— Je l'ai fait garder cet après-midi.

— Elle est pas malade, au moins?

— Ben non, m'man. J'ai fait garder Sylvie par la voisine parce que j'avais besoin de me changer les idées.

Cette réponse de Francine mit la puce à l'oreille de Jeanne. Quelque chose de grave se passait. Il n'était pas courant que la jeune mère confie sa fille de quatre ans à une gardienne. Pourtant, durant quelques minutes, la mère et la fille échangèrent simplement des nouvelles, mais Jeanne restait à l'affût de ce qui pouvait bien troubler sa fille. Elle sentait que cette dernière lui cachait quelque chose.

— Avais-tu des commissions à faire en ville? lui demanda-t-elle finalement.

— Non, je suis venue juste pour vous voir, répondit Francine en allumant nerveusement une cigarette, quelques secondes à peine après avoir éteint la précédente.

Jeanne laissa un bref silence s'installer entre elles.

— M'man, je voulais vous dire...

— Dire quoi?

— Ben. Je voulais vous dire que c'est fini entre Martin et moi. On divorce.

— Voyons donc! s'exclama Jeanne, alarmée. Vous y pensez pas! Et la petite dans tout ça?

— Elle va rester avec moi, déclara Francine sur un ton sans appel.

— Qu'est-ce qui s'est passé? Ça fait même pas dix ans que vous êtes mariés. Vous venez de vous acheter une maison. La petite a même pas cinq ans.

— J'aime plus Martin et il m'aime plus non plus. On a décidé de divorcer, c'est tout.

— Mais le mariage, c'est pour la vie, ma fille, protesta Jeanne.

— Ça, c'était bon dans votre temps, m'man. À cette heure, on n'endure pas toute sa vie pour rien. Quand ça marche plus, on divorce et chacun prend son bord. Moi, c'est rendu que je peux plus sentir Martin Guérard et il le sait.

— Mais comment tu vas vivre? Comment tu vas faire vivre ta fille?

— Je vais me trouver une *job* à la banque et Martin va me payer une pension pour la petite. Tout est déjà arrangé.

— Ah bien! j'en reviens pas! dit Jeanne qui avait du mal à se remettre de la surprise que lui faisait sa fille. Qu'est-ce que le curé de ta paroisse en pense? Lui en avez-vous parlé?

— Voyons donc, m'man! Qu'est-ce que le curé a à voir là-dedans? Ça le regarde pas. C'est nos affaires, pas les siennes.

— Allez-vous, au moins, essayer de vous raccorder? demanda Jeanne, qui cherchait encore un moyen de tout arranger.

— Ben là, il est trop tard, m'man. Martin est parti la semaine passée et on a déjà mis la maison en vente. De toute façon, ça fait des mois qu'on essaye d'arranger les choses: il y a rien à faire.

Jeanne, complètement assommée par la mauvaise nouvelle, ne savait plus quoi dire à sa fille.

— Je me demande bien comment ton père va prendre ça, finit-elle par dire d'une voix éteinte.

— Il le prendra comme il le voudra, m'man, crâna Francine en écrasant son mégot de cigarette dans un cendrier. C'est fait. Moi, je suis pas comme vous; je suis pas capable d'endurer longtemps.

— Tu vas rester à souper avec nous autres pour annoncer la nouvelle à ton père?

— Non, m'man. J'ai dit à ma gardienne que je reviendrais avant quatre heures, déclara Francine en se levant. Il est même temps que je parte.

— Ma pauvre petite fille, j'espère seulement que tu regretteras pas ce que tu viens de faire, dit sa mère au moment où Francine l'embrassait après avoir revêtu son manteau et chaussé ses bottes.

— Vous en faites pas, m'man. Je suis capable de me débrouiller sans Martin Guérard, et Sylvie manquera pas de rien.

Avec un pincement au cœur, Jeanne vit sa fille s'engouffrer dans sa Pontiac, démarrer et reculer prudemment dans l'allée asphaltée partiellement enneigée.

Ce soir-là, Maurice revint de St-Andrews à l'heure habituelle en arborant fièrement sa nouvelle prothèse dentaire. À peine débarrassé de son manteau, il alla se planter devant sa femme pour lui montrer sa nouvelle dentition.

— Qu'est-ce que t'en penses? lui demanda-t-il.

Jeanne, occupée à débarrasser la table d'un patron de robe qu'elle avait étalé quelques minutes plus tôt, releva la tête pour examiner le visage de son mari. Elle eut un sursaut. La nouvelle prothèse était, de toute évidence, mal adaptée à la bouche de son mari. Les dents, trop blanches, étaient beaucoup plus grosses que les précédentes et elles forçaient leur propriétaire à présenter un sourire assez peu naturel. Cependant, elle se retint de critiquer le travail du denturologue pour ne pas rendre son mari furieux. L'heure était trop grave pour envenimer davantage la situation.

— Ça te fait bien, parvint-elle à dire.

— Pas plus que ça? lui demanda son mari, soupçonneux.

— Ça fait nouveau, voulut le rassurer Jeanne. Ça te change un peu. On dirait même que ça te rajeunit.

Rassuré, Maurice ouvrit la porte du réfrigérateur et s'empara d'une bouteille de Coke qu'il décapsula avant de s'asseoir dans sa chaise berçante.

— J'ai eu de la visite cet après-midi, lui apprit Jeanne.

— Qui?

— Francine.

— Toute seule?

— Oui, sans la petite.

— Je te dis qu'elle se paye la belle vie pendant que son mari travaille, elle, dit Maurice sur un ton désapprobateur.

— Justement, à propos de Martin, elle avait une mauvaise nouvelle à m'apprendre.

— Qu'est-ce qu'il y a encore ? Son mari est malade ?

— Non. Ils divorcent tous les deux.

— Quoi ! Ils divorcent ! s'exclama Maurice. C'est quoi cette maudite niaiserie-là ?

— Il paraît qu'ils s'entendent plus.

— Et la petite dans tout ça ?

— Francine va la garder et Martin va payer une pension.

— Ah ben, Christ ! Il manquait plus que ça ! Un divorce dans la famille ! De quoi on va avoir l'air ?

— C'est pas important, ce qu'on va avoir l'air, Maurice.

— Laisse faire, toi ! Si t'avais élevé ta fille comme du monde, elle nous ferait pas honte aujourd'hui… En tout cas, je veux plus la revoir ici. C'est pas un exemple pour les autres.

— Aïe ! Maurice Dionne, reviens-en ! s'écria Jeanne, en colère. C'est pas parce que Francine divorce qu'elle est plus notre fille. Elle a pas commis un crime, après tout.

— En plus, elle a même pas le cœur de venir me l'apprendre en pleine face. Il faut qu'elle te fasse faire ses commissions.

— Parce qu'elle se doutait que tu t'enragerais, comme d'habitude.

— Ben non, sacrement ! Je suppose que je devrais trouver ça drôle, son affaire ! dit Maurice, sarcastique. Maudits enfants ingrats ! T'élèves ça. Tu les nourris. Tu leur payes des belles noces. Première nouvelle : ils divorcent.

Durant sa dernière réplique, Jeanne s'était campée en face de son mari en le dévisageant.

— Qu'est-ce que t'as à me regarder comme ça? demanda-t-il sur un ton rogue.

— Je te regarde parce que je trouve ça drôle. Mon pauvre Maurice, il va falloir que tu fasses quelque chose avec tes nouveaux dentiers parce que même quand t'es enragé, on dirait que tu ris.

— Christ de folle! s'emporta Maurice. C'est ben le temps de m'écœurer avec ça.

Sur ces mots, le concierge se leva et prit la direction de la salle de bain pour vérifier si la remarque de sa femme était justifiée.

Tout le reste de la soirée, il s'enferma dans un silence boudeur et Jeanne fut incapable de savoir si cette bouderie était causée par le divorce prochain de sa fille ou par ses nouvelles prothèses dentaires mal adaptées. Elle eut tout de même un indice quand ils se mirent au lit après avoir regardé les informations télévisées. Maurice se décida alors à dire ce qu'il avait ruminé durant les dernières heures.

— En tout cas, j'espère qu'elle pense pas revenir s'installer ici avec la petite. Je te le dis tout de suite: il en est pas question. Elle est mariée. Elle a juste à s'entendre avec son mari ou à se débrouiller toute seule. Moi, ça me regarde plus.

— Bien oui, Maurice, répliqua Jeanne sur un ton excédé. Tu sais bien qu'elle a pas l'intention de venir nous demander la charité.

— Elle est aussi ben.

Le lendemain avant-midi, Francine était assez inquiète de la réaction de son père pour éprouver le besoin de téléphoner à sa mère bien avant neuf heures

— Lui avez-vous dit que je divorçais, m'man ? demanda-t-elle à sa mère.

— Bien oui, Francine.

— Comment il a pris ça ?

— Ça aurait pu être pire, mentit Jeanne. Donne-lui une semaine ou deux et il va s'habituer à l'idée.

Chapitre 7

Fiançailles et emprunts

Pour le plus grand soulagement des Québécois, l'hiver commença, cette année-là, à capituler dès la fin mars. Le printemps fit une entrée timide, comme sur la pointe des pieds, dans la région montréalaise. Durant les premiers jours du mois d'avril, la neige se mit à fondre sous les rayons d'un soleil de plus en plus chaud et on vit apparaître quelques plaques de gazon jauni devant les maisons situées du côté sud du boulevard Lacordaire. Les journées allongeaient peu à peu et bien des gens piaffaient déjà d'impatience à l'idée de faire la toilette extérieure de leur bungalow et de leur terrain.

Chez les Dionne, on s'était lancé, comme chaque année, dans le grand ménage du printemps. À quelques jours des fiançailles de Martine, Maurice et Jeanne avaient décrété qu'il fallait effectuer un grand lavage des plafonds et des murs. Maurice, qui détestait laver, aurait mille fois préféré repeindre toutes les pièces de la maison, mais il avait reculé devant la dépense que cela aurait occasionné. De plus, toute la maison avait été repeinte deux ans auparavant et pouvait fort bien se passer d'une couche de peinture supplémentaire.

— Est-ce que c'est ben nécessaire de faire tout ça parce que Martine se fiance ? s'était lamenté Claude, peu enchanté d'être obligé de participer à la corvée après sa journée de travail.

— On nettoie pas parce que Martine se fiance, avait répliqué sa mère. On lave parce qu'il faut le faire au moins une fois par année. Si vous fumiez moins dans la maison, on serait peut-être pas obligés de le faire aussi souvent. Mais la fumée de vos maudites cigarettes jaunit tout.

— Mais si ça te tente pas de nous aider, t'as juste à laisser faire, était intervenu sèchement son père.

— Ben non, je vais vous aider.

Claude savait bien que s'il avait refusé de participer au travail collectif, son père l'aurait boudé pendant plusieurs jours.

Ainsi, les jours suivants, l'odeur de fumée de cigarette céda sa place à celle de l'eau javellisée dans la maison. Pendant que Maurice et ses garçons lavaient les plafonds et les murs, Jeanne et Martine en faisaient autant avec les rideaux et toute la vaisselle contenue dans les armoires.

— On va essayer de finir à temps pour aller donner un coup de main à Paul qui doit entrer dans sa nouvelle maison la semaine prochaine, dit Maurice à ses fils.

L'avant-veille de Pâques, le vendredi saint, le ménage était terminé et Jeanne commença la préparation d'un véritable souper de gala pour les fiançailles de sa fille cadette. Pendant deux jours, toutes sortes d'odeurs appétissantes embaumèrent la maison. Après avoir fait cuire un énorme jambon et du ragoût de boulettes, elle entreprit la confection de petits pains, de beignets et de tartes. Un peu plus et on aurait pu s'imaginer la veille de Noël.

— Qu'est-ce qu'on mange pour le souper? demanda André en revenant du travail ce soir-là.

— On est vendredi saint; c'est maigre et jeûne, déclara sa mère. C'est pour ça que je vous ai fait des sandwichs aux œufs dans votre lunch ce midi. Pour le souper, on va manger du rigatoni, mais sans viande.

— On pourrait pas avoir une petite tranche de jambon avec ça ? tenta Denis.

— T'as pas entendu ce que ta mère vient de dire ? lui demanda son père. C'est maigre.

— Moi, je le savais, déclara Claude en s'assoyant à la table de cuisine. J'allais entrer à la brasserie du Père Gédéon à l'heure du dîner quand je m'en suis rappelé. Ça fait que moi, comme je suis un bon catholique, je suis revenu manger mes sandwichs à l'ouvrage.

Maurice lui jeta un regard mauvais. Il avait compris l'allusion. Le matin même, il n'avait pas dérogé à son habitude du vendredi. Il avait jeté ses sandwichs et était allé dîner à la brasserie sans se préoccuper le moins du monde du jeûne du vendredi saint.

— J'espère au moins qu'on va pouvoir manger des beignes ? reprit André en couvant des yeux les trois douzaines de beignets que sa mère venait de couvrir d'un glaçage au chocolat.

— Pas plus que deux chacun. Je veux qu'il en reste pour dimanche. À propos, ajouta Jeanne en levant la tête des beignets qu'elle achevait de glacer, j'espère que vous oublierez pas de faire vos Pâques ?

— Inquiétez-vous pas avec ça, m'man, on s'en occupe, lui répondit André.

— Au cas où vous le sauriez pas, il y a des confessions ce soir et demain après-midi à Sainte-Angèle.

— OK, m'man, répondit Denis. On va s'en souvenir.

La pratique de la religion par son mari et ses enfants était une des grandes préoccupations de Jeanne. Elle ne ratait jamais une occasion de leur rappeler qu'on ne se souvenait pas de Dieu uniquement lorsqu'on était dans le pétrin ou quand on avait besoin de lui. Il fallait fréquenter la messe tous les dimanches. Bien sûr, elle ne pouvait plus contrôler ses enfants comme à l'époque où ils étaient mineurs, mais elle s'arrangeait toujours pour leur donner mauvaise conscience quand ils «oubliaient» de se lever pour la messe dominicale. En outre, elle ne manquait jamais de leur faire remarquer qu'une malchance survenue durant la semaine pouvait être due au fait qu'ils avaient raté la messe du dimanche précédent.

Le cas de Maurice était plus délicat. Depuis près de quinze ans, il échappait à son contrôle parce qu'il allait préparer le gymnase de St-Andrews chaque dimanche matin pour la messe des italophones de Ville Saint-Michel. Le concierge avait beau jurer ses grands dieux qu'il assistait toujours fidèlement au saint sacrifice chaque dimanche, Jeanne entretenait de sérieux doutes à ce sujet. Elle était intimement persuadée que son mari se contentait de déverrouiller les portes de St-Andrews avant d'aller se réfugier dans son petit bureau en attendant la fin du service religieux.

— Et toi, Maurice?

— Quoi, moi?

— Tes Pâques?

— Occupe-toi pas de ça, lui ordonna-t-il. Je vais me confesser, comme d'habitude, au curé qui va venir dire la messe à l'école.

— Tu m'as pas dit que c'était un Italien qui parlait juste italien?

— Oui, puis après?

— Bien, il doit rien comprendre à ce que tu lui racontes en confession. Je suis pas sûre que ta confession soit bonne... si tu y vas.

— Mêle-toi donc de tes maudites affaires, Jeanne Sauvé! Ça te regarde pas pantoute, cette affaire-là.

— On sait bien. Tu donnes tout un exemple à tes enfants, conclut Jeanne, réprobatrice.

Les jeunes présents dans la pièce ricanèrent, mais leur père fit comme s'il ne les entendait pas.

— Je pourrais peut-être aller me confesser à ce curé-là, moi aussi, dimanche matin, suggéra Claude, sarcastique. Ça doit être le *fun* en maudit de se confesser à un prêtre qui parle pas un mot de français.

— Moi aussi, j'ai ben envie d'y aller, ajouta Denis, moqueur. On peut lui raconter n'importe quoi et, en plus, on n'est pas obligé de comprendre la pénitence qu'il nous donne.

— Vous autres, les comiques, venez pas jeter de l'huile sur le feu, leur dit leur père, à demi sérieux. J'ai ben assez d'avoir votre mère sur le dos.

—

Le jour de Pâques, à la fin de l'après-midi, toute la famille Dionne se réunit pour accueillir Georges Delorme et ses parents.

Quelques minutes auparavant, Francine s'était présentée à la maison de ses parents en compagnie de sa fille Sylvie pour la première fois depuis qu'elle avait annoncé son divorce. Maurice eut le bon sens de n'y faire aucune allusion et la reçut comme s'il l'avait vue la veille, pour le plus grand soulagement de sa fille et de sa femme qui craignaient, l'une et l'autre, un esclandre.

À l'arrivée des Delorme, on les fit passer au salon. Maurice, emprunté et mal à l'aise comme chaque fois qu'il se trouvait en présence d'étrangers, laissait parler Jeanne. Pour sa part, Georges tentait de trouver un sujet de conversation propre à intéresser son père et son futur beau-père.

Les Delorme formaient un couple bien assorti. Henri Delorme, un employé du Canadien National, avait tout du patriarche conscient d'être le premier responsable du bien-être de sa famille. Il était évident que son fils cherchait à l'imiter. Pour sa part, son épouse était une femme aimable âgée d'une cinquantaine d'années avec qui Jeanne s'entendit immédiatement.

Il ne fallut que quelques minutes pour dégeler l'atmosphère et le repas de fiançailles fut un franc succès. Le moment fort de la rencontre fut évidemment celui où le jeune homme passa la bague au doigt de sa promise, rayonnante de bonheur. Ce soir-là, il fut décidé que le mariage serait célébré le deuxième samedi du mois d'août.

Au moment de se séparer, à la fin de la soirée, les nouveaux fiancés se retirèrent quelques instants au salon. Jeanne profita alors de leur absence pour murmurer à la mère de Georges :

— Votre garçon et ma fille forment un beau couple, mais je dois dire que je suis un peu inquiète.

— Pourquoi, madame Dionne ? dit l'autre, étonnée.

— Ils ont tous les deux un caractère pas mal prompt. Ça me fait un peu peur.

— Georges a le même caractère que mon mari. Ne vous en faites pas ; votre fille va en faire ce qu'elle veut.

—

Le samedi suivant, comme promis, Maurice battit le rappel de tous les siens pour aller aider au déménagement de Paul et de Lucie. André s'était chargé de la location d'un camion et tous les Dionne étaient à pied d'œuvre dès sept heures à l'appartement de Montréal-Nord. L'aide apportée fut si efficace qu'à midi, tout était rangé et nettoyé dans la nouvelle demeure du jeune couple. Les gens quittèrent la maison après avoir dîné rapidement, laissant les jeunes propriétaires et leurs deux enfants heureux de se retrouver enfin seuls dans leur nouveau royaume.

—

La température des deux dernières semaines d'avril fut tellement douce que les traces de neige disparurent rapidement et les premiers bourgeons firent leur apparition dans les arbres. Pour se convaincre de l'arrivée du printemps, il suffisait de regarder Maurice dans son garage, occupé à peindre les fleurs en plastique qu'il installerait quelques jours plus tard dans le bac à fleurs fixée sous les fenêtres de la cuisine.

Pour la première fois en vingt ans, les autorités de la municipalité de Saint-Léonard décidèrent d'embellir le boulevard Lacordaire en offrant un arbre à chacun des propriétaires, arbre qui devait obligatoirement être planté devant la maison, à environ deux mètres du trottoir. D'ailleurs, les employés municipaux allaient se charger du travail. Évidemment, le but visé était d'obtenir un jour un boulevard ombragé par la ramure de tous ces arbres.

Un mardi soir, un peu avant le souper, une camionnette de la voirie municipale s'arrêta devant la maison des Dionne. Un gros homme en descendit et vint rejoindre Maurice en train de ratisser sa pelouse.

— Bonsoir, monsieur. Je suppose que vous êtes au courant qu'on va venir planter un arbre sur votre terrain, devant votre maison, demain?

— Comment ça? demanda Maurice, tout de suite sur la défensive. Moi, j'ai rien demandé.

— C'est un arbre que la ville vous offre gratis, se donna la peine d'expliquer l'employé municipal.

— J'en veux pas. Il va me cacher la vue du boulevard quand je vais m'asseoir sur mon balcon.

— Je pense que vous m'avez mal compris, dit l'homme en manifestant une certaine impatience. L'arbre va être planté sur la bordure de huit pieds qui appartient à la ville. C'est pas sur votre terrain proprement dit.

— Bon, si j'ai ben compris, ça signifie que j'ai rien à dire, rétorqua Maurice avec humeur.

— C'est un peu ça, acquiesça l'homme avec un demi-sourire. Mais vous pouvez choisir la sorte d'arbre que vous voulez, par exemple. C'est payé par la ville. En plus, c'est pas une petite pousse qu'on plante; l'arbre va mesu-rer presque six pieds.

— Cré maudit, on rit pas! s'exclama Maurice, tout de même un peu impressionné. La ville a dû les payer cher, ces plants-là! Et tout ça avec nos taxes.

— Oui, avec vos taxes.

Il y eut un bref silence entre les deux hommes. Maurice songea au prunier fleuri auquel il rêvait depuis quelques semaines après en avoir vu chez un paysagiste.

— Puis? fit l'homme, un peu impatient.

— Plantez-moi donc un prunier fleuri. Je trouve que c'est un bel arbre. Ma femme et moi, on l'aimerait ben. Au printemps, il est plein de belles fleurs roses.

— Je pense pas que ça va être possible, monsieur. On a surtout acheté des érables argentés, des plaines et des bouleaux. Le prunier fleuri est plus un arbuste décoratif qu'un arbre. Il deviendra jamais assez grand pour donner vraiment de l'ombre. Sans compter que vous le trouveriez pas mal salaud avec ses petits fruits rouges qui tombent partout.

— Comme ça, j'ai pas tellement le choix de l'arbre non plus, si je comprends ben? demanda Maurice avec agacement.

— Oui, vous avez le choix, mais entre les arbres que je viens de vous nommer. Mais si ça peut vous consoler, mon *boss* m'a dit qu'il avait refusé d'acheter aussi des cèdres, des ormes et des peupliers parce qu'ils ne sont pas assez résistants. Plantés sur le bord du trottoir, ils survivraient pas à la neige qu'on souffle sur les terrains l'hiver.

— Si c'est comme ça, plantez donc ce que vous voudrez, conclut Maurice en se remettant à râteler sa pelouse comme si l'employé était déjà parti.

Le lendemain après-midi, Maurice descendit de voiture dans son allée asphaltée et s'arrêta durant un instant devant le grand « fouet » planté à faible distance de son balcon.

— Christ! C'est ben laid, cette affaire-là! jura-t-il en pénétrant dans la maison. On dirait un manche à balai avec une poignée de feuilles planté au milieu de mon gazon. J'ai pas payé un prix de fou pour installer un bel auvent au-dessus du balcon le printemps passé pour endurer une cochonnerie comme ça devant moi.

— Il va finir par pousser, voulut le consoler Jeanne.

— Il en aura pas le temps, c'est moi qui te le dis, promit-il sur un ton décidé.

Sans perdre un instant, le concierge de St-Andrews descendit au sous-sol et en remonta, quelques minutes plus tard, avec une chaudière remplie d'un mélange à l'odeur désagréable. Sans dire un mot, il alla en déverser le contenu au pied de l'arbrisseau.

Quelques jours plus tard, un camion de la voirie municipale s'arrêta devant la résidence des Dionne. Un employé en descendit et examina longuement l'érable argenté desséché dont toutes les feuilles étaient tombées avant de remonter à bord de son véhicule.

Le lendemain, l'arbre mort fut arraché et remplacé par un autre érable argenté. En constatant le remplacement,

Maurice s'empressa de servir la même médecine au nouvel arbre qui ne résista pas plus longtemps que le premier à ses soins.

Deux jours plus tard, Maurice était occupé à laver les fenêtres du bungalow quand le gros employé municipal à qui il avait eu affaire quelques jours plus tôt s'arrêta devant la maison. Du coin de l'œil, il le vit examiner le nouvel arbrisseau mort et tâter du bout des doigts le sol autour des racines. L'homme secouait la tête, semblant ne rien comprendre à ce qui était arrivé. Il finit par avancer sur l'allée asphaltée pour s'approcher du propriétaire, debout sur la troisième marche de son escabeau.

— On dirait que vous êtes pas chanceux avec votre arbre, dit-il à Maurice en guise d'introduction.

— Mes arbres sont ben corrects, répliqua Maurice en feignant de croire que l'autre parlait de l'érable et du saule plantés dans sa cour arrière.

— Je parlais de l'érable argenté que nous avons planté devant chez vous.

— Ah ! cet arbre-là. C'est pas mon arbre, c'est le vôtre. Moi, je m'en occupe pas.

— Il est sur votre terrain, voulut argumenter le gros employé.

— Ben non. Vous m'avez dit vous-même qu'il était planté sur la bande de terrain qui appartient à la ville.

— En tout cas, il se passe chez vous quelque chose de pas normal. On a planté des érables argentés pareils sur les terrains de presque tous les propriétaires du boulevard et ils sont tous corrects. Il y a juste chez vous que cet arbre-là meurt. On dirait qu'il y a quelque chose dans la terre qui le fait sécher.

— Vous devriez essayer de planter un prunier fleuri, suggéra hypocritement Maurice. Je suis certain que cet arbre-là prendrait ben. Lui, je le surveillerais et je l'arroserais même tous les jours.

— Je vais en parler à mon *boss*, conclut l'homme avant de partir en affichant un air soupçonneux.

Le lendemain après-midi, à son retour de l'école, Maurice découvrit que l'employé avait tenu parole. Le second érable mort avait été arraché et remplacé par un magnifique prunier.

— Sacrement, j'ai fini par gagner! s'exclama-t-il en se frottant les mains.

—

Un peu après dix heures, le samedi soir suivant, Maurice et Jeanne buvaient une tasse de café dans la cuisine. Il tombait une petite pluie fine et ils attendaient le départ de Georges pour enfin pouvoir se mettre au lit.

Soudainement, la porte d'entrée s'ouvrit pour livrer passage à un Claude apparemment très pressé de s'esquiver vers le dortoir situé à l'étage.

— Bonsoir, dit-il en tenant serré contre lui les deux pans de son imperméable.

— Est-ce qu'il mouille tant que ça? lui demanda sa mère en le voyant passer rapidement dans le couloir.

Le jeune homme était presque déjà rendu au pied de l'escalier.

— Non, c'est pas pire qu'au commencement de la soirée.

— Viens donc ici une minute, toi, lui ordonna son père dont il avait éveillé la méfiance.

— Je reviens dans une minute.

— Non, tout de suite! dit sèchement Maurice.

Claude ne put faire autrement que de revenir sur ses pas et se présenter dans la cuisine.

— Montre-moi donc ta cravate, ordonna son père.

Claude dut ouvrir son imperméable.

— Mais c'est une de mes cravates neuves que t'as là! s'exclama Maurice. T'es encore allé fouiller dans mes affaires, mon maudit voleur! Ôte-moi ça tout de suite et mets-la sur la table.

Piteux, Claude enleva la cravate et la déposa là où son père lui avait dit.

— Et les bas? Montre-moi ça, lui ordonna durement ce dernier.

Le jeune homme souleva un peu l'une des jambes de son pantalon.

— Et c'est aussi mes bas que t'as dans les pieds, mon Christ d'effronté! s'écria son père, rageur. Va m'enlever ça tout de suite et va les mettre au lavage... Et la chemise?

— Ben ça, c'est une des miennes, par exemple, p'pa. Il manque un bouton et elle est vieille.

Durant toute la scène, Jeanne n'avait pas dit un mot, se contentant d'examiner son fils d'un air perplexe. Soudainement, elle ne put se retenir d'intervenir:

— Enlève-moi donc cet imperméable-là, toi, lui commanda-t-elle.

— Pourquoi, m'man? demanda Claude avec l'air de l'innocent injustement accusé.

— Envoye, enlève-le, insista sa mère.

Claude ne put faire autrement que de retirer l'imperméable qu'il portait.

— D'où est-ce que tu sors le veston beige que t'as sur le dos?

— Ben...

— C'est pas vrai! s'exclama sa mère en élevant la voix. T'as pas pris le veston neuf qu'André vient de s'acheter chez Pat Fitzgibbon? Il l'a même pas encore étrenné.

— Je lui ai demandé de me le prêter, m'man. Il m'a dit que ça le dérangeait pas pantoute que je le mette à soir.

Il faut croire qu'André, installé devant le téléviseur à l'étage, avait entendu prononcer son nom parce qu'il descendit dans la cuisine à ce moment-là. En apercevant Claude vêtu de son veston neuf, il blêmit et fit un effort visible pour ne pas sauter à la gorge de son frère.

— Mon maudit menteur ! s'exclama-t-il, fou de rage. Mon linge neuf était dans mon armoire et le cadenas est sur la porte.

— Et les pantalons ? renchérit Maurice.

— C'est vrai, ça ! T'as aussi mis mes pantalons bruns neufs... et mes bottillons neufs que j'ai même pas mis encore une fois.

— Énerve-toi pas, se rebiffa Claude. J'ai fait attention à ton stock. Je l'ai pas mangé. Je l'ai même pas fripé. Moi, quand tu veux m'emprunter quelque chose, je dis jamais non.

— T'as du front tout le tour de la tête, Claude Dionne ! s'écria son frère en serrant et desserrant les poings tellement il était en colère. On peut rien t'emprunter, t'as jamais rien à toi. T'es un bel écœurant de m'avoir fait ça. J'ai ramassé mon argent pendant trois mois pour m'acheter du linge neuf et c'est toi qui l'as étrenné.

Pendant un long moment, le silence dura dans la cuisine. Finalement, Maurice intervint avant que ses deux fils en viennent aux coups.

— Écoute-moi ben, Claude Dionne, dit le père, sévère. Je te le répèterai pas une autre fois. Si jamais je m'aperçois que tu viens fouiller dans mes affaires ou dans les affaires de tes frères sans leur permission, tu feras tes paquets et tu iras vivre ailleurs. Tu m'entends ? C'est à soir que ce règne-là vient de finir ! Tu vas te contenter de tes guenilles. Si tu veux du linge neuf, tu feras comme les autres, tu te l'achèteras au lieu de tout dépenser avec les filles. T'as compris?

— Ben oui, p'pa, j'ai compris, répondit Claude sans la moindre trace apparente de regret.

Il monta à l'étage sans rien ajouter et sans plus se défendre. Il reconnaissait que les seules pièces de vêtement lui appartenant ce soir-là étaient son sous-vêtement et sa chemise.

Quand André monta à son tour quelques minutes plus tard, il se contenta d'aller examiner de près le cadenas qui fermait la porte de son armoire. Il était intact.

— Où est-ce que t'as mis mon linge neuf? demanda-t-il à son frère.

— Dans ton armoire, laissa tomber Claude, avec mauvaise humeur.

André sortit son trousseau de clés et ouvrit son cadenas. Au premier coup d'œil, il découvrit la housse dans laquelle Claude avait pris soin de remettre le veston et le pantalon neufs empruntés. Les bottillons étaient bien rangés près de la porte.

— Donne-moi la clé de mon cadenas, dit sèchement André à son frère en tendant la main.

— Mais je l'ai pas, la clé de ton cadenas.

— Aïe! Prends-moi pas pour un cave! s'emporta son frère. Pour fouiller dans mon armoire, il a ben fallu que t'ouvres mon cadenas.

— Ben non. J'ai juste eu à dévisser les pentures de la porte de ton armoire.

— Les pentures?

— Ben oui, les pentures.

André se tourna vers la porte de l'armoire. Les charnières avaient été posées à l'extérieur. Quelqu'un pouvait les dévisser très facilement; elles ne tenaient que par une vis chacune.

Cette nuit-là, la rancœur empêcha André de s'endormir. La promesse du bout des lèvres prononcée par son frère ne l'avait nullement convaincu qu'il ne recommencerait plus ses emprunts. Il lui fallait découvrir de toute urgence un moyen de protéger ses affaires. Il ne trouva le sommeil qu'aux petites heures du matin après avoir trouvé une solution acceptable à son problème. Avant que le sommeil ne l'emporte, il avait décidé de déposer dorénavant ses vêtements neufs dans le coffre de sa Pontiac.

Le lendemain avant-midi, après le départ de Claude, André trouva cependant une meilleure idée que celle qu'il avait eue durant la nuit précédente. Il attendit que ses autres frères aient quitté le dortoir pour prendre ses bottillons et la housse contenant ses vêtements neufs et alla déposer le tout au fond de l'armoire de Claude, au milieu de vieux vêtements qu'il ne portait jamais.

Durant les semaines suivantes, le garçon ne surprit pas une seule fois son frère aîné en train de porter l'un de ses vêtements, même s'il était persuadé qu'il devait les chercher pour les lui emprunter sans sa permission.

Un soir, Claude ne put s'empêcher de demander à son frère avec son sans-gêne coutumier où il pouvait bien cacher ses affaires.

— Dans la valise de mon char. C'est la seule place où je suis sûr que tu les toucheras pas, mentit André en se réjouissant de sa ruse.

———

Au début de la semaine suivante, Maurice rentra à la maison, l'air sombre. En le voyant s'asseoir sans un mot dans sa chaise berçante, Jeanne se garda bien de lui demander la cause de sa mauvaise humeur. Elle le connaissait assez pour savoir qu'il allait tout lui révéler quelques instants plus tard.

— Je suis allé voir les prix pour le buffet des noces, finit par lui dire son mari après avoir bu la moitié de sa bouteille de Coke.

— Puis ?

— Puis ils demandent des prix de fous ! C'est écœurant ce que ça a augmenté depuis les noces de Francine. J'en reviens pas !

— Ça fait huit ans.

— C'est pas une raison pour nous voler, bâtard ! C'est rendu qu'ils demandent douze piastres par couvert pour des timbales de poulet et un peu de vin.

— Veux-tu que je prépare le buffet à la maison ? proposa Jeanne, qui savait fort bien que son mari refuserait de peur que les gens apprennent qu'il n'avait pas les moyens de payer de véritables noces à sa fille.

— Parle donc avec ta tête ! s'emporta Maurice. Tu sais ben que ça aurait pas de bon sens. En plus, je te l'ai déjà dit ; il est pas question que je prenne ma salle d'école encore une fois.

— Comme tu voudras, se contenta de répondre Jeanne.

Durant un moment, il ne se dit plus un mot dans la cuisine des Dionne. Il n'y eut que les bruits faits par Jeanne en train de préparer le souper des siens.

— En fin de compte, en as-tu réservé un ? demanda-t-elle soudainement.

— Ouais ! J'ai réservé la salle aussi. Il me reste juste à leur dire de combien de couverts on va avoir besoin. Pour ça, on va attendre que le monde réponde aux faire-part.

— J'espère que tu l'as pas pris avec bar ouvert.

— Oui, je l'ai pris avec bar ouvert. Il sera pas dit nulle part qu'on a fait payer les invités pour leur boisson. Oublie pas que le monde va avoir donné un cadeau pour venir aux noces. Ceux qui vont venir vont vouloir en avoir pour leur argent… Après le souper, on va vérifier la liste d'invités dans notre parenté. Je l'ai faite à l'école aujour-d'hui. Je veux me débarrasser des faire-part cette semaine.

Après le repas, Jeanne s'assit aux côtés de son mari et ils examinèrent la liste établie par Maurice durant la journée. Il y avait eu quelques oublis qu'il combla en grin-çant des dents. Au moment de rendre la liste, Jeanne nota soudainement l'absence de leur unique couple d'amis : les Langevin.

Ernest Langevin était concierge depuis plus de douze ans à l'école Saint-Charles située à deux rues de St-Andrews. Au début des années soixante, des liens d'amitié s'étaient tissés entre lui et Maurice. L'homme âgé d'une quarantaine d'années était même venu construire gra-tuitement le dortoir et la salle de télévision à l'étage. Puis Rita Langevin, l'épouse du concierge, avait rapidement fraternisé avec Jeanne et les deux couples avaient com-mencé à se fréquenter très assidûment. Rares étaient les mois où ils ne se visitaient pas.

— Et les Langevin ? On a oublié leur nom, dit Jeanne.

— On les invite pas.

— Voyons, Maurice. Ce sont nos seuls amis. Ils sont venus aux noces de Lise, de Francine et de Paul.

— Sacrement ! T'es sourde ! Je viens de te dire qu'on les invite pas. Ils sont déjà venus à trois noces ; ça va faire. Les couverts sont trop chers.

— Ils vont être insultés à mort, protesta Jeanne.

— Je m'en sacre ! dit Maurice sur un ton définitif.

Jeanne se tut, mais elle secoua la tête en signe de désapprobation.

Ce soir-là, Maurice exigea de Martine qu'elle demande à Georges la liste de ses invités.

— Surtout, dis-lui de pas exagérer. C'est moi qui paye. Juste des parents proches.

— Sa famille est pas ben grosse, plaida la jeune fille.

— Juste des parents. Je suis pas pour me mettre dans la rue pour payer tes noces, calvaire !

— Je pourrai même pas inviter une ou deux amies ? demanda Martine, catastrophée.

— Non. Si tu veux inviter tes amies, tu les inviteras chez vous après tes noces. On n'invite même pas les Langevin, nous autres. Tu diras à Georges qu'il me faut sa liste le plus vite possible. Je veux commander les faire-part.

Le lendemain soir, Martine donna le nombre de personnes que les Delorme désiraient voir aux noces de leur fils.

— Ça a pas d'allure ! s'exclama Maurice après avoir fait le total des personnes à convier. Ils veulent inviter presque autant de monde que nous autres... Mais c'est moi qui paye, sacrement !

— Georges m'a dit que ses parents ont coupé pas mal de cousins et de cousines, fit remarquer Martine. Son père vous fait dire de pas vous gêner si vous voulez qu'il paye pour ses propres invités.

— Il en est pas question ! se rebiffa Maurice. Ça empêche pas qu'on va avoir presque cent vingt-cinq personnes. C'est trop !

— Voulez-vous que je le rappelle pour lui dire que vous trouvez que ses parents invitent trop de monde ?

— Non. Laisse faire ! répondit son père avec mauvaise humeur. Je vais commander juste cent quinze couverts. Il va ben y avoir une dizaine d'enfants dans le tas. Jamais je croirai qu'ils vont me faire payer un repas complet pour chaque enfant. Eux autres, ils sont supposés manger moins que les adultes.

Encore une fois, Maurice avait décidé de faire les choses à sa façon. Martine n'en était pas vraiment étonnée, mais elle commençait tout de même à se demander si son mariage allait être véritablement le plus beau jour de sa vie.

Chapitre 8

Le départ des Sauvé

Depuis quelques mois, Léon et Marie Sauvé éprouvaient des difficultés grandissantes avec leur santé. À quatre-vingt-quatre et soixante-dix-huit ans, il était normal que le poids des années se fasse sentir un peu plus lourdement.

Leurs enfants établis à Montréal n'avaient pas remarqué leur baisse graduelle d'énergie, probablement parce qu'ils leur rendaient visite presque chaque semaine. Laure fut la première à en faire la remarque à ses frères et sœurs après une visite à ses parents durant la période des fêtes.

— J'ai pas pu venir les voir depuis la fin de l'été passé. C'est effrayant ce qu'ils ont pris un coup de vieux tous les deux, leur dit-elle.

— Exagère pas, Laure, avait répliqué Ruth. Ils sont pas mourants quand même. Ils sont encore ben capables de se débrouiller. Jeanne, Cécile, Bernard et moi, on vient les voir presque toutes les semaines : ils se plaignent pas. Ils ont des petits bobos comme tous les vieux, mais c'est pas plus grave que ça.

— En tout cas, moi aussi, je trouve qu'ils ont bien vieilli depuis l'automne passé, était intervenue Germaine, qui, elle non plus, n'avait pas vu ses parents depuis quelques mois.

— Il faudrait pas qu'ils soient pris tout seuls s'ils tombaient malades, avait conclu Laure.

Cette brève conversation à propos de Léon et Marie avait alerté tous leurs enfants qui, à chacune de leurs visites, s'étaient mis à guetter des indices révélateurs. Dans les semaines suivantes, ces indices ne manquèrent pas.

Ainsi, un peu avant les célébrations de leur soixantième anniversaire de mariage, les Sauvé eurent à faire face à la maladie. Un spécialiste décréta que Léon souffrait de cataractes aux yeux et parla d'intervention chirurgicale. Moins de deux semaines plus tard, le médecin traitant de Marie exigea qu'elle subisse des tests à cause de son diabète et de l'arythmie cardiaque dont elle était affligée.

Subitement, l'entretien de leur petit appartement situé au rez-de-chaussée de leur duplex de la rue Louis-Veuillot sembla de plus en plus pénible et exigeant aux deux personnes âgées. Léon se disait maintenant incapable de procéder aux petites réparations comme il le faisait depuis 1958, année où il avait fait l'acquisition de l'immeuble. Pour sa part, Marie ne se cachait plus pour dire qu'elle avait du mal à entretenir son intérieur.

Fait étrange, leurs enfants semblèrent alors éviter d'aborder le sujet de leur vieillissement, comme s'ils craignaient d'avoir à prendre une décision difficile. Implicitement, ils parurent se comporter comme si le temps allait tout arranger… Pourtant, il n'en était rien. Deux d'entre eux l'avaient déjà compris et prirent les devants. Ils allaient chercher à imposer une solution qui serait loin de plaire à leurs frères et sœurs.

Le week-end suivant les fiançailles de Martine et de Georges, Jeanne et Maurice allèrent rendre une brève visite aux Sauvé, comme presque chaque dimanche après-midi. Pendant que Maurice tenait compagnie à son beau-père sur le balcon, Jeanne était allée rejoindre sa mère dans la cuisine pour l'aider à essuyer la vaisselle du dîner.

À leur retour, Maurice remarqua l'humeur maussade de sa femme.

— Veux-tu ben me dire ce que t'as à avoir l'air bête comme ça ? lui demanda-t-il en entrant dans la maison. T'as pas dit un mot depuis qu'on est partis de chez ta mère.

— P'pa t'a rien dit ?

— Dit quoi ?

— Il t'a pas parlé de l'idée de Laure ?

— Non. C'est quoi, cette idée-là ? demanda Maurice, intrigué.

— Laure est venue les voir avec Florent la semaine passée. Elle veut que p'pa et m'man vendent leur maison et viennent rester chez eux, à Saint-Cyrille. Elle dit qu'ils sont prêts à les prendre tout de suite et qu'ils seraient bien avec eux.

— C'est vrai qu'ils seraient pas si mal que ça, concéda Maurice.

— Arrête donc, toi ! le contra Jeanne, furieuse. Aller rester au fond d'un rang et passer sa vie sous les ordres de Laure Jutras, voilà une bien belle façon de finir sa vie ! Je la connais, la Laure. Elle va passer son temps à tout régenter. Mon père et ma mère pourront pas faire un pas sans qu'elle s'en mêle. C'est elle qui va décider à quelle heure ils vont se lever, se coucher et manger…

— Puis, qu'est-ce que ton père et ta mère en disent ?

— Il paraît qu'ils en discutent… Mais c'est pas tout, ça. Tu sais pas la meilleure ? Voilà Germaine qui s'en mêle, elle aussi.

— Bon, qu'est-ce que la grosse Germaine a encore inventé ? dit Maurice, excédé, en se laissant tomber dans sa chaise berçante après avoir décapsulé le Coke qu'il venait de prendre dans le réfrigérateur.

— Tu connais ma mère! Germaine a toujours été son chouchou. Quand elle l'a appelée la semaine passée, ma mère lui a parlé de la proposition de Laure et il paraît que Germaine était enragée de voir que Laure essayait d'attirer mon père et ma mère dans sa maison. Elle lui a dit que ça avait aucun bon sens de s'éloigner des médecins et des hôpitaux à leur âge pour aller s'enterrer à la campagne.

— Et après? C'est en plein ce que tu viens toi-même de me dire.

— Attends. C'est pas tout, ça. Germaine a téléphoné encore hier. Jean et elle viennent de faire construire dans leur cour une annexe à leur maison, à Québec. Elle dit qu'il reste juste à peinturer. Il paraît qu'ils ont l'intention de louer ça. Il y aurait une chambre, une cuisine et un salon. Ce serait neuf et ce serait parfait pour eux. Germaine a dit à ma mère qu'ils n'auraient qu'à vendre leur duplex. Elle et Jean s'occuperaient de leur déménagement.

— En tout cas, c'est certain que ton père et ta mère auraient pas la grosse Germaine dans les jambes du matin au soir. Avec sa manie de vivre juste la nuit, ils pourraient respirer à leur aise.

— Oui, mais c'est à Québec... Aussi bien dire au bout du monde! protesta Jeanne. Quand est-ce qu'on pourrait aller les voir s'ils s'en vont rester là?

— Ça sert à rien de s'exciter avant le temps, temporisa Maurice. Qu'est-ce que ton père et ta mère ont décidé?

— D'après ma mère, ils ont rien décidé encore.

— Tu vois ben! répliqua Maurice. Dans ce cas-là, veux-tu ben me dire, Christ, pourquoi tu t'énerves tant?

— Parce que je connais Germaine. Quand elle a quelque chose dans la tête, elle l'a pas dans les pieds. Si elle s'est mis dans la tête d'installer mon père et ma mère dans sa cour, elle va faire des pieds et des mains pour les convaincre. Elle va pleurer et jouer à l'enfant abandonnée pour les faire plier.

La lutte sourde que se livraient les deux sœurs Sauvé pour avoir leurs vieux parents avec elles concerna bientôt toute la famille puisque chacune se mit à appeler ses frères et sœurs pour vanter les avantages de sa solution et promettre de s'occuper de leur père et de leur mère avec beaucoup plus de diligence que l'autre. Elles demandèrent à chacun d'intervenir en leur faveur auprès de leurs parents en promettant à tous qu'ils seraient toujours des visiteurs bienvenus chez eux.

Pour leur part, Cécile, Ruth, Jeanne et Bernard, qui habitaient tous la région montréalaise, firent front commun et se mirent aussi de la partie. Ils ne voyaient pas pourquoi leurs parents s'exileraient à la campagne ou à Québec alors qu'ils pourraient toujours compter sur leur aide en demeurant dans leur propre maison. Après tout, les soins hospitaliers et les médecins étaient au moins aussi valables à Montréal qu'à Québec et tous les services étaient sûrement plus accessibles dans la métropole qu'à Saint-Cyrille.

Durant les deux mois suivants, les pauvres vieux semblèrent déchirés par la décision à prendre. Devaient-ils rester ou partir ? S'ils choisissaient de s'en aller, devaient-ils opter pour Saint-Cyrille ou Québec ? Le hasard fit en sorte qu'ils durent prendre rapidement une décision.

Un soir, le gendre d'un voisin sonna à leur porte pour savoir s'ils désiraient vendre leur duplex. Il est vrai que Léon et Marie en avaient vaguement envisagé la possibilité en présence du beau-père du visiteur. Léon, un peu récalcitrant, avait tout de même accepté que l'homme vienne visiter les lieux. Ce dernier n'avait pas perdu de temps et avait proposé une somme bien supérieure à ce que le vieil homme avait l'intention de demander. Consultée, Marie avait encouragé son époux à accepter l'offre. Le soir même, une promesse de vente avait été signée sur le coin de la table de cuisine des Sauvé.

Il restait maintenant à décider où le couple de personnes âgées allait demeurer. Ils se laissèrent finalement séduire par les promesses de Germaine à la fin d'avril.

Mise au courant de la vente de la maison, Germaine avait immédiatement entrepris de convaincre ses parents en venant les chercher en voiture deux jours plus tard pour leur faire visiter l'annexe qui venait d'être construite dans sa cour. Le petit édicule sans étage était rectangulaire, pourvu de larges fenêtres et doté d'un balcon. Jean et Germaine avaient même prévu un couloir intérieur reliant leur maison à la nouvelle construction. L'annexe sentait la peinture fraîche et les trois pièces et demie, bien que petites, étaient pratiques.

— Si je comprends bien, vous étiez pas mal sûrs qu'on viendrait rester chez vous, fit finement remarquer Léon.

— Ben non, p'pa, protesta Germaine. On a fait construire parce que Carole et Élise étaient prêtes à venir rester dedans si vous veniez pas. De toute façon, on leur aurait demandé le même loyer qu'à vous. Vous avez vu en arrière, c'est la cour de l'hôpital Hôtel-Dieu. Vous serez pas loin si m'man ou vous tombez malade, argumenta Germaine.

— En plus, beau-père, les enfants encore à la maison vont être là pour vous donner un coup de main quand vous en aurez besoin, ajouta l'agent d'assurances retraité.

Lorsque les Sauvé furent de retour dans leur appartement de la rue Louis-Veuillot, le dimanche après-midi, tout avait été décidé. Ils savaient quel loyer mensuel ils auraient à acquitter et revenaient avec la promesse que leur indépendance serait respectée dans leur nouvelle demeure. En fait, le plus difficile fut de faire accepter cette décision à Laure.

— Bon, si c'est comme ça, tant pis, dit-elle avec dépit à sa mère qui lui avait téléphoné le soir même. J'espère juste que vous aurez pas à regretter votre choix, m'man. J'espère que vous vous rendez bien compte que vous allez être pas mal loin et qu'on pourra pas aller vous voir bien souvent...

Les autres enfants se résignèrent à voir partir leurs parents si loin sans trop d'amertume. Ils avaient conscience d'avoir fait leur possible pour les retenir à Montréal.

Quand on sut dans la famille que le contrat de vente du duplex serait signé durant la première semaine de mai et que le nouveau propriétaire entendait entrer dans sa nouvelle maison une semaine plus tard, il fallut vite passer aux préparatifs du déménagement.

Laure et Florent ne se montrèrent pas rancuniers et furent les premiers à venir aider Léon et Marie. Florent offrit même de transporter dans son vieux camion Ford tous les effets de ses beaux-parents à Québec. Son beau-père accepta son offre avec reconnaissance. Les jours suivants, d'autres enfants du couple et leurs conjoints se déplacèrent pour venir aider aussi leurs vieux parents de telle sorte que, la veille du départ, tout était prêt. Des dizaines de boîtes étaient empilées dans une chambre et le salon. En fait, il y avait tant de choses qu'on en vint à se demander si le camion de Florent suffirait à la tâche.

— Pour moi, beau-père, le *truck* de Florent sera jamais assez grand pour tout emporter, déclara Maurice en jaugeant la quantité de meubles et de boîtes entassée dans l'appartement de la rue Louis-Veuillot.

— Tu penses? demanda son beau-père, visiblement inquiet.

—Je suis sûr, monsieur Sauvé, qu'il va devoir faire deux voyages à Québec.

—Je peux pas lui demander ça. Il a de l'ouvrage par-dessus la tête sur sa terre.

Après le départ des Dionne ce soir-là, Marie, inquiète à son tour, téléphona à Germaine pour lui faire part du problème. Cette dernière discuta un moment avec quelqu'un près d'elle. Lorsqu'elle revint en ligne, elle avait tout réglé. Elle affirma à sa mère que le lendemain matin, très tôt, deux de ses fils se rendraient à Montréal à bord d'une camionnette empruntée à un ami pour aider au transport. Rassérénée, Marie raccrocha et apprit la bonne nouvelle à son mari.

Pendant ce temps, les Dionne étaient rentrés à la maison. Il était tard et ils étaient si fatigués d'avoir travaillé toute la soirée à l'emballage des affaires des parents de Jeanne qu'ils eurent du mal à trouver le sommeil.

— Ça va faire tout un changement de ne plus pouvoir aller voir mon père et ma mère tous les dimanches après-midi, dit Jeanne, étendue dans le noir.

— On ira les voir une fois par mois à Québec, la consola Maurice, qui pensait plus au plaisir de conduire sur un aussi long trajet qu'à la joie de revoir ses beaux-parents.

— Je me demande comment ils vont faire demain pour embarquer tout leur barda dans le camion, reprit Jeanne. Florent sera pas capable de tout faire tout seul.

— Je le sais pas, dit Maurice, mais moi, je peux pas y aller. Ils déménagent demain matin et je peux pas laisser l'école pour aller leur donner un coup de main. Les garçons non plus : ils travaillent tous. Mais on n'est pas tout seuls ; il y a tes frères...

— Tu les connais, soupira Jeanne en se soulevant sur un coude. Luc est pas capable de lever quelque chose de pesant à cause de son dos. Bernard doit être à son école de conduite. Le mari de Ruth travaille de nuit et il a besoin de dormir et le mari de Cécile est comme toi, il travaille toute la journée. Pour mon frère Claude, il descendra sûrement pas de Drummondville pour venir aider.

— C'est pas notre problème, conclut Maurice en se tournant sur le côté gauche. Nous, on a fait notre possible pour leur donner un coup de main à se préparer. Aux autres de faire leur part. Ton père va peut-être trouver quelqu'un.

Lorsque Jeanne apprit le lendemain matin en téléphonant à sa mère que deux de ses neveux de Québec venaient participer au déménagement de ses parents, elle fut grandement soulagée.

Chapitre 9

Marc

La chaleur qui s'abattit sur le Québec durant la seconde semaine de mai donna aux gens un avant-goût de l'été à venir. À Saint-Léonard, les gens profitaient des belles soirées pour soigner leur pelouse et leurs fleurs. Les enfants avaient sorti leur bicyclette depuis longtemps et ils sillonnaient les rues du quartier en s'interpellant à tue-tête jusqu'à l'arrivée de l'obscurité. Même si les vacances scolaires n'étaient pas encore arrivées, les parents semblaient moins stricts sur l'heure du retour à la maison de leur progéniture.

Pour sa part, Maurice se sentait pratiquement en vacances. Comme chaque année, les autorités de Ville Saint-Michel avaient mis fin à la location du gymnase de St-Andrews à la mi-mai. Jusqu'au début septembre, le concierge allait pouvoir jouir d'un repos bien mérité les samedis et tous les soirs de la semaine. Est-il nécessaire de mentionner que ce changement d'horaire ne plaisait pas particulièrement à Jeanne ? Si ses enfants, maintenant tous adultes, n'étaient plus affectés outre mesure par la présence plus fréquente de leur père à la maison, il en allait tout autrement pour sa femme, qu'il exigeait de voir assise à ses côtés sur le balcon ou devant le téléviseur chaque soir. Lorsque son mari était au travail le soir, Jeanne recevait des clientes, s'installait à sa machine à coudre ou tenait de longues conversations téléphoniques. Quand il était là, il n'était pas question qu'elle puisse se permettre de telles libertés.

Ce soir-là, peu après le souper, Maurice, le pantalon vert bouteille descendu sur les hanches et le ventre avantageux, arrosait, comme d'habitude, sa pelouse. André astiquait sa voiture stationnée dans l'allée asphaltée. Claude et Denis n'étaient pas rentrés manger à la maison. Martine était encore à la banque. Assise sur le balcon, Jeanne terminait l'ourlet de la robe d'une cliente.

— S'il mouille pas ben vite, dit Maurice après avoir enroulé le boyau d'arrosage, le gazon va être jaune et sera plus regardable. T'as beau...

Le bruit fait par un autobus passant sur le boulevard Lacordaire couvrit le restant de sa phrase alors qu'il prenait place sur sa chaise de jardin située à l'extrémité du balcon.

— Dis-moi pas qu'on va avoir enfin une soirée tranquille sans visite, dit-il à Jeanne qui venait de lever les yeux vers lui.

— Voyons donc, Maurice, protesta Jeanne, on n'a pas eu tant de visites que ça.

— On est jeudi, et c'est le seul soir où on n'a pas eu du monde plein la maison, répliqua son mari. Lundi, c'est Paul et Lucie qui sont venus avec les enfants. Mardi, c'était Francine et sa petite et hier soir, c'était ton frère Bernard... Qu'est-ce que tu veux avoir de plus ?

On aurait juré que cette dernière remarque avait attiré d'autres visiteurs. Au moment où Maurice se taisait, un coup d'avertisseur les fit sursauter. Yvon Larivière, au volant de sa nouvelle Dodge brune, prévenait André de son intention de stationner derrière sa Pontiac.

— Sacrement ! jura Maurice entre ses dents. Il manquait plus qu'eux autres.

Lise, Yvon et leurs deux enfants descendirent de voiture et montèrent les quatre marches conduisant au balcon avant même que Maurice et Jeanne aient eu le temps de se lever pour les accueillir.

— Attendez, on va aller vous chercher des chaises pliantes, offrit Jeanne en embrassant sa fille, son gendre et ses deux petits-enfants.

— Laissez faire, grand-maman. France et moi, on va aller les chercher, dit Sylvain, son petit-fils de dix ans.

— Vous en alliez-vous dans le Nord? demanda Maurice à son gendre.

— Oui, monsieur Dionne, répondit Yvon en prenant place en face de son beau-père. Je pense même que c'est en fin de semaine que je vais finir pour de bon le dedans du chalet.

— Vous viendrez voir ça quand vous en aurez le temps, p'pa, offrit Lise. Vous allez voir que ça a changé de poil depuis l'été passé.

— Je pense qu'on va attendre un peu, temporisa Maurice. On a ben de l'ouvrage à faire jusqu'au mois d'août. Peut-être après les noces de Martine.

Jeanne lança à son mari un regard d'avertissement. Après leur visite au chalet des Larivière, l'été précédent, il n'avait pas cessé de dire à tous à quel point l'endroit était infesté de mouches noires, de mouches à chevreuil et de maringouins et qu'il en avait eu pour une semaine à se gratter.

— Allez-vous être si occupé que ça jusqu'au mois d'août? demanda le pompier, placide.

— Pas mal, oui. Remarque que j'ai déjà réservé le buffet et la salle. Les faire-part ont déjà été envoyés. Mais il y a un paquet d'affaires encore à régler… comme finir le sous-sol, par exemple.

— Finir le sous-sol! s'exclama Jeanne. C'est bien la première fois que j'en entends parler.

— Ça prouve que t'écoutes pas quand je te parle, répliqua sèchement son mari. Tu penses juste à tes maudites guenilles.

Il y eut un court silence embarrassé sur le balcon, uniquement troublé par le bruit des automobiles qui passaient sur le boulevard.

— Ça fait un bon bout de temps que j'y pense, reprit Maurice, comme si sa femme ne l'avait jamais interrompu. On n'est pas pour garder la cave sur le ciment jusqu'à la fin de nos jours. Presque tous les voisins ont fait faire des chambres et des salles de jeux dans leur cave. Je pense qu'on n'est pas plus fous qu'eux autres.

— Sans compter que ça va ajouter pas mal de valeur à votre maison, ajouta Yvon, diplomate.

— C'est en plein ça, approuva Maurice, comme si son gendre venait de trouver l'argument massue propre à convaincre n'importe qui du bien-fondé de sa décision.

Pourtant, il s'agissait d'une décision impulsive et non réfléchie de sa part. Il avait évoqué l'idée dans l'unique but de meubler la conversation, sans vraiment avoir l'intention de passer aux actes dans un proche avenir.

En fait, s'il avait parfois échafaudé de vagues plans pour rénover son sous-sol, la seule idée des sommes nécessaires à l'achat des matériaux et au paiement des ouvriers l'avait fait reculer. C'était un rêve lointain à la réalisation duquel deux obstacles majeurs s'opposaient : l'absence chez lui de toute habileté manuelle et, évidemment, le désir forcené de faire des économies sur tout.

S'il avait eu un minimum d'habileté manuelle, il aurait pu entreprendre une partie des travaux et faire appel à des ouvriers spécialisés pour la plomberie et l'électricité. Mais l'homme de cinquante-deux ans était trop pressé pour être soigneux. Depuis toujours, il voulait avoir terminé une tâche avant même de l'avoir commencée. Quand il entreprenait un travail, il manquait rapidement de patience et le gâchait dans sa précipitation à vouloir le terminer au plus tôt. Par ailleurs, il avait toujours dit que le prix des outils et des matériaux dépassait ses capacités à payer et qu'il ne se laisserait tenter que lorsqu'il y aurait des rabais vraiment intéressants. Des rabais, il y en avait eu, mais jamais assez importants à ses yeux.

— Quand est-ce que vous voulez commencer ça ? demanda Yvon, acculant, sans le vouloir, son beau-père dans ses derniers retranchements.

— Il faudrait d'abord que j'aie une petite idée du prix que ça pourrait me coûter, commença à tergiverser Maurice.

— Voulez-vous qu'on descende dans la cave pour voir combien ça pourrait vous coûter à peu près en matériaux, monsieur Dionne ? offrit obligeamment son gendre.

— Ouais, on peut ben aller voir ça.

— Je vais prendre mon ruban à mesurer dans le char, dit Yvon en se levant.

Quelques instants plus tard, les deux hommes entrèrent dans la maison et descendirent dans la cave. Durant près d'une heure, ils arpentèrent l'endroit en prenant diverses mesures, que notait Yvon dans un carnet tiré de l'une de ses poches. Quand ils eurent fini, Maurice et son gendre montèrent au rez-de-chaussée et s'installèrent à la table de cuisine pendant que Lise et sa mère demeuraient assises sur le balcon en compagnie des deux enfants. Le soleil commençait à décliner à l'horizon. Tous les quatre étaient heureux de profiter de la fraîcheur apportée par une légère brise.

— Avez-vous l'intention de faire déplacer votre fournaise, monsieur Dionne ? demanda Yvon. Elle est au milieu de la cave et empêche de faire une belle grande salle de jeux.

— Ça coûterait combien une affaire comme ça ?

— Ça pourrait vous coûter environ trois cents piastres.

— Ben non. Ça coûterait ben trop cher pour rien.

— Si vous touchez pas à la fournaise, vous allez avoir au centre de la cave une petite pièce qui pourrait être une salle de lavage avec la cuve qui est déjà installée proche du mur.

— Ça a du bon sens, assura Maurice.

— Oui, mais le reste va avoir la forme d'un U. C'est ça que vous voulez ? demanda le pompier, tout de même surpris que son beau-père accepte une telle chose.

— S'il y a pas moyen de faire autrement sans que ça me coûte un bras, oui.

— Bon, pour le plancher, je pense que vous allez avoir un problème, reprit le jeune homme après avoir consulté les chiffres alignés sur une page de son carnet.

— Lequel ?

— Votre cave a un peu moins que huit pieds de hauteur. Si votre contracteur fait un plancher en *plywood*, elle va avoir sept pieds et quatre pouces de hauteur à peu près, une fois finie.

— Est-ce que c'est ben nécessaire de faire un plancher ?

— N… Non, répondit Yvon après une légère hésitation. Il peut toujours coller des tuiles directement sur le ciment pour le plancher, mais vous allez peut-être trouver ça dur pour les jambes et pas mal froid l'hiver.

— C'est pas grave.

— Pour le plafond, vous pouvez toujours acheter des tuiles acoustiques. Il y en a de tous les prix et elles sont faciles à installer.

— C'est correct.

— Pour les murs, vous allez trouver chez Ravary, par exemple, des panneaux de préfini de tous les prix. Il y en a même à quatre piastres et demie le panneau.

— J'irai les voir, promit Maurice.

— Pour les colombages et la laine minérale, il y a des bonnes ventes ces temps-ci, ajouta Yvon.

— Bon.

— Pour les plafonniers et le filage électrique, ça aussi, ce sera pas trop cher… Il resterait juste la colle, les clous et d'autres petits cossins à acheter, laissa tomber le jeune pompier en refermant son carnet ouvert devant lui.

Le gendre laissa son beau-père réfléchir un bon moment sans intervenir.

— D'après toi, combien tout ça pourrait finir par me coûter ? demanda Maurice.

— En matériaux ? Je dirais à peu près mille cinq cents piastres. Ça dépendra de ce que vous choisirez.

— Ça, ça a ben de l'allure, reconnut Maurice, sérieusement tenté. Mais il reste juste une chose importante à régler. Qui va me faire ça ? Moi, je suis pas capable de faire ça tout seul. Je connais personne qui accepterait de venir me bâtir mon sous-sol pour un prix raisonnable.

Yvon se rendit compte tout de suite que son beau-père lui tendait une perche qu'il hésita durant un long moment à saisir. Mais comment refuser ? Il accepta finalement de se proposer avec la pénible impression de s'embarquer dans une affaire qui pourrait facilement devenir désagréable.

— Si vous avez confiance en moi, je peux toujours venir vous faire ça, proposa-t-il du bout des lèvres en espérant secrètement un refus de son beau-père.

— Parfait, dit Maurice, tout heureux d'avoir trouvé quelqu'un aussi facilement. Combien tu vas me charger ?

— Inquiétez-vous pas pour ça, monsieur Dionne, le rassura Yvon. On en reparlera quand l'ouvrage sera fini.

— Quand est-ce que tu veux commencer ?

— Aussitôt que vous aurez commandé le matériel, dit son gendre en sortant de sa poche son carnet qu'il avait rangé quelques minutes plus tôt.

Le jeune père de famille détacha les feuillets de son carnet sur lesquelles les quantités étaient notées et il les tendit à son beau-père.

— Je vais aller voir ça dès demain matin, promit Maurice en pliant les feuillets et en les rangeant dans la poche de poitrine de sa chemise.

Ce soir-là, le trajet des Larivière vers leur chalet fut plutôt houleux. Lise n'était pas du tout d'accord avec la décision de son mari de se charger de la construction du sous-sol de la maison paternelle et il lui avait fallu faire des efforts considérables pour ne pas laisser éclater sa mauvaise humeur quand son père lui avait appris la nouvelle avant leur départ.

— Veux-tu bien me dire ce qui t'a pris de t'embarquer là-dedans, Yvon Larivière? demanda-t-elle à son mari au moment où la Dodge venait à peine de s'engager dans la circulation fluide de cette fin de soirée.

— Ben, j'ai voulu rendre service à ton père.

— C'est fin! Tu vas être poigné pour l'endurer durant des semaines. Je te garantis que ça prendra pas de temps que tu vas le regretter.

— Voyons donc!

— T'as même pas encore fini le chalet, poursuivit sa femme.

— Je le finis en fin de semaine. À part ça, ton père va me payer. On a besoin de cet argent-là.

— Ça va être le *fun* encore. Je vais passer toutes mes soirées toute seule avec les enfants, comme une dinde.

— Tu pourras toujours venir veiller avec ta mère pendant que je travaillerai.

— Laisse faire. Tu vas voir la baboune de mon père s'il me voit arriver à la maison tous les soirs.

— J'ai jamais dit que j'irais là tous les soirs, protesta Yvon.

— Et le chalet? Quand est-ce qu'on va pouvoir en profiter? demanda Lise, sans tenir compte de la réaction de son mari.

— On va continuer à y aller. On va s'arranger. D'abord, avant que ton père ait acheté tout ce qu'il faut pour commencer l'ouvrage, ça peut prendre une semaine ou deux...

Yvon Larivière faisait là sa première erreur d'estimation. Il connaissait bien mal Maurice Dionne en croyant qu'il allait prendre autant de temps pour passer aux actes.

Dès le lendemain midi, tout le matériel était acheté et la livraison en avait été faite avant l'heure du souper. Le soir même, comme la pluie menaçait, Maurice s'empressa de tout empiler dans le sous-sol avec l'aide de ses fils. Il ne restait plus qu'à attendre le retour de son gendre pour lui apprendre qu'il pouvait commencer le travail dès qu'il le voudrait.

—

Le dimanche soir, les Larivière venaient à peine de ranger les bagages rapportés du chalet que le téléphone sonna. Maurice apprit à son gendre sur un ton triomphant que tous les matériaux avaient été achetés et qu'ils étaient déjà à sa disposition dans la cave. Il était clair qu'il s'attendait à le voir commencer le travail le plus tôt possible.

— Sacrifice! Il est pressé en pas pour rire! ne put s'empêcher de s'exclamer le jeune pompier en raccrochant.

— Qui est-ce que c'était? demanda Lise, occupée à ranger la nourriture dans le réfrigérateur.

— Ton père. Tu me croiras pas, mais il a déjà acheté tout le matériel pour sa cave, lui annonça Yvon, stupéfait par tant de précipitation. Il y a pourtant pas le feu !

— Qu'est-ce que je t'avais dit ? répondit sa femme. Tu connais pas mon père comme moi. Attends. T'as encore rien vu.

Le lendemain soir, un peu avant sept heures, Yvon arriva chez ses beaux-parents en compagnie de sa femme et de ses enfants. Le pompier avait travaillé toute la journée et il venait à Saint-Léonard surtout pour apporter ses outils sur son futur lieu de travail. Il savait depuis longtemps que son beau-père n'avait pas d'outils. C'était d'ailleurs là un mystère qu'aucun membre de la famille n'était jamais parvenu réellement à éclaircir.

Depuis de nombreuses années, à son anniversaire, à Noël et à la fête des pères, il y avait toujours l'un ou l'autre de ses enfants pour lui offrir des outils. Or, ces cadeaux disparaissaient mystérieusement, comme happés par une trappe. Il n'y avait jamais moyen de trouver même un marteau ou un tournevis dans la maison. Quand Maurice avait besoin d'un outil, il le cherchait partout et finissait par piquer une crise de rage et accuser ses fils de le voler comme au coin d'un bois. Ces derniers s'en défendaient bien et étaient certains que ces accusations n'étaient que de la frime pour cacher le fait que leur père transportait tout à son école de crainte qu'ils s'en servent à son insu.

Avant l'arrivée d'Yvon, Maurice avait été on ne peut plus clair avec ses fils.

— Je veux pas vous voir dans la cave aussi longtemps qu'elle sera en construction. Vous avez pas à venir aider Yvon Larivière. Je le paye pour faire cet ouvrage-là.

— Ayez pas peur, p'pa, on se battra pas pour travailler pour rien après notre journée d'ouvrage, avait effrontément répondu son fils Claude.

— Surtout qu'on connaît pas grand-chose à la menui-serie, avait poursuivi André. On nuirait plus qu'autre chose.

— Mais si vous avez besoin d'aide, vous pourrez toujours nous le demander, proposa obligeamment Denis.

— C'est correct, avait accepté le père, rassuré.

Maurice aida Yvon à transporter ses deux coffres d'ou-tils et sa scie mécanique dans le sous-sol et l'assista dans sa confection d'un établi temporaire. Avant de quitter les Dionne, le pompier précisa qu'il avait l'intention de venir travailler chaque soir cette semaine-là ainsi que toute la journée du samedi. La semaine suivante, il viendrait durant le jour parce que son horaire de travail l'obligeait à être présent au poste le soir et la nuit.

Un peu avant onze heures, Jeanne servit une collation à tout le monde. Après le départ des Larivière, Maurice ne put s'empêcher de dire à sa femme en train de laver la vaisselle utilisée par les invités :

— S'il peut venir chaque soir, ça va aider à avancer. Sacrement! On peut pas dire qu'il est ben vite, notre gendre. Je l'ai regardé faire pour monter son établi. Il faut qu'il pense longtemps avant de se décider à planter un clou. En plus, ça lui prend une éternité pour prendre ses mesures avant de scier.

— Il veut peut-être pas gaspiller de matériel, avança Jeanne en rangeant la vaisselle propre dans l'armoire.

— Peut-être, consentit Maurice, mais j'ai ben peur d'être à ma pension de vieillesse avant qu'il en finisse avec notre cave s'il continue à cette vitesse-là.

— Voyons, Maurice, il y a pas d'urgence. Il est pas obligé de courir. Aimerais-tu mieux qu'il te fasse ça tout de travers? En plus, oublie pas qu'il a travaillé toute la journée.

— Fais-moi pas rire avec ça! s'exclama le concierge de St-Andrews. Tout le monde sait ben qu'un pompier, ça travaille pas. Il passe ses journées assis sur une chaise ou étendu sur son lit... En tout cas, j'espère que Lise a pas l'intention d'être ici tous les soirs avec lui. C'est pas elle que j'ai engagée pour faire le sous-sol. Avec les enfants, en plus! J'ai pas envie de nourrir tout ce monde-là chaque soir.

Une semaine plus tard, malgré les craintes de Maurice, soixante pour cent des cloisons étaient montées et la laine minérale était déjà en place. Yvon avait toutefois de plus en plus de mal à supporter la nervosité de son beau-père qui, sous le prétexte de lui servir d'aide, ne cessait pas de lui pousser dans le dos. Avec lui perpétuellement sur les talons, impossible de prendre le temps de réfléchir. À la moindre hésitation de sa part, il était évident qu'il s'imaginait qu'il ne savait pas ce qu'il faisait.

Lorsque Maurice se rendit compte que son gendre viendrait travailler dans le sous-sol durant la journée à compter du lundi suivant à cause de son changement d'horaire de quart de travail, il en fut un peu contrarié. De toute évidence, il avait oublié que la profession de son gendre l'obligeait à travailler la nuit deux semaines sur quatre.

— Vas-tu être capable de te passer de moi? lui demanda Maurice. Je peux pas laisser l'école pendant la journée pour venir travailler avec toi.

— Je vais essayer de me débrouiller tout seul, déclara alors un Yvon très diplomate.

En réalité, le gendre éprouva un réel soulagement en apprenant que son beau-père ne pourrait pas être présent à ses côtés durant la semaine à venir.

Cette semaine-là, il ne se donna pas la peine de passer chez lui après son quart de travail au poste. Il prit l'habitude d'arriver chez les Dionne un peu avant neuf heures chaque matin et travaillait à son rythme jusqu'au milieu de l'après-midi.

Le dimanche soir suivant, à l'heure du souper, il n'y avait que Martine, Guy et Denis assis dans la cuisine quand le père de famille prit sa place habituelle au bout de la table.

— On n'est pas plus que ça pour souper? demanda-t-il à sa femme occupée à faire cuire du bœuf haché avec des oignons dans une poêle.

— Claude et André m'ont avertie qu'ils rentreraient pas pour manger. Pour Marc, je sais pas où il est passé. Il est disparu après la messe.

— C'est pas grave. Ici, c'est une vraie auberge, dit Maurice, sarcastique. En tout cas, on soupe. S'il arrive en retard, il passera sous la table et il ira manger au restaurant.

La soirée passa sans histoire. À onze heures, Georges quitta Martine pour rentrer chez ses parents et la jeune fille s'éclipsa rapidement dans sa chambre. Peu après, André rentra, suivi de près par Guy et Claude. Denis avait passé la soirée devant le téléviseur. Jeanne et Maurice se préparèrent alors pour la nuit. Avant de se mettre au lit, Maurice sortit de sa chambre et se rendit au pied de l'escalier qui menait au dortoir, à l'étage.

— Est-ce que tout le monde est rentré? demanda-t-il.

— Il manque juste Marc, fit remarquer Guy en train de passer son pyjama.

— Où il est, ce maudit sans-dessein-là? Je suis pas pour laisser la porte de la maison débarrée toute la nuit pour lui faire plaisir. Il est presque minuit.

— J'oubliais, p'pa, lança Denis du fond du dortoir, Marc a appelé pendant que vous étiez sur le balcon au commencement de la soirée. Il fait dire qu'il rentrera pas coucher.

— Quoi ? Qu'est-ce que tu viens de dire là ?

Denis répéta ce qu'il venait de dire.

— Descends donc ici une minute, ordonna-t-il à son fils.

Denis descendit l'escalier et se retrouva devant son père et sa mère, qui venait de sortir de la salle de bain.

— Ton gars a décidé qu'il rentrerait pas coucher ! Est-ce que c'est assez fort pour toi, ça ? dit Maurice à sa femme. Il vient juste d'avoir dix-huit ans et monsieur se sent assez vieux pour décider de coucher ailleurs sans nous en parler.

— Où est-ce qu'il va coucher ? demanda Jeanne à Denis. Il travaille de bonne heure demain matin.

Même si Marc était le jumeau pratiquement inséparable de Guy, la mère savait que Denis était au courant de beaucoup de choses qui le concernaient parce qu'ils travaillaient tous les deux chez Shell.

— Je le sais pas, m'man. Il me l'a pas dit au téléphone.

— Je vais te gager qu'il s'est fait de nouveaux *chums* à la compagnie. Christ ! Moi, les gars qui se tiennent en *gang*, j'aime pas ça pantoute ! explosa Maurice. C'est toujours un paquet de troubles. Ça va boire et ça court les filles comme des vraies têtes folles.

— Es-tu au courant si ton frère s'est fait de nouveaux amis ? demanda Jeanne, subitement inquiète.

— Comment voulez-vous que je le sache, m'man ? On travaille à la même compagnie, mais lui, il est dans les bureaux ; moi, dans le magasin. C'est grand chez Shell. On se voit rarement durant la journée.

— Bon. C'est correct, dit rageusement Maurice. Je barre la porte. J'ai ben envie de le laisser coucher dehors. En tout cas, s'il est obligé de sonner pour entrer se coucher, il va savoir comment je m'appelle ! S'il rentre pas coucher, il va m'entendre demain soir, lui !

Là-dessus, Maurice se dirigea vers sa chambre, suivi par Jeanne, toujours rongée par l'inquiétude. Denis retourna dans le dortoir.

— Qu'est-ce qu'il a, le père, à s'énerver comme ça parce que Marc rentre pas coucher? demanda Claude. Il a pas à prendre les nerfs. Marc lui a payé sa pension avant-hier, non?

— On est mieux de pas se mêler de ça, déclara André en éteignant sa lampe de chevet.

Le lendemain matin, il était à peine cinq heures lorsque Maurice se leva. Il avait mal dormi. L'inquiétude l'avait tenu éveillé une partie de la nuit, mais il ne l'aurait jamais avoué à personne. De fort méchante humeur, il but sa tasse de café en repassant dans sa tête la petite conversation qu'il allait avoir avec le plus jeune de ses fils le soir même en rentrant du travail.

Avant de quitter la maison, il prit la peine de retourner dans sa chambre et de réveiller sa femme qui, il le savait, avait aussi mal dormi que lui.

— Oublie pas d'avertir ton gars que je veux lui parler quand je vais revenir de l'école… Je pense que je vais le sacrer à la porte. Je vais lui apprendre qu'il y a des règlements dans cette maison.

— Il faut pas exagérer, rouspéta faiblement Jeanne, mal réveillée. C'est pas la fin du monde…

— Non, j'exagérerai pas. Je le sacre dehors. Je lui donnerai pas la chance de faire ce petit jeu-là une autre fois. Si on laisse passer ça, tous les autres vont suivre.

Sur ce, sans laisser le temps à sa femme de répliquer, il sortit de la pièce et quitta la maison. Jeanne entendit la Chrysler démarrer. Durant un moment, elle hésita entre se lever ou tenter de se rendormir. Finalement, elle décida de se lever: les paroles de son mari l'avaient trop énervée.

Lorsqu'elle pénétra dans la cuisine, elle entendit des pas dans l'escalier. Elle jeta un coup d'œil à l'horloge suspendue au mur, au-dessus de la table : il était près de six heures. À cette heure-là, Claude, André et Denis descendaient faire leur toilette et déjeuner. Guy ne se levait qu'à sept heures.

Durant quelques minutes, il n'y eut que des va-et-vient dans la cuisine et dans la salle de bain avant que chacun prenne place à table avec des rôties.

— André et Claude, oubliez pas votre lunch dans le frigidaire avant de partir, leur dit leur mère en finissant sa tasse de café.

— Qu'est-ce qu'il y a dans les sandwichs aujourd'hui, m'man ? demanda Claude.

— Du *Prem*.

— Il y aurait pas moyen de mettre autre chose ? Je suis écœuré de manger ça six jours par semaine.

— Il y a du *baloney* si t'en veux.

— C'est la même chose.

— Aïe ! Claude Dionne, avec ce que ton père me donne pour acheter le manger, je peux pas faire mieux, répliqua sa mère avec humeur. Si ça fait pas ton affaire, t'as qu'à faire tes sandwichs toi-même.

— À part ça, mon frère, intervint Denis, si tu travaillais ailleurs que pour ta compagnie de broche à foin, tu pourrais peut-être avoir une cafétéria comme nous autres. Chez Shell, on est traités comme du monde.

Pendant quelques instants, les trois fils Dionne mangèrent en silence.

— Qu'est-ce qu'il avait, p'pa, à gueuler comme ça avant de partir travailler ? demanda Denis à sa mère.

— C'est à propos de Marc. Il veut le sacrer dehors parce qu'il est pas rentré coucher hier soir.

— Pourquoi il prend le mors aux dents comme ça? C'est pas la fin du monde, cette affaire-là. Il a dix-huit ans.

— Tu connais ton père, soupira Jeanne.

— Ouais.

— Toi, tu dois savoir où il a passé la nuit…

— Je le sais pas, m'man, dit Denis en hésitant, mais j'ai ma petite idée là-dessus.

— Puis?

— Je pense qu'il a commencé à sortir avec une des patronnes, au bureau. On les voit souvent ensemble sur l'heure du dîner.

— Mais elle a quel âge, cette fille-là? Elle doit être pas mal plus vieille que Marc pour être un *boss*.

— Je le sais pas, moi, m'man. Je travaille pas pour la police.

— Ton frère a juste dix-huit ans, plaida Jeanne.

— Énervez-vous pas avant de savoir, voulut la rassurer Denis en se levant de table. Ça se peut que ça ait rien à voir.

Vers la fin de l'avant-midi, Jeanne, en train de travailler dans sa salle de couture, entendit s'ouvrir la porte d'entrée de la maison. Durant un instant, elle crut qu'il s'agissait d'Yvon qui travaillait dans le sous-sol depuis quelques heures. Puis elle réalisa brusquement que son gendre empruntait toujours la porte située à l'arrière de la maison quand il avait à entrer ou à sortir du bungalow. Elle se leva donc pour voir qui entrait sans sonner. Elle découvrit Marc debout dans le couloir.

— Mon Dieu! s'exclama Jeanne. Veux-tu bien me dire d'où tu sors? Ton père et moi, on est inquiets depuis hier. Où est-ce que t'as couché?

— Dans l'appartement de ma blonde, m'man.

— Dans l'appartement de ta blonde! Mais quelle sorte de fille c'est pour laisser un garçon coucher chez eux sans être mariée avec lui? demanda sa mère, scandalisée. Ses parents ont rien dit?

— Elle vit pas avec ses parents. Elle a son appartement.

— Elle reste toute seule?

— Ben oui, m'man, répondit l'adolescent, excédé.

— En tout cas, tu vas en entendre parler à soir quand tu vas rentrer. Ton père est enragé et il veut même te mettre dehors, lui apprit sa mère.

— Oui, je le sais, répondit calmement Marc. Denis m'en a parlé quand il est entré à l'ouvrage à huit heures.

— Je pense que t'es mieux de filer doux et de t'excuser, lui suggéra sa mère.

— Ce sera pas nécessaire, m'man, déclara Marc. Je m'en vais. Le père aura pas besoin de me sacrer dehors.

— Voyons donc! protesta Jeanne. T'es pas sérieux!

— Écoutez, m'man. Je suis capable de me débrouiller. Payer une pension ici ou ailleurs, c'est la même chose.

— Où est-ce que tu vas rester?

— Je le sais pas encore, mais avant la fin de la journée, je suis sûr de trouver une place. Inquiétez-vous pas. Bon, si ça vous fait rien, je vais me dépêcher à paqueter mes petits. Il y a un gars qui travaille avec moi qui m'attend dans son char dans le *drive-way*. Il est venu m'aider à transporter mes affaires.

Pendant que Jeanne, les yeux pleins d'eau, se laissait tomber sur une chaise dans la cuisine, Marc monta au dortoir, apparemment insensible au chagrin qu'il causait à sa mère. Durant quelques minutes, elle entendit son fils aller et venir au-dessus de sa tête. Il y eut des claquements de tiroirs de bureau et de portes d'armoire. Puis Marc descendit, les bras chargés de vêtements encore disposés sur des cintres.

— J'ai trouvé deux boîtes de carton vides dans le dortoir. J'ai mis mes affaires dedans. Est-ce que je peux les prendre ?

— Bien oui, répondit sa mère qui alla jeter un coup d'œil à la petite voiture grise stationnée près de la maison, derrière la Dodge d'Yvon Larivière.

Jeanne tenta d'apercevoir le conducteur du véhicule, mais ce dernier ne descendit pas pour aider Marc. Elle vit son fils jeter ses vêtements sur le siège arrière de l'auto avant de rentrer dans la maison pour prendre possession des deux boîtes qu'il descendit au rez-de-chaussée. Arrivé dans le couloir, il déposa ses paquets par terre et embrassa sa mère.

— Tu vas me téléphoner pour me dire où tu restes ? lui demanda-t-elle, en larmes.

— Ben oui, m'man.

— Si t'es pas bien, reviens ici. Fais pas de misère pour rien. Ton père va se calmer et tout va redevenir comme avant. Je vais lui parler.

— Bon. Il faut que j'y aille, dit Marc, soudainement aussi ému que sa mère. Le gars qui m'attend va finir par perdre patience. Je vais vous donner de mes nouvelles aussitôt que je serai organisé.

Ce midi-là, Jeanne prépara sans entrain le dîner de son gendre. Quand celui-ci se rendit compte que sa belle-mère ne mangeait pas, il s'inquiéta.

— Vous mangez pas, madame Dionne ?

— Non. Je pense que je digérerais rien. Pas avec ce qui vient de se passer.

— Qu'est-ce qu'il y a eu ?

Yvon n'avait rien entendu de ce qui s'était passé au rez-de-chaussée. Lorsque sa belle-mère le lui raconta, le pompier ne put s'empêcher de grimacer.

— Ayoye! Votre mari va être de bonne humeur quand il va apprendre ça!

Quand Maurice rentra du travail à la fin de l'après-midi, Jeanne l'attendait pour lui apprendre la nouvelle. Durant tout l'après-midi, elle n'avait cessé de penser au départ de son fils et à ses causes. Elle en était venue à la conclusion que ce départ était d'abord dû à l'intransigeance de son mari. S'il n'avait pas menacé de le mettre à la porte, l'adolescent serait demeuré à la maison. Plus elle y avait pensé, plus elle s'en était convaincue. Sa profonde tristesse avait finalement fait place à la colère.

Maurice aborda le sujet avant elle.

— Il est pas encore arrivé, lui? demanda-t-il en entrant dans la maison.

— Non… Et il arrivera pas non plus, répondit Jeanne sur le même ton brusque.

— Comment ça?

— Il est passé chercher ses affaires cet avant-midi. Il a décidé d'aller vivre ailleurs.

— Ah ben, Christ! C'est la meilleure, celle-là! explosa Maurice en ouvrant la porte du réfrigérateur à la rechercher d'une bouteille de Coke. Et où est-ce qu'il va rester?

— Il le savait pas encore.

— J'ai ben envie de mettre la police après lui!

— Exagère pas! protesta Jeanne.

— En tout cas, ton gars va s'apercevoir que ça va lui coûter pas mal plus cher pour vivre tout seul que juste payer une petite pension ici, déclara Maurice, l'air mauvais. Il sera pas tard que tu vas le voir revenir. Mais là, je te le garantis, il va rester dehors.

— Bien oui, Maurice Dionne! explosa Jeanne à son tour. Tes enfants sont des chiens! Si tu les traitais comme du monde, ce qui arrive là arriverait pas.

— Sacrement! jura à nouveau Maurice. Il y a un règlement dans cette maison. Si t'es pas capable de le faire respecter, moi, je suis capable de le faire. Ton gars, je veux plus le revoir. Il a décidé de partir? Ben, bon vent!

Sur ces mots, Maurice, l'air buté, se mit à fixer le mur situé en face de sa chaise berçante. Et voilà. Encore une fois, il était replongé dans une longue bouderie. Jeanne n'aurait pas été étonnée d'apprendre qu'il évaluait surtout l'importance de la perte d'argent causée par ce départ. C'était une pension qui ne lui serait plus versée chaque vendredi soir.

Durant plusieurs jours, Jeanne demeura insensible à la bouderie de son mari, trop impatiente d'avoir des nouvelles rassurantes de son fils qui avait fui le toit familial. Chaque soir, à son retour du travail, elle demandait à Denis s'il avait parlé à son frère ce jour-là.

— Je l'ai pas vu de la journée, répondait chaque fois le jeune homme.

Il fallut que Jeanne attende près d'une semaine avant que Denis se décide à lui révéler la vérité. Le jeune homme ne supportait plus de voir sa mère si inquiète.

— J'ai parlé à Marc à midi, m'man. Il m'a dit qu'il restait chez sa blonde.

— Pourquoi il me téléphone pas?

— C'est ce que je lui ai demandé aujourd'hui. Il m'a dit qu'il était pour vous téléphoner demain.

Le lendemain midi, Marc tint parole et rassura un peu sa mère par son appel téléphonique. Par contre, il refusa catégoriquement de revenir vivre à la maison, ce qui, bien entendu, ne présageait rien de bon.

Chapitre 10

L'hospitalité

Le mois de juin 1974 fut particulièrement sec et chaud. Durant l'après-midi, il n'était pas rare de voir Jeanne assise sur son balcon, sous l'auvent en fibre de verre, en train d'exécuter à la main un travail de couture. La circulation était de plus en plus dense sur le boulevard Lacordaire sillonné autant par des camions que par des automobiles et des autobus. De jeunes mères poussaient des landaus sur les trottoirs ou entraînaient leurs enfants d'âge préscolaire vers le nouveau parc créé par la municipalité sur la rue Lavoisier.

Lorsque la fin des classes survint, les cris d'excitation des jeunes en vacances estivales lui rappelèrent l'époque pas si lointaine où ses propres enfants ne faisaient qu'entrer et sortir de la maison, jamais à court d'idées pour s'amuser. Il fallait attendre l'arrivée du père à l'heure du souper pour ramener un peu de calme dans la demeure. Cette seule pensée remplissait Jeanne d'une vague nostalgie.

Si ce début d'été causait un peu de vague à l'âme à la femme de cinquante ans, il en allait bien autrement pour Yvon, qui ne rêvait plus que du jour où son travail chez ses beaux-parents serait enfin terminé. À dire vrai, le jeune pompier en avait plus qu'assez, après cinq semaines de travail intensif. Il avait surtout de plus en plus de mal à supporter la pingrerie de son beau-père. Alors qu'il aurait dû être fier du travail qu'il était en train de réaliser, il en avait presque honte. Tout aurait été bien différent si Maurice avait accepté de débourser deux ou trois cents dollars de plus pour faire déplacer la fournaise.

— S'il avait pas les moyens de la faire, sa cave, cette année, pourquoi il a pas attendu l'année prochaine ? se plaignait-il à Lise.

— Mon père est comme ça, rétorquait sa femme. Tu le changeras pas. Laisse-le faire. De toute façon, c'est son sous-sol, pas le nôtre.

— Oui, mais il va dire à tout le monde que je l'ai construit, par exemple.

Ce qui enrageait le plus Yvon, c'était qu'il aurait pu construire une très belle pièce confortable. Mais non ! Avec cette salle de lavage érigée au centre du sous-sol, il n'était pas parvenu à faire autre chose qu'un grand U presque inutilisable. Il était furieux de constater que le père de sa femme continuait à grappiller le moindre cent à chacun des achats. Ainsi, non content de faire recouvrir les murs du préfini le moins coûteux sur le marché, il avait demandé à son gendre de ne pas en poser dans la salle de lavage par souci d'économie.

— C'est pas nécessaire, Yvon, avait-il dit. Il y a juste ma femme qui va aller là pour son lavage.

Et tout le reste était à l'avenant ! Les carreaux sur le plancher étaient de la dernière qualité et collés directement sur le ciment. Le moindre petit bout de bois avait dû être utilisé et les économies s'étaient poursuivies lors de l'achat des plinthes, des plafonniers et des gorges. Bref, l'ensemble plaisait de moins en moins à son constructeur, qui regrettait presque d'avoir sacrifié son dernier week-end pour finir cette corvée le plus rapidement possible. De plus, une semaine sur deux, il avait dû venir travailler le soir et supporter la fébrilité agaçante du beau-père qui ne le quittait pas d'une semelle dans le sous-sol.

À sa femme qui lui reprochait d'être obligée de passer seule avec les enfants le dernier week-end à la maison, il avait répondu :

— J'achève. Là, j'en peux plus. Il faut que je finisse avant de devenir fou.

Lise n'osa pas ajouter un seul mot. Elle connaissait assez la patience de son mari pour s'apercevoir qu'il était parvenu à la limite de ce qu'il pouvait endurer.

Finalement, le 29 juin, Yvon ramassa ses outils et les chargea dans le coffre de sa Dodge. Les rénovations étaient terminées. Il ne restait plus rien d'autre à faire que d'installer des rideaux que Jeanne avait d'ailleurs déjà confectionnés pour les quatre petites fenêtres.

Maurice, rempli de fierté, fit visiter le sous-sol neuf à tous ceux qui étaient présents dans la maison ce soir-là.

Quelques minutes plus tard, pendant que Jeanne et Lise dressaient la table pour un goûter de fin de soirée, Maurice s'assit en face de son gendre.

— Bon. Il est temps qu'on règle nos comptes, lui dit-il en affichant un entrain qui sonnait un peu faux. Dis-moi combien je te dois.

— Rien, monsieur Dionne. Je suis pas pour charger quelque chose à la famille.

En entendant parler ainsi son mari, la bouche de Lise se crispa un moment et elle lui adressa un regard désapprobateur.

— C'est pas une raison, ça, répliqua son beau-père avec une bonne humeur forcée. T'es venu travailler presque six semaines, cinq jours par semaine, c'est de l'ouvrage, ça. Personne travaille pour rien aujourd'hui. Dis-moi ton prix !

— Ben non, monsieur Dionne.

— Dis-moi combien je te dois, sinon ça va me fâcher, insista Maurice.

— Donnez-moi ce que vous voulez, finit par dire Yvon, embarrassé par la situation.

— Bon. J'aime mieux ça, déclara son beau-père avec une évidente satisfaction.

Maurice se leva et se rendit dans sa chambre où il demeura durant une minute ou deux avant d'en sortir en tenant une enveloppe qu'il déposa sur la table devant son gendre.

— J'espère que ce sera assez. Si c'est pas assez, t'as juste à le dire, ajouta-t-il.

— Écoutez, monsieur Dionne, ça me gêne ben gros d'accepter ça, répondit Yvon en esquissant le geste de lui remettre l'enveloppe.

— Non. Non. Tu l'as ben gagné, dit son beau-père en repoussant sa main.

— Ben, c'est vraiment pas nécessaire, vous savez. En tout cas, je vous remercie.

— C'est moi qui te remercie. Bon, voilà une bonne affaire de faite. Est-ce que ces toasts-là s'en viennent? demanda Maurice aux deux femmes qui avaient entrepris de faire griller du pain.

Yvon ne se donna pas la peine d'ouvrir l'enveloppe. Il l'enfouit dans la poche de poitrine de sa chemise à manches courtes.

Quelques minutes plus tard, à bord de la voiture qui les ramenait à leur bungalow de Saint-Hubert, Lise, curieuse, demanda à son mari:

— Combien mon père t'a donné?

— Je le sais pas; j'ai pas ouvert l'enveloppe, répondit-il, occupé à conduire.

— Veux-tu que je regarde?

Yvon ne répondit pas. Il se contenta de tirer de sa poche l'enveloppe et de la tendre à sa femme. Cette dernière l'ouvrit et compta rapidement l'argent à la lueur des lampadaires.

— Deux cent cinquante piastres, annonça-t-elle.

— Pas plus que ça?

— Non.

— Maudit! Ton père m'a pas payé trop cher de l'heure. Si je sais compter, ça doit me donner un peu moins que deux piastres de l'heure.

— Gratteux comme il est, tu peux être certain qu'il a dû tout calculer, murmura Lise, dépitée. Parle pas trop fort au cas où un des enfants irait répéter ça devant mes parents.

Yvon jeta un coup d'œil dans son rétroviseur pour se rendre compte que son fils et sa fille s'étaient déjà endormis sur la banquette arrière.

— Ils dorment déjà, dit-il à sa femme pour la rassurer... On peut pas dire que ça lui fait un sous-sol qui lui revient cher. Il a pas mis pour mille piastres de matériaux et il m'a donné deux cent cinquante piastres. En tout cas, je me sens comme en vacances, ajouta le jeune pompier en affichant un air soulagé. Juste pour ne plus être obligé de l'endurer tous les soirs, je pense que j'aurais fini par le payer moi-même.

— Exagère tout de même pas, Yvon Larivière! s'exclama Lise à mi-voix. C'est mon père après tout.

— C'est ton père et c'est surtout un maudit fatigant! Je te garantis que c'est pas demain la veille que je vais travailler encore pour lui.

Au même moment, chez les Dionne, Jeanne, aussi curieuse que sa fille Lise, finit par demander à son mari combien il avait donné à son gendre pour avoir construit le sous-sol.

— Pourquoi tu veux savoir ça ? Je lui ai donné un bon montant, répondit sèchement Maurice en se déshabillant.

— Pourquoi tu me dis pas combien ?

— Parce que ça te regarde pas. C'est pas de tes affaires.

— As-tu peur que je te demande de l'argent pour les nouveaux rideaux du sous-sol ?

— Il manquerait plus que ça, bout de Christ ! s'emporta Maurice. Tout ce que t'as à savoir, c'est que ce sous-sol-là m'a coûté plus que deux mille piastres.

Jeanne connaissait trop bien son mari. D'instinct, elle savait qu'elle devait retrancher au moins un bon tiers au montant qu'il venait d'avancer. Pour la rémunération d'Yvon, elle ne s'en faisait pas. Elle finirait bien par la connaître en interrogeant Lise.

Les semaines suivantes, la tournée du nouveau sous-sol devint obligatoire pour tous les visiteurs qui se présentèrent chez les Dionne. Cette visite guidée permettait surtout au propriétaire de plastronner, le plus souvent en amplifiant l'importance de sa participation dans le travail de rénovation qui avait été effectué. À moins d'y être contraint, il ne mentionnait pas le rôle joué par son gendre. À la fin de la visite, Maurice acceptait avec une feinte modestie les félicitations des visiteurs.

— C'est pas une merveille, prit-il l'habitude de dire, mais j'ai fait ce que j'ai pu.

Quand Jeanne osa un soir lui faire remarquer qu'il ne manquait pas de culot de se donner tout le mérite de la construction du sous-sol, il se contenta de la rabrouer.

— Qu'est-ce que t'en sais, toi, Jeanne Sauvé ? Tu le sais pas tout ce que j'ai fait dans la cave. T'es pas descendue une fois pendant qu'on travaillait là.

Jeanne ne répliqua pas, mais elle s'en doutait. Elle savait depuis longtemps que son mari avait même du mal à planter correctement un clou, ce qu'ignoraient les visiteurs, bien entendu !

—

Le mois de juillet parut étrange aux Dionne. Pour la première fois en plus de quinze ans, Maurice décida de prendre ses vacances annuelles au mois d'août de manière à être libre pour les derniers préparatifs des noces de Martine. De plus, il refusa de payer la location de l'appartement que les Dionne réservaient depuis dix ans, sur la rue Taylor, à Wildwood. Il n'était pas question d'aller profiter des plages du New Jersey cet été-là. Lorsque Jeanne suggéra un soir qu'ils pourraient peut-être n'y aller qu'une semaine à la fin du mois, après le mariage de Martine, elle provoqua encore une fois la colère de son mari.

— Sacrement ! jura-t-il, tu t'imagines peut-être que j'imprime l'argent, toi ? Je viens de payer deux mille piastres pour le sous-sol et je vais avoir à payer les noces de ta fille. Où est-ce que tu penses que je trouverais l'argent pour aller aux États-Unis ? Sers-toi donc de ta tête un peu !

— OK, OK, monte pas sur tes grands chevaux, dit Jeanne pour tenter de le calmer.

— En plus, ça fait exprès, cet été, on crève de chaleur dans l'école et je suis poigné pour faire mon grand ménage tout seul en plein mois de juillet. Il faut que je le finisse avant que l'école commence au mois de septembre. Quand je vais revenir de mes vacances, j'aurai pas le temps de rien faire, sauf recevoir les commandes de livres envoyées par la commission scolaire.

— La commission scolaire va t'envoyer un aide pour te remplacer durant tes vacances, comme chaque été. Pourquoi tu lui laisses pas un peu d'ouvrage à faire ?

— Parce que c'est toujours un maudit sans-cœur qui veut rien faire ou qui travaille comme un pied, rétorqua Maurice. À part ça, c'est même pas sûr que la commission m'en envoie un cette année.

Jeanne fit semblant de compatir, même si elle devinait que le fameux grand ménage évoqué par son mari devait être pratiquement terminé en cette fin de la seconde semaine de juillet.

Depuis le temps que Maurice décrivait ce qu'était ce grand ménage, aucun Dionne n'ignorait en quoi il consistait, surtout pas ses fils, qui avaient eu l'occasion d'y participer presque chaque année. Ils savaient tous qu'il s'agissait d'abord de balayer tous les parquets de l'école avant de les laver et de les cirer, ce qui n'était pas une mince tâche. Il fallait alors repousser sur un côté de chaque classe, puis sur l'autre, tous les pupitres pour y arriver. Les toilettes et les fenêtres devaient aussi être nettoyées ainsi que les escaliers, les couloirs, le gymnase, les bureaux de la direction et la salle des professeurs.

Jusqu'à l'été précédent, Maurice avait été assez chanceux. Il avait toujours pu compter sur l'aide occasionnelle de l'un ou l'autre de ses fils qui acceptait volontairement de sacrifier deux ou trois journées de ses vacances pour lui venir en aide. L'année précédente, Paul n'avait pas hésité à venir laver des parquets avec lui durant trois jours avant d'entreprendre ses cours d'été à l'Université de Montréal. Mais cette année, tous les fils étaient demeurés insensibles aux appels plus ou moins discrets de leur père. Aucun n'avait montré le bout de son nez à St-Andrews depuis la fin des classes et le concierge avait dû se débrouiller seul. Rancunier comme il pouvait l'être, Maurice se promettait de le leur faire payer d'une façon ou d'une autre. Cela pouvait commencer par l'accueil qu'il allait leur réserver lors de leur prochaine visite.

—

Maurice pouvait se montrer passablement grossier avec les visiteurs qui arrivaient chez lui à l'improviste. Il avait une façon bien particulière de leur faire sentir qu'ils n'étaient pas les bienvenus et qu'ils le dérangeaient. Si certains, comme Lise ou Francine, feignaient d'ignorer son air bête pour avoir la joie de voir leur mère, Paul, pour sa part, se vexait facilement d'être mal reçu.

Le scénario était pratiquement toujours le même et dès leur arrivée, les visiteurs étaient en mesure de dire s'ils allaient être bien accueillis ou non. Si Maurice répondait à peine à leur salut, ils pouvaient être certains qu'ils allaient faire seuls les frais de la conversation. On ne leur proposerait ni café ni boisson gazeuse et il était fort possible que leur hôte chercherait querelle à sa femme pour la moindre vétille devant eux afin de ne pas laisser éclater sa mauvaise humeur. Parfois, il décidait carrément d'entraîner les visiteurs devant le petit écran parce qu'il avait prévu de regarder une émission télévisée.

Lorsqu'un pareil accueil lui était réservé, Paul rageait. Après quelques minutes, il s'inventait habituellement une course à effectuer ou du travail à faire et il invitait Lucie à préparer les enfants au départ. La petite famille retournait à Longueuil. L'enseignant jurait alors ses grands dieux qu'il ne remettrait plus les pieds chez ses parents avant plusieurs mois et sa femme avait beaucoup de mal à le calmer. Bien sûr, il s'agissait là d'une promesse qu'il était incapable de tenir à cause des anniversaires. Après Noël, le jour de l'An, la fête des Mères et la fête des Pères, il y avait l'anniversaire de sa mère et celui de son père. Pour Lucie, il était hors de question de se retrancher de la famille en déclarant une guerre ouverte au chef de la famille Dionne par l'omission de l'une ou de l'autre de ces fêtes. Bon gré, mal gré, Paul finissait par fléchir aux objurgations de sa femme et il retournait chez ses parents, souvent après quelques semaines de bouderie. Son père lui réservait alors un accueil chaleureux, comme s'il n'y avait jamais eu aucun froid entre eux.

En fait, malgré les années, les relations entre le père et le fils aîné ne s'étaient jamais tout à fait réchauffées. Le contentieux entre les deux hommes était peut-être trop important. Le père continuait à reprocher à Paul — peut-être à bon droit — ses airs prétentieux ; alors que Paul ne parvenait pas à oublier les mauvais traitements que son père lui avait fait subir tout au long de son adolescence.

L'enseignant se doutait bien de ce que son père devait dire de lui lorsqu'il était absent. C'était là une habitude chère au cœur de Maurice de faire le procès de chacun des visiteurs aussitôt qu'il avait quitté son toit. À ce moment-là, les critiques plus ou moins justifiées pleuvaient dru et Jeanne avait beaucoup de peine à l'inciter à faire preuve d'un peu de retenue.

—

Par exemple, Maurice ne se gênait aucunement pour critiquer Lise et Yvon sur leur façon d'éduquer leurs enfants. En règle générale, il les trouvait trop sévères. C'était un monde ! Trop sévères ! Lui qui n'avait jamais su faire preuve de modération dans sa façon de punir ses propres enfants... Leur manière de gérer leur budget représentait aussi une autre source de critiques pratiquement inépuisable.

Si Francine échappait le plus souvent aux remarques désagréables de son père, il en allait tout autrement pour

Paul. Maurice, à demi sérieux, disait souvent après le départ de son fils :

— Jeanne, trouve-moi donc mes pilules pour les nerfs. Je sens que je vais en avoir besoin.

Mince consolation : bien peu de personnes étaient épargnées par les remarques acides ou par le comportement peu hospitalier de Maurice Dionne. L'unique thermomètre qui permettait de jauger du plaisir causé par l'arrivée des visiteurs était l'insistance de l'hôte à les inviter à partager son repas. Le summum était de se faire offrir du beefsteak, ou mieux encore, des pâtisseries françaises. Si l'invitation n'était effectuée que du bout des lèvres au moment du départ, il valait mieux ne pas rester. Pire. Si l'invitation n'était formulée que par Jeanne quand le visiteur s'apprêtait à franchir la porte, celui-ci était bien inspiré de remercier et de partir sans accepter. Il était alors assuré que sa présence n'était ni souhaitée ni appréciée par le maître de la maison. Le « Pourquoi tu ne restes pas à souper ? » n'était alors qu'une vague question de politesse et il ne servait à rien de se creuser la cervelle pour trouver une excuse convaincante avant de partir… Le visiteur était déjà tout excusé.

On aurait pu croire que le grand-père aurait été impatient de voir ses cinq petits-enfants. En apparence, il n'en était rien. Bébés, il ne les supportait que s'ils ne pleuraient pas. Plus âgés, il ne les quittait pas de l'œil lors de leurs visites. D'ailleurs, il ne manquait jamais de rappeler sèchement à leurs parents de surveiller leurs enfants de plus près quand ils se mettaient à courir dans la maison ou à être trop bruyants à son goût. Lorsqu'ils devenaient vraiment insupportables, il ne se gênait pas pour laisser entendre aux parents qu'ils feraient peut-être mieux de rentrer les mettre au lit.

Maurice pouvait accepter, de temps à autre, de prendre l'un ou l'autre de ses petits-enfants sur ses genoux, mais l'enfant devait être extrêmement cajoleur et très calme. Sylvain, le fils de Lise, en avait fait l'expérience à l'âge de trois ans.

Assis sur les genoux de son grand-père, le petit garçon ne cessait de tendre la main vers ses cheveux dans le but de les toucher. Agacé par ce geste répétitif, son grand-père avait fini par arracher sa perruque et la lui déposer sur les genoux en lui disant :

— Viarge ! Si t'aimes tellement les cheveux de ton grand-père, prends-les donc !

L'enfant avait été tellement traumatisé par ce geste brusque qu'il avait poussé un cri de surprise avant de jeter par terre la perruque. En sanglots, il s'était réfugié dans les jupes de sa mère.

Jeanne était beaucoup plus tendre avec ses petits-enfants et n'hésitait pas à leur confectionner des vêtements pour leur anniversaire. Elle avait souvent des sucreries qu'elle avait conservées à leur intention. Par ailleurs, elle aurait bien aimé les recevoir plus souvent, mais Maurice freinait la plupart du temps ses ardeurs d'hôtesse en tenant un compte très précis des visites à rendre et des repas dus.

Inviter le couple était aussi très souvent frustrant, et Jeanne n'y était absolument pour rien. Tout d'abord, il fallait insister et même supplier Maurice pour qu'il accepte de venir prendre un repas ailleurs que chez lui. Tous ses enfants mariés en avaient fait l'expérience à de multiples occasions. En règle générale, il ne venait que le samedi soir, refusant systématiquement de sortir les autres soirs de la semaine. Une invitation pour le souper du dimanche soir valait à son auteur une réponse automatique :

— Je peux pas ; je travaille demain.

Bref, si l'un de ses enfants l'invitait à souper, il fallait que ce soit le samedi, et très tôt. En compagnie de Jeanne, il se présentait alors chez ses hôtes vers quatre heures de l'après-midi et aimait se mettre à table à cinq heures. Il arrivait alors le plus souvent qu'à six heures trente, Maurice se lève de table en déclarant sur un ton décidé :

— Bon. Je pense qu'on va y aller, nous autres.

— Vous partez pas déjà ? demandaient les hôtes, toujours surpris par ce départ précipité. La soirée est même pas commencée.

— On se reprendra une autre fois, rétorquait Maurice sur un ton qui sentait la mauvaise foi à mille lieues.

— Mais on vient à peine de finir de manger ! disait la cuisinière.

— Oui, je le sais ben, mais on veut aller à la messe de sept heures, répliquait Maurice qui tendait déjà la main pour prendre son manteau.

En deux temps, trois mouvements, Maurice était déjà à l'extérieur, houspillant sa femme pour qu'elle monte à bord de la voiture. Les hôtes n'avaient plus qu'à laver la vaisselle sale et à la ranger. Évidemment, la messe n'était le plus souvent qu'une excuse. Il voulait tout simplement regarder un film présenté en début de soirée à la télévision.

Et lorsque Maurice acceptait de se rendre au chalet d'Yvon ou à celui de Paul — ce qui ne se produisait généralement qu'une fois par été —, il s'agissait aussi d'une visite éclair. Il était évident pour tout le monde qu'il ne venait que pour le plaisir du trajet en voiture et qu'il mourait d'envie de repartir quelques instants à peine après être descendu de sa Chrysler. Dès son arrivée, il parlait de la lourdeur de la circulation et de la longueur du trajet pour préparer ses hôtes à son départ hâtif qui avait habituellement lieu deux ou trois heures plus tard. Si on lui proposait de dormir au chalet, la réponse était toujours identique :

— On peut pas. Les jeunes sont à la maison.

— Mais p'pa, ils n'ont plus dix ans, avait osé dire Paul, un jour. C'est des adultes maintenant.

— Justement, avait répliqué son père. À leur âge, c'est des vraies têtes folles. Il y a rien qui nous dit qu'ils ramènent pas des filles à la maison quand on n'y est pas.

Chapitre 11

Les noces de Martine

Dès le début du mois d'août, la température se mit à faire des siennes. La dernière belle journée ensoleillée avait été le 31 juillet, date de l'anniversaire de Jeanne. Comme chaque année, tous ses enfants étaient venus à la maison pour lui offrir leurs vœux. Pour son cinquante et unième anniversaire de naissance, elle avait reçu un cadeau de chacun. Le lendemain, Maurice commençait ses vacances annuelles.

Durant les douze premiers jours du mois, le ciel demeura uniformément gris et la température resta fraîche, trop fraîche au goût du vacancier. Les averses succédaient aux averses. Par conséquent, du matin au soir, Maurice ne décolérait pas. Il faisait les cent pas entre le salon, où s'entassaient les cadeaux de noces de Martine, et le téléviseur à l'étage. Il n'en pouvait plus d'attendre les prochains rayons de soleil.

— Sacrement! jurait-il cent fois par jour, faut-il être assez malchanceux? J'ai des vacances une fois par année et il arrête pas de mouiller. Si c'était pas de ces maudites noces-là, je pourrais au moins être à Wildwood en train de profiter de mes vacances. Ben non! on est poignés à la maison pour attendre les cadeaux de noces. Christ que je suis écœuré!

— Dans moins d'une semaine, ça va être fini, Maurice, tentait de le calmer Jeanne, occupée à terminer la robe de mariée de sa fille. Il va bien finir par faire soleil. Pense que t'as pas à arroser le gazon, au moins.

— Ça, ça me dérangerait pas de l'arroser. Ça m'occuperait. Ça valait ben la peine de me dépêcher à faire mon grand ménage d'école au mois de juillet pour venir niaiser ici à regarder tomber la pluie !

— J'espère que Martine va trouver la paire de souliers qu'il lui faut pour aller avec son costume de voyage de noces, dit Jeanne pour changer de sujet. Elle peut pas payer trop cher pour…

— Comment ça «elle peut pas payer trop cher» ? s'insurgea Maurice. Elle a tout l'argent qu'il lui faut.

Le père faisait allusion à un geste posé à contrecœur deux semaines auparavant. À la fin du mois de juillet, Martine avait mentionné à sa mère qu'elle manquait de liquidités pour acheter certaines pièces de son trousseau. Jeanne avait beau avoir beaucoup cousu pour elle, il n'en restait pas moins que le peu d'argent de poche laissé par son père ne suffisait pas à la future mariée.

Le soir même, Jeanne avait suggéré à mi-voix à son mari que ce serait un beau cadeau à offrir à leur fille que de lui faire don de sa pension durant les deux dernières semaines où elle habiterait avec eux.

— Quoi ? avait demandé Maurice, rouge de colère. Je paye ses noces et en plus, il faudrait que je lui donne deux semaines de pension ? Mais t'es tombée sur la tête, toi !

— Deux semaines, Maurice, c'est pas la fin du monde, avait insisté sa femme.

— Tu cherches quoi ? Tu veux nous mettre dans la rue ? Ah ben ! Elle est bonne celle-là ! Non seulement je lui paye ses noces ; il faudrait en plus que je la nourrisse pour rien. Sacrement! On lui a acheté aussi un maudit beau cadeau de noces.

— Personne dit le contraire.

— Tu lui as fait sa robe de mariée et son costume de voyage de noces.

— Oui, je le sais.

— Il y a tout de même des limites!

— Penses-y, avait conclu Jeanne sans s'émouvoir du ton outragé de son mari.

Le sujet n'avait plus été abordé jusqu'au vendredi suivant. Ce soir-là, comme chaque vendredi soir, Martine avait déposé sur la table de cuisine, devant son père, son salaire de la semaine en rentrant du travail. Maurice n'avait d'abord rien dit et il n'avait pas esquissé le moindre geste pour s'emparer des dollars déposés devant lui. Après quelques instants nécessaires pour prendre une décision qui lui sembla déchirante, il finit par dire à sa fille:

— Garde l'argent de ta pension. C'est un autre cadeau que je te fais pour tes noces.

D'abord surprise, Martine demeura un instant sans voix avant d'aller embrasser son père et le remercier.

— C'est pas mal d'argent que je te donne là. Dépense-le pas pour des folies, se crut-il obligé de préciser. Pendant que j'y pense, ajouta-t-il, ton oncle Luc est arrêté cet après-midi pour te laisser ton cadeau de noces. Je l'ai mis sur la table, dans le salon.

— Je sais pas si je devrais pas attendre Georges pour l'ouvrir? dit la jeune fille, hésitante.

— Fais ce que tu veux, répondit sa mère.

— Venant de ton oncle Luc et de ta tante Lucie, ça doit pas être les gros chars, lui prédit son père.

Durant un moment, Martine sembla balancer entre la curiosité et le désir de faire plaisir à son fiancé. Puis elle céda.

— Je vais l'ouvrir et je lui dirai au téléphone ce que mon oncle nous a donné.

Martine pénétra seule dans le salon. Ses parents entendirent le bruit du papier d'emballage déchiré et elle revint dans la cuisine en tenant une petite boîte de chez Birks qu'elle déposa devant sa mère avant de l'ouvrir. La boîte contenait un cendrier en verre soufflé.

— Un cendrier! s'écria la jeune fille, déçue. Il a beau avoir été acheté dans une bijouterie où tout est cher, c'est juste un cendrier.

— Chez Birks, mon œil! dit Maurice. Ça, c'est du Luc Sauvé tout craché. Toujours aussi cochon quand il a à donner un cadeau. On en a vu des pareils chez Woolworth au centre d'achats à deux piastres et quatre-vingt-dix-neuf. Je suis prêt à te gager n'importe quoi que c'est là qu'il l'a acheté.

— Qu'est-ce que vous en pensez, m'man? demanda Martine en se tournant vers sa mère.

— Je pense comme ton père, répondit Jeanne, gênée par l'avarice de son frère cadet. Il aurait pu se forcer un peu. Lucie devait avoir cette boîte-là depuis des années dans une de ses armoires. Regarde, Maurice, la couleur de la boîte est toute changée.

— En tout cas, je vais avoir ton frère à l'œil le jour des noces. Si je le vois un peu trop souvent au bar parce que c'est gratuit, je vais lui mettre sur le nez qu'il en a pas mal pour son cendrier à deux piastres et quatre-vingt-dix-neuf. Il va arrêter de rire du monde, lui.

Comme si la température maussade ne suffisait pas à gâcher l'humeur de Maurice, il fallut qu'un incident imprévu vienne en rajouter.

Depuis près d'une semaine, Jeanne incitait son mari à essayer son costume bleu marine pour vérifier s'il lui allait bien. Chaque fois, Maurice trouvait une excuse pour ne pas procéder à l'essayage suggéré.

— Arrête de m'achaler avec ça, disait-il, un peu plus excédé chaque fois. Je l'ai mis au soixantième de tes parents et après, je l'ai envoyé chez le nettoyeur. Il est propre et bien protégé par l'enveloppe de plastique. Il va être correct.

— Ça fait rien, Maurice. C'est juste une précaution à prendre, plaidait Jeanne.

Elle n'osait pas lui dire qu'il semblait avoir sensiblement engraissé depuis l'hiver précédent et qu'il était fort possible que son pantalon ait besoin d'être élargi à la taille.

Deux jours avant le mariage, Maurice finit par se décider à sortir de sa garde-robe son unique costume un peu chic. Il passa d'abord le veston qui lui sembla passablement étroit. Les coutures semblaient sur le point de lâcher lorsqu'il bougeait. Le tout se compliqua encore plus lorsqu'il enfila son pantalon et tenta de le fermer à la taille. Il manquait plusieurs centimètres pour y parvenir. Il avait beau comprimer le ventre et retenir son souffle, il n'y arrivait pas.

— Voyons donc, Christ! jura-t-il. Qu'est-ce que ce maudit nettoyeur-là a fait à mon habit neuf? Il a rapetissé! Jeanne! Jeanne! Viens donc voir ça, cria-t-il à sa femme qui venait de s'installer dans sa petite salle de couture.

Jeanne pénétra dans la chambre à coucher et regarda son mari, debout au pied du lit.

— Regarde-moi ça, lui dit-il, indigné. Ça a pas d'allure. Cet habit-là me faisait comme un gant il y a trois mois! Le nettoyeur lui a fait quelque chose de pas correct, c'est sûr. On dirait qu'il a rapetissé.

Jeanne s'approcha et fit le tour de son mari en l'examinant.

— Ton veston est rendu trop petit, Maurice. T'as renforci des épaules, dit-elle très diplomatiquement.

— Ça, c'est possible, admit le concierge de St-Andrews. Mais je suis pas obligé de le boutonner. Il peut faire l'affaire.

— Ôte ton pantalon que je regarde si je peux élargir la ceinture.

Maurice retira son pantalon en pestant contre tous les problèmes que suscitaient les noces de leur fille. Sans rien dire, Jeanne examina de près le vêtement et le montra à son mari.

— J'ai bien peur de pouvoir rien faire. J'ai pas un demi-pouce de matériel pour l'élargir.

— Sacrement ! Viens pas me dire que je vais être obligé de m'acheter un habit neuf en plus ! s'emporta Maurice.

— On dirait, dit Jeanne avec un calme exaspérant.

— À quoi ça sert que tu couses si t'es pas capable de rien faire ?

— Aïe ! Maurice Dionne, je suis pas l'oratoire Saint-Joseph ; je fais pas de miracles ! C'est tout de même pas de ma faute si t'as engraissé depuis l'hiver passé.

— Tu sauras que j'ai pas engraissé, se défendit Maurice, rageur. C'est le maudit nettoyeur qui a gaspillé mon habit et l'a rapetissé.

— Arrête donc ! fit Jeanne, excédée par sa mauvaise foi.

— Calvaire ! En tout cas, j'ai pas deux cents piastres à mettre sur un habit neuf. Je vais pas aux noces. Un point, c'est tout. Ça va faire ! Il y a tout de même des limites à dépenser pour ces maudites noces-là.

— Comme tu voudras. Tu vas avoir l'air fin. Tu paies les noces, mais tu restes chez vous parce que tu veux pas t'acheter un habit.

— Il était neuf, mon habit, plaida Maurice.

— Exagère donc pas. Tu l'as acheté il y a six ans, pour les noces de Jean-Claude, le garçon de Germaine.

— Peut-être, mais je l'ai pas mis cinq fois, argumenta inutilement Maurice.

— Fais ce que tu voudras, Maurice, conclut Jeanne en retournant dans sa salle de couture.

De fort méchante humeur, Maurice remit le costume devenu inutile sur un cintre avec des gestes rageurs et alla s'asseoir dans sa chaise berçante après avoir décapsulé une bouteille de Coke. Durant tout le reste de l'avant-midi, il s'enferma dans un silence boudeur.

Après le dîner, il finit par demander à sa femme :

— Viens-tu avec moi ? Ça a tout l'air que je peux pas faire autrement. Il faut que j'aille m'acheter un habit neuf. Mais je te garantis que je vais prendre le moins cher possible !

Jeanne se garda bien de formuler la moindre remarque.

— D'après toi, où est-ce que je peux en trouver un pas trop cher ?

— Je pense que le mieux est d'aller chez Bovet, ils en vendent pour toutes les tailles.

Il y eut un court silence, ce qui permit à Maurice de comprendre l'allusion à peine déguisée faite par sa femme.

— Qu'est-ce que tu veux dire par là ? demanda-t-il, l'air mauvais.

— Je veux dire qu'ils ont des grandes tailles, si je me fie aux annonces qu'ils font à la télévision.

— Sacrement ! As-tu envie de dire que je suis gros ?

— Bien, on peut pas dire que t'es petit, Maurice, rétorqua sa femme, un peu moqueuse. Ton habit était du quarante-deux et il te fait plus. S'il te faut du quarante-quatre ou du quarante-six, t'es certainement pas maigre à faire peur.

— Bâtard! jura le quinquagénaire. Il manquait plus que ça! rétorqua-t-il en s'emparant des clés de sa voiture.

Quelques minutes plus tard, les Dionne entrèrent chez Bovet et demandèrent à voir les costumes gris ou bleu marine à un vendeur souriant.

L'homme d'une quarantaine d'années à l'abondante chevelure noire et aux tempes argentées les entraîna au fond du magasin devant deux longues tringles surchargées de costumes bruns, verts, gris, noirs et bleus.

— Vous tombez bien, leur annonça-t-il. Vous arrivez dans la période de l'année où on a le choix le plus vaste. Vous avez ici à peu près toutes les nuances de couleurs et presque toutes les tailles.

— Ma femme trouve que je suis gros, lui dit Maurice sur un ton plaisant que démentait son regard mauvais.

— Voyons donc, monsieur, répondit le vendeur, diplomate. À votre âge, il est seulement normal d'être un peu enveloppé. Le contraire serait même plutôt inquiétant. Vous ne pesez tout de même pas deux cent cinquante livres, non?

— Ben non. Si j'en pèse deux cents, c'est beau.

Jeanne toussota et Maurice lui lança un coup d'œil d'avertissement.

— Quelle couleur aimeriez-vous avoir?

— Bleu foncé ferait mon affaire.

— Quelle taille faites-vous?

— D'habitude, je prends du quarante-deux. Là, je sais pas ce qui se passe, mais mon habit me fait plus.

— Vous savez, il y a des quarante-deux plutôt ajustés et des quarante-deux larges. Ça dépend de la coupe, précisa l'homme en repoussant sur une longue tringle divers costumes. Moi, je vous conseillerais un quarante-quatre pour vous sentir vraiment à l'aise. Remarquez, je pourrais toujours vous trouver un quarante-deux large, mais vous aimeriez pas la façon dont il tomberait sur vous.

Ceci dit, l'homme décrocha un costume bleu marine et le présenta à Maurice et à Jeanne.

— Regardez la qualité de ce tissu. Tâtez-le, madame, proposa le vendeur en approchant le costume de Jeanne. C'est vraiment une qualité supérieure. Vous voulez l'essayer, monsieur ?

— OK.

Maurice disparut dans l'une des cabines d'essayage au fond du magasin et revint, cinq minutes plus tard, vêtu du costume.

— Qu'est-ce que t'en penses ? demanda-t-il à sa femme en pivotant lentement devant elle.

— Il est pas mal.

— « Pas mal ! » s'exclama le vendeur. Il est bien mieux que ça, madame. Regardez comment il tombe bien. Pas un faux pli, précisa l'homme en passant une main légère sur les épaules de Maurice et en plaçant ce dernier devant un long miroir sur pied. Regardez, monsieur. Il n'y a pas un habit qui va vous faire mieux que celui-là. On dirait un habit fait sur mesure.

Maurice se regarda un moment dans le miroir avant de demander au vendeur :

— Il vaut combien ?

— Il est en spécial à trois cent neuf dollars, monsieur.

— Vous appelez ça un spécial, vous ? dit Maurice en affichant un air horrifié.

— C'est loin d'être cher, monsieur, si vous regardez la coupe et la qualité du tissu.

— J'ai pas envie d'acheter une part dans votre magasin, protesta Maurice. Je veux juste cet habit-là. Mon dernier habit, je l'ai payé deux cents et j'avais deux pantalons pour ce prix-là.

— Ça doit faire longtemps, répliqua poliment le vendeur, visiblement peu enclin à discuter du prix. Si vous le désirez, monsieur, je peux aussi vous trouver un bon costume pour deux cents dollars. Bien sûr, il n'aura pas la belle qualité de celui que vous venez d'essayer, mais...

— Je trouve ça écœurant de mettre tant d'argent sur un habit qui va peut-être me servir une ou deux fois par année, voulut argumenter Maurice.

— Oui, mais pouvoir compter sur un costume de qualité quand on en a besoin, même quand ça n'arrive pas souvent, ça aussi, c'est important. Vous ne trouvez pas?

Durant un instant, Maurice regarda Jeanne qui n'avait pas soufflé mot durant son échange avec le vendeur.

— Bon. Qu'est-ce que je fais? lui demanda son mari, en proie à l'incertitude.

— Fais ce que tu veux, Maurice.

— Il y a pas à dire; t'es toujours aussi utile, toi! À quoi ça me sert de te traîner avec moi? lança-t-il avec humeur.

Le vendeur se garda bien d'intervenir. Maurice finit par se détourner de sa femme pour s'adresser à lui.

— Bon. C'est correct. Je le prends.

— Très bien, monsieur. Je peux vous garantir que vous ne regretterez pas votre achat.

— Les jambes des pantalons sont trop longues, lui dit Maurice, sans tenir compte de sa remarque. Vous pouvez me les arranger pour quand? Je marie ma fille samedi matin et j'ai besoin de mon habit.

— Un instant, voulez-vous.

Le vendeur alla consulter à la caisse celui qui semblait être son patron et revint peu après vers le couple.

— Malheureusement, monsieur, nous ne pouvons vous promettre les modifications pour demain. On a trop de commandes en retard. Le mieux que nous pouvons faire, c'est samedi après-midi. Je suppose que ça va être un peu juste pour vous.

— Et si je trouve quelqu'un pour raccourcir mes jambes de pantalon? demanda Maurice, après un instant d'hésitation. Vous allez me faire une réduction pour que je puisse le payer?

— Attendez. Je vais le demander.

Le vendeur retourna consulter son patron et revint peu après.

— Le gérant est prêt à vous accorder un rabais de dix dollars. C'est le montant payé habituellement pour ce genre de modification.

— C'est correct.

Maurice prit la direction des cabines d'essayage et en revint quelques instants après en portant sur un bras le costume qu'il venait de retirer.

Une demi-heure plus tard, les Dionne sortirent de chez Bovet les bras chargés de paquets. En rechignant, Maurice avait finalement accepté de dépenser un peu plus pour faire l'acquisition d'une chemise blanche, d'une cravate et même d'une paire de souliers.

En montant dans la Chrysler, Jeanne, sarcastique, ne put s'empêcher de faire remarquer à son mari:

— Sais-tu, Maurice, que t'habiller coûte pas mal cher.

— Je le sais, sacrement!

— Une chance que moi, je te coûte pas une cenne pour m'habiller pour les noces, ajouta-t-elle sur un ton acide. Non seulement t'as pas eu à payer pour ma robe, mais t'as même pas pensé à payer le matériel pour la faire…

— Christ! Exagère pas! s'emporta Maurice en mettant la voiture en marche. Tu trouves pas que ça me coûte déjà assez cher comme ça!

— Je comprends, mais tout ce que t'as dépensé, c'était pour toi. Pour moi: rien. Une chance que je sais coudre…

— Il faut ben que ça serve à quelque chose que tu saches coudre, avança le conducteur, agacé par cette conversation. Puis oublie pas que l'électricité que tu prends avec ta machine à coudre, c'est moi qui la paye, pas toi.

— J'espère que tu vas me laisser au moins les dix piastres que le magasin vient de te donner pour raccourcir les jambes de ton pantalon si c'est moi qui fais la réparation.

— Ah ben, ce serait ben le boutte ! protesta Maurice Dionne, rouge de colère. Tu vas pas me charger pour une réparation quand tu couds pour rien pour toute la famille.

— Bien non. C'était une farce, protesta Jeanne à demi sérieuse. Moi, je suis une folle. Je suis obligée de tout faire gratuitement.

—

La veille des noces fut une journée passablement occupée. Le soleil fit une timide apparition à la fin de l'après-midi. De retour de chez la coiffeuse, Martine fut la première à s'en réjouir, y voyant là le présage d'une journée radieuse pour le lendemain.

Maurice et ses fils lavèrent et cirèrent leurs voitures pendant que Jeanne astiquait la maison. À quelques reprises durant la journée, il fallut interrompre le travail pour recevoir durant quelques minutes des invités à la noce du lendemain venus porter le cadeau qu'ils destinaient aux futurs mariés.

Durant toute la journée, Maurice fut de mauvaise humeur parce que sa femme avait cherché, dès son lever, à le persuader encore une fois de laisser venir Marc aux noces de sa sœur le lendemain.

— Maurice, c'est sa sœur qui se marie. Tu peux pas le laisser de côté.

— J'ai dit que je voulais plus le revoir. Il a choisi d'aller vivre ailleurs! Ben, qu'il reste là. Puis arrête de m'achaler avec ça!

— Voyons donc, Maurice. Il va bien falloir que tu lui pardonnes un jour…

— Il t'a demandé de venir aux noces de sa sœur? demanda-t-il, soupçonneux, et peut-être prêt à céder.

Depuis quelque temps, il soupçonnait sa femme d'entretenir une relation téléphonique avec Marc.

— Non.

— Bon. Mêle-toi donc de tes affaires, d'abord!

— T'as bien pardonné son divorce à Francine…

— Elle l'a pas fait en hypocrite, elle. Elle nous a mis au courant sans se cacher. Pas comme l'autre, qui a décidé de partir sans rien nous dire, comme un maudit sauvage.

Sur ces mots, Maurice était sorti de la maison et était allé boire sa première tasse de café de la journée sur le balcon pour avoir la paix. On sentait que l'insistance de Jeanne avait ravivé une plaie qui le faisait souffrir. Sans le reconnaître, le père de famille était une sorte de mère poule qui couvait ses enfants et aimait les avoir autour de lui. Il ne parvenait pas à pardonner à Marc d'avoir décidé volontairement de couper les ponts et de s'éloigner de lui. Durant les premières semaines de séparation, il avait fini par se persuader que son fils de dix-huit ans allait regretter son départ et venir le supplier à genoux d'accepter son retour sous le toit familial. Il était tout prêt à lui pardonner. Mais les semaines s'étaient écoulées sans nouvelles de lui, et Maurice en avait été profondément ulcéré. La rancune avait pris la place de son désir de pardonner et il voulait lui faire payer chèrement le prix de son départ.

Ce soir-là, les Dionne ne se mirent pas au lit avant d'avoir écouté les prévisions météorologiques pour le lendemain. À leur plus grande satisfaction, on annonçait une journée ensoleillée avec une température de saison.

Avant de se coucher, Jeanne s'assura une dernière fois que les vêtements de chacun étaient prêts. Elle prêta une attention toute spéciale à la robe blanche de la future mariée et à son voile à la confection desquels elle avait consacré des dizaines d'heures.

Le lendemain matin, toute la famille était debout dès sept heures. Après le déjeuner, Maurice s'empressa d'aller décorer sa voiture avec du papier crépon blanc avant de procéder, très tôt, à sa toilette.

Le père de famille semblait particulièrement nerveux en ce samedi matin, et il ne demeurait pas cinq minutes en place, houspillant les membres de sa famille qu'il trouvait trop lents à s'habiller.

— Grouillez-vous un peu, ne cessait-il de dire à l'un et à l'autre. Le photographe est à la veille d'arriver et vous aurez pas encore fini de vous habiller.

— Il vient pas pour nous poser, nous autres, osa rétorquer Denis, agacé par la fébrilité de son père.

— Ben non, maudit tata, mais tu vas avoir l'air de quoi nu-pieds et la chemise toute déboutonnée s'il arrive?

Denis se contenta de hausser les épaules et de monter à l'étage pour finir de s'habiller.

Quelques minutes plus tard, André et Claude quittèrent la maison pour aller chercher leurs amies en promettant d'être à l'heure à l'église.

— Inquiète-toi pas, dit Jeanne à son mari en sortant de la chambre de Martine où cette dernière finissait de se maquiller. Tout est préparé. Martine a juste à mettre sa robe. La nourriture est prête dans le frigidaire et...

— Ah! Tu me fais penser, l'interrompit Maurice. J'espère que t'as pas l'intention d'inviter toute ta famille à venir ici après les noces.

— Aie pas peur.

— Le repas de noces, c'est à midi qu'il se donne, et à la salle. J'ai pas l'intention de payer deux repas, moi. Les cadeaux, c'est aux mariés qu'ils les ont donnés, pas à nous autres. On n'est pas pour les nourrir toute une journée.

— Les gens savent vivre, Maurice, lui fit remarquer sa femme, excédée.

— Peut-être, mais je connais ta famille. Il y a un paquet de téteux là-dedans qui vont coller tant qu'ils vont penser pouvoir avoir quelque chose. S'ils pouvaient rester jusqu'au déjeuner de demain matin, ils le feraient.

— Exagère donc pas, dit Jeanne, à bout de patience. Je te ferai remarquer que ta sœur Suzanne et sa famille ont été les derniers à partir aux noces de Francine et de Paul.

Maurice allait répliquer quelque chose de cinglant quand un coup de sonnette impératif mit fin à l'échange acerbe entre lui et sa femme.

— Bon. Qui est-ce qui vient nous déranger de bonne heure comme ça? demanda-t-il en se dirigeant vers la porte d'entrée.

Il revint dans la cuisine deux minutes plus tard en tenant deux paquets qu'il déposa sur la table.

— C'était le fleuriste, annonça Maurice à Martine et à Jeanne qui était entrée dans la chambre de leur fille.

Ces dernières sortirent de la pièce pour voir ce qui avait été livré.

— Il y a pas à dire, fit observer Maurice en esquissant son premier sourire de la journée, ton Georges sait vivre. Il t'a fait livrer des fleurs et il nous a même envoyé un œillet pour moi et un bouquet de corsage pour ta mère.

— Qu'est-ce que t'as à grimacer ? lui demanda sa femme.

— Mes maudits souliers neufs. Ils me font mal en calvaire !

— Mais tu les as essayés avant-hier quand tu les as achetés.

— Puis après ? Avant-hier, ils me faisaient pas mal ; aujourd'hui, j'ai de la misère à les endurer !

— T'en as essayé juste un aussi. Je t'avais dit de les essayer tous les deux. T'es peut-être aussi ben de changer de souliers et de mettre tes vieux. Tu vas être debout toute la journée.

— Laisse faire. J'ai pas acheté ces souliers-là pour rien. Je vais les casser.

Un peu avant dix heures, le photographe, dont les services avaient été retenus par les futurs mariés, fit son apparition chez les Dionne. Pendant qu'il prenait de multiples clichés de la mariée dans le salon, devant ses cadeaux de noces, devant un miroir en train de mettre son voile et sur le balcon, Maurice recomptait pour la troisième fois la liasse impressionnante de billets de vingt dollars qui allait servir à payer le traiteur à la fin de l'après-midi. Il déposa cet argent dans une enveloppe qu'il enfouit dans l'une de ses poches de veston au moment où on l'appelait pour le photographier aux côtés de sa fille.

—

Le mariage de Martine à l'église Sainte-Angèle se déroula sans une seule fausse note. Le curé Courchesne, qui connaissait la famille Dionne depuis près de quinze ans, bénit les nouveaux mariés et leur souhaita tout le bonheur possible après les avoir incités à fonder un vrai foyer chrétien. Après une photo de groupe sur le parvis de l'église, les familles Dionne et Delorme ainsi que leurs invités se retrouvèrent au buffet Acacia où les attendaient une douzaine de serveuses, un petit orchestre de trois musiciens et un maître de cérémonie.

La salle était vaste et agréablement climatisée. Le maître de cérémonie dirigea les nouveaux mariés, leurs parents, les grands-parents Sauvé ainsi que le curé Courchesne vers la longue table d'honneur dressée à la gauche de l'orchestre. Puis, comme à toutes les noces, les invités de chacune des familles se regroupèrent rapidement autour des tables. Les gens sensiblement du même âge se rassemblèrent pour pouvoir échanger des nouvelles et discuter de sujets qui les intéressaient.

Pendant que les serveuses apportaient la nourriture aux convives, les musiciens jouaient de la musique d'ambiance. Le niveau sonore s'éleva progressivement dans la salle lorsque les conversations se généralisèrent. Un nuage de fumée de cigarette se mit à planer près du plafond. Les gens mangèrent, ne s'interrompant de temps à autre que pour frapper sur les tables dans le but d'inciter les mariés à se lever et à s'embrasser.

À la fin du repas, Martine et Georges furent invités à couper le gâteau de noces. Ils s'exécutèrent, ravis, sous les applaudissements de l'assistance. Ensuite, les gens cantonnés à la table d'honneur la quittèrent pour se mêler aux autres invités. Pour sa part, le curé Courchesne prit rapidement congé des gens assis près de lui avant de s'éclipser discrètement.

Jeanne en profita pour suggérer à Martine et à Georges de commencer à faire la tournée des tables pour remercier les gens de leur présence et du cadeau qu'ils leur avaient offert. Levant la tête, elle aperçut Maurice qui revenait de l'arrière de la salle, le visage fermé.

— Tes souliers te font mal ? lui demanda-t-elle à voix basse avec sollicitude.

— Laisse faire mes souliers, répondit sèchement Maurice. Je viens de m'apercevoir qu'à sa table, ton frère Luc a fait venir deux autres bouteilles de vin rouge pendant le repas.

— Et ?

— Ce maudit cochon-là, il s'arrêtera pas tant qu'il sera pas malade ! ragea Maurice, à mi-voix. Il s'imagine peut-être que je le paye pas, ce vin-là. En tout cas, je viens d'aller prévenir en arrière qu'ils ont pas d'affaire à apporter plus que les deux bouteilles qui étaient sur les tables au commencement du repas. Sacrement ! Ces noces-là me coûtent déjà assez cher comme ça !

Jeanne ne trouva rien à dire et laissa son mari à son mécontentement pour se diriger vers ses sœurs et ses belles-sœurs qui s'étaient regroupées autour d'une table pendant que leurs maris étaient probablement sortis à l'extérieur pour fumer et discuter loin du bruit. Avant de s'asseoir à côté de sa sœur Germaine, elle vit sa mère et son père en grande conversation avec les parents de Georges, près de la table d'honneur.

— Puis Germaine, comment tu trouves ça d'avoir p'pa et m'man proches de chez vous ? demanda-t-elle à sa sœur qui semblait avoir encore engraissé depuis la dernière fois qu'elle l'avait vue.

Immédiatement, Laure, Cécile et Ruth tendirent l'oreille pour écouter ce que leur aînée avait à dire sur le sujet.

— Ah ! c'est bien captivant, se plaignit Germaine, de son ton geignard habituel.

— Comment ça, « captivant » ? demanda Laure avec un rien de menaçant dans la voix.

Elle n'avait toujours pas digéré les manigances de sa sœur pour l'empêcher d'accueillir ses parents chez elle, à Saint-Cyrille, le printemps précédent.

— À leur âge, tu peux pas les laisser trop longtemps sans surveillance, répondit Germaine d'une voix larmoyante.

— Aïe! Germaine, exagère pas, intervint Ruth. P'pa et m'man sont pas retombés en enfance. Ils ont encore toute leur tête.

— Je dis pas le contraire, mais ils vieillissent. On peut pas les laisser tout seuls trop longtemps. P'pa s'en va sur quatre-vingt-cinq ans et m'man vient d'en avoir soixante-dix-neuf. Ils peuvent tomber malades n'importe quand.

— C'est toi qui as voulu les avoir dans un petit logement dans ta cour, reprit Laure, rancunière. À cette heure, viens pas te plaindre.

— Je me plains pas. Je dis juste qu'il faut s'occuper d'eux autres. Je regrette pas pantoute de les avoir installés là, et Jean non plus.

Ne désirant pas entendre Germaine se lamenter plus longtemps, on fit rapidement dévier la conversation sur les enfants des uns et des autres et sur les maladies qui avaient frappé des parents et des connaissances durant les derniers mois.

Maurice, revenu partiellement de son accès de mauvaise humeur, entreprit, quant à lui, de faire une petite tournée de la salle. Il s'arrêta un instant près de Lucie, la femme de Paul.

— Où est passé ton mari?

— Ne m'en parlez pas, beau-père, répondit la jeune femme. Paul étrennait son nouvel habit gris clair. Il a fallu que notre serveuse lui renverse la moitié d'une assiette de soupe sur une épaule au commencement du repas.

— Qu'est-ce qu'il a fait?

— On est allés essayer de nettoyer ça dans la salle de bain. Il n'y avait rien à faire. Il n'a pas eu le choix. Il est retourné se changer à la maison.

— Il aura pas mangé?

— Il va se débrouiller, répondit Lucie.

— Vous autres, est-ce que le repas était bon? demanda Maurice à ses autres enfants et à leur conjoint ou amie assis à la même table que Lucie.

— Très, très bon, monsieur Dionne, répondit Gilles Bigras, le nouvel ami de cœur de Francine, soucieux de bien se faire voir par son père.

— Tant mieux. Essayez tout de même de vous mélanger un peu avec la famille Delorme, suggéra Maurice, un peu inquiet de voir que les invités des deux familles fraternisaient très peu.

— On va essayer, le rassura Gilles.

Pendant quelques instants, Gilles Bigras, très à l'aise, fit rire les gens assis à sa table avec ses plaisanteries. Âgé d'une trentaine d'années, l'homme, grand et svelte, se savait bel homme. Il avait le charme du vendeur sûr de ses moyens et de son bagout. Il ne manquait pas d'aplomb. On le sentait prêt à faire des efforts louables pour bien se faire voir par la famille de Francine.

Quelques minutes plus tard, toutes les tables étaient débarrassées des restes du repas et le maître de cérémonie invita les nouveaux mariés à ouvrir la danse. L'orchestre se mit à jouer une valse et plusieurs femmes se mirent à la recherche de leur mari dans l'intention de le persuader de venir les faire danser.

C'est ainsi que Guy Dionne, venu seul au mariage de Martine, rencontra pour la première fois Annie, l'une des trois sœurs de son nouveau beau-frère. Tous les deux avaient le même âge et ne se quittèrent plus de l'après-midi.

— Connais-tu la fille avec qui ton frère danse? finit par demander Maurice à André.

— C'est une sœur de Georges, p'pa, répondit son fils en venant s'asseoir près de son amie Johanne.

— Sacrement! Je vous ai demandé de vous mêler un peu à la famille Delorme, pas de vous coller dessus.

— Ben, c'est un *slow*, monsieur Dionne, fit remarquer avec un rien d'effronterie l'adolescente de dix-sept ans.

— Je le sais ben que c'est un *slow*, rétorqua sèchement Maurice en lançant à la jeune fille un regard sévère. C'est pas une raison pour se tenir mal. Il manquerait plus que le père de Georges vienne l'engueuler devant tout le monde.

Sur ce, Maurice retourna se poster près du bar. À son avis, c'était l'endroit idéal où se tenir pour gêner ceux qui revenaient un peu trop souvent se faire servir de l'alcool.

Un peu après trois heures, les mariés, qui étaient allés changer de vêtements avant leur départ en voyage de noces, revinrent à la salle saluer une dernière fois les invités. Au moment de partir, Georges serra sa mère dans ses bras. Cette dernière s'agrippa à son fils et pleura abondamment avant de le laisser aller.

— Christ! Veux-tu ben me dire ce qu'elle a à brailler comme ça? murmura Maurice à Jeanne. Son garçon s'en va tout de même pas à l'abattoir.

Une demi-heure plus tard, Maurice, qui était allé payer le traiteur dans son bureau, revint dans la salle et prit place aux côtés de Jeanne, à la porte, pour saluer les invités qui partaient. Le couple apprécia particulièrement les remerciements chaleureux des parents de Georges au moment où ils prenaient congé.

Lorsqu'ils rentrèrent à la maison quelques minutes plus tard, une vingtaine de parents avaient envahi leur balcon et les attendaient. Tous ces gens avaient été invités à venir boire une tasse de café avant de rentrer chez eux.

Fait étonnant, la plupart des invitations avaient été formulées par Maurice, désireux surtout de faire admirer son nouveau sous-sol. Soudainement, il avait « oublié » avoir défendu à sa femme d'inviter des gens à la maison après la noce. Il était bien évident qu'il avait voulu se réserver exclusivement ce privilège.

— Il me semblait que tu voulais pas voir personne à la maison après les noces, dit Jeanne d'une voix amère au moment où son mari stationnait la voiture devant la porte de son garage.

— Ben, ils voulaient voir la cave, se défendit Maurice. Je pouvais pas leur dire non. Ça aurait eu l'air fou.

— Bien, voyons! se moqua sa femme.

Jeanne lui jeta un regard dans lequel elle lui fit comprendre qu'elle n'était pas dupe de son mensonge.

Pour leur part, Lise, Paul et Francine avaient décliné l'invitation de leur père, sachant bien que leurs parents devaient être extrêmement fatigués après une telle journée. Claude et André s'étaient éclipsés avec leurs amies, tandis que Guy et Denis étaient partis avec des cousins en disant qu'ils reviendraient à la fin de la soirée.

Lorsque le dernier invité quitta finalement le bungalow du boulevard Lacordaire un peu après six heures, le premier geste de Maurice fut d'enlever ses souliers en poussant un soupir de soulagement.

— Maudit! Il était temps! s'écria-t-il en se frictionnant les pieds. J'en pouvais plus. J'ai jamais eu si mal aux pieds de ma vie.

— On se change et on replace un peu la maison, dit Jeanne sur un ton décidé en se dirigeant vers sa chambre.

— C'est ça. Je vais te donner un coup de main, l'approuva Maurice. Dans une quinzaine de minutes, tout va être d'aplomb et on va pouvoir se reposer.

Après avoir changé de vêtements, le couple rangea les chaises, balaya la cuisine et lava la vaisselle. Quand la maison eut retrouvé son aspect habituel, Jeanne et Maurice, fatigués, allèrent s'asseoir sur le balcon dans l'intention de récupérer et d'échanger leurs impressions sur la journée qu'ils venaient de vivre.

— On dira ce qu'on voudra, déclara Maurice, mais la famille de Georges, c'est du monde qui sait vivre. Aucun s'est déplacé. Personne a trop bu. On n'a pas entendu un mot plus haut que l'autre.

— C'est vrai, reconnut Jeanne.

— Mis à part ton frère Luc et ton père, personne a exagéré sur la boisson.

— Mon père a pas bu tant que ça, protesta Jeanne.

— Il a bu pas mal, la contredit Maurice. Il se levait pas pour aller au bar, mais tes frères ont pas arrêté de lui apporter des petits verres tout l'après-midi à sa table. Il était de bonne humeur en maudit quand il est parti. Il avait les jambes tellement molles que Jean a dû l'aider à monter dans son char pour le ramener à Québec.

— Si c'est vrai ce que tu dis là, il a pas fini d'en entendre parler par m'man, commenta Jeanne, l'air un peu attendri.

— Ta mère devrait comprendre qu'à son âge, c'est le seul plaisir qui lui reste quand il va aux noces. En tout cas, on n'a pas eu honte d'aucun de nos enfants. Ils ont ben fait ça, déclara Maurice sur un ton satisfait, en changeant de sujet de conversation.

— J'ai remarqué que Guy avait l'air de trouver la plus jeune sœur de Georges bien de son goût, dit Jeanne.

— Moi aussi. Ils se sont pas lâchés de l'après-midi.

Il y eut un bref silence entre les époux, le temps qu'un flot de véhicules, retenu depuis un moment au feu rouge au coin de Lavoisier, accélère bruyamment en passant devant la maison.

— T'as organisé à Martine de bien belles noces, le félicita Jeanne. Elle était contente quand elle est partie.

— Ouais ! C'étaient les dernières noces que j'avais à organiser et elles étaient pas pires, reconnut Maurice en dissimulant mal sa fierté. Une chance, parce qu'elles m'ont coûté pas mal plus cher que je pensais.

Chapitre 12

Petites surprises

Le mois d'août prit fin sans apporter d'événements très importants dans la vie des Dionne. La température fraîchit légèrement et les journées semblèrent de plus en plus courtes. Martine et Georges revinrent de leur voyage de noces et s'installèrent dans un petit appartement loué dans un demi-sous-sol à Saint-Léonard, à faible distance du bungalow des Dionne.

— Tu parles de vacances plates! s'exclama Maurice, mécontent, la veille de son retour au travail à St-Andrews. J'en ai passé la moitié à m'occuper des noces et le reste à balconville, à regarder passer les chars sur Lacordaire.

— On aurait pu aller voir mon père et ma mère à Québec, lui fit remarquer Jeanne, sur un ton acrimonieux, mais tu voulais pas dépenser de gaz pour ça.

— Whow! On les a vus il y a quinze jours, aux noces. C'est ben assez.

— On était invités aussi au chalet de Lise et à celui de Paul, mais t'as pas voulu y aller.

— Parle-moi pas des maudits chalets! On se fait manger par les maringouins et on couche sur des lits défoncés.

— On n'était pas obligés de rester à coucher, protesta Jeanne.

— Ben non! se moqua son mari. Ces chalets-là sont à la porte, je suppose? On voit ben que c'est pas toi qui conduis.

Dès le lendemain, Jeanne retrouva, avec un plaisir non déguisé, le train-train quotidien dans une maison où son mari ne traînait pas sa figure maussade du matin au soir. La couturière pouvait enfin renouer avec sa clientèle sans entraves et sans se soucier des sautes d'humeur de Maurice. Par ailleurs, le soir même, ce dernier rentra de l'école le visage sombre. Il fallut qu'elle attende quelques minutes avant d'apprendre pourquoi il était d'aussi mauvaise humeur.

— À midi, je suis arrêté à l'école Saint-Charles pour jaser avec Langevin.

— Puis?

— Il est pas venu répondre quand j'ai sonné à la porte de son école.

— Il était peut-être pas là.

— Il était là. Son char était devant l'école.

— Il a peut-être pas aimé que t'oublies de les inviter, lui et sa femme, aux noces de Martine. Je sais pas si tu l'as remarqué, mais Ernest et Rita sont pas revenus ici depuis le mois de juillet. Ils sont pas fous. Je te l'avais dit qu'ils se sentiraient insultés de pas être invités quand t'as adressé les faire-part, mais tu voulais rien savoir.

— Rita t'a pas appelée une fois depuis les noces?

— Non. Et compte pas sur moi pour appeler les Langevin. C'est toi qui les as insultés, tu te débrouilleras avec eux autres.

— Ben, c'est ben de valeur, mais ils vont attendre long-temps en calvaire! déclara-t-il sur un ton définitif. J'étais pas obligé de les inviter. S'ils veulent bouder, qu'ils aillent chez le diable! J'ai pas besoin d'eux autres.

Mais Maurice regrettait maintenant son geste mesquin qui risquait de le priver de son unique ami. Il était trop tard pour reculer et il était trop orgueilleux pour même envisager de s'excuser. Il réalisait soudainement qu'il

venait de mettre fin à plusieurs années de dîners du vendredi pris en commun à la brasserie Chez le père Gédéon
et de rencontres amicales agréables.

—

La rentrée scolaire succéda à la fête du Travail. Comme
chaque année, les enfants désertèrent les rues du quartier,
ne faisant que de brèves apparitions chaque jour, au début
et à la fin des classes. Par les fenêtres ouvertes, on n'entendait plus que les cris des enfants d'âge préscolaire ou les
appels impatients des mères. Les belles journées chaudes
n'étaient déjà plus qu'un souvenir. Le soleil se couchait
désormais avant huit heures et la fraîcheur enlevait toute
envie de s'asseoir sur le balcon après le repas du soir.

Pour Maurice, la routine avait repris ses droits. Pour
son plus grand contentement, les responsables des loisirs
de Ville Saint-Michel avaient encore loué le gymnase de
l'école pour les neuf prochains mois. Comme les années
précédentes, le concierge devrait être présent dans son
école chaque samedi et quatre soirs de la semaine jusqu'à
la fin du printemps suivant. Encore une fois, le concierge
pourrait jouir d'importants revenus générés par cette
location, revenus augmentés par la paroisse italophone
qui avait loué, elle aussi, le gymnase pour la messe du
dimanche matin. Le fait de ne jouir que du dimanche et
de trois soirs de congé par semaine ne dérangeait pas
Maurice le moins du monde.

Le troisième vendredi de septembre, au début de la
soirée, le père de famille découvrit, sur le coin de la table
de la cuisine, un prospectus de voyage au moment où il
s'apprêtait à monter à l'étage pour regarder la télévision.

— À qui sont les papiers sur la table ? demanda-t-il à
ses fils qui s'apprêtaient à sortir pour la soirée.

— À moi, p'pa, dit Guy, qui revenait du sous-sol.

Le jeune homme, qui venait d'avoir dix-neuf ans, était peut-être le plus tranquille et le plus sérieux des fils Dionne encore célibataires. Il sortait rarement et ne fréquentait aucune jeune fille de façon régulière.

— C'est quoi ces papiers-là? lui demanda son père, curieux.

— Des papiers d'une agence de voyages, p'pa.

— D'une agence de voyages? Pourquoi t'as ça?

— Ben. Je tombe en vacances la semaine prochaine. Je pense que je vais faire un voyage en Europe.

— En Europe!

— Oui. En Espagne et au Maroc.

— Es-tu malade, toi? s'exclama son père. Qui t'a mis ça dans la tête? Pour voir si à dix-neuf ans, on va en Europe tout seul!

— Je serai pas tout seul, répliqua Guy. C'est un voyage organisé.

— Pourquoi tu t'achètes pas un char au lieu de dépenser ton argent pour un voyage? Quand tu vas revenir, il te restera plus rien.

— J'ai pas besoin d'un char, p'pa.

— Et tu vas payer ça comment?

— Mon voyage est déjà payé.

— Tiens! T'avais assez d'argent pour ça? s'enquit Maurice, soupçonneux.

Le père venait soudainement de réaliser qu'il n'avait jamais vu le chèque de paye de son fils et que, si ça se trouvait, il aurait pu exiger de sa part une pension hebdomadaire plus importante.

— J'ai pas de dépenses à part ma pension, p'pa, protesta son fils. Je fume pas, j'ai pas de char et c'est rare que je m'achète du linge.

— Et tu pars combien de temps?

— Deux semaines.

— En tout cas, avant de partir, oublie pas de me laisser l'argent de tes deux semaines de pension, laissa tomber Maurice sur un ton sec.

Ceci dit, il monta à l'étage pour aller regarder la télévision, laissant son fils abasourdi sur place.

— Ah ben! Elle est bonne, celle-là, dit-il à sa mère qui n'était pas intervenue une fois durant l'échange entre le père et le fils. Il veut que je lui paye une pension, même si je suis pas là!

Jeanne se contenta de secouer la tête.

— Il faut être cochon rare pour demander une affaire comme ça, ajouta Guy à mi-voix.

Il avait encore du mal à croire ce qu'il venait d'entendre.

Lorsque Jeanne alla rejoindre son mari à l'étage, Maurice laissa éclater sa mauvaise humeur.

— T'étais au courant de ce voyage-là, toi? lui demanda-t-il.

— Non. Il m'en avait pas parlé, mentit Jeanne. Mais c'est son argent après tout, il pourrait le boire, le dépenser à fumer ou à sortir avec des filles.

— En tout cas, il est mieux de s'organiser pour se trouver un moyen de transport pour aller à Dorval et pour en revenir parce que moi, je vais pas le conduire. Il ira là à pied.

— T'aurais pu au moins lui laisser l'argent de sa pension pendant son voyage. Il gagne un tout petit salaire et il mangera même pas ici pendant ces deux semaines-là. Je te gage qu'il aura presque pas d'argent dans ses poches pendant son voyage.

— Ça, c'est son affaire! Je suis pas la Saint-Vincent-de-Paul, moi. S'il a assez d'argent pour aller en Europe, il doit en avoir assez pour payer sa pension.

—

Le vendredi suivant, il tombait une petite pluie fine depuis le début de la matinée et le temps était résolument maussade.

À son retour à la fin de l'après-midi, Maurice s'attendait à voir son fils Guy en train de se préparer à partir pour l'aéroport. Jeanne lui avait dit que son avion partait au début de la soirée. Après avoir longtemps tergiversé, le père de famille avait décidé après le dîner de rentrer tôt à la maison pour offrir à son fils de le conduire à Dorval.

— Où est-ce qu'il est? demanda-t-il à Jeanne en pénétrant dans la maison.

— Qui?

— Guy.

— Il est parti il y a vingt minutes. André est allé le conduire à l'aéroport.

— Sacrement! Il était ben pressé de partir, jura Maurice. Tu m'as pas dit que son avion était juste à huit heures?

— Oui, mais il tenait plus en place. André lui avait promis de demander de partir plus de bonne heure de son ouvrage pour aller le conduire. Quand il est arrivé à la maison, Guy l'attendait déjà avec sa valise sur le balcon.

— J'aurais pu aller le conduire, fit Maurice d'un air boudeur.

— Tu lui avais dit que tu le ferais pas, lui fit remarquer Jeanne sur un ton réprobateur. C'est pour ça qu'André y est allé.

— J'étais pas obligé.

Sur ce, Maurice sortit de la maison et alla stationner sa voiture dans le garage dont il rabattit violemment la porte.

Lorsque Guy rentra de voyage deux semaines plus tard, un peu amaigri mais très bronzé, il n'avait rapporté que deux petits souvenirs : l'un pour sa mère et l'autre pour son frère André. Le jeune homme eut le tact de les remettre à leurs destinataires en l'absence de son père.

— Il me semble qu'il aurait pu penser nous rapporter un petit quelque chose, dit Maurice à sa femme, ce soir-là, en se mettant au lit.

— Il aurait ben voulu, mais il n'avait plus d'argent, expliqua Jeanne. Il en a même pas eu assez pour manger trois repas par jour. Durant son voyage, il y avait des jours où il n'y avait qu'un repas fourni.

— Il aurait pu le dire avant de partir, conclut Maurice avec une pointe de regret dans la voix. L'avoir su, on aurait pu s'arranger.

Jeanne se contenta de soupirer et n'ajouta rien.

—

Octobre 1974 fut particulièrement froid et pluvieux. On eut à peine le temps de s'apercevoir que les feuilles des arbres avaient changé de couleur qu'elles étaient déjà tombées, emportées par le vent et les rafales de pluie. Les fleurs avaient disparu des parterres et la grisaille automnale s'était installée.

Un vendredi midi, à l'heure du repas, Maurice prétexta une course urgente pour s'absenter de St-Andrews jusqu'à deux heures. Il conduisit son véhicule chez Touchette Chrysler, son concessionnaire de la rue Papineau, pour le faire préparer pour l'hiver, comme il le faisait chaque année avant le début du mois de novembre. Pendant que le mécanicien vidangeait sa voiture et installait ses pneus d'hiver, le concierge de St-Andrews alla admirer les voitures neuves exposées dans la salle de montre avant de sortir à l'extérieur, malgré la bruine froide qui tombait. Pour passer le temps, il alla examiner les véhicules usagés alignés dans la cour du concessionnaire.

Il tomba soudainement en arrêt devant une énorme Cadillac noire portant l'écriteau « Spécial » dans son pare-brise. Maurice s'approcha du véhicule luxueux. Il se pencha vers l'une de ses glaces en mettant ses mains en visière. Il voulait consulter l'odomètre de la voiture et surtout examiner son intérieur. Il lui fut impossible de lire l'un et d'évaluer réellement l'autre à cause des glaces fortement teintées. Un peu déçu, il se mit à faire lentement le tour de la limousine usagée. Sa carrosserie était impeccable.

Songeur, Maurice rentra dans le garage quelques minutes plus tard et alla s'asseoir durant quelques instants dans la salle d'attente, face à la vitrine par laquelle il pouvait admirer la Cadillac. Pourquoi n'en aurait-il pas une, lui aussi ? finit-il par se demander. Ses beaux-frères Bernard et Claude n'en possédaient-ils pas une ? Même Jean venait d'en acheter une à Québec... Il voulait bien croire que ses beaux-frères étaient devenus des hommes d'affaires, mais ce serait agréable de leur montrer qu'un concierge d'école n'était pas un « quêteux » et qu'il pouvait se payer, lui aussi, ce qu'ils s'offraient.

Pendant que Maurice rêvait les yeux ouverts, un vendeur désœuvré s'approcha de lui. L'homme l'avait aperçu en train d'examiner de près la Cadillac et voulait voir à quel point il pouvait représenter un client potentiel.

— Vous avez vu notre petit bijou dehors ? demanda-t-il à Maurice avec un sourire engageant en pointant du doigt la limousine qu'on apercevait par la vitrine.

— Ouais. Elle est pas mal, laissa tomber Maurice, un peu agacé d'être dérangé dans sa rêverie.

— Oh ! Elle est mieux que pas mal, protesta le vendeur avec bonne humeur. C'est un char qui n'a pratiquement pas roulé. Il appartenait au grand patron d'une compagnie de transports. Il a juste deux ans, mais on dirait qu'il est neuf tellement il a été bien entretenu. À part ça, il roule comme un moine. On n'entend rien quand le moteur tourne. C'est de la voiture de grand luxe, ça, monsieur.

— Pourquoi son propriétaire l'a vendu s'il allait si ben que ça? fit remarquer Maurice avec un certain bon sens.

— Une question de standing et d'impôts, cher monsieur. Ces hommes d'affaires-là déduisent leur voiture de leurs impôts. Ils ne les gardent jamais plus que deux ans. Aimeriez-vous y jeter un coup d'œil?

— Merci, mais j'ai déjà une bonne Chrysler, dit Maurice, sans trop de conviction.

— Regarder ne coûte rien, ajouta le vendeur, persuasif. Votre Chrysler est de quelle année?

— 1970.

— C'est sûr qu'on vend des bonnes voitures. Mais ça ne vous empêche pas de jeter un coup d'œil à la Cadillac, pas vrai?

Maurice ne se fit pas prier. L'homme disparut un instant pour aller chercher les clés de la voiture et le précéda à l'extérieur. Il déverrouilla les portières de la limousine et tendit les clés à son client.

— Assoyez-vous dedans, monsieur, et démarrez le moteur. Vous allez voir ce que c'est qu'une vraie voiture de luxe.

Pendant que Maurice faisait démarrer la voiture, le vendeur fit le tour du véhicule et vint s'asseoir à ses côtés. Durant un long moment, l'homme demeura silencieux, lui laissant apprécier la sellerie en cuir de qualité, l'épaisseur de la moquette, l'insonorisation impeccable de l'habitacle et la beauté du tableau de bord.

— On dirait une voiture neuve qui vient de sortir de la chaîne de montage, fit-il finalement remarquer en touchant du bout des doigts le tableau de bord gainé de cuir. Oubliez pas que c'est la Cadillac la plus luxueuse, l'Eldorado.

Ensuite, le vendeur montra à Maurice l'immense coffre du véhicule ainsi que la taille impressionnante de son moteur.

En rentrant dans la salle d'exposition quelques minutes plus tard, le concierge de St-Andrews ne put s'empêcher de dire:

— C'est un beau char, mais il est pas dans mes moyens.

— Oh! Ne dites pas ça, monsieur?

— Dionne.

— Ne dites pas ça, monsieur Dionne, le rassura le vendeur. Quelle sorte de voiture m'avez-vous dit que vous aviez?

— Une Chrysler Cordoba 1970.

— En bon état?

— En bon état et elle a juste vingt-cinq mille milles. Elle a pas une tache de rouille, pas une égratignure.

— Sans l'avoir vue, votre Chrysler, je peux déjà vous dire à peu près la différence de prix entre la Cadillac que vous venez de voir et votre auto. Ce n'est pas énorme, vous allez voir.

Sur ces mots, le vendeur fit signe à Maurice d'entrer dans un petit cubicule et s'assit derrière son bureau après avoir invité son client à prendre un siège. Il tira une feuille de l'un des tiroirs du meuble et se mit à effectuer de savants calculs avant d'avancer un chiffre qui fit sursauter Maurice.

— Si votre Chrysler est comme vous le dites, je peux vous laisser la Cadillac en échange pour six mille piastres.

— Whow! Votre Cadillac est pas neuve. Elle a deux ans, protesta Maurice, tout de même refroidi par la somme avancée par le vendeur.

— Oui, mais votre Chrysler, même si elle a été bien entretenue, a tout de même quatre ans, cinq ans dans une semaine quand les nouveaux modèles vont être sortis, plaida le vendeur. De toute façon, je ne peux pas vous donner de chiffre définitif tant que je n'ai pas examiné votre véhicule.

— Vous pouvez aller le voir, il est dans le garage. Le mécanicien est en train de poser les pneus d'hiver, dit Maurice.

Pendant que l'homme pénétrait dans le garage pour aller examiner sa Chrysler, Maurice se planta devant la vitrine pour admirer tout à loisir la Cadillac. La bruine s'était transformée en une fine pluie et les gouttes d'eau perlaient sur la carrosserie noire. L'homme de cinquante-deux ans n'avait jamais eu autant envie d'une voiture. Elle avait tout pour lui plaire, même si elle n'était pas neuve. Il avait les ressources financières pour se la payer. Il additionnait mentalement les sommes à débourser pour l'achat, les assurances et les plaques et sondait la profondeur du trou que toutes ces dépenses feraient dans ses économies. Il finit par se persuader que la dépense n'était pas aussi extravagante qu'elle le paraissait à première vue.

Le vendeur revint vers lui quelques minutes plus tard.

— Votre Chrysler est en très bon état. On voit que vous en avez pris soin, monsieur Dionne. Je pense que je pourrais même vous donner cinq cents piastres de plus que ce que je vous ai calculé. Vous ne viendrez pas dire que je ne fais pas un bel effort. Vous pouvez avoir la Cadillac pour cinq mille cinq cents piastres. Je peux vous assurer que vous aurez jamais plus une occasion pareille.

— C'est tout un montant pour un char usagé, dit Maurice sur le point de fléchir.

— « Usagé » ! Il faut le dire vite, monsieur, rétorqua le vendeur, sûr de lui. Oubliez pas que le modèle de la

Cadillac a pas changé depuis trois ans et il changera pas encore cette année. Il y a personne qui va être capable de dire que votre Cadillac n'est pas une voiture neuve.

L'homme avait bien vu que Maurice était surtout attiré par le prestige de la marque du véhicule.

— Monsieur Dionne, votre voiture est prête, dit le gérant du service en s'approchant de Maurice à ce moment précis. Vous n'avez qu'à passer à la caisse.

Ce dernier s'arracha à la contemplation de la Cadillac pour jeter un coup d'œil à sa montre.

— Bon. Il faut que j'y aille, dit-il au vendeur. Je vais être en retard. Écoutez. Je vais y penser et revenir la voir après le souper avec ma femme.

— Bonne idée, monsieur Dionne, l'approuva le vendeur, déjà moins enthousiaste. J'espère qu'elle n'aura pas été vendue d'ici là. En tout cas, venez me voir quand vous arriverez avec votre femme, ajouta-t-il en lui tendant sa carte.

La mort dans l'âme, Maurice reprit le volant de sa Chrysler et regagna St-Andrews. Jamais un après-midi ne lui sembla aussi long. Il ne cessait d'imaginer la réaction des gens en le voyant descendre de sa grosse limousine noire. Ils mourraient d'envie et penseraient sûrement avoir affaire à une homme d'affaires important...

Ce n'est qu'au moment où il engageait la Chrysler sur l'allée asphaltée longeant son bungalow que Maurice se demanda comment il allait présenter toute l'affaire à Jeanne. À cette pensée, il esquissa une grimace. Il devinait déjà la réaction de sa femme.

Depuis l'acquisition de sa première voiture, l'achat d'une automobile avait toujours donné lieu à des récriminations interminables et à des reproches plus ou moins justifiés de sa part. C'était la croix et la bannière pour faire accepter par Jeanne l'idée de dépenser un peu pour avoir une voiture convenable. Elle considérait comme un gaspillage éhonté le fait de changer d'automobile pour un modèle plus récent.

— Elle a rien à dire, dit-il à voix haute. Cet argent-là, c'est moi qui le gagne, pas elle.

Contrairement à son habitude, Maurice n'abrita pas sa Chrysler dans son garage. Il laissa sa voiture sur l'allée asphaltée près de la maison. Il demeura tout de même assis dans son véhicule durant quelques instants, à la recherche d'une idée, d'un scénario... Mais rien ne lui vint à l'esprit. L'humeur sombre, il finit par descendre de la voiture en claquant la portière.

Au moment où il rangeait son manteau et sa casquette, il découvrit Jeanne, debout devant le comptoir, dans la cuisine.

— As-tu affaire à sortir après le souper ? lui demanda-t-elle. J'ai vu que t'as pas mis ton char dans le garage.

— Peut-être, répondit Maurice, pris de court.

Il avait cru trouver Jeanne encore dans sa salle de couture et avoir ainsi quelques minutes de plus pour trouver une façon de lui présenter la chose.

— Où est-ce que tu veux aller ?

— Je viens de te dire que je sais pas encore si je vais avoir besoin du char, répliqua-t-il un peu sèchement. Ça dépend, ajouta-t-il, sur un ton plus doux.

— Ça dépend de quoi ?

— Je suis allé faire poser mes pneus d'hiver chez Touchette, à midi. Je te dis que le temps passe vite. La Chrysler a déjà cinq ans. Un peu plus, le gérant de service me forçait à acheter quatre pneus neufs tellement ils sont usés.

— Mais on se sert presque pas du char durant l'hiver, raisonna Jeanne.

— Ça a rien à voir. D'après lui, les grosses réparations s'en viennent, mentit Maurice. La transmission est pas tout à fait correcte et le moteur commence à pomper un peu d'huile.

— Bon. Ça y est, dit Jeanne. Ça recommence. T'as encore le goût de changer de char !

— Non, j'ai pas le goût et j'ai surtout pas les moyens d'acheter un autre char. Avec les dépenses qu'on a eues cette année, c'est pas le temps. J'ai pas arrêté de dépenser avec les noces de Martine et le sous-sol... Mais j'ai besoin d'un char pour aller travailler tous les jours. Si le mécanicien me dit que ma vieille Chrysler est à la veille de me lâcher, il connaît ça, lui.

— Et je vais te gager que t'es allé voir les nouveaux chars qui viennent de sortir, l'interrompit Jeanne, sur un ton narquois.

— C'est là que tu te trompes. Pendant que j'attendais au garage, j'ai regardé les chars usagés, pas les neufs.

— Et qu'est-ce que t'as décidé d'acheter ?

— J'ai rien décidé encore, mentit encore une fois Maurice.

— Maurice Dionne, prends-moi pas pour une valise ! explosa Jeanne. Je me souviens pas d'une seule fois où t'es allé voir des chars sans avoir fini par en acheter un.

— J'ai trouvé une grosse Cadillac noire. Elle est pas neuve ; elle a presque trois ans. Mais elle est toute en cuir en dedans. La peinture est comme neuve.

— Une Cadillac noire ! s'exclama Jeanne, horrifiée. Mais on va avoir l'air de se promener dans un vrai corbillard.

— Parle donc avec ta tête, Jeanne Sauvé ! s'emporta son mari.

— Qu'est-ce qui te dit qu'elle est pas pire que ta Chrysler ? C'est pas pour rien que celui qui l'avait l'a vendue, non ?

— Le vendeur m'a dit que la mécanique était numéro un.

— Depuis quand tu crois les vendeurs de chars ? C'est sûr qu'il viendra pas dire que c'est un citron. À part ça, il me semble que tu m'as déjà dit que t'achèterais plus jamais un char usagé.

— J'ai jamais dit ça, protesta Maurice.

— Une Cadillac ! Aïe ! Te vois-tu arriver à l'école le matin dans ta Cadillac ? Un concierge en Cadillac. Tout le monde va bien rire de toi.

— Tu sauras qu'il y a pas juste tes frères qui sont capables de s'en payer une ! hurla Maurice, hors de lui.

— Ça a rien à voir, Maurice. Mes frères s'en servent pas pour aller travailler. Achète-la si tu la veux, ta Cadillac. Si tu penses que c'est une si bonne affaire que ça, vas-y ; mais je te dis qu'on n'a pas fini de faire rire de nous autres. Tout le monde va nous pointer du doigt. Tu nous vois aller faire nos commissions chez Steinberg dans ce gros corbillard-là ? En tout cas, moi, je trouve que ça a pas d'allure.

Sur ces mots, Jeanne se tourna vers le comptoir et entreprit d'éplucher les pommes de terre qu'elle voulait faire cuire pour le souper.

Maurice se prépara une tasse de café soluble et s'assit dans sa chaise berçante. Il se mura dans un silence boudeur, fixant obstinément le mur en face de lui en mâchouillant le filtre de la cigarette qu'il venait d'allumer.

Lorsque les garçons arrivèrent pour souper, il ne desserra pas les dents, plongé dans de sombres réflexions. Après le repas, il se contenta de sortir de la maison sans dire un mot. Il se mit au volant de sa voiture et alla la stationner dans le garage. Jeanne avait légèrement écarté les rideaux de la fenêtre de la cuisine pour regarder ce qu'il allait faire à l'extérieur. Quand elle le vit rabattre la porte du garage, elle comprit qu'elle venait de gagner. Il n'y aurait pas de Cadillac chez les Dionne.

Maurice rentra dans la maison et monta directement à l'étage pour regarder la télévision. Durant plusieurs minutes, il se contenta de fixer le petit écran sans lui accorder la moindre attention.

La déception était difficile à accepter. Elle était même cuisante. Jeanne avait probablement raison. Bien sûr, il aurait adoré posséder la Cadillac, mais pour faire envie ; pas pour faire rire de lui. De toutes ses forces, il se mit à chercher diverses bonnes raisons de ne pas profiter de l'occasion, et il en trouva. Au fond, il aurait peut-être regretté dès le lendemain de l'avoir achetée. Après tout, il aurait peut-être été stupide de dépenser autant d'argent pour une voiture usagée, sans savoir si elle était vraiment en excellente condition. Il n'avait même pas pensé à consulter l'odomètre. De plus, il avait oublié les dimensions restreintes de son garage préfabriqué. La limousine était si large et si longue qu'elle n'aurait peut-être pas pu y être remisée.

À la fin de la soirée, il avait déjà presque oublié à quel point il tenait à acheter cette limousine.

Chapitre 13

Le retour en grâce

Les premiers froids firent leur apparition au début de novembre. Dès la première semaine, les gens de la région montréalaise découvrirent, en deux occasions, au petit matin, un paysage saupoudré d'une fine couche de neige, comme pour les prévenir de l'arrivée prochaine de l'hiver. Puis une pluie froide avait gommé le tout et l'on était retourné à la grisaille automnale.

Un mardi soir de la mi-novembre, un peu après neuf heures trente, Maurice rentra chez lui en coup de vent. Du paillasson de l'entrée, il cria:

— Jeanne! Jeanne! Où est-ce que t'es encore passée, sacrement?

Il y eut un bruit de pas à l'étage et, du haut de l'escalier, sa femme lui répondit:

— Je suis en haut. Qu'est-ce qui se passe?

— Descends! Viens voir! lui ordonna son mari.

L'énervement de Maurice incita sa femme à descendre rapidement au rez-de-chaussée. Elle fut suivie par Claude et André qui regardaient la télévision en compagnie de leur mère. À peine arrivés en bas, Maurice les interpella tous les trois.

— Je suppose qu'il y en a pas un qui a vu quelque chose? demanda-t-il.

— Voir quoi? fit Jeanne.

— Regarde par la fenêtre de la cuisine, Christ! Tu vas ben voir de quoi je parle.

Jeanne se précipita vers la fenêtre. Elle eut beau scruter l'allée asphaltée vaguement éclairée par un lointain lampadaire du boulevard Lacordaire, elle ne vit rien.

— Je vois rien. Qu'est-ce qu'il y a?

— Il y a que le *drive-way* est défoncé. Il y a un trou d'au moins six pieds. J'ai failli tomber dedans avec le char, viarge! Qu'est-ce qui s'est passé?

— Je le sais pas, répondit Jeanne.

— Et vous autres, vous avez rien vu non plus? demanda Maurice en se tournant vers ses deux fils.

— Tout était normal quand on est arrivés de l'ouvrage, dit André. On n'est pas sortis après le souper.

— J'en reviens pas! dit Maurice, catastrophé, en s'allumant nerveusement une cigarette. Venez voir. Je comprends rien à cette affaire-là!

Jeanne, Claude et André endossèrent rapidement leur manteau et suivirent Maurice à l'extérieur.

— On voit rien, mais ça sent mauvais en maudit, par exemple, fit remarquer Claude qui précédait les autres de quelques pas dans l'allée.

— C'est vrai. On dirait que ça sent la merde, ajouta son frère André en sondant l'obscurité devant lui.

— Avancez pas plus loin, leur ordonna leur père. Attendez, je vais allumer les lumières du char. Il manquerait plus qu'on se casse une jambe en tombant dans ce trou-là.

Dès que les phares éclairèrent les lieux, les spectateurs furent stupéfaits de l'étendue des dégâts.

— Mais le trou est ben plus grand et ben plus creux que je le pensais, dit Maurice en se penchant au-dessus de l'espace béant devant la porte ouverte de son garage. Il a au moins trois pieds de creux.

— Mais d'où ça vient, cette senteur écœurante là ? demanda Claude en se pinçant le nez. C'est pas endurable ! Ça me donne mal au cœur.

— Ce serait pas notre ancienne fosse septique ? demanda Jeanne qui était demeurée près de la Chrysler.

— Voyons donc ! protesta Maurice.

— Moi, je pense que c'est notre ancienne fosse qui a défoncé, répéta sa femme.

Lorsque les Dionne avaient emménagé à Saint-Léonard à la fin des années cinquante, chaque bungalow construit par la Coopérative d'habitation de Montréal était pourvu d'une fosse septique que les gens utilisèrent jusqu'en 1963, année où l'égout collecteur et l'aqueduc furent installés.

— Ça a pas d'allure, tenta de se persuader Maurice. La fosse septique était vis-à-vis la salle de bain et... Ah non, Christ ! Viens pas me dire que ça a défoncé dans le garage aussi ? s'alarma-t-il en cherchant à voir à l'intérieur du garage préfabriqué.

— Je pense, p'pa, que le seul moyen de le savoir, c'est de tasser les madriers, dit André. Viens, Claude, on va lever les madriers proches de la porte.

— Faites attention à vous autres, les mit en garde leur mère en ne bougeant pas de son poste d'observation et en serrant frileusement les pans de son manteau contre elle.

— Ayez pas peur, m'man, la rassura Claude. Moi, je vais faire attention. J'ai pas le goût de tomber dans la merde qu'il y a là-dedans. J'ai déjà ben assez de la sentir.

Maurice ne s'opposa pas à la démarche et les deux jeunes hommes pénétrèrent avec précaution dans le garage dont le sol était constitué de larges madriers uniquement déposés sur du gravier. Il suffit de quelques minutes pour que Claude et André découvrent que le trou devant le garage n'était que le prolongement de celui qui existait à l'intérieur, près de la porte. En fait, il s'agissait d'un trou de près de trois pieds de profondeur et d'un peu plus de six pieds de diamètre.

— Bon. Ça sert à rien de rester dehors à geler et à sentir ça, déclara Maurice après avoir constaté l'ampleur des dégâts. On est aussi ben de rentrer dans la maison.

Sur ce, le concierge de St-Andrews éteignit les phares de sa Chrysler et rentra dans le bungalow, suivi de près par sa femme et ses fils.

— Tu imagines ce que ça va me coûter, cette affaire-là ? demanda-t-il à Jeanne en enlevant son manteau. Faire remplir ça de gravier et faire refaire le *drive-way* : c'est au moins cinq cents piastres. Christ ! Tout ça pour une maudite fosse septique rouillée qui servait plus. En plus, tout le monde va se plaindre de l'odeur de merde.

Jeanne le laissa déverser sa mauvaise humeur et son énervement durant un long moment, le temps de lui préparer une tasse de café.

— Ça sert pas à grand-chose de s'énerver, finit-elle par lui dire pour le calmer. De toute façon, il est trop tard pour faire quelque chose à soir. Pour la senteur, les voisins vont comprendre. Au fond, on est chanceux que ça arrive à ce temps-ci de l'année. Avec le froid qu'il fait, ils tiennent toutes leurs fenêtres fermées.

— Qu'on est donc chanceux ! s'exclama Maurice, sarcastique.

⋘

Le lendemain matin, Maurice se leva un peu plus tôt qu'à l'habitude. Il avait mal dormi, inquiet des dépenses qu'allait générer le fameux trou. Durant de longues minutes, il resta planté devant la fenêtre de cuisine, impatient de voir le jour se lever pour pouvoir examiner à nouveau l'étendue des dégâts. Aux premières lueurs du jour, il sortit de la maison et s'approcha du trou en se couvrant le nez tellement l'odeur était nauséabonde. Après avoir bien regardé, il se décida à planter deux piquets à quelques pieds devant sa voiture. Il tendit ensuite une corde entre les deux, à laquelle il suspendit un chiffon blanc. Il n'aurait pas fallu que quelqu'un se blesse en tombant dans le trou.

Il rentra ensuite un instant dans la maison pour aviser Jeanne qu'il allait essayer de revenir au début de l'après-midi pour trouver quelqu'un capable de venir remplir le trou et refaire le pavage abîmé. Il retournerait ensuite à l'école pour s'occuper de la location du gymnase.

— Si ça se trouve, c'est presque une chance que le père ait jamais voulu qu'on laisse notre char dans l'allée, déclara Claude ce matin-là en déjeunant. On aurait eu l'air fin si on l'avait trouvé une roue dans le trou. Il nous aurait accusés de l'avoir défoncée. Des plans pour qu'il nous fasse payer les réparations...

— Arrête donc de dire n'importe quoi et mange donc, le réprimanda sa mère.

Une heure plus tard, seule dans la maison, Jeanne se souvint soudainement que l'une de ses plus fidèles clientes, une certaine madame Charest, se vantait souvent que son mari occupait un poste important à l'hôtel de ville de Saint-Léonard. Malgré l'heure matinale, elle décida de lui téléphoner pour lui demander si ce dernier ne pourrait pas la conseiller. Elle se doutait bien que la responsabilité de la municipalité n'était en rien engagée dans l'affaire, mais elle voulut tout de même essayer.

Madame Charest répondit à la première sonnerie du téléphone. Après s'être excusée de la déranger si tôt, Jeanne expliqua ce qui était arrivé durant la soirée, la veille. Il y eut une brève discussion hors ligne avant que la dame lui dise que son mari arrêterait un instant chez les Dionne avant de se rendre à l'hôtel de ville.

Moins d'une demi-heure plus tard, Jeanne entendit le claquement d'une portière de voiture au moment où elle terminait de laver la vaisselle du déjeuner. Elle aperçut par la fenêtre un grand homme maigre, vêtu d'un imperméable et la tête couverte d'une casquette, en train d'examiner le trou au bout de l'allée asphaltée. Elle s'empressa d'endosser un manteau pour aller rejoindre le visiteur.

— Bonjour, madame. Conrad Charest, se présenta l'homme. Vous venez de téléphoner à ma femme.

— Vous êtes bien fin de venir jeter un coup d'œil, monsieur Charest, dit Jeanne en esquissant un sourire de bienvenue. C'est vraiment pas chaud, ce matin, ajouta-t-elle en finissant de boutonner son manteau.

— C'est pas chaud et ça sent mauvais, dit l'homme avec une trace d'humour. L'odeur trompe pas, madame. Comme vous l'avez deviné, c'est votre vieille fosse septique qui a défoncé sous le poids de la terre et de l'asphalte. C'est normal. Avec le temps, ça rouille, ces affaires-là. Dans le temps, ils mettaient des gros barils comme fosse.

— Qu'est-ce qu'on peut faire, monsieur Charest ?

— D'abord, il va falloir une ou deux poches de chaux pour ôter l'odeur et ensuite, vous allez être obligée de faire venir un bon voyage de gravier pour remplir le trou. Plus tard, vous pourrez toujours réparer l'asphalte. Il y a rien d'autre à faire.

— Je vais être obligée de m'en occuper toute seule, mentit Jeanne. Mon mari travaille seize heures par jour à son école et quand il arrive à la maison, il est trop tard pour qu'il fasse venir quelqu'un.

Conrad Charest souleva sa casquette pour se gratter la tête avec l'air de chercher une solution. Jeanne remarqua alors que le mari de sa cliente était totalement chauve.

— Prendriez-vous une tasse de café ? offrit-elle.

— Merci, madame, mais je sors de table. En plus, je risque d'être en retard. Écoutez, je vais aller au bureau et je vais voir si je ne peux pas faire quelque chose pour vous. Je vais essayer de vous téléphoner tout à l'heure.

— Vous me gênez, dit Jeanne. Je ne voudrais pas vous déranger.

— Je ne vous promets rien, madame Dionne. Mais si je peux faire quelque chose, je vais le faire.

Sur ces mots, le visiteur monta à bord de son automobile qu'il avait laissée sur le boulevard, devant la maison. Jeanne rentra chez elle en grelottant.

Un peu après neuf heures et demie, quelqu'un sonna à la porte et Jeanne s'empressa d'aller répondre. Un gros homme à la mise débraillée et à l'air assez inquiétant se tenait devant la porte. Durant un instant, elle se demanda si elle devait ouvrir à l'inconnu. Elle ne se décida que lorsqu'elle repéra le camion de la voirie municipale stationné devant la maison.

— Bonjour, madame, dit l'homme. Je travaille pour la ville. Mon *boss* m'a envoyé chez vous pour mettre deux poches de chaux dans le trou qu'il y a dans votre *drive-way* et vider un voyage de gravier dedans. C'est fait ; le trou est rempli.

— Comment ça, c'est fait ? demanda Jeanne, stupéfaite. J'ai rien entendu.

— Vous pouvez venir voir, si vous voulez, offrit l'employé municipal, imperturbable.

Sans se soucier du froid, Jeanne descendit les quatre marches du balcon derrière l'homme pour constater qu'il ne plaisantait pas. L'odeur avait disparu et le trou avait été comblé.

— Vous êtes vraiment fin! dit-elle à l'employé. C'est mon mari qui va être soulagé quand il va revenir de travailler! Vous pouvez pas savoir comment!

— Content que vous soyez satisfaite, dit l'ouvrier. Monsieur Charest vous fait dire qu'il va essayer d'envoyer à la fin de l'avant-midi un autre *truck* de la ville. Il y a des gars en train de boucher des trous avec de l'asphalte dans les rues en arrière. S'il leur reste un peu d'asphalte quand ils vont finir leur job, il va leur demander de venir recouvrir votre trou. Ils ont un petit rouleau compresseur. Ils vont tasser votre gravier ben comme il faut avant d'étendre l'asphalte.

— Combien on va vous devoir? demanda Jeanne, subitement inquiète d'avoir pris ces décisions sans l'accord de Maurice.

— Pour ça, madame, vous vous arrangerez avec monsieur Charest. Moi, je suis juste un employé.

L'homme salua rapidement et partit. Vers la fin de l'avant-midi, Jeanne aperçut par la fenêtre de la cuisine un camion en train de reculer sur l'allée asphaltée. Deux ouvriers en descendirent. Durant quelques minutes, ils manipulèrent un petit rouleau compresseur sur le gravier avant de répandre une bonne couche d'asphalte, qu'ils étalèrent avec soin avant de quitter les lieux sans se donner la peine de venir la prévenir de leur départ.

Quand tout fut fait, Jeanne s'empressa de téléphoner à l'hôtel de ville pour remercier chaudement Conrad Charest et, surtout, pour s'informer de l'importance de la facture que les Dionne auraient à acquitter.

— Êtes-vous satisfaite du travail de mes hommes? demanda ce dernier pour mettre fin aux remerciements de la couturière de sa femme.

— C'est parfait, monsieur Charest. Mon mari va être bien content quand il va voir que tout est déjà arrangé.

Maintenant, pouvez-vous me donner une idée du montant que nous allons avoir à payer?

— Rien, madame Dionne.

— Comment ça, «rien»? demanda Jeanne, osant à peine croire ce qu'elle venait d'entendre.

— Disons que c'est un cadeau que votre ville vous fait, dit aimablement Conrad Charest.

— Bien là, vous me gênez beaucoup, monsieur Charest.

— Bien non, madame, ça m'a fait plaisir de vous rendre service.

— En tout cas, vous pouvez dire à votre femme que toute la couture qu'elle voudra me donner à faire, ce sera gratuit pour elle. C'est le moins que je peux faire.

— Je sais pas si je vais lui dire ça, répliqua en riant le fonctionnaire municipal. Ça, c'est des plans pour qu'elle dépense la moitié de mon salaire en achetant du linge neuf toutes les semaines.

Peu après le dîner, Maurice arriva de St-Andrews dans l'intention de commander un camion rempli de gravier. Il avait acheté deux sacs de chaux chez Ravary. L'important était de tuer l'odeur, et surtout, de faire boucher le trou. Pour l'asphalte, il était bien décidé à attendre le printemps suivant pour faire réparer son allée.

En descendant de voiture, il crut avoir la berlue en n'apercevant plus le trou auquel il n'avait pas cessé de penser depuis son départ de la maison au début de l'avant-midi. Il s'approcha de l'asphalte fraîchement étalé et le tâta du bout des doigts, comme pour se persuader qu'il ne rêvait pas, avant de se précipiter vers la maison.

— Jeanne! cria-t-il en ouvrant la porte. Où est-ce que t'es encore?

— Je suis là, dit Jeanne, installée dans la cuisine.

— Qu'est-ce qui s'est passé dans le *drive-way*, sacrement?

— C'est réparé.

— Qui a fait faire ça ?

— Moi.

— Je t'ai jamais demandé de faire ça ! De quoi tu t'es encore mêlée ? Tu connais rien aux prix.

— Veux-tu arrêter de t'énerver une minute ? lui ordonna sa femme sur un ton excédé. Si tu me laisses placer un mot, tu vas peut-être comprendre quelque chose.

— Combien ça va me coûter, cette affaire-là ?

— Attends que je t'explique !

— OK. Envoye !

— Le mari d'une de mes clientes, madame Charest, travaille à l'hôtel de ville. Je l'ai appelée de bonne heure pour lui parler du trou.

— Mais ça regarde pas l'hôtel de ville pantoute, protesta Maurice.

— Je le sais bien et je l'ai dit à ma cliente, mais elle a quand même envoyé son mari voir ça et il m'a dit qu'il essayerait de faire quelque chose.

— Pis ?

— Il a d'abord envoyé un *truck* avec de la chaux et du gravier. Plus tard, il a envoyé un autre *truck* de la ville avec de l'asphalte.

— C'est ben beau tout ça, mais ça va me coûter combien ? demanda rageusement Maurice sans prendre la peine de s'asseoir.

— C'est ça le plus beau. J'ai appelé monsieur Charest à l'hôtel de ville pour lui demander combien on lui devait. Il m'a répondu que c'était un cadeau de Saint-Léonard. Ça va rien nous coûter.

— Es-tu sérieuse, toi ? demanda Maurice, incrédule.

— Je te le dis. J'étais tellement contente que je lui ai promis de coudre gratuitement pour sa femme quand elle en aurait besoin.

— Bon. C'est un problème de réglé, dit Maurice, soulagé. Je m'en retourne à l'école au cas où un inspecteur passerait. Dis à Claude et André de replacer les madriers dans le garage quand ils reviendront de travailler, mais qu'ils marchent pas sur l'asphalte. Avant de repartir, je vais replanter mes piquets et attacher la corde avec la guenille blanche. Comme ça, je vais être sûr que personne va passer sur l'asphalte neuf.

Maurice quitta la maison sans même songer à adresser un mot de remerciement à sa femme pour tout le mal qu'elle s'était donné durant l'avant-midi. Pendant quelques jours, on aurait juré qu'il ne parvenait pas à croire que la municipalité lui avait fait un tel cadeau. Pour une raison uniquement connue de lui, il s'amusa à répéter à qui voulait l'entendre qu'il s'attendait à recevoir une facture salée de la ville de Saint-Léonard pour le travail exécuté ce jour-là, une facture qu'il ne reçut évidemment jamais.

Les semaines suivantes, Jeanne se rendit compte que son mari avait fini, encore une fois, par s'attribuer le beau rôle dans cette histoire quand il racontait l'épisode du trou dans l'allée. À l'entendre, il avait fait des pieds et des mains pour forcer la municipalité à réparer gratuitement les dégâts et ses menaces avaient porté fruit.

— T'as du front tout le tour de la tête, Maurice Dionne, lui fit-elle remarquer, un soir, après le départ de sa sœur Ruth et de son mari à qui il avait raconté cette fable.

— De quoi tu parles?

— Fais donc pas l'innocent! Je te parle de ce que tu racontes pour le *drive-way*.

— Tu sauras que c'est ce que j'aurais fait si tu t'étais mêlée de tes maudites affaires, se contenta de déclarer Maurice en feignant l'indignation.

Jeanne lui adressa un regard furieux. Pour une fois, ce fut elle qui s'enferma dans un silence boudeur. Après toutes ces années, il était clair que celui qui partageait sa vie ne reconnaîtrait jamais ses mérites.

—

Si les premières neiges ne tombèrent qu'à la fin du mois de novembre, la nature entreprit de combler ce léger retard dès le début de décembre. Durant les dix premiers jours du mois, il tomba une trentaine de pouces de neige, ce qui rassura les nostalgiques d'un beau Noël blanc. Un peu partout, les gens avaient installé aux fenêtres et autour des corniches de leur maison des décorations multicolores, suivant de peu l'exemple des magasins. Comme d'habitude, par leurs décorations, ces derniers avaient entrepris de rappeler l'arrivée prochaine du temps des fêtes à leur clientèle dès le milieu du mois de novembre.

Chez les Dionne, Jeanne arborait une mine chagrine. Depuis plusieurs jours, elle cherchait le meilleur moyen d'inciter Maurice à accepter de revoir Marc à la maison. Il n'était pas question qu'il passe Noël et le jour de l'An hors du cercle familial. Il avait quitté la maison depuis près de huit mois et elle ne l'avait pas revu depuis le jour où il était venu chercher ses affaires, au mois de mai.

Marc lui téléphonait bien de temps à autre pour prendre de ses nouvelles les soirs où il savait son père occupé à St-Andrews, mais ce n'était pas comme le revoir et constater par elle-même qu'il allait bien. Jeanne était même convaincue qu'elle pourrait le persuader de revenir vivre à la maison si elle parvenait à réconcilier le père et le fils. Elle se doutait bien que son mari souffrait autant qu'elle de l'absence de Marc, mais il était trop orgueilleux pour effectuer les premiers pas vers un rapprochement.

À la fin du mois de novembre, Francine avait avoué en secret à sa mère être allée souper chez Marc en compagnie de son ami Gilles le samedi soir précédent. Dévorée par la curiosité, Jeanne avait interrogé sa fille au sujet de la femme avec qui vivait son jeune fils. Les seules informations qu'elle avait pu lui arracher avaient été que Mylène avait un peu plus de trente ans et qu'elle cuisinait très bien.

— Plus que trente ans ! s'était exclamée Jeanne. Marc en a juste dix-neuf. Elle est bien trop vieille pour ton frère Marc ! Voyons donc, c'est pas possible !

— Ils ont l'air de ben s'entendre, m'man, avait rétorqué Francine. L'âge a rien à voir avec ça.

— C'est une vieille fille ?

— Non, m'man. Elle m'a dit qu'elle était divorcée depuis longtemps.

— Une divorcée ! Il manquait plus que ça !

— Aïe, m'man ! s'était emportée la jeune femme. Moi aussi, je suis divorcée. C'est fini le temps où on endure un homme toute sa vie parce qu'on l'a marié. À part ça, vous savez qu'on peut se remarier au civil ? Je pense même que je vais me marier avec Gilles avant la fin de l'hiver.

— T'es pas sérieuse ?

— Ben oui. Il a un petit gars et j'ai Sylvie. On va former une nouvelle famille. Martin est pareil. Il parle d'épouser une de ses cousines avec qui il vit depuis qu'on est séparés.

— Mon Dieu ! C'est le monde à l'envers, murmura sa mère, nettement dépassée par la situation. À cette heure, le monde a l'air de divorcer pour un oui ou pour un non.

— Pour en revenir à Marc, m'man, je pense que vous et p'pa, vous êtes presque les seuls à pas les fréquenter. Ils ont reçu Paul et Lucie, Martine et Georges, Denis, Guy, et même Lise et Yvon.

— Personne nous en a parlé, dit Jeanne, surprise.

— Ils voulaient pas faire fâcher p'pa pour rien.

Depuis qu'elle avait eu cette conversation, Jeanne avait sérieusement cherché un moyen de mettre fin à la brouille entre le père et son cadet. N'entrevoyant finalement aucune solution valable, elle avait fini par se contenter d'attendre un soir où son mari serait d'assez bonne humeur pour aborder le sujet.

Un jeudi soir, elle profita du fait qu'ils étaient seuls à la maison et tenta le tout pour le tout.

— Marc a téléphoné cet après-midi.

— Marc qui?

— Fais-moi donc pas parler pour rien, Maurice.

— Qu'est-ce qu'il voulait?

— Je pense qu'il s'ennuie de nous autres, mentit-elle.

— Moi, je m'ennuie pas de lui. Tu m'as pas dit ce qu'il voulait.

— Il aimerait ça venir veiller samedi soir.

— J'ai déjà dit que je voulais plus le revoir dans ma maison, déclara Maurice, sèchement.

— Dans NOTRE maison, Maurice Dionne! le corrigea Jeanne en élevant la voix pour une rare fois. Je suis chez nous, ici, et moi, j'aimerais revoir mon garçon.

— Il a voulu partir en sauvage...

— Tu voulais le mettre à la porte!

— Je l'ai pas mis à la porte; il est parti avant.

— En tout cas, c'est pas normal. Ses frères et ses sœurs le fréquentent et vont le voir et pas nous autres.

— Qui t'a dit ça?

— Ils me l'ont tous dit.

— Tu parles d'une maudite belle bande d'hypocrites, lança Maurice, amer.

— En tout cas, reprit sa femme, Marc a pas commis un crime. Il a rien fait de mal. Moi, je te le dis tout de suite, j'endurerai pas qu'il passe les fêtes tout seul, comme un chien.

L'ultimatum était lancé et Maurice se cabra.

— Ah ben, sacrement! Il manquait plus que ça! jura-t-il. C'est pas toi, Jeanne Sauvé, qui vas venir faire la loi dans ma maison. Et je me sacre pas mal que les autres aillent le voir!

Le père de famille ne desserra pas les dents de la soirée et Jeanne, assise à ses côtés devant le téléviseur, à l'étage, pouvait presque l'entendre penser. Le malaise persistant n'avait aucune importance: elle lui avait finalement dit ce qu'elle voulait lui dire depuis longtemps. Et puis, elle avait l'habitude des bouderies de Maurice. Quand vint l'heure de se mettre au lit, l'humeur de ce dernier n'avait pas changé. Comme chaque soir, le couple, à genoux de chaque côté du lit, fit rapidement sa prière avant de se coucher. On se souhaita bonne nuit et on se tourna le dos avant d'essayer de trouver le sommeil.

Le lendemain matin, avant de quitter la maison pour le travail, Maurice dit à contrecœur:

— Si le petit baveux demande de venir veiller samedi soir, tu lui diras qu'il peut venir.

Le cœur de Jeanne bondit de joie. Elle avait presque gagné et décida de profiter immédiatement de son léger avantage.

— Je vais leur dire qu'on les attend pour veiller.

Maurice, qui se dirigeait déjà vers la porte d'entrée, stoppa net et se tourna brusquement vers sa femme.

— De qui tu parles, toi?

— De Marc et de son amie.

— Comment ça, son amie?

— Il reste avec une fille depuis qu'il est parti de la maison, répondit Jeanne du ton le plus naturel du monde.

— À dix-neuf ans, il reste avec une fille et tu trouves ça normal, toi ? s'emporta Maurice.

— C'est peut-être pas normal, mais on n'a pas le choix, Maurice, plaida sa femme. On est vieux tous les deux. Il paraît que tout a changé. Les jeunes attendent pas tous d'être mariés pour aller rester ensemble.

— Peut-être que ça a ben changé, mais il est pas question de les recevoir comme un couple marié, protesta Maurice. Qu'est-ce que c'est cette affaire-là ? Il manquerait plus qu'on les encourage à cette heure !

— Voyons, Maurice. Ils restent ensemble depuis huit mois. On garde bien Francine et son ami à souper de temps en temps, argumenta Jeanne, et ils sont pas plus mariés.

— Je te dis, elle, elle a donné tout un exemple aux plus jeunes. Ça a divorcé, on n'a jamais su pourquoi, et regarde ce qui arrive aujourd'hui.

Cette dernière phrase prouva à Jeanne qu'elle avait gagné la partie. Elle décida sur-le-champ de poursuivre sur sa lancée.

— Bon. Tant qu'à faire, je pense qu'on est aussi bien de les inviter à souper. Qu'est-ce que t'en dis ?

— En tout cas, lui, il est mieux d'être poli samedi soir parce que je te dis qu'il va prendre la porte vite ; je t'en passe un papier ! lui répondit Maurice sur un ton menaçant avant de sortir de la maison.

Ce soir-là, Jeanne attendit que son mari soit monté à l'étage avant de téléphoner pour la première fois chez Marc. Une voix féminine lui répondit. Surprise, la mère de famille demeura d'abord sans réaction, ne s'attendant vraiment pas à ce que l'amie de son fils réponde au téléphone. Sortant de sa torpeur, elle se contenta de demander à parler à son fils. Lorsqu'elle eut ce dernier au bout du fil, elle l'informa qu'elle l'attendait pour souper le lendemain soir avec son amie.

— Je sais pas si je dois y aller, m'man, dit le jeune homme, en proie au doute.

— Ton père aussi t'invite, insista Jeanne.

— Il invite aussi Mylène ?

— Oui. Il me l'a dit ce matin avant de partir travailler.

— Je voudrais pas qu'il l'insulte.

— Tu connais ton père, Marc. Tu sais bien qu'il est capable de se conduire comme du monde quand il veut.

— Une minute, m'man. Je vais demander à Mylène si elle veut y aller.

Jeanne attendit nerveusement. Il y eut un bref échange entre Marc et sa compagne avant qu'il ne s'adresse de nouveau à elle.

— OK, m'man. On va être là demain soir.

— Parfait ! ne put s'empêcher de dire sa mère. On va vous attendre.

Quand Jeanne chuchota la nouvelle à ses fils après avoir raccroché, ces derniers se consultèrent rapidement du regard.

— Moi, je reste pas ici demain soir pour voir ça, déclara Claude à mi-voix. Je vais amener ma blonde souper au restaurant.

— Moi aussi, dit André.

Denis et Guy s'entendirent aussi pour être sortis au moment de la visite de leur frère et de son amie Mylène.

— Comme ça, il n'y aura personne dans la maison quand ils vont arriver ? demanda leur mère.

— Je pense que c'est aussi ben comme ça, m'man, lui répondit André. De cette façon-là, vous allez être juste vous quatre. Ce sera plus facile pour p'pa et pour vous.

Jeanne ne fit aucun commentaire et alla rejoindre son mari à l'étage.

—

Comme tous les samedis après-midi, Maurice revint de St-Andrews un peu après quatre heures. Il s'attendait à ce que Marc et son amie soient déjà arrivés. Il n'en était rien. Il en fut vaguement soulagé. Peut-être avaient-ils changé d'idée...

À peine venait-il de retirer ses couvre-chaussures et son manteau qu'il entendit claquer la portière d'une voiture près de la maison. Par la fenêtre, il aperçut Marc debout du côté gauche d'une petite voiture japonaise orangée. Il vit ensuite la portière du côté passager s'ouvrir. Une toute petite femme descendit du véhicule, tenant un paquet dans ses mains.

— Jeanne! Ils sont arrivés, cria Maurice à sa femme qui montait du sous-sol. Viens leur ouvrir. Il faut que j'aille aux toilettes.

Jeanne alla accueillir le jeune couple en invitant Marc et son amie à entrer. Un instant plus tard, Maurice apparut dans le couloir et s'approcha des visiteurs. Après avoir embrassé sa mère, Marc s'empressa de serrer la main de son père et de présenter à ses parents Mylène Ducharme, son amie. Cette dernière, nullement intimidée par Maurice et Jeanne, s'avança et les embrassa l'un et l'autre. Ce simple geste eut l'heur de dégeler l'atmosphère et de faire disparaître la gêne qui avait marqué l'entrée du couple dans la maison.

— Mettez vos manteaux sur notre lit et venez vous asseoir dans la cuisine, dit Maurice.

Pendant que Marc s'installait à la table de cuisine, face à son père qui avait pris sa place habituelle dans sa chaise berçante, Mylène, debout au centre de la pièce, demanda à Jeanne:

— Voulez-vous me passer un tablier, madame Dionne? Je vais vous donner un coup de main pour mettre la table. On dirait que ça manque de femmes chez vous.

— C'est pas nécessaire, répondit Jeanne sans grande conviction.

— Ça va aller plus vite à deux et après, on va pouvoir s'asseoir comme les hommes.

— C'est correct, dit Jeanne en esquissant un sourire.

— Ah! j'y pense, monsieur Dionne, ajouta la jeune femme en se tournant vers Maurice. J'ai fait une recette de sucre à la crème. Si vous en mangiez un morceau, ça pourrait peut-être vous faire prendre patience en attendant le souper. Marc, tu pourrais peut-être ouvrir le paquet et en passer à ta mère et à ton père, suggéra-t-elle en nouant les cordons du tablier que Jeanne venait de lui tendre.

Marc prit le paquet que Mylène avait déposé sur la table en entrant, défit l'emballage et offrit du sucre à la crème à sa mère et à son père.

Pendant que Jeanne jaugeait avec méfiance la femme qui avait mis la main sur son jeune fils, Maurice semblait être tombé très rapidement sous son charme. Le père de famille n'était pas particulièrement observateur, mais il se rendait bien compte que l'amie de Marc était plus âgée que ce dernier. Elle avait un aplomb et une aisance que ne possédaient pas les amies, plus jeunes, de Claude et d'André. Elle semblait tout à la fois moins frondeuse et plus sûre de ses moyens.

Entre le père et le fils, les ponts semblaient rapidement se rétablir, pour la plus grande joie de Jeanne. Durant le repas, les parents apprirent que Marc possédait maintenant son permis de conduire et que la petite Toyota orangée était une voiture usagée que le jeune couple venait d'acheter. Jusqu'à dix heures, on échangea des nouvelles de la famille et on parla des projets des uns et des autres.

Au moment de partir, Mylène insista pour recevoir les Dionne à souper le samedi suivant. Toutes les excuses habituellement avancées par Maurice furent balayées du revers de la main.

— Vous me ferez pas cette insulte-là, monsieur Dionne, lui dit-elle. Je vous attends avec votre femme samedi soir prochain. Je vous promets de vous faire cuire un rôti de bœuf comme vous l'aimez.

— Si tu le prends par le ventre, intervint Jeanne, un peu acide, tu peux être certaine qu'il va être là comme un seul homme.

Après le départ du couple, Jeanne ne put s'empêcher de demander à son mari ce qu'il pensait de l'amie de Marc.

— On voit tout de suite qu'elle a une tête sur les épaules, répondit-il.

— Elle a surtout le tour avec les hommes, on dirait, dit sa femme en affichant un air narquois.

— Ils ont l'air de ben s'entendre, en tout cas, fit remarquer Maurice.

— Tu sais qu'elle a plus que trente ans?

— On lui donnerait pas ça, répliqua Maurice.

— Elle est divorcée, ajouta Jeanne, bien décidée à présenter un portrait exact de Mylène.

— Bâtard! jura Maurice. Pas une autre!

Ce fut l'unique commentaire que Jeanne parvint à lui arracher ce soir-là. Malgré tout, elle était particulièrement heureuse que la soirée se soit si bien déroulée.

—

La semaine suivante, Mylène acheva la conquête du père de Marc en lui offrant le genre de repas qu'il préférait entre tous: rôti de bœuf saignant et pâtisseries françaises.

Au moment du dessert, Marc annonça à ses parents son intention d'épouser civilement Mylène à la fin du printemps. Durant la discussion qui suivit, il fut clairement établi que le mariage à l'hôtel de ville serait intime et ne réunirait que le père et la mère de Marc ainsi que les témoins. Maurice allait protester contre l'absence des frères et sœurs de Marc quand Mylène expliqua que les noces seraient entièrement défrayées par les nouveaux mariés, qui ne voulaient pas occasionner de dépenses inutiles à la famille. Même s'ils ne roulaient pas sur l'or, ils se proposaient tout de même de réserver une table au Château Champlain pour célébrer l'événement.

Ce soir-là, Jeanne était particulièrement peu loquace sur le chemin du retour à la maison. Maurice finit par s'en apercevoir.

— Qu'est-ce que t'as à avoir l'air bête comme ça ? demanda-t-il à sa femme.

— Je trouve ça trop vite.

— De quoi tu parles ?

— Du mariage. D'abord, Marc est bien trop jeune. Ensuite, ce sera pas un vrai mariage, mais une affaire passée à l'hôtel de ville. Un mariage qui se fait pas à l'église, je trouve que c'est commencer sa vie tout de travers. Je me demande si c'est pas elle qui lui pousse dans le dos.

— Aïe ! Jeanne Sauvé, protesta Maurice tout en conduisant. Il nous a pas demandé notre avis. Personne lui tord un bras, à ton gars, pour se marier. À moins que...

— Non, je crois pas qu'elle soit en famille, si tu penses que ça pourrait être pour ça, affirma Jeanne avec aplomb.

— En tout cas, si ça fait pas ton affaire, on n'a qu'à rester à la maison quand ils vont se marier.

— Bien non. On n'est pas pour recommencer ça, s'empressa de dire sa femme qui se voyait encore privée de voir son fils durant des mois. On va y aller, mais j'ai de la misère à me faire à l'idée, c'est tout.

Chapitre 14

Les fêtes

La troisième semaine de décembre arriva rapidement et on ne parlait plus que d'étrennes, de vacances et de réveillon de Noël. Les heures d'ouverture des magasins avaient été prolongées jusqu'à neuf heures et les gens s'y précipitaient pour faire leurs emplettes des fêtes. On se bousculait dans les centres commerciaux dans une atmosphère survoltée. On était impatient d'en finir avec sa liste de cadeaux à acheter. Déjà, les experts prédisaient des ventes record. Tout concourait à créer une ambiance joyeuse. La neige, le froid, les airs de Noël et les décorations lumineuses donnaient aux gens le goût de fêter, de dépenser et de faire plaisir aux autres.

Chez les Dionne, Maurice avait annoncé à tous les membres de la famille que le réveillon de Noël aurait lieu à St-Andrews cette année-là. Comme la messe de minuit serait célébrée à dix heures dans le gymnase, les invités seraient déjà sur place pour la fête. Maurice avait également décidé d'adopter la suggestion faite par Lucie, la femme de Paul, quelques semaines auparavant.

Lors d'une visite au début du mois, cette dernière avait proposé à ses beaux-parents que le nom de chacun des membres de la famille soit tiré au hasard et qu'on achète un cadeau de dix dollars à la personne dont on avait pigé le nom. Cet échange de cadeaux pourrait avoir lieu avant ou après le réveillon. Selon elle, cette pratique en usage chez les enseignants de son école connaissait un vif succès chaque année. Maurice, prenant en compte les économies qui pouvaient en découler, avait immédiatement accepté de tenter l'expérience.

À l'approche des vacances des fêtes, Jeanne commença les grands préparatifs de son réveillon de Noël. Comme chaque année, elle se mit à cuire du pain, des beignets et des brioches et à confectionner deux douzaines de tartes et de pâtés à la viande. Elle fit ensuite cuire une énorme dinde et un ragoût de boulettes. Il se répandait dans toute la maison des odeurs si appétissantes que la cuisinière avait toutes les difficultés du monde à empêcher ses fils de goûter ce qui mijotait dans ses chaudrons.

— Enlevez-vous de là, ordonnait-elle aux plus effrontés, quand ils s'approchaient un peu trop près des beignets qu'elle était en train de couvrir de glaçage. Vous en mangerez pas avant le réveillon, vous m'entendez?

— On pourrait pas, au moins, goûter à une tourtière? proposa André. Juste au cas où elles seraient pas bonnes. On sait jamais, m'man. Ce serait pas drôle pour vous si tout le monde se mettait à les recracher au réveillon parce qu'elles sont pas bonnes.

— Laisse faire, toi, le rabroua sa mère, à moitié sérieuse. Mes tourtières sont bonnes et tu le verras, comme tout le monde, après la messe de minuit. Pas avant.

Jeanne se donnait tout ce mal avec plaisir. Elle était heureuse de recevoir tous ses enfants la veille de Noël. Elle se doutait bien qu'il n'en serait pas toujours ainsi. Jusqu'à ce jour, la présence de chacun à la réunion familiale ne posait aucun problème. Les trois couples mariés de la famille avaient accepté sans hésiter son invitation. Le réveillon de Noël n'avait jamais été une tradition chez les parents d'Yvon Larivière, pas plus que chez les parents de

Georges Delorme et la mère de Lucie Audet. Par ailleurs, Francine et son ami, Gilles Bigras, tout comme Mylène Ducharme et Marc, s'étaient dit heureux d'être invités. La présence des cinq autres célibataires de la famille allait de soi. Plus tard, la mère de famille s'en rendait bien compte, elle aurait possiblement plus de mal à réunir tous les siens la veille de Noël, principalement à cause des belles-familles.

Pendant ce temps, Maurice avait commencé le grand ménage de l'école St-Andrews un peu avant que les élèves partent en vacances. Il s'agissait là d'une obligation à laquelle le concierge ne pouvait échapper. Les responsables de l'entretien des écoles de la CECM exigeaient de leurs concierges deux grands ménages annuels : l'un durant les vacances estivales et l'autre durant le long congé des fêtes. Cependant, Maurice ne put se mettre vraiment au travail que le matin du 22 décembre, le lendemain du départ en vacances des écolières.

Ce matin-là, à son arrivée à l'école vers six heures, il eut la surprise de découvrir Paul qui l'attendait à la porte.

— Qu'est-ce que tu fais là ? lui demanda-t-il.

— Je viens vous donner un coup de main à laver les planchers, répondit l'enseignant. André devrait arriver dans deux minutes.

— Comment ça, André ? Il dormait quand je suis parti de la maison, s'étonna Maurice en déverrouillant la porte d'entrée de l'institution.

— Il m'a dit hier qu'il avait congé aujourd'hui et demain et qu'il viendrait aider lui aussi.

À peine Paul finissait-il de parler qu'il vit son frère stationner sa Pontiac noire près de sa voiture, sous la voie élevée du boulevard Métropolitain, en face de l'école.

— Tiens, le voilà justement, dit Paul.

Mis de bonne humeur par la présence de ses deux fils, le concierge attendit qu'André les rejoigne avant de pénétrer dans l'école.

Durant les deux jours suivants, Maurice fut tout heureux de pouvoir compter sur l'aide de ses fils, comme par le passé. Les trois hommes eurent le temps de laver les parquets des dix-huit classes, des bureaux et du gymnase de St-Andrews avant de s'arrêter vers quatre heures, la veille de Noël. À l'extérieur, l'obscurité était déjà tombée. Le vent, qui soufflait du nord, faisait grelotter le concierge et ses fils. Maurice, Paul et André portaient toujours leurs chemises mouillées par la sueur.

— On va s'organiser pour pas salir toute l'école à soir, dit le père de famille en verrouillant les portes de l'établissement. On va tout faire dans la salle des professeurs. Comme ça, personne va avoir affaire dans les couloirs et au deuxième étage. Il y a tout ce qu'il faut là. On a des grandes tables, un poêle et un frigidaire. En plus, les professeurs ont laissé un petit sapin de Noël et ils ont décoré la salle. Pour les manteaux et les bottes, on pourra toujours les mettre dans le vestiaire, dans l'entrée.

Les deux fils approuvèrent, surtout heureux d'en avoir fini de jouer les concierges.

— J'espère juste une chose, reprit leur père avant de monter à bord de sa Chrysler, c'est que tout le monde va se souvenir que la messe est à dix heures. Ce serait une maudite bonne idée que personne arrive trop de bonne heure, pour nous laisser le temps de souffler un peu, à votre mère et moi.

L'avertissement était clair : le père ne voulait voir personne arriver tôt en soirée.

—

Ce soir-là, dès sept heures, Maurice demanda à Claude et à André de l'aider à transporter la nourriture dans les voitures. Les deux jeunes hommes durent venir porter le tout à St-Andrews avant d'aller rejoindre leur petite amie. Il était entendu que Denis et Guy allaient souper chez Marc et que ce dernier allait les amener à l'école.

— Oubliez pas d'arriver à temps pour la messe ; elle est à dix heures, dit Jeanne à André et à Claude au moment où ils quittaient la salle des professeurs après avoir déposé les derniers plats.

— Ben, m'man, je sais pas si c'est si important que ça d'arriver à temps. Vous savez que ça va être juste une messe en italien, lui fit remarquer Claude, pour la taquiner.

— Fais donc pas ton comique ! le rabroua sèchement son père. Une messe, c'est une messe.

— Si t'as besoin d'explications pendant la messe, tu pourras toujours demander à ton père, reprit malicieusement Jeanne. Lui, ça fait quinze ans qu'il vient tous les dimanches à une messe chantée en italien. Il comprend tout ce que le prêtre dit.

Maurice ne répliqua pas, mais la grimace qu'il adressa à sa femme fut éloquente.

Après le départ de leurs fils, Maurice et Jeanne rangèrent la nourriture et dressèrent la table avant d'aller se reposer quelques instants dans la petite pièce qui servait de bureau à Maurice.

Un peu après neuf heures, les fidèles commencèrent à pénétrer dans l'école après avoir stationné leur voiture sous le boulevard Métropolitain, en face de l'institution. Les quatre cent cinquante chaises installées par Maurice et ses fils à la fin de l'après-midi trouvèrent rapidement des occupants.

— Au train où ça va, il y aura pas de place pour notre gang, fit remarquer le concierge à sa femme.

— Ils sont à la veille d'arriver, dit Jeanne pour le calmer.

Maurice s'inquiétait inutilement. Martine et Georges arrivèrent les premiers, quelques instants plus tard, les bras chargés de cadeaux. Ils furent suivis de près par Francine et Gilles, puis par Yvon et les siens. Après avoir déposé leurs manteaux, leurs bottes et leurs cadeaux dans le vestiaire, tous les invités se retrouvèrent dans l'entrée.

— Si vous voulez avoir une place assise dans le gymnase pour la messe, vous êtes mieux d'y aller tout de suite. Le monde arrive à pleines portes, s'empressa de leur dire Maurice.

Les derniers membres de la famille se présentèrent quelques minutes plus tard et allèrent immédiatement rejoindre les autres dans le gymnase surchauffé. Paul et Lucie arrivèrent les derniers avec leurs deux jeunes enfants.

Paul dut retourner en grognant à sa voiture chercher les cadeaux qu'il n'avait pu transporter. Le jeune père de famille, qui n'avait pas l'esprit des fêtes, trouvait qu'il se donnait beaucoup de mal pour pas grand-chose. Sortir les enfants à cette heure représentait pour lui une véritable corvée. Mais il avait aussi une autre raison de venir un peu contre son gré au réveillon familial.

L'année précédente, ses parents l'avaient invité à réveillonner avec sa petite famille. Il avait alors vainement tenté d'y échapper en prétextant que Lucie chantait dans la chorale paroissiale de Longueuil et qu'ils ne pourraient arriver, au mieux, avant minuit trente. Son père avait tout de même insisté en disant que toute la famille attendrait son arrivée en compagnie de sa femme et de ses enfants pour réveillonner.

Le couple avait donc préparé les enfants et s'était précipité à Saint-Léonard dès la fin de la messe pour arriver à l'heure promise. Paul avait alors découvert, à son arrivée, que tout le monde avait déjà réveillonné et que la vaisselle avait même été lavée et rangée. Sa mère avait eu beau se précipiter pour dresser les couverts des nouveaux arrivés, Paul, fou de rage, avait obstinément refusé de manger. Il s'était dépêché de remettre à son père et à sa mère les cadeaux qu'il leur avait achetés pour l'occasion et avait quitté les lieux moins de quinze minutes plus tard en prétextant la fatigue des enfants. Il s'était alors juré de ne plus jamais remettre les pieds chez ses parents pour un réveillon de Noël, tant il s'était senti insulté. Mais cette année, Lucie avait tellement insisté sur la peine qu'il causerait à sa mère en boudant son réveillon, qu'il avait fini par accepter de tenter l'expérience encore une fois.

La messe débuta à dix heures pile et dura près d'une heure. Quelques minutes avant la fin de la cérémonie, Jeanne vit apparaître son mari à ses côtés. Il avait passé la plus grande partie de la messe debout au fond de la salle. Du moins, c'est ce qu'elle supposait.

— C'est presque fini, lui chuchota-t-il à l'oreille. Viens commencer à faire chauffer le ragoût et la dinde. J'ai déjà mis les tourtières dans le fourneau.

— C'est pas si pressant que ça, protesta Jeanne, à mi-voix.

— Laisse faire. J'ai pas envie de passer toute la nuit ici, moi.

Jeanne fut contrainte de le suivre à l'extérieur du gymnase.

— C'est le *fun* une messe comme ça, dit-elle en pénétrant avec lui dans la salle des professeurs. Avec la moitié en anglais et l'autre moitié en italien, on est sûrs de rien comprendre.

— Au lieu de te lamenter, tu ferais mieux de faire réchauffer le manger, répliqua Maurice avec humeur. La messe achève et toute la gang va arriver.

Lorsque tous les fidèles eurent quitté St-Andrews quelques instants plus tard, Maurice éteignit les plafonniers du gymnase et verrouilla les portes de l'école. Il rejoignit ensuite la vingtaine d'invités rassemblés dans la salle des professeurs. Déjà, les femmes de la famille s'activaient à déposer sur la longue table dressée au centre de la pièce la nourriture que leur tendait Jeanne.

Lucie avait couché la petite Hélène, âgée d'un an et demi, sur une couverture, dans son parc installé dans le bureau de l'infirmière, pièce adjacente à la salle. La fille cadette de Paul s'était endormie dans les bras de son père dès le début de la messe. Pour sa part, France, l'aînée de Lise, amusait ses jeunes cousines, Sylvie et Mélanie, les filles de Francine et de Lucie. L'atmosphère était à la fête.

— Ce serait le *fun*, une bonne bouteille de bière, dit Claude en cherchant des yeux une chaise où s'asseoir en compagnie de sa nouvelle amie, Tina Mancini.

Son père lui lança un regard furibond avant de dire à la cantonade :

— Je pense qu'on n'aura pas le temps de boire une bière. On est presque prêts à passer à table.

— C'est vrai que ça sent bon, madame Dionne ! s'exclama Gilles, enthousiaste.

— Tu peux te reposer, le téteux, lança André pour plaisanter. T'en auras pas plus dans ton assiette pour avoir dit ça.

Un éclat de rire général salua la répartie et contribua à alléger l'atmosphère rendue un peu pénible par la fébrilité agaçante de l'hôte.

— Vous pouvez vous approcher, les invita Jeanne. Assoyez-vous où vous voulez. On va commencer à vous servir.

En quelques minutes, chacun se retrouva devant une assiette dans laquelle la cuisinière avait déposé une large portion de pâté à la viande, du ragoût de boulettes, quelques tranches de dinde et des pommes de terre en purée.

— Gênez-vous pas, répéta Jeanne. Il y a du pain de ménage, des betteraves marinées, du ketchup vert et du ketchup rouge sur la table. C'est là pour être mangé. S'il y en a qui veulent être servis une deuxième fois, il y en a en masse.

— Mais je vous avertis tout de suite, plaisanta André, en sortant un bout de papier et un crayon de l'une de ses poches. Mon père m'a demandé de prendre les noms de ceux qui vont se faire servir une deuxième assiettée. J'ai l'impression que ceux-là seront pas réinvités de sitôt.

Tous les invités éclatèrent de rire, sauf Maurice, qui fit les gros yeux à son fils.

Affamés, les invités se restaurèrent avec un bel appétit. Les félicitations adressées à la cuisinière ne manquèrent pas. En un rien de temps, les assiettes furent vidées de leur contenu et certains eurent même assez d'appétit pour accepter un petit supplément. Lorsque vint le temps de servir le dessert, l'hôtesse annonça des tartes au sucre, aux raisins et aux dattes ainsi que des beignets et des brioches. Évidemment, personne ne bouda les desserts proposés.

Aussitôt la dernière bouchée avalée, Maurice se leva et entreprit de laver la vaisselle sale empilée sur le petit comptoir. C'était là un sérieux indice révélant que l'hôte n'avait pas l'intention de perdre son temps à discuter autour de la table à la fin du repas. Un peu à regret, au fur et à mesure qu'ils finissaient leur repas, les invités vinrent se joindre à lui pour essuyer la vaisselle. Les derniers levés aidèrent Jeanne à ranger la nourriture et à nettoyer la table.

Peu après minuit, toutes traces du réveillon avaient déjà disparu. Il ne restait qu'une quinzaine d'adultes à l'estomac un peu lourd et quatre enfants qui combattaient tant bien que mal le sommeil.

— On va faire l'échange de cadeaux, déclara Jeanne en retirant son tablier.

— On va aller chercher les cadeaux dans le vestiaire et les mettre sur la table, dit Maurice en tendant la clé de la pièce voisine à André.

En moins de cinq minutes, tous les cadeaux furent déposés sur la table. Avant de procéder à l'échange, chaque couple tint à remettre à Maurice et à Jeanne un cadeau qu'ils s'empressaient de déballer avant de remercier les donateurs. Ensuite, Jeanne offrit à chacun de ses petits-enfants un cadeau qu'elle leur avait confectionné.

— Bon. On va finir par faire l'échange, se réjouit Francine. Ça, ça va être le *fun*.

— Je m'en occupe, dit son père sur un ton sans réplique.

— La personne qui vient chercher son cadeau est obligée de le développer devant tout le monde pour qu'on puisse voir ce qu'elle a reçu, expliqua Lucie. Ensuite, elle doit piger un cadeau et le remettre à celui ou à celle à qui il est destiné.

— Ben non, la rembarra sèchement son beau-père. Ça va être ben trop long comme ça. Nous autres, on est debout depuis six heures à matin. On est fatigués. On n'a pas envie de traîner ici jusqu'à trois heures du matin.

Les invités se jetèrent des regards surpris à la dérobée, mais personne n'osa élever une protestation pour ne pas gâcher la réunion de famille. Sans plus attendre, l'hôte entreprit de lire le nom inscrit sur chacun des cadeaux déposés sur la table et de le remettre à son destinataire. Il suffit de quelques instants pour qu'il ne reste plus rien sur la table. Maurice s'empressa alors de sortir des sacs à ordure pour encourager ses invités à y déposer les papiers d'emballage, même si certains invités n'avaient pas tout à fait terminé de développer leur cadeau.

— On pourrait peut-être jouer un peu aux cartes, suggéra Francine, déçue de constater à quel point l'échange de cadeaux avait été gâché par son père. Il est même pas une heure du matin.

— Je trouve qu'il est ben assez tard comme ça, dit son père sur un ton catégorique. Le temps de tout replacer à la maison, ça va nous faire une nuit pas mal courte.

Le message ne pouvait être plus clair. Il y eut des murmures de déception que l'hôte fit semblant de ne pas entendre. Le visage de Jeanne se rembrunit, mais elle ne dit rien. De toute évidence, Maurice trouvait qu'il en avait assez fait et ne souhaitait plus qu'un départ rapide de ses invités pour enfin rentrer chez lui.

Paul et Lucie furent les premiers à se lever pour se diriger vers le vestiaire dans l'intention de préparer les enfants.

— J'aurais besoin d'aide pour tout apporter dans le char, déclara Maurice en observant son fils.

— Prépare les petites, chuchota Paul à sa femme. Je vais donner un coup de main à transporter les affaires.

Il suffit de quelques minutes pour que les hommes présents à la fête transportent dans les voitures de Maurice, de Claude et d'André les restes du réveillon ainsi que les cadeaux reçus. On trouva même le temps de balayer la salle des professeurs avant de quitter la pièce.

À la sortie de l'école, il y eut de chaleureux remerciements au moment de la séparation et tout le monde se dirigea vers sa voiture. La Chrysler de Maurice fut la première à disparaître au coin de la rue alors que les invités tardaient encore à se séparer, agglutinés frileusement près

de leur véhicule, sous la voie élevée du boulevard Métropolitain.

— C'est de valeur que ça finisse aussi de bonne heure,
déplora Francine au moment de monter dans la voiture de
Gilles. Il me semble qu'on aurait pu prendre au moins le
temps de jaser un peu à table.

— En tout cas, c'est ce qu'on appelle manger vite en
maudit, fit remarquer Mylène. C'est surtout de valeur
pour ta mère, qui s'était donné tellement de mal pour
préparer un bon repas.

— Je pense que le père aurait mieux aimé nous servir
notre assiette dehors, dans l'escalier, ajouta Claude, pour
faire rire son amie Tina. Comme ça, on aurait pu décris-
ser plus vite.

— En tout cas, il va être content, dit André. Il a pas eu
à passer une bouteille de bière à personne. Il est retourné
à la maison avec sa caisse de vingt-quatre encore pleine.
Comme chaque année, il va la laisser dans la cave pendant
des mois et sa bière sera pas buvable quand il va se décider
à en offrir.

— Bon. Ça a tout l'air qu'on n'a pas le choix. Il nous
reste juste à aller nous coucher, conclut Paul. Demain
soir, ma belle-mère nous reçoit à souper.

Les véhicules quittèrent un à un l'abri du boulevard
Métropolitain. Dans la Dodge beige de Paul, les deux
fillettes étaient endormies. Le seul commentaire vint de
Lucie, au moment où la voiture sortait du pont-tunnel
Hippolyte-Lafontaine.

— Ta mère avait préparé tout un réveillon, mais je
pense qu'on n'aura pas de sitôt un autre échange de
cadeaux. Tout le monde a été trop déçu de la façon que ça
a été fait.

Chez les Dionne, le rangement des restes de nourriture ne prit que quelques minutes. Jeanne et son mari

purent ensuite jouir d'un repos bien mérité. Au moment de se mettre au lit, cette dernière ne put s'empêcher de faire remarquer à Maurice :

— Il me semble qu'on est partis pas mal vite après le réveillon. Les jeunes avaient l'air de vouloir s'amuser un peu plus longtemps.

— Ça, c'est de leurs affaires, laissa-t-il tomber. On les a ben bourrés. C'est assez. S'ils veulent veiller plus tard, qu'ils aillent ailleurs.

***

Pour Maurice et Jeanne, le réveillon de Noël était le coup d'envoi des réceptions des fêtes, période fertile en digestions difficiles et en couchers tardifs.

Tour à tour, Lise, Paul, Francine, Martine et Marc les invitèrent à souper et chaque fois, les cuisinières leur offrirent un repas traditionnel plantureux. Pas question de refuser l'invitation de l'un ou de l'autre sous peine d'insulter un hôte. Après le repas, on jouait aux cartes et Maurice se mettait à consulter plus ou moins discrètement sa montre à compter de neuf heures, impatient de retourner à la maison.

Cette succession de repas copieux et de veillées avaient lieu entre Noël et le premier jour de l'année.

Chez les Dionne, le jour de l'An était demeuré, au fil des années, une journée très spéciale à plus d'un titre parce que la tradition de la bénédiction paternelle s'était maintenue, pour la plus grande joie de Maurice.

Fait étonnant, ce dernier ignorait cette tradition avant son mariage et ne l'avait découverte que lors de son premier jour de l'An dans la famille Sauvé. Il avait alors été très ému de voir son futur beau-père bénir toute sa famille agenouillée devant lui dans le salon de la vieille maison de Saint-Joachim.

Si la bénédiction paternelle s'était implantée dans la famille Dionne, tout le mérite revenait à Jeanne. Elle avait toujours insisté pour que son fils aîné la demande à son père le matin du jour de l'An. Chaque fois, Maurice, le cœur étreint par l'émotion, avait béni ses enfants. À ses yeux, il n'y avait pas plus belle façon de commencer la nouvelle année, et en cette occasion, il ne se cachait pas pour montrer son bonheur.

Avec le mariage de quelques-uns des neuf enfants, il devint évidemment plus compliqué de les rassembler tous pour l'occasion, mais on y parvenait toujours. La réunion était d'autant plus difficile à réaliser que la journée était habituellement consacrée aux grands-parents Sauvé, qui recevaient ce jour-là exclusivement leurs enfants. Il fallait donc se réunir pour la bénédiction avant le départ de Maurice et Jeanne.

En ce premier jour de l'année 1975, Paul, Francine, Lise, Martine et Marc se présentèrent chez leurs parents à la fin de l'avant-midi, après la messe, en compagnie de leurs conjoints et de leurs enfants. Ils attendirent quelques minutes le retour de leur père qui avait dû se rendre à St-Andrews pour déverrouiller les portes du gymnase où les catholiques italophones de Ville Saint-Michel avaient pu assister à la messe.

Dès l'arrivée de son père, Paul lui demanda sa bénédiction en son nom et au nom de ses frères et sœurs. Avec les années, l'aîné de la famille était parvenu à s'acquitter de cette obligation avec un peu plus de facilité. Sur l'invitation de Maurice, tous ses enfants le suivirent dans le salon et s'agenouillèrent devant lui. Dans un silence religieux, le père les bénit tous avant d'embrasser ses filles et de serrer la main à chacun de ses fils en échangeant des vœux de bonheur et de bonne santé. Pendant ce temps, les brus et les gendres étaient demeurés dans la cuisine avec Jeanne et les jeunes enfants.

La rencontre, toute solennelle qu'elle fût, ne dura que quelques minutes. Chacun rivalisa d'imagination pour refuser l'invitation à dîner de leur mère. Ils savaient tous qu'elle devait se préparer à partir pour Québec où toute la famille Sauvé allait se réunir pour la première fois depuis le déménagement de Léon et Marie.

À midi, il ne restait plus à la maison que les fils célibataires à qui Maurice laissa ses dernières directives avant de prendre la route.

Lorsque Jeanne monta dans la Chrysler et referma la portière, elle poussa un profond soupir de soulagement. Durant toute la semaine, elle avait prié pour que la température soit clémente au jour de l'An. Elle tenait particulièrement à se rendre chez ses parents ce jour-là. Elle ne les avait pas vus depuis le début du mois d'octobre. Ils prenaient de l'âge et elle savait que le temps leur était compté. Dans ce contexte, la bénédiction paternelle prenait une importance toute spéciale à ses yeux, et elle y tenait. S'il y avait eu la moindre menace de neige, elle savait que Maurice aurait carrément refusé d'aller à Québec.

— Ça fait tout un changement avec l'année passée, dit Maurice en quittant l'allée enneigée.

— C'est vrai, reconnut Jeanne. Mon père et ma mère sont pas mal plus loin.

— Je parlais pas de ça, dit Maurice. Je pensais à Adrien. L'année passée, on était allés passer l'après-midi du jour de l'An chez eux avant d'aller souper chez ton père.

— Il est parti ben vite.

— Ouais. Et cette année, pas de nouvelles de Suzanne. La dernière fois que j'ai parlé à ma sœur, c'est au commencement de décembre. Pas d'invitation. Rien.

— Je pense qu'elle doit trouver ça difficile depuis que Gaston a pris sa retraite cet automne.

— Pour prendre sa retraite à cinquante ans, il faut être nono en maudit! s'exclama Maurice. Veux-tu ben me dire ce qu'il va faire de sa peau à cette heure? Il aura jamais assez de sa petite pension pour vivre.

— Surtout que ta sœur est dépensière.

— En tout cas, moi, j'ai pas l'intention d'inviter ce paquet de nerfs là en fin de semaine. À partir de lundi, les fêtes vont être finies et mes locations de salle vont reprendre. J'ai plus le temps.

Jeanne ne dit rien. Depuis le décès d'Adrien l'hiver précédent, les liens entre le frère et la sœur ne s'étaient pas resserrés et elle ne s'en plaignait pas. Elle n'avait jamais eu beaucoup d'atomes crochus avec sa belle-sœur. Suzanne était trop souvent mesquine et autoritaire à son goût. Ses sautes d'humeur en faisaient une copie féminine un peu trop conforme de Maurice.

— J'ai déjà bien assez d'endurer le frère, se disait parfois Jeanne quand il était question de recevoir sa belle-sœur.

À leur arrivée à Québec au milieu de l'après-midi, Jeanne et Maurice découvrirent que toute la famille était réunie chez Germaine parce que l'annexe de la maison des Ouimet où résidaient Léon et Marie était beaucoup trop petite pour accueillir autant de personnes.

Après la bénédiction paternelle donnée par Léon, on passa rapidement à table. De toute évidence, l'apparente bonne santé des parents rassurait tout le monde. Après un automne difficile, Marie semblait en meilleure forme. Par contre, Jean Ouimet avait un teint gris inquiétant. Malgré tout, les convives étaient bien décidés à s'amuser. Après avoir échangé les dernières nouvelles, on se taquina abondamment.

Un peu après sept heures, au moment où les femmes rangeaient les linges à vaisselle, Maurice signifia à sa femme qu'il était temps de songer au départ.

— Pas déjà! s'exclama-t-elle à mi-voix.

— Aïe! C'est moi qui conduis, déclara sèchement Maurice. Il est assez tard. J'ai au moins trois heures de route à faire pour revenir. Envoye! Habille-toi.

Quelques minutes plus tard, le couple s'engouffra dans la Chrysler, couverte d'une fine couche de neige. Les protestations de certains membres de la famille Sauvé et l'offre des Ouimet de les garder à coucher ne parvinrent pas à persuader Maurice de prolonger sa visite. Il désirait revenir tôt à Montréal.

Jeanne exprima clairement son mécontentement en se cantonnant dans un silence boudeur lors du long retour à la maison.

—

Le lendemain, Maurice refusa de profiter de son samedi de congé pour se reposer. Levé dès six heures, il constata qu'il était tombé quelques centimètres de neige durant la nuit. Après avoir bu une tasse de café, il entreprit de ranger promptement les décorations de Noël et d'enlever les lumières multicolores installées à l'extérieur de la maison. Il rentra dans la maison un peu après huit heures, au moment où Jeanne et ses fils s'étaient installés dans la cuisine pour déjeuner.

— Tu t'es bien levé de bonne heure, lui fit remarquer Jeanne.

— Tu pensais tout de même pas que j'étais pour passer toute la journée dans le lit, rétorqua Maurice avec une pointe de réprobation dans la voix. Depuis deux heures, j'enlève les décorations. Le sapin de Noël est défait dans le salon. Il y a juste à descendre les boîtes dans la cave. Je viens de finir d'enlever les lumières dehors.

— Qu'est-ce qui pressait tant que ça ? lui demanda sa femme.

— Les fêtes sont finies. Je vois pas pourquoi on continuerait à allumer toutes ces lumières-là et dépenser pour rien de l'argent en électricité.

— On peut pas dire qu'on a abusé, dit Jeanne, agacée. On a allumé l'arbre de Noël deux ou trois fois depuis qu'on l'a installé. Et pour les lumières dehors, je pense qu'on les a branchées seulement la veille de Noël.

— Ça fait rien. C'est du gaspillage pareil. J'ai laissé les boîtes dans l'entrée et dans le salon, ajouta-t-il en s'adressant à ses fils.

— Je vais les descendre après le déjeuner, proposa Denis.

— Peut-être que je pourrais avoir un peu d'aide pour gratter le *drive-way*, reprit Maurice quelques instants plus tard. Il a neigé pendant la nuit. J'avais pas raison de m'en revenir de bonne heure, hier soir ?

— Bien oui, Maurice. T'avais raison, comme d'habitude, dit Jeanne, sarcastique.

— En tout cas, ça va faire du bien de retrouver notre vie régulière, déclara son mari en s'allumant une cigarette avec une satisfaction bien évidente. Moi, les fêtes, je trouve ça fatigant.

Chapitre 15

Drôle de printemps

Il ne tomba pratiquement pas de neige durant le mois de janvier, mais le mercure se cantonna résolument à environ -20 °F, incitant les gens à s'installer frileusement devant leur téléviseur après leur journée de travail. Dame Nature devait se reprendre en février et en mars. En quelques semaines, les habitants du sud du Québec affrontèrent une demi-douzaine de tempêtes de neige. La pire fut la toute dernière, qui se produisit à la fin de la deuxième semaine de mars.

L'hiver s'était déroulé sans apporter d'événements marquants chez les Dionne, mais Maurice eut du mal à accepter la dernière tempête. La neige, poussée par de fortes bourrasques de vent, tombait sans ménagement depuis la fin de l'avant-midi. C'était une lourde giboulée annonciatrice du printemps. Ce mercredi soir là, il rentra à la maison bien après dix heures.

Depuis près de vingt minutes, Jeanne guettait son arrivée par la fenêtre de la cuisine et s'inquiétait de son retard inhabituel. La circulation sur le boulevard Lacordaire était presque inexistante et elle avait vu la charrue passer quelques instants plus tôt.

Lorsqu'elle aperçut la Chrysler de son mari chercher à s'engager dans l'allée asphaltée, elle se demanda, durant un bref moment, si le conducteur parviendrait à franchir le banc de neige laissé par le chasse-neige un peu plus tôt. En fait, Maurice dut recommencer la manœuvre à deux ou trois reprises avant de parvenir à vaincre l'obstacle et à rouler jusqu'à son garage. Un peu plus tard, Jeanne le vit rabattre avec fracas la porte du garage et se diriger vers le balcon.

— Calvaire d'hiver! jura-t-il en posant le pied à l'intérieur. Il y a pas moyen de rouler dans les rues. Il y a rien de nettoyé.

Il frappa bruyamment le paillasson de ses bottes pour en faire tomber la neige, mais il n'esquissa pas le moindre geste pour les enlever.

— Où sont tes gars? Est-ce qu'il y en a pas un qui aurait eu assez de cœur pour nettoyer l'entrée?

— Guy et Denis l'ont grattée vers huit heures. Ils se sont couchés il y a une vingtaine de minutes.

— Les autres?

— Claude est pas rentré souper et André est parti répondre à un appel. Il paraît qu'il y a un *truck* brisé sur la route.

— En tout cas, ça paraît pas pantoute que le *drive-way* a été pelleté, dit Maurice avec humeur. Si encore ils avaient enlevé le banc de neige de trois pieds de haut qu'il y a devant l'entrée...

— La charrue vient juste de le faire, ce banc de neige-là. Ils sont restés dehors à pelleter presque une heure, plaida Jeanne.

— Ça m'écœure. J'ai pelleté à l'école toute la maudite journée et je suis poigné pour recommencer en arrivant ici.

— Pourquoi t'attends pas demain matin quand la neige va avoir fini de tomber?

— T'imagines-tu que je vais me mettre à pelleter à cinq heures et demie du matin avant d'aller à l'école, toi?

ragea Maurice. Il y a ben assez que je vais être obligé de pelleter devant chaque entrée en arrivant là-bas ! Bon. Attends-moi pas. Tu peux aller te coucher. Il faut que j'aille pelleter pendant que mes deux grands sans-cœur dorment en haut.

Maurice sortit en claquant la porte derrière lui. Une minute plus tard, Denis descendit au rez-de-chaussée.

— Qu'est-ce qui fait tout ce bruit-là ? demanda-t-il à sa mère qui s'apprêtait à entrer dans sa chambre.

— Ton père. Il est pas content d'avoir à pelleter.

— Lui avez-vous dit qu'on a pelleté une heure avant d'aller se coucher ?

— Bien oui.

— Bâtard ! Il faut pas qu'il exagère ! se révolta le jeune homme. Guy et moi, on n'a même pas de char. On voyage en autobus. En plus, on monte jamais dans sa bagnole. C'est déjà beau qu'on ait pelleté.

— Je le sais bien, dit Jeanne, mais il est fatigué de sa journée et il veut pas attendre demain matin.

Pendant un moment, Denis sembla hésiter sur la conduite à suivre.

— OK, je me rhabille et je vais aller lui donner un coup de main, soupira-t-il, exaspéré.

— T'es bien fin, Denis.

Le jeune homme sortit quelques minutes plus tard et empoigna l'une des pelles déposées en permanence près de la porte d'entrée. Il rejoignit son père et se mit à pelleter avec énergie, impatient de retrouver la chaleur de son lit.

— Il est temps que ça arrête, lui dit son père, à bout de souffle, au moment où ils finissaient de pelleter l'amas de neige laissé par la charrue. On sait plus où la mettre, cette maudite neige-là.

De fait, la quantité de neige laissée par les dernières tempêtes était impressionnante. De chaque côté de l'allée asphaltée, les accumulations atteignaient près de six pieds de hauteur.

— Quand tout ça va se mettre à fondre, ça va être beau à voir, fit remarquer Denis en déposant sa pelle à côté de celle de son père lorsque le déneigement fut terminé.

Quand le jeune homme monta à l'étage pour se remettre au lit, Guy, couché dans le lit voisin, se contenta de lui murmurer sur un ton moqueur :

— T'es ben fin, mon Denis. Tu vas avoir droit à une médaille si tu continues, mon bon petit garçon.

— Dors donc, niaiseux, répliqua son frère en se glissant sous ses couvertures. C'est pour m'man que je l'ai fait.

Le lendemain matin, les garçons furent réveillés par les appels répétés de leur père, debout au pied de l'escalier.

— André ! Claude ! Grouillez-vous ! Descendez !

En rechignant, Claude et André se levèrent pendant que Guy et Denis demandaient en bâillant ce qu'il se passait.

— Il s'énerve parce que nos chars sont dans le *drive-way*, chuchota Claude en enfilant son pantalon par-dessus sa culotte de pyjama.

— Sacrifice, on lui mangera pas son asphalte pour une fois, ajouta André à mi-voix. Je suis arrivé hier soir passé minuit et on voyait ni ciel ni terre. Je pouvais pas laisser mon char sur la rue en face.

— Moi non plus, dit Claude en se dirigeant vers l'escalier.

Lorsque les deux garçons arrivèrent au rez-de-chaussée, ils trouvèrent leur père debout sur le paillasson, la main sur la poignée de la porte d'entrée.

— Voulez-vous ben me dire, Christ, ce que votre char fait dans le *drive-way* ? Vous le savez que je veux pas les voir là. Comment vous pensez que je peux sortir mon char du garage et aller travailler le matin si vous êtes là ?

— On pouvait pas faire autrement hier soir, p'pa, répondit calmement André. La charrue arrêtait pas de passer et il y avait pas de place nulle part pour stationner.

— OK, OK, fit Maurice avec impatience. Ben, grouillez-vous! Dépêchez-vous à ôter vos chars de là; je suis déjà en retard.

Les deux garçons sortirent à demi habillés et déplacèrent leur voiture pour permettre à leur père de sortir sa Chrysler du garage. Après son départ, ils stationnèrent leur véhicule à la même place avant de rentrer en grelottant dans la maison.

— Tu parles d'une façon de se faire réveiller, se plaignit Claude. J'aurais pu dormir une heure de plus. À cette heure, je suis sûr de pas pouvoir me rendormir.

—

Malgré quelques soubresauts de la température, le printemps finit par s'installer au début du mois d'avril et deux petites semaines suffirent pour faire disparaître toute la neige tombée durant les derniers mois.

À Pâques, Francine annonça à ses parents sa décision de convoler une seconde fois en justes noces, cette fois-ci avec Gilles Bigras.

— J'espère que tu me dis pas ça pour que je t'organise d'autres noces? lui demanda son père, l'air mauvais.

— Ben non, p'pa.

— Il manquerait plus que ça.

— Non. On va faire un petit mariage intime comme celui que Marc veut faire. On va inviter juste nos témoins. Je voulais seulement savoir si vous vouliez être mon témoin.

Maurice sembla hésiter un instant avant d'acquiescer à contrecœur à la demande de sa fille. Plus ou moins persuadé qu'elle allait probablement finir par divorcer à nouveau, il se demandait pourquoi il devait se donner tout ce mal.

Deux semaines plus tard, Maurice et Jeanne accompagnèrent les futurs mariés à l'hôtel de ville. La cérémonie dura moins de quinze minutes et fut suivie d'un repas dans un restaurant. Sur le chemin du retour, Jeanne ne put s'empêcher de faire remarquer à son mari :

— Tu vois bien que ça fait tout de même un drôle de mariage, non ? Il me semble que quand ça se passe pas à l'église, c'est pas un vrai mariage.

— On dirait qu'on est mieux de s'habituer parce qu'on en a un autre qui s'en vient, laissa tomber Maurice en songeant au mariage de Marc. En tout cas, ce genre de mariage-là est pas mal moins de trouble et coûte pas mal moins cher que les mariages que j'ai organisés. Sacrement ! C'est à se demander pourquoi j'ai dépensé tant d'argent pour ça si c'est pour divorcer presque tout de suite après.

— On dirait bien que les femmes d'aujourd'hui sont pas mal moins endurantes que les femmes de mon temps, reprit Jeanne, non sans une pointe de moquerie.

Maurice tourna brièvement la tête vers elle pour lui adresser un regard mauvais.

— Avec toutes les idées que les femmes ont dans la tête aujourd'hui, c'est pas surprenant, déclara Maurice gravement. Elles veulent être égales aux hommes, être libres et avoir de l'argent. Élever des enfants les intéresse plus pantoute. Conduire un char et travailler ailleurs que dans leur maison, c'est ça qui est important. Regarde comment ça finit aussi !

— Moi, je m'inquiète surtout pour la petite, intervint Jeanne, plus sérieuse. On sait pas comment Gilles va la traiter. C'est pas sa fille, après tout. Remarque que lui, il sait pas non plus comment Francine va s'accorder avec son gars.

— C'est sûr que dans ces maudits divorces-là, ce sont les enfants qui mangent les mauvais coups, conclut Maurice.

Un mois plus tard, les Dionne assistèrent à une cérémonie similaire qui unit Marc et Mylène. Les parents eurent la même réaction qu'au mariage précédent et ne parvinrent pas à s'habituer au manque de faste de la brève cérémonie civile.

—

Au début du mois de juin, l'été était déjà en passe de s'installer définitivement. Sur le boulevard Lacordaire, l'air embaumait le lilas en cette fin de journée. Maurice venait d'enrouler le boyau avec lequel il avait arrosé abondamment sa pelouse qui menaçait de jaunir à cause du manque de pluie depuis quelques jours.

Sa besogne terminée, il s'assit pesamment sur sa chaise de jardin installée au fond du balcon, bien décidé à se reposer en regardant passer les voitures sur le boulevard. Jeanne venait de servir le souper à Denis et Guy. André avait prévenu qu'il ne rentrerait qu'à la fin de la soirée. Au moment où le père de famille se demandait où Claude était encore passé, il le vit arriver à bord de la vieille Pontiac 64 décapotable bleue qu'il avait achetée au début du mois de mai pour remplacer sa Coccinelle. L'automobile avait toutes les caractéristiques de l'épave avec son feu arrière brisé et ses banquettes avachies, mais le toit en toile était rabattu et c'était ce qui plaisait surtout à son nouveau propriétaire.

Lorsqu'il vit le jeune homme s'engager sur son allée asphaltée, Maurice se leva précipitamment et lui cria :

— Stationne sur la rue! Ton bazou pisse l'huile partout. Ça va tacher mon asphalte.

De mauvaise humeur, Claude mit sa Pontiac en marche arrière et recula dans la rue pour se stationner devant la maison. Sans saluer son père au passage, il s'engouffra dans la maison en laissant claquer la porte moustiquaire derrière lui. Il n'était pas entré depuis cinq minutes qu'une violente discussion s'éleva dans la cuisine entre lui et sa mère à propos du souper qu'elle venait de déposer devant lui, sur la table.

— Pas encore du maudit rigatoni! s'écria Claude, en repoussant son assiette. Ça fait deux fois qu'on en mange cette semaine. Moi, je suis écœuré de toujours manger la même chose! Quand c'est pas du steak haché, c'est ça.

Quand il entendit ces paroles par la porte moustiquaire, le sang de Maurice ne fit qu'un tour. Son fils de vingt-six ans commençait à lui taper sérieusement sur les nerfs. Depuis quelque temps, il prenait un peu trop son aise avec les règlements de la maison. Il rentrait à des heures impossibles et avait repris la fâcheuse habitude d'emprunter des vêtements à ses frères sans leur permission. Voilà qu'il critiquait en plus la nourriture qui lui était servie et qu'il parlait à sa mère comme si elle était sa bonne. C'était trop.

Le père entra dans la maison sans perdre un instant et s'avança dans la cuisine en remontant son pantalon qui glissait sur ses hanches.

— Toi, ça fait assez longtemps que tu nous écœures! cria-t-il à Claude. Laisse ton assiette là et va ramasser tes guenilles. Je t'ai assez vu ici. Dehors! Débarrasse-moi le plancher tout de suite.

— Ça tombe ben, crâna Claude. J'en ai assez de vivre ici.

Il planta là son père et monta à l'étage préparer ses affaires.

— Et emporte juste ce qui est à toi! hurla son père, debout au pied de l'escalier.

André et Denis, présents dans la maison, ne dirent pas un mot. Ils regardèrent Claude jeter dans deux sacs en polythène vert le maigre contenu des tiroirs de sa commode et sortir de la penderie ses vêtements qui y étaient suspendus.

Pendant ce temps, Jeanne, inquiète, était allée rejoindre son mari sur le balcon dans l'intention de le faire revenir sur sa décision.

— Tu peux pas le mettre dehors comme un étranger, protesta-t-elle.

— Je vais me gêner, sacrement!

— Tu sais bien qu'il a pas une cenne dans ses poches. Comment il va se débrouiller à soir?

— Je m'en sacre! C'est son problème, lança Maurice, enragé. Il couchera dans son char s'il est pas capable de se trouver une chambre.

— Pour le manger?

— Ça me regarde pas. Il en avait du manger sur la table tout à l'heure; il en voulait pas. Qu'il aille se faire nourrir ailleurs! Ça fait assez longtemps qu'il fait le jars ici. Je veux plus le revoir!

Il y eut un bruit de pas précipités dans l'escalier. La porte arrière de la maison s'ouvrit et un moment plus tard, Jeanne et Maurice virent passer leur fils dans l'allée, les bras chargés de ses bagages. Sans tourner la tête vers ses parents, il déposa ses affaires par terre, sur le trottoir, déverrouilla le coffre de la Pontiac et y lança ses effets. Il monta ensuite dans sa voiture et démarra en trombe.

Ce soir-là, Claude parvint sans trop de mal à louer un minuscule appartement meublé rue Bordeaux, au sud du boulevard Métropolitain. Les soirs suivants, il fit la tournée de ses frères et sœurs mariés qui lui firent don de vaisselle usagée et d'un peu de literie, objets de première nécessité dont il manquait cruellement. Malgré le manque de confort, le jeune homme ne semblait pas affecté outre mesure d'avoir été chassé du toit familial.

— Il finira ben par se calmer, dit-il à Paul et Lucie avant de quitter leur bungalow de Longueuil. C'est pas la première fois qu'il me sacre dehors et j'en suis pas mort. Cette fois, j'y retournerai pas. J'en ai assez.

—

Chez les Dionne, la vie reprit son cours normal, rythmée par le travail quotidien. Le monde dans lequel Maurice et Jeanne évoluaient avait beau subir de profonds bouleversements, rien ne semblait les atteindre vraiment. Ils vivaient isolés, comme dans une sorte de bulle. On n'avait pas plus discuté de l'inauguration de l'aéroport de Mirabel que des dépassements énormes des coûts estimés pour la construction des installations où allaient se dérouler les XXIe Jeux olympiques qui devaient avoir lieu à Montréal l'année suivante. La folie des grandeurs du maire Jean Drapeau les touchait moins que les démêlés du docteur Morgentaler avec la justice pour avoir pratiqué des avortements ou encore le saccage des installations de la Baie-James par des travailleurs en colère. La politique intéressait de moins en moins Maurice et les siens. Ils ne se sentaient pas concernés par ce qui survenait hors de leur petit monde. S'il leur arrivait de se préoccuper de la situation aux États-Unis, par exemple, ce n'était qu'en fonction des vacances estivales qu'ils entendaient aller passer à Wildwood, dans le New Jersey.

Or, en cette année 1975, certains des fils de Maurice et Jeanne avaient commencé à montrer un certain intérêt pour la montée de l'indépendantisme au Québec. René

Lévesque et le Parti québécois, le nouveau parti qu'il avait fondé, les séduisaient de plus en plus. Ils en discutaient passionnément et rêvaient du jour lointain où ce chef charismatique prendrait le pouvoir après avoir chassé du gouvernement le terne Robert Bourassa, un peu trop souvent d'accord avec les politiques fédérales.

— Vous avez ben du temps à perdre de vous occuper de ça, leur faisait remarquer leur père quand ils en parlaient entre eux lors d'une visite. Lévesque est comme les autres. Quand il sera élu, vous allez voir ce qu'il va faire avec l'indépendance. Il en parlera plus.

Il était bien évident que toute cette agitation politique ne touchait pas plus Maurice et Jeanne que les résultats sportifs. Le couple regardait chaque soir les informations télévisées, surtout intéressé par les faits divers. En réalité, Maurice n'avait guère changé avec les années. Ses deux pôles d'intérêt étaient demeurés les faits divers et les nouveaux modèles de voiture.

Quelques jours après avoir chassé Claude, le père de famille se mit en tête d'astiquer sa Chrysler avec soin. Après avoir lavé et ciré la carrosserie, il s'attaqua au nettoyage de l'habitacle, besogne facilitée par le fait que son propriétaire avait fait installer, comme d'habitude, des housses en plastique sur les sièges dès l'achat du véhicule. Lorsqu'il eut fini son travail, la voiture était rutilante.

— Ton char a l'air neuf, lui fit remarquer Jeanne qu'il avait invitée à venir admirer le résultat de ses efforts.

— Il a déjà plus que cinq ans, rétorqua Maurice. J'ai vu des places où la rouille est à la veille de paraître.

— J'en vois pas, moi.

— C'est parce que tu connais rien aux chars, rétorqua sèchement son mari.

— L'important, c'est qu'il a encore l'air bien propre.

— Le moteur et la transmission ont du millage dans le corps. Un de ces matins, ils vont me lâcher. Je le sens.

— Bon. Ça y est! s'exclama Jeanne. Voilà la maladie de changer de char qui te reprend! Ça te fatigue d'avoir un peu d'argent à la banque? Tu veux encore tout mettre sur un char neuf!

— Aïe! Ça te regarde pas, sacrement! Moi, je te demande pas ce que tu fais de tout l'argent que tu gagnes en cousant pour tes clientes. Je changerai de char si je veux. C'est pas avec ton argent que je vais le payer. Il y a ben assez que tu m'as fait manquer une belle occasion l'automne passé avec la Cadillac... Ce char-là va avoir six ans l'automne prochain et il est temps de penser à le changer pendant qu'il vaut encore quelque chose.

Sur ces mots, Maurice gravit les marches qui conduisaient au balcon et alla s'asseoir sur sa chaise de jardin, sans plus se préoccuper de Jeanne. Cette dernière décida de se diriger vers la cour arrière pour enlever les vêtements que le soleil avait séchés sur sa corde à linge plutôt que de laisser éclater sa mauvaise humeur.

Denis, assis à la table de cuisine, avait entendu par la fenêtre ouverte l'échange entre son père et sa mère. Durant quelques minutes, il resta plongé dans ses réflexions avant de se décider à sortir de la maison. Le jeune homme de vingt ans vint s'asseoir près de son père sur le balcon.

— Est-ce que vous voulez vraiment vendre votre Chrysler, p'pa?

— En quoi ça te regarde? le rabroua Maurice, mis de mauvaise humeur par la scène que venait de lui faire sa femme.

— Ben, je serais peut-être intéressé à vous l'acheter si vous demandez pas trop cher.

Maurice se montra immédiatement plus aimable. La possibilité de vendre lui-même sa voiture était plus qu'intéressante. S'il y parvenait, on lui consentirait, à coup sûr, un rabais important à l'achat d'un nouveau véhicule parce qu'il n'aurait pas d'échange à négocier.

— Je t'avertis, le prévint malgré tout son père, je le donnerai pas. Je veux le vendre au prix de liste, pas moins. Il a presque pas de millage, ce char-là. Et tu l'as vu : il est comme neuf.

— Oui, mais je vous ai entendu dire à m'man que la rouille commençait à le manger. Vous avez même peur que le moteur et la transmission cassent, argumenta Denis.

— Réveille-toi, tata ! s'exclama Maurice à mi-voix en prenant un air de conspirateur. C'était pour empêcher ta mère de chialer. Tu la connais : c'est toujours une crise quand je veux changer de char. Mon Chrysler est parfait. Tiens ! Viens l'essayer, offrit-il à son fils en se levant et en lui tendant son trousseau de clés.

Denis en eut le souffle coupé. Pour la première fois de sa vie, son père allait lui permettre de conduire sa voiture. Il avait beau posséder son permis de conduire depuis un an et avoir conduit à plusieurs reprises et sur de courtes distances la Pontiac de son frère André, il était loin de se sentir à l'aise derrière un volant. Quand il se glissa à la place du conducteur dans l'énorme Chrysler Cordoba de son père, il se sentit tout petit.

— Envoye ! Pars-le, ce char-là, le poussa Maurice, avec une bonne humeur forcée.

Denis démarra et recula prudemment jusqu'au boulevard. Il roula lentement jusqu'à la rue La Forcade, monta la rue Girardin, tourna à Lavoisier et revint sur le boulevard Lacordaire pour venir stationner le véhicule avec mille précautions près de la maison.

— Puis ? Qu'est-ce que t'en penses ? lui demanda son père en feignant d'ignorer les grosses gouttes de sueur qui perlaient au front de son fils.

— Il va ben en maudit, p'pa, ne put s'empêcher de dire ce dernier.

— Veux-tu toujours l'acheter?

— Oui, s'il est pas trop cher pour mes moyens.

— Où est-ce que tu vas emprunter l'argent?

— Je veux pas emprunter. Je ramasse mon argent depuis que je travaille pour m'acheter un char.

— OK, fit Maurice. Il est encore de bonne heure. Les garages ferment à neuf heures. Viens, on a le temps d'aller chez Touchette pour voir le prix de liste de la Chrysler et, en même temps, je vais regarder les chars neufs.

Sur ce, Maurice entra dans la maison pour aller voir Jeanne, occupée à plier les vêtements qu'elle venait de déposer sur la table de cuisine.

— Viens-tu avec nous autres? On va voir des chars au garage. Denis veut acheter la Chrysler.

— Il me semblait que ce char-là était fini? dit Jeanne, narquoise. T'es prêt à le vendre à ton garçon?

— J'ai jamais dit qu'il était fini, protesta son mari. J'ai dit qu'il commençait à être vieux.

— Puis toutes les affaires qui sont à la veille de casser dessus?

— As-tu fini de m'écœurer? Je t'ai juste demandé si tu voulais venir avec nous autres. Aie pas peur. Si je lui vends mon char, ce sera pas cher. Il saura au moins qu'il a été conduit comme du monde et qu'il a été ben entretenu.

Jeanne savait d'ores et déjà qu'il n'y avait plus rien à faire. Son mari avait décidé de changer de voiture, même si la Chrysler Cordoba avait très peu roulé et fonctionnait parfaitement bien. Elle était même persuadée qu'il avait dû hanter en secret les concessionnaires depuis quelques jours et qu'il avait déjà repéré l'automobile qu'il désirait.

— Donne-moi cinq minutes pour me préparer, réclama-t-elle en abandonnant les vêtements pliés sur la table.

Pendant ce temps, Denis monta à l'étage pour consulter la somme inscrite dans son livret de banque, qu'il dissimulait sous son matelas. André et Guy regardaient une émission télévisée dans la pièce voisine du dortoir.

— Aïe, les gars! leur dit-il à voix basse. Je pense que je vais acheter la Chrysler du père.

— Essaye de pas te faire fourrer comme Paul, le mit en garde André.

— Pourquoi tu dis ça?

— Tu te rappelles pas comment notre frère a eu de la misère avec la Pontiac que p'pa lui a vendue l'année avant de se marier?

— La Pontiac était un bon char, c'est Paul qui conduisait comme un chausson, répliqua Denis avec assurance. Moi, je serai pas comme lui. Mon char, je vais en prendre soin.

Sur ces mots, le jeune homme descendit en trombe et alla rejoindre ses parents, déjà prêts à partir. Maurice les conduisit directement chez son concessionnaire de voitures Chrysler de la rue Papineau. Dès son entrée dans la salle d'exposition, il se dirigea sans hésiter vers un gros homme à demi chauve qui sortait de l'un des cubicules réservés aux vendeurs. Sans se donner la peine de lui présenter sa femme et son fils, il demanda à l'homme de lui donner la valeur d'une Chrysler Cordoba 1970 en excellent état.

Le vendeur fit entrer les trois visiteurs dans son cubicule et les invita à s'asseoir. Il ouvrit un tiroir de son bureau d'où il tira un petit livre rouge qu'il consulta rapidement.

— Ça peut valoir entre mille cinq cents et mille huit cents piastres, déclara-t-il. Ça dépend de l'état du véhicule. Il faudrait que je l'examine avant pour...

— Non, laissez faire. C'était juste pour me faire une idée, affirma Maurice en jetant un coup d'œil d'avertissement à son fils. Si ça vous fait rien, on va regarder un peu les chars neufs que vous avez dans la salle de montre et s'il y en a un qui m'intéresse, je viendrai vous voir. Moi, j'ai l'intention d'acheter un char neuf et j'ai pas d'échange.

— Regardez tant que vous voudrez, monsieur Dionne. Je suis prêt à vous faire un bon prix sur tout ce qu'on a en stock, déclara l'homme en se levant.

Maurice, Jeanne et Denis sortirent du petit cubicule à la suite du vendeur.

— Je suppose que ça fait longtemps que t'es pas venu ici ? murmura Jeanne à son mari.

— Un maudit bon bout de temps. Pourquoi ?

— C'est drôle que le vendeur se rappelle aussi bien ton nom. Il a toute une mémoire, cet homme-là ! Ça, on peut dire que c'est du service, ajouta-t-elle sur un ton sarcastique.

— Puis, à mille huit cents piastres, es-tu toujours intéressé à acheter ma Chrysler ? demanda Maurice à Denis en ignorant le sous-entendu contenu dans la remarque de sa femme.

— C'est pas mal plus cher que je pensais payer, fit remarquer Denis d'une voix hésitante.

— Plus cher ! s'exclama Maurice. Calvaire ! mon char, c'est pas un bazou tout rouillé ! Si t'es pas capable de l'acheter, tant pis pour toi. T'as vu ? J'aurai pas de misère pantoute à le vendre au garage. T'as entendu comme moi le prix que le vendeur est prêt à me donner.

Mais cette solution était loin de lui plaire. Il avait acheté suffisamment d'automobiles dans sa vie pour savoir que le vendeur augmenterait sensiblement le prix de l'auto neuve dont il s'apprêtait à faire l'acquisition lorsqu'il parlerait de lui laisser la Cordoba en échange. C'était toujours le même jeu d'où le client sortait immanquablement perdant.

Durant un instant, Maurice sembla se plonger dans une profonde réflexion. Finalement, il dit à son fils:

— Le mieux que je peux faire, c'est te le laisser à mille sept cents, pas une cenne de moins. Mais là, je peux pas descendre plus bas. Je perds déjà cent piastres pour te faire plaisir, mentit Maurice.

— J'ai juste mille cinq cents piastres à la banque, avoua Denis. Si vous acceptez que je vous paie les deux cents piastres qui manquent d'ici la fin de l'été, je l'achète.

— Ça marche, accepta Maurice après un bref moment d'hésitation. Bon. À cette heure que c'est réglé, on peut peut-être regarder les chars neufs.

Durant quelques minutes, le père de famille fit semblant d'admirer plusieurs véhicules rutilants exposés dans la salle d'exposition avant de s'arrêter devant une Chrysler brune aux glaces fortement teintées. Il s'attarda si longuement à examiner la voiture que le vendeur vint le rejoindre pour lui vanter le luxe de l'habitacle, la capacité du coffre et la puissance du moteur.

L'air désabusé, Jeanne écouta l'homme faire l'article sans manifester le moindre enthousiasme. Elle n'était qu'une spectatrice, aussi peu intéressée par la transaction qui se préparait que son fils Denis qui, lui, ne songeait qu'à sa nouvelle voiture.

— Et vous, madame, l'aimez-vous? lui demanda soudainement le vendeur, comme s'il se rappelait brusquement son existence.

— Ça n'a pas beaucoup d'importance que je l'aime ou pas, laissa tomber Jeanne. Je n'ai pas un mot à dire. C'est mon mari qui conduit, pas moi.

L'homme ne chercha pas à savoir si elle parlait de conduire la voiture ou de conduire le ménage. Il retourna promptement à Maurice, qui poursuivait son minutieux examen.

Une heure plus tard, la double transaction était effectuée à la hâte. Les enregistrements de la Cordoba avaient été transférés au nom de Denis alors que le contrat d'achat de la nouvelle Chrysler était signé. Contrairement à son habitude, Maurice avait contesté le prix demandé et avait obtenu un rabais important. Lorsque le vendeur avait annoncé le montant de l'acompte à laisser avant de quitter son bureau, le concierge de St-Andrews avait tiré d'une poche de son pantalon une épaisse liasse de billets de vingt dollars et avait étalé lentement la somme exacte du nouveau véhicule sur le bureau devant le vendeur ahuri. Il était entendu qu'il allait pouvoir prendre possession de sa voiture neuve dès le lendemain après-midi.

— Une chance que t'avais pas prévu d'acheter un nouveau char à soir, lui fit remarquer Jeanne, d'une voix acide, au moment où elle sortait du garage en compagnie de Denis.

— Pourquoi tu me dis ça?

— Te promener avec autant d'argent sur toi… T'as vu les yeux ronds du vendeur quand t'as sorti tout ça de tes poches? Pour moi, il est plus habitué de voir ses clients payer avec des chèques plutôt qu'en argent comptant.

— T'es ben niaiseuse, Jeanne Sauvé! répondit Maurice, piqué au vif. Quand t'achètes un char, c'est important de pas avoir l'air pauvre.

— En tout cas, huit mille cinq cents piastres pour un char, c'est bien de l'argent, ajouta-t-elle. Surtout quand l'autre allait si bien.

Maurice ne se donna pas la peine de lui répondre et se dirigea directement vers la Cordoba qu'il venait de vendre à son fils.

À leur arrivée près du véhicule, il y eut un bref moment de gêne. Qui allait conduire? Son nouveau ou son ancien propriétaire? Maurice avait remis les clés à son fils lorsque ce dernier lui avait signé un chèque de mille cinq cents dollars devant le vendeur. Le jeune homme, encore trop peu habitué à conduire dans la circulation dense du centre-ville, tendit les clés à son père.

— Vous êtes aussi ben de conduire, p'pa, dit-il, magnanime. Vous êtes plus habitué que moi.

— Surtout que ce char-là est pas encore tout à toi, ne put s'empêcher d'ajouter son père en s'emparant des clés. Oublie pas que t'as pas fini de le payer. Tu me dois encore deux cents piastres.

Cette remarque ne gâcha pas le plaisir du nouveau pro-priétaire qui prit place sur la banquette arrière. Durant tout le trajet, il s'imagina derrière le volant et en avait des frissons. Quelques minutes plus tard, son père immobilisa la Cordoba sur l'allée asphaltée près de la maison.

— Je le mets pas dans le garage. Pour cette nuit, tu peux le laisser dans le *drive-way*; j'ai pas de char. Mais à partir de demain, tu feras comme les autres; tu le station-neras sur la rue, en face.

— Comment vous allez faire pour aller travailler demain? lui demanda Denis en franchissant la porte d'entrée de la maison derrière son père.

— Ben. Je vais prendre l'autobus. J'ai pas le choix.

— Et pour aller chercher votre char neuf?

— Je vais faire la même chose.

— Vous pourriez prendre mon char pour aller travail-ler et venir me chercher à mon ouvrage à quatre heures, demain après-midi, avant d'aller chez Touchette. Comme ça, vous auriez pas d'autobus à prendre et je conduirai mon char pour revenir à la maison.

Maurice sembla soupeser la proposition de son fils un bref moment avant de laisser tomber :

— Ton idée est pas bête pantoute. On va faire ça.

Décidément, il devait reconnaître que ça avait été une excellente soirée.

—

À la fin du mois de juin, ce fut au tour d'André d'épouser sa Johanne malgré les réticences évidentes des parents de la jeune fille de dix-huit ans. Huguette et Gaston Lesage auraient plutôt préféré la voir poursuivre ses études, mais le jeune mécanicien, qui venait de décrocher un emploi à la STCUM, avait su les convaincre de lui donner leur fille.

Le jour du mariage, le beau temps était au rendez-vous. À leur sortie de l'église, les nouveaux mariés furent accueillis par une abondante pluie de confettis, même si le curé de la paroisse avait expressément demandé de ne pas poser ce geste.

Pour l'occasion, les Lesage avaient loué la salle paroissiale et réservé les services d'un excellent traiteur. La foule joyeuse des convives prit place autour des tables et on s'amusa beaucoup durant le repas. Assis à la table d'honneur entre Jeanne et la grand-mère maternelle de la mariée, seul Maurice arborait un air sérieux et emprunté. Il semblait mal à l'aise. Il n'avait apparemment qu'une hâte, que le repas finisse le plus rapidement possible. Il se rendait bien compte que Gaston Lesage l'éclipsait totalement. Le père de la mariée, un quadragénaire plein de vie et extraverti, monopolisait l'attention de la plupart des invités installés à la table avec ses plaisanteries et ses remarques humoristiques.

Maurice vit arriver trois heures avec un réel soulagement. La fête tirait à sa fin. Il s'empressa alors de proposer aux jeunes mariés de les conduire à la maison pour leur permettre de changer de vêtements et revenir à bord de la voiture d'André, prêts à saluer une dernière fois les invités avant de partir en voyage de noces.

Quelques heures plus tard, confortablement assis sur leur balcon, les Dionne se reposaient tout en analysant la journée fertile en émotions qu'ils venaient de vivre.

— En tout cas, ça en fait un autre de parti, constata Maurice avec une évidente nostalgie. Ça a l'air de rien, mais la maison commence à être pas mal grande.

Jeanne ne dit rien, mais il était évident qu'elle pensait la même chose que son compagnon.

—

Cet été-là, pour la première fois depuis dix ans, Maurice et Jeanne partirent seuls en vacances dans le New Jersey. Maurice eut beau s'arrêter en fin de soirée dans un restaurant du lac George pour y manger le sous-marin devenu légendaire dans la famille, il ne retrouva pas la même magie que lorsqu'il était accompagné de ses enfants.

À son arrivée à Wildwood, le grand appartement loué de la rue Taylor lui apparut soudainement beaucoup moins commode que les étés précédents, au point qu'il se promit de ne pas en renouveler la location l'été suivant. Même l'absence de climatisation dans cette vieille maison lui sembla plus difficile à supporter.

Durant une dizaine de jours, Jeanne et lui cherchèrent vainement à retrouver l'ambiance qui leur plaisait tant à l'époque où leurs enfants étaient avec eux. Il se dégageait maintenant de la petite ville balnéaire une nostalgie difficile à contrer. Maurice ne bougea pratiquement pas du balcon. Durant toute la journée, il se contentait le plus souvent de regarder passer les badauds dans la rue Taylor au lieu d'accompagner Jeanne à la mer l'après-midi ou dans les boutiques de la promenade.

Le soir, dès le coucher du soleil, le couple allait marcher inlassablement sur la promenade envahie par des dizaines de milliers d'estivants. Il en revenait un peu après onze heures, fatigué et étourdi par le bruit des parcs d'attractions, les odeurs de nourriture et les cris des rabatteurs de clients. Avant de se mettre au lit, dans l'appartement surchauffé, Maurice et Jeanne prirent l'habitude de s'asseoir quelques minutes sur le balcon pour se remémorer en riant certaines mésaventures familiales vécues à Wildwood dans le passé. Ils revoyaient Martine à seize ans, lors de sa première visite à la mer. L'adolescente s'était élancée et avait plongé du bord de la plage dans quelques centimètres d'eau. Ils s'amusaient encore au souvenir de Jeanne qui avait été durement bousculée par une grosse vague qu'elle n'avait pas vue venir…

Bref, en cet été 1975, Maurice eut l'impression qu'il vivait la fin d'une époque. Se retrouver en vacances seul avec sa femme fut à la fois plus reposant et plus monotone. Subitement, rien ne bougeait plus autour de lui et il le regretta vaguement. Lorsque vint le moment de revenir à la maison, il ne put s'empêcher de dire à Jeanne :

— Sais-tu que je suis pas sûr qu'on va revenir une autre année. Je trouve que c'est payer pas mal cher et faire ben du chemin pour regarder passer du monde, assis sur un balcon.

— On aurait pu aller voir les casinos à Atlantic City, lui fit remarquer Jeanne.

— Laisse faire. Tu sais ben que j'aime pas me servir du char une fois rendu à Wildwood. J'ai ben assez de conduire douze heures pour venir.

Chapitre 16

La fin des années soixante-dix

Au début de l'automne, Claude put revenir en visiteur à la maison avec la bénédiction paternelle et annonça quelques semaines plus tard à ses parents son intention d'épouser Tina Mancini au mois de juin suivant.

— À son âge, il était temps qu'il fasse une fin, décréta alors Maurice. Il a ben assez couraillé les filles comme ça. Peut-être que le mariage va lui mettre du plomb dans la tête.

Ainsi, quelques mois à peine après le mariage d'André, Maurice et Jeanne allaient voir un autre de leurs enfants s'installer définitivement dans la vie. Même si Claude avait déjà quitté le nid familial depuis un certain temps, la maison leur sembla singulièrement vide après ces deux départs rapprochés. Il ne restait plus avec eux que Guy et Denis.

— Ces deux-là, dit Maurice, ils sont pas prêts de partir. Ils sont trop ben avec nous autres.

— Sois pas si sûr de ça, rétorqua sa femme quand elle entendit cette remarque.

Habituée aux surprises que pouvait lui réserver la vie, Jeanne préférait ne pas tenter de prévoir quoi que ce soit.

⸺

Trois années passèrent. Le bungalow à un étage du boulevard Lacordaire n'était plus depuis longtemps la ruche bourdonnante d'activités qu'il avait déjà été. Les cris, les disputes entre enfants et les galopades n'étaient plus qu'un lointain souvenir. Les passants pouvaient parfois avoir l'impression que la maison était inhabitée, même si son extérieur était toujours d'une propreté impeccable et sa pelouse soigneusement entretenue.

Pendant la belle saison, Maurice et Jeanne continuaient à veiller sur leur balcon, malgré la pollution et le bruit grandissant de la circulation automobile sur le boulevard Lacordaire. De temps à autre, certains soirs, le balcon accueillait quelques visiteurs de passage pendant une heure ou deux. Le plus souvent, il s'agissait de l'un ou l'autre des enfants du couple venu rendre une courte visite à leurs parents en compagnie de son conjoint.

Les lieux ne retrouvaient vraiment leur animation d'antan que lors des grandes fêtes ou de l'anniversaire de Maurice ou de Jeanne. Il y avait alors des voitures stationnées autant dans l'allée asphaltée que dans la petite rue Belleherbe, en face de la maison. Durant quelques heures, la maison se remplissait d'enfants plus ou moins bruyants et les passants pouvaient entendre les éclats de voix et les rires fuser par les fenêtres ouvertes. La famille Dionne était réunie.

Ces trois dernières années, la vie ne s'était certes pas arrêtée, mais il y avait eu comme une pause, une sorte d'accalmie bienvenue. Un peu plus tard, ces années sans histoires seraient perçues comme ayant été le bon temps, à peine caractérisé par quelques événements qui n'avaient eu que peu de conséquences sur l'avenir de la famille Dionne.

Ainsi, Yvon et Lise avaient vendu leur bungalow de Saint-Hubert l'année précédente et s'étaient établis avec leurs deux adolescents dans une petite maison de l'est de Montréal. Peu après, André avait acquis un duplex voisin et s'y était installé avec Johanne et leurs deux jeunes enfants, Brigitte et Karine.

Cinq des neuf enfants Dionne vivaient maintenant à l'extérieur de l'île de Montréal. Martine et Georges venaient à peine d'acheter la maison d'un vieil oncle à Bois-des-Filion, se rapprochant ainsi des parents de Georges. Ils étaient tout heureux de pouvoir y élever leur jeune fils Étienne. Claude s'était porté acquéreur d'un bungalow sur l'Île-Bizard et y avait emménagé l'année précédente avec Tina et Mario, leur bébé d'un an. Marc demeurait maintenant à Repentigny avec Mylène et leurs deux enfants, Ève et Frédéric. Francine et Gilles étaient devenus propriétaires d'une nouvelle maison à Saint-Hilaire. Enfin, Paul et Lucie, maintenant parents d'un troisième enfant, Paul-André, avaient préféré conserver leur bungalow acheté six ans plus tôt.

—

Les mois tranquilles se succédèrent jusqu'au mois de mai 1979. Quelques semaines après son cinquante-huitième anniversaire, Maurice apprit une nouvelle qui allait bouleverser toute sa vie.

À cause d'une baisse continuelle de la clientèle scolaire du quartier, les commissaires de la Commission des écoles catholiques de Montréal avaient décidé de fermer définitivement St-Andrews. Bien sûr, des rumeurs à ce sujet avaient circulé depuis quelques années. L'inspecteur en bâtiment du secteur avait mentionné cette possibilité à Maurice à plusieurs occasions par le passé. Mais chaque fois, il ne s'agissait que d'une vague probabilité que le concierge n'avait jamais prise au sérieux.

Maurice avait calculé qu'il ne lui restait que sept ans à travailler avant sa retraite. Il était intimement persuadé qu'il terminerait sa carrière dans sa chère école. À son avis, St-Andrews était un édifice en bien meilleur état et bien mieux entretenu que les trois ou quatre écoles primaires du secteur. Construite en 1951, elle était aussi beaucoup plus récente que ses voisines et allait sûrement demeurer ouverte bien après que les autres auraient fermé leurs portes. La fermeture de Saint-Gustave en juin 1977, l'école pour garçons située à l'arrière de St-Andrews, aurait dû l'alerter; mais il n'en fut rien. Maurice avait ignoré cette réalité inéluctable.

Il apprit la nouvelle un mardi matin, au moment où il déverrouillait les portes de l'école pour laisser entrer les enseignantes. L'une d'elles, une institutrice âgée d'une cinquantaine d'années qui enseignait depuis plus de quinze ans à St-Andrews, fut la première à se présenter à la porte ce matin-là.

— Bonjour, monsieur Dionne, dit-elle, aimable. Allez-vous faire comme moi ? Allez-vous prendre votre retraite à la fin de l'année ?

— Ne me dites pas que vous allez arrêter de faire l'école ? lui demanda Maurice pour être poli.

— J'ai l'âge. Après trente-deux ans d'enseignement, je me sens trop vieille pour m'habituer à une autre école, dit la dame en réglant son pas sur celui du concierge.

— Pourquoi vous voulez changer d'école ? Vous aimez plus St-Andrews ?

— J'aime bien St-Andrews, mais comme la commission scolaire a décidé de fermer l'école au mois de juin, j'ai décidé de prendre ma retraite.

— C'est juste une rumeur, rétorqua Maurice avec bonne humeur. La commission scolaire fera jamais ça.

— C'est pas juste une rumeur, monsieur Dionne. Toutes les institutrices de l'école ont reçu hier une lettre du bureau-chef. Ça a été décidé à la dernière réunion des commissaires, il y a trois jours. Notre directrice nous en avait parlé la semaine passée. Presque toutes savent déjà à quelle nouvelle école elles vont enseigner en septembre prochain.

Maurice, stupéfait, s'arrêta brusquement au milieu du couloir et regarda l'enseignante.

— Vous me faites pas une farce, vous? lui demanda-t-il en espérant ardemment qu'il s'agissait bien d'une plaisanterie.

— Pas du tout, monsieur Dionne. Je m'étonne même qu'on ne vous ait pas encore prévenu. Bon. J'y vais. J'ai encore beaucoup de devoirs à corriger avant l'arrivée des enfants.

L'enseignante se dirigea vers sa classe pendant que Maurice, sonné, déverrouillait la porte de son petit bureau comme un automate. Les jambes coupées par la surprise, il se laissa tomber dans son fauteuil.

— Christ! Ça a pas d'allure, cette affaire-là, dit-il à mi-voix. Mon école est tellement propre qu'on mangerait à terre. Où est-ce qu'ils vont envoyer les enfants si elle ferme? L'inspecteur me l'aurait dit si la commission fermait l'école.

Peu à peu, il parvint tant bien que mal à se rassurer. L'enseignante avait dû mal comprendre. Rien ne justifiait la fermeture définitive de St-Andrews dans son esprit, absolument rien.

Quelques minutes plus tard, la cloche sonna et les écolières envahirent les couloirs de la petite école, causant le charivari habituel. Par la porte entrouverte de son bureau, Maurice vit passer les enfants surexcitées dont les institutrices cherchaient à calmer l'ardeur. Après l'entrée des écolières dans les salles de classe, le calme revint dans les couloirs et le concierge vaqua à ses occupations habituelles. Il ne s'arrêta que vers dix heures, au moment où il reçut la visite impromptue de Louis Provost, l'inspecteur en bâtiment du secteur.

Les deux hommes se connaissaient depuis plusieurs années et ils s'appréciaient.

— Je suppose que t'as appris la nouvelle, Maurice ?

— Quelle nouvelle ? mentit le concierge.

— On ferme ton école à la fin de juin. C'est fini. Il y a plus rien à faire. Les commissaires l'ont décidé.

— Voyons donc ! protesta Maurice, soudain plus pâle. Ils peuvent pas faire ça avec une école presque neuve. La bâtisse est plus jeune que celle des autres écoles du coin.

— C'est pas une question d'âge de la bâtisse, Maurice, expliqua patiemment l'inspecteur ; c'est une question de clientèle. Il y a plus assez d'élèves du primaire anglais dans le secteur... Bon. C'est bien beau tout ça, mais je suis pas juste venu pour t'apprendre la nouvelle. Je veux t'amener voir ta prochaine école.

— Ma prochaine école ? demanda Maurice pour qui tout allait trop vite ce matin-là.

— Bien oui. On va te donner une autre école, à moins que t'aies décidé de prendre ta retraite. Au fond, t'es peut-être capable de la prendre avec tout l'argent que t'as fait avec les locations de ton gymnase depuis vingt ans, dit l'inspecteur, moqueur. Je comprends que t'aies de la misère à vouloir lâcher St-Andrews. C'était une vraie petite mine d'or pour toi.

— C'est sûr que j'ai pas eu à me plaindre, reconnut Maurice. Mais il faut pas exagérer : j'ai pas fait tant d'argent que ça avec les locations.

— Bien, tu vas en faire encore pas mal moins à St-Pete, reprit l'inspecteur, parce que là, il y a pas de locations de gymnase par la ville ou par la paroisse.

Maurice encaissa ce second coup sans prononcer un mot. Quand tout va mal…

— Je peux pas laisser l'école aujourd'hui comme ça, voulut argumenter le concierge en revenant à la proposition de Louis Provost d'aller visiter sa prochaine école.

— Occupe-toi pas de ça. J'ai prévenu la directrice. Ça va prendre moins qu'une heure. Viens. T'embarques avec moi.

Louis Provost conduisit Maurice jusqu'à une école de la rue Saint-Zotique, située deux rues à l'est de la rue Papineau. Lorsqu'il arrêta son véhicule devant le vieil édifice en brique brune à un étage dont la pelouse miteuse était jonchée de papiers gras, l'inspecteur retint Maurice un instant dans sa voiture pour lui dire :

— Je t'avertis, Maurice. St-Pete, c'est loin d'être une école neuve, mais j'ai pas autre chose à t'offrir, à moins que t'acceptes de devenir aide-concierge à la polyvalente Marquette.

— Ah non, ça, je le pourrais pas ! s'exclama l'homme de cinquante-huit ans qui regardait, consterné, l'endroit où il serait bientôt appelé à travailler.

— Aurèle Morin, le concierge de St-Pete, prend sa retraite le 1er juin, reprit Louis Provost en descendant de sa voiture de fonction. Ça fait déjà deux ou trois ans qu'il fait plus grand-chose dans son école. J'ai bien peur que tu la trouves pas mal sale. Mais je suis sûr que tu vas être capable de la remettre d'aplomb.

— Quand est-ce que je dois commencer ici ?

— Le 1er juin.

— Mais l'école sera pas finie à St-Andrews, protesta Maurice.

— Je le sais, mais tu lâcheras St-Andrews le dernier vendredi de mai. Comme on ferme l'école, il y aura pas de grand ménage d'été à faire. Pour la fermer et aider à tout empaqueter, on a une équipe à la commission. Je vais envoyer un aide-concierge pour voir à ce que tout soit fait comme du monde. Viens. Morin va nous faire visiter son école.

La visite de St-Pete se révéla bien pire que tout ce que Maurice avait pu imaginer en franchissant les portes de l'institution. Les murs étaient couverts de graffiti et les parquets étaient d'une saleté repoussante. Tout, dans l'édifice, montrait le laisser-aller de son concierge, un gros homme au souffle court dont la lenteur à se déplacer disait assez la vaillance.

Après la visite des lieux, Louis Provost tint à présenter Maurice Dionne au directeur de St-Pete. L'inspecteur et le futur concierge de l'école s'arrêtèrent un instant au bureau de ce dernier. Charles Lewis, un grand homme voûté à la figure glabre, ne se donna même pas la peine d'inviter les deux visiteurs à s'asseoir. Il souhaita la bienvenue à Maurice sans aucune chaleur et dit espérer qu'il aurait à cœur de bien collaborer. Puis il s'excusa ; il était attendu à une réunion.

Lorsque Maurice monta à bord du véhicule de l'inspecteur, il ne put s'empêcher de dire le fond de sa pensée :

— J'ai jamais vu une école aussi crottée de ma vie. C'est à lever le cœur. Je suis même pas sûr d'être capable de la nettoyer comme du monde pour septembre.

— Tu vas y arriver, le rassura Louis Provost.

— Oubliez pas que je prends mes vacances durant tout le mois de juillet. Ça me laisse pas grand temps pour tout remettre d'aplomb, plaida Maurice.

— Écoute. Je vais faire mon possible pour te trouver un aide-concierge pour tout l'été. Comme ça, tout va être correct.

Maurice rentra à St-Andrews le cœur lourd. Soudainement, il voyait SON école avec des yeux neufs. C'était son chez-soi, sa maison, et il en était chassé. Depuis vingt-trois ans, il la bichonnait et l'astiquait avec autant de soin que si elle lui avait appartenu. Penser qu'il allait l'abandonner était un véritable crève-cœur. Être chassé de son bungalow de Saint-Léonard ne lui aurait pas fait plus mal.

Ce soir-là, à son retour à la maison, il se laissa tomber sans un mot dans sa chaise berçante et, durant de longues minutes, il fixa le mur en face de lui. Jeanne finit par s'inquiéter de son silence et lui demanda ce qu'il avait.

— Ils ont décidé de fermer l'école, déclara-t-il abruptement.

— Ton école ? Pourquoi ?

— Ça a pas d'importance pourquoi ! Ces bâtards-là ont décidé que ça valait plus la peine de la garder ouverte ! explosa-t-il. Là, ils m'envoient à l'autre bout de la ville dans une vieille école toute sale. J'ai envie de tout sacrer là.

Cette dernière phrase disait assez clairement tout son désarroi. Jeanne eut la sagesse de ne pas essayer de le consoler. Elle le laissa à ses sombres pensées une bonne partie de la soirée. Maurice finit par sortir de son mutisme au moment de se mettre au lit.

— Ces écœurants-là, s'ils pensent que je vais me crever à nettoyer une école qui est une vraie soue à cochons, j'ai des petites nouvelles pour eux autres. Je vais faire comme le vieux que je vais remplacer : je vais en faire le moins possible.

— Pourquoi pas ! renchérit Jeanne qui comprenait tout de même assez mal que son mari fasse un tel drame avec la fermeture de son école.

— Le pire, c'est que ça va faire tout un changement sur ma paye, poursuivit Maurice, comme s'il ne l'avait pas entendue. As-tu pensé combien j'étais pour perdre par année ? Dans cette école-là, il est pas question de locations de salle. C'est comme s'ils venaient de me voler presque un quart de mon salaire.

Jeanne n'eut aucune réaction. Elle n'avait jamais vu la couleur de tout cet argent gagné en surplus par son mari depuis plusieurs années. Elle s'était toujours débrouillée tant bien que mal avec ses propres moyens.

— Il va falloir se serrer la ceinture et couper dans les dépenses, ajouta Maurice, la mine sombre.

— On est habitués, laissa tomber Jeanne avec une pointe de sarcasme.

— Attends ! T'as encore rien vu, prédit Maurice avant d'éteindre la lumière et de se mettre au lit.

Dès le lendemain, Maurice se mit au travail. Durant les deux semaines suivantes, chaque jour, il attendit avec impatience le départ des enseignantes et de la direction de St-Andrews avant de remplir le coffre et l'habitacle de sa voiture de toutes sortes de produits de nettoyage. À son arrivée à la maison, il s'empressait de dissimuler ces derniers dans le cabanon de son jardin et dans les armoires de son sous-sol.

— Mais c'est du vol ! avait protesté Jeanne en voyant la quantité de produits grossir quotidiennement.

— Maudite folle ! s'était contenté de lui crier Maurice, rageur. Tu comprends pas que je peux pas laisser ça à l'école en partant. J'ai pas le choix.

Ce que le concierge de St-Andrews transportait chaque soir, c'était les surplus de produits nettoyants commandés et inutilisés par lui depuis plus de vingt ans.

Au début de chaque année, la CECM lui avait octroyé un budget de fonctionnement et il s'était toujours fait un point d'honneur de le dépenser jusqu'au dernier cent. Lorsqu'il lui restait du papier hygiénique, du savon, de la cire, des essuie-mains, des balais ou des vadrouilles à la fin de l'année — ce qui arrivait le plus souvent — il s'empressait de dissimuler le tout dans le sous-sol de l'école, à l'abri du regard de l'inspecteur. S'il avait déclaré des surplus, on aurait amputé son budget l'année suivante, ce qu'il n'admettait pas. Au fil des années, il avait donc accumulé une quantité phénoménale de produits et il était évidemment hors de question pour lui de les laisser sur place en partant. Il aurait eu à fournir des explications plutôt gênantes à ses patrons lors de leur découverte.

Bref, avec une logique toute personnelle, Maurice en était venu à considérer tous ces produits comme lui appartenant en propre. Selon lui, il était tout à fait normal qu'il se les approprie avant de quitter St-Andrews.

Le dernier vendredi du mois de mai, au début de l'après-midi, le dernier concierge de St-Andrews, le cœur gros, vida les tiroirs de son bureau et fit le tour une dernière fois de ce qui avait été son domaine durant vingt-trois ans. Il attendit pendant quelques minutes l'arrivée de son remplaçant, à qui il remit son trousseau de clés.

Avant de quitter définitivement les lieux, il s'arrêta au bureau de la directrice pour la saluer une dernière fois, comme elle le lui avait demandé le matin même, à son arrivée. Lorsqu'il pénétra dans la pièce, madame Wilson se leva et vint lui serrer la main après lui avoir tendu un paquet soigneusement emballé.

— On va beaucoup vous regretter, monsieur Dionne, dit la dame avec émotion. On va s'ennuyer de vous autant que de St-Andrews. C'est un petit cadeau de la part de toutes les enseignantes qui vous souhaitent bonne chance dans votre nouvelle école.

Maurice, les yeux humides, remercia la directrice et sortit. Quand la porte d'entrée de l'établissement claqua derrière lui, il eut la nette impression qu'une période importante de sa vie venait de prendre fin. En démarrant sa voiture, il jeta un dernier regard nostalgique à St-Andrews. Il ne se rendait pas compte que son départ, trois semaines avant la fermeture de l'institution, lui épargnait une épreuve difficile, celle de voir son école abandonnée à jamais.

Quelques minutes plus tard, Maurice se présenta à St-Pete où Aurèle Morin l'attendait avec impatience. Le futur retraité ne perdit pas une minute. Il lui tendit son trousseau de clés et lui montra le cagibi éclairé par une petite lucarne qui servait de bureau au concierge de l'école. L'endroit était situé tout près de la porte d'entrée.

— C'est pas grand, mais c'est bien placé pour voir les commandes arriver. Pour tout ton matériel, je t'ai déjà montré où c'était quand t'es venu avec Provost. T'as déjà rencontré le directeur; donc, j'ai pas à aller te présenter. Essaye de te rappeler quelque chose, dit Morin en prenant un sac de papier Kraft qui semblait contenir ses derniers avoirs à St-Pete. Je sais pas comment c'était à ton ancienne école, mais ici, le concierge, c'est rien. Le directeur et les professeurs sont pareils: tous des airs bêtes! Jamais un «bonjour». Jamais un «merci». Tout ce que t'as à faire, c'est ta job, sans t'occuper d'eux autres.

— C'était pas comme ça à St-Andrews, fit remarquer Maurice avec une certaine fierté.

— T'étais ben chanceux, reconnut le gros homme. Regarde. J'ai passé trente ans à les torcher. Ben, je pars. Il y en a pas un qui est venu me souhaiter une bonne retraite. Naturellement, j'ai pas eu le moindre cadeau. En tout cas, je peux te dire que ça me fait pas mal au cœur pantoute de partir.

Maurice souhaita une bonne retraite au vieil homme et pénétra dans ce qui allait être son nouveau bureau au moment même où la cloche annonçait la fin des classes. Les jours suivants, le nouveau concierge de St-Pete découvrit toute l'ampleur de la tâche qui l'attendait s'il voulait redonner un peu de propreté à l'édifice. Tout était si sale qu'il ne voyait pas le jour où il en viendrait à bout.

— Une vraie poubelle, dit-il à Jeanne lorsqu'il l'amena le soir même visiter son nouveau domaine. Je comprends pas que la commission scolaire ait pas sacré dehors le bonhomme Morin avant que ce soit aussi sale.

Comble de malchance, Maurice apprit à la fin du mois de juin qu'il aurait droit à un aide-concierge seulement les deux premières semaines de juillet, période pendant laquelle il serait en vacances. Il se trouverait donc dans l'incapacité de pousser dans le dos de l'employé qu'on allait lui envoyer. Ce manque de contrôle le fit se renfrogner encore un peu plus.

Le 30 juin, il quitta sa nouvelle école pour prendre un mois de vacances. Pour la première fois depuis plusieurs années, il était vraiment heureux de laisser son travail. Malgré toutes ses promesses d'austérité et de sacrifices obligés, il partit le lendemain avec Jeanne pour une dizaine de jours de repos à Wildwood.

—

L'été 1979 fut particulièrement chaud et ensoleillé. Il s'écoula somme toute assez rapidement. La famille de Paul et celle de Lise passèrent les vacances scolaires à leur chalet. André et les siens allèrent se reposer à Myrtle Beach quelques semaines après que Claude, sa femme et son fils y furent allés.

Au début du mois d'août, Maurice retourna sans entrain à St-Pete. On aurait dit que son départ de St-Andrews avait définitivement brisé un ressort en lui. Il ne semblait plus prendre aucun plaisir à sa tâche. Sa fierté pour son école avait disparu. Il ne restait qu'une évidente amertume devant toute la tâche qu'il lui restait à accomplir. Le travail était devenu une besogne pénible, presque une corvée.

L'automne arriva sans qu'on l'ait vraiment vu venir. Jeanne devait maintenant s'habituer à voir son mari revenir à la maison dès quatre heures et demie, tous les après-midi. C'était là un changement important dans sa vie. Ses habitudes étaient bouleversées. Plus question que ses clientes se présentent n'importe quand durant la journée ou en début de soirée. Maurice ne l'aurait pas toléré. Il les aurait vite insultées si elles avaient osé venir quand il était là. Sa présence à la maison impliquait aussi que sa femme mette fin à tout travail de couture avant le souper. Elle devait dorénavant accepter de passer pratiquement toutes ses soirées devant le téléviseur, à ses côtés.

À la fin du mois d'octobre, Maurice finit par remarquer que Guy se rendait de plus en plus souvent à Bois-des-Filion, chez sa sœur Martine.

— Veux-tu ben me dire ce qu'il a à aller traîner là-bas, lui? demanda-t-il un soir à sa femme. Georges va finir par lui dire qu'il les encombre.

— Ça, ça me surprendrait de Georges, répondit Jeanne. Tu sais comment il est recevant!

— Quand même.

— Moi, j'ai l'impression que notre Guy déteste pas trop Annie, la sœur de Georges, reprit Jeanne en souriant.

— Viens pas me dire qu'il y en a un autre qui pense à se marier! s'exclama Maurice.

— Bien non, mais si je me fie à ce que Martine m'a dit au téléphone, ça commence à être sérieux entre notre garçon et sa belle-sœur.

— C'est pas sa petite job de vendeur qui va lui permettre de faire vivre une femme.

— Voyons, Maurice, protesta Jeanne. T'écoutes pas quand il te parle. Il t'a dit la semaine passée qu'il vient de commencer un cours de réparateur de télévision.

— Ah oui ! J'avais oublié, reconnut Maurice.

— En plus, il m'a dit qu'il va lâcher sa job de vendeur pour travailler chez Non Food Products avec Gilles. Le mari de Francine dit qu'il va lui montrer quoi faire.

— J'espère qu'il fait pas une erreur en lâchant sa job, se contenta de dire Maurice. Ce qui est sûr, c'est que moi, j'ai pas les moyens de le faire vivre.

—

Six semaines plus tard, au lendemain d'une petite chute de neige, Jeanne quitta la maison un peu après huit heures pour aller assister à la messe à l'église Sainte-Angèle, comme elle avait pris l'habitude de le faire deux ou trois fois par semaine. En revenant de la cérémonie, elle glissa malencontreusement sur une petite plaque de glace dissimulée sous la mince couche de neige au coin de la rue Lavoisier et du boulevard Lacordaire. Lorsqu'elle tenta de se relever, une douleur fulgurante dans la jambe gauche la cloua au sol.

Un automobiliste s'arrêta pour lui porter secours. Quand il se rendit compte qu'elle était incapable de se remettre sur pied, il demanda à la propriétaire de la maison voisine d'appeler une ambulance. Jeanne fut finalement transportée à l'hôpital de Cartierville où on diagnostiqua une fracture à la jambe gauche. Maurice, alerté, arriva à l'hôpital au moment où on venait de terminer le plâtre de sa femme.

Énervé, il s'empressa de louer un fauteuil roulant et transporta Jeanne jusqu'à sa voiture. Il eut beaucoup de mal à l'installer sur la banquette arrière de la Chrysler.

— Veux-tu ben me dire, bout de Christ, comment t'as fait ton compte pour aller te casser la gueule comme ça sur le trottoir ? lui demanda-t-il aussitôt après avoir mis son véhicule en marche.

— C'est un accident. J'ai glissé sur de la glace cachée par la neige en revenant de la messe, expliqua péniblement Jeanne, encore un peu abrutie par les calmants qu'on lui avait administrés.

— Il y a pas à dire, c'est payant en sacrement d'aller à la messe ! jura Maurice. Là, je vais être poigné pour faire tout ton ouvrage pendant quarante jours, le temps qu'ils t'enlèvent ton maudit plâtre. Ça va être le *fun* encore !

Jeanne ne répondit rien et Maurice finit par se calmer. De retour à la maison, il installa sa femme du mieux qu'il put et prépara le dîner avant de retourner à l'école. Le soir, il confectionna aussi le repas pendant que Jeanne téléphonait à leurs enfants pour leur apprendre la mauvaise nouvelle.

Au cours de la soirée, tous les enfants vinrent rendre visite à leur mère, mais aucun n'était en mesure de lui venir en aide durant sa convalescence. Tous avaient un emploi qui les occupait durant le jour. En fait, seule Lise aurait peut-être pu venir prendre soin de sa mère, mais elle ne voulait pas laisser ses deux enfants adolescents seuls à la maison.

Dès le second jour, Jeanne dut par conséquent apprendre à se déplacer comme elle pouvait dans son fauteuil roulant, avec son encombrante jambe plâtrée dressée devant elle. Elle apprit vite à tenir compte de l'étroitesse du couloir et de l'exiguïté des pièces de son bungalow. Elle connaissait assez son mari pour savoir que sa patience et sa bonne volonté allaient rapidement s'épuiser. Elle ne se trompait guère... À peine quelques jours après l'accident, ce dernier manifestait déjà des signes évidents d'impatience devant son incapacité temporaire de tout faire par elle-même.

— Je te dis, ma petite fille, avoua Jeanne à Francine venue la visiter un après-midi, que c'est pas drôle de dépendre d'un autre. Ton père est pas patient pour une cenne. Il chiale aussitôt que je lui demande un service.

— S'il veut pas rien faire, m'man, dites-lui qu'il vous faut une garde-malade, lui conseilla la jeune femme.

— Es-tu folle, toi ? Des plans pour qu'il pique une crise.

Jeanne dut donc se débrouiller sans aide durant toute sa convalescence. Cinq semaines plus tard, le moment de se faire libérer de son plâtre arriva enfin. Ce jour-là, elle fut aussi soulagée que son mari. Maurice n'en pouvait plus depuis longtemps de jouer à l'infirmière, même récalcitrante.

—

Lorsque le temps des fêtes approcha, les enfants Dionne qui étaient mariés se consultèrent et décidèrent, avec le plein appui de leurs parents, de limiter les réceptions durant les vacances de Noël. L'un d'eux suggéra que les familles se regroupent par deux ou trois pour offrir une fête, s'ils le désiraient vraiment.

On laissa la préparation du réveillon de Noël à Jeanne pour respecter la tradition, mais Martine et Lise proposèrent immédiatement d'unir leurs efforts pour offrir le second banquet des fêtes, le soir de Noël. À leur tour,

André et Paul, après avoir consulté leurs épouses, décidèrent de recevoir toute la famille pour le souper du samedi suivant. Enfin, Francine, Marc et Claude choisirent de jouer les hôtes la veille du jour de l'An.

Lorsque Maurice fit le bilan de la période des fêtes, le lendemain du jour de l'An 1980, il ne put s'empêcher de dire à sa femme :

— Les enfants ont eu une bonne idée de se mettre ensemble pour les repas. Comme ça, on n'a pas eu à sortir presque tous les soirs durant les fêtes. Et pour une année, on a pu manger autre chose que de la dinde et des tourtières.

— Qu'est-ce que t'as contre la dinde et les tourtières ? lui demanda Jeanne.

— J'ai rien contre, mais quand ça fait cinq ou six fois que t'en manges en deux semaines, tu commences à être écœuré d'en manger.

— En tout cas, c'était le *fun* cette année, convint Jeanne. On a joué aux cartes et à toutes sortes de jeux après le repas. Moi, je trouve que l'idée des cadeaux-surprises, c'était une bonne idée. On devrait faire ça l'année prochaine, nous autres aussi.

— Exagère pas, dit sèchement Maurice. Ça coûte déjà assez cher de recevoir tout le monde. En plus, c'est juste bon à faire finir la soirée plus tard.

Malgré tout, pour la première fois, Maurice fut obligé de constater cette année-là, avec un certain dépit, que son départ hâtif d'une fête familiale chez un de ses enfants ne signifiait plus la fin de la fête. Lorsqu'il avait décidé de partir une heure ou deux après le repas chez Paul, on l'avait plaint d'être un couche-tôt et la fête s'était poursuivie sans lui. Les temps changeaient et il perdait peu à peu le contrôle des choses qu'il avait longtemps tenues pour acquises.

Chapitre 17

Les départs

Il ne restait plus qu'un mois à l'année 1980, qui fut, sans contredit, une année riche en événements importants. L'invasion de l'Afghanistan par l'armée soviétique, le début de la guerre entre l'Iran et l'Irak et même l'élection de Ronald Reagan à la présidence des États-Unis avaient occupé le devant de la scène politique internationale. L'élection de Pierre-Elliott Trudeau, les Jeux olympiques d'été à Moscou et le marathon de l'espoir de Terry Fox appartenaient déjà au passé.

Malgré tous ces bouleversements, cette année resterait surtout marquée dans la mémoire collective des Québécois comme l'année du référendum. Durant des mois, la campagne du « oui » dirigée par le gouvernement de René Lévesque avait soulevé les passions et divisé les familles. Le peuple québécois réclamait le droit de posséder son propre pays. Pierre-Elliott Trudeau, à la tête des fédéralistes, avait mené ses troupes au combat. Le suspense avait été presque insoutenable parce que jusqu'à la dernière minute, les sondages donnaient les deux tendances nez à nez dans l'opinion publique. La lutte était devenue si émotive qu'elle avait presque fini par se transformer en un affrontement intergénérationnel. Si beaucoup de jeunes reprochaient amèrement à leurs aînés leur crainte d'une séparation, les personnes âgées leur rétorquaient le plus souvent qu'ils n'étaient prêts à opter pour l'indépendance que parce qu'ils n'avaient rien à perdre dans l'aventure.

Pourtant, toute cette agitation politique, qui avait passionné ses enfants durant plusieurs mois, avait laissé Maurice indifférent. Lorsque le « non » l'avait emporté le soir du 20 mai, il s'était contenté de hausser les épaules en disant :

— Il était temps que ça finisse, cette maudite niaiserie-là ! On va enfin entendre parler d'autre chose.

Depuis plusieurs minutes, ce soir-là, Maurice fixait l'écran de son nouveau téléviseur couleur sans vraiment le voir. Bernard Derome lisait les nouvelles du jour sans susciter chez lui le moindre intérêt. Il ne songeait qu'à une chose : la prochaine cigarette qu'il allait fumer avant de se mettre au lit.

Ce n'était pas de gaieté de cœur qu'il cherchait désespérément à limiter son usage du tabac. Depuis le début de l'automne, il avait du mal à respirer, au point de s'être décidé à aller consulter un médecin en cachette, trois semaines auparavant. Lorsqu'il lui avait avoué qu'il fumait un gros paquet de cigarettes par jour — pour être franc, il aurait dû dire deux gros paquets et demi — le praticien, horrifié, lui avait ordonné d'arrêter de fumer immédiatement.

— Mon bon monsieur, ne cherchez pas plus loin, avait-il daigné expliquer à l'homme de cinquante-neuf ans. Vos poumons n'en peuvent plus. Il faut que vous cessiez immédiatement de fumer, sinon vous allez crever. Arrêtez de fumer et revenez me voir dans un mois. À ce moment-là, je vais vous examiner à fond et vous irez passer des tests à l'hôpital.

Maurice avait quitté le bureau du médecin avec la ferme intention de ne pas y remettre les pieds.

— Il connaît rien, ce maudit docteur-là, s'était-il dit en s'installant derrière le volant de sa voiture. Il m'a même pas donné de prescription, rien!

Cette déclaration ne l'avait cependant pas empêché de reconnaître le bien-fondé de l'avis qu'on venait de lui donner.

Le jour même, il avait pris, à contrecœur, la décision de diminuer d'abord sa consommation de tabac avant d'arrêter tout à fait. Il lui semblait que l'opération serait ainsi moins inhumaine. Ce qui aurait pu sembler facile à quelqu'un d'autre prenait des proportions dramatiques à ses yeux. Il fumait depuis l'âge de quatorze ans et avait toujours été persuadé que le fait d'être passé aux cigarettes avec filtre vingt-cinq ans plus tôt l'avait mis à l'abri de tout danger. Trois semaines lui avaient suffi pour découvrir à quel point il était difficile pour un fumeur invétéré de limiter le nombre de cigarettes fumées dans une journée. C'était à devenir fou! Le seul résultat tangible auquel il était parvenu était de faire de la prochaine cigarette l'objet d'une vraie fixation. Il n'arrivait plus à se concentrer sur rien d'autre.

Le pire était probablement qu'il ne voulait pas informer Jeanne de son piètre état de santé et de sa décision d'arrêter de fumer. Lorsqu'il se levait le matin, secoué par des quintes de toux sèches et irrépressibles, il s'empressait de sortir de la chambre pour éviter les remarques de sa femme. S'il l'avait mise au courant de sa visite chez le médecin, elle aurait commencé à le harceler. Il préférait lui faire la surprise d'arrêter de fumer par ses seuls moyens. Elle ne pourrait alors que le féliciter. Mais comment y arriver?

Dès qu'il s'assoyait dans sa chaise berçante, dans son bureau ou devant le téléviseur, il posait le geste machinal de sortir son paquet de Rothman's et son briquet de sa poche de poitrine et, avant même de songer à ce qu'il venait de faire, il avait une cigarette allumée entre les doigts. Il avait beau faire des efforts méritoires pour réduire sa consommation, il n'arrivait à rien de concret. La situation le désespérait profondément. Le sevrage total semblait être un objectif impossible à atteindre. Il fumait tout autant que s'il n'avait pas contrôlé sa consommation.

Il en était au point qu'il rêvait à une piqûre ou à un remède miracle qui lui enlèverait sans mal et de façon définitive son besoin incoercible de fumer. Si un tel médicament avait existé, il n'aurait pas hésité un instant. Non. Impossible. Se fiant à la publicité, il avait essayé les produits Nicorette et Ziban sans autre résultat que des nausées déplaisantes lorsqu'il allumait une cigarette. Il continuait toujours d'acheter ses deux cartons de cigarettes chaque semaine.

Le désespoir l'avait poussé à une solution extrême. Un matin, il avait résolu de s'absenter deux heures de St-Pete pour se rendre à une séance d'acupuncture. À en croire la publicité, c'était souverain pour enlever définitivement le besoin de nicotine.

— Des maudits voleurs! avait décrété Maurice, fou de rage, en constatant, deux heures plus tard, que le fait d'avoir été transformé en pelote d'épingles n'avait en rien diminué son envie de fumer.

Ce soir-là, quand Bernard Derome souhaita une bonne nuit aux téléspectateurs, Maurice éteignit le téléviseur d'un geste décidé. En descendant devant Jeanne l'escalier qui les menait au rez-de-chaussée, il se dit: «Ça va faire. Je suis pas capable; un point, c'est tout! Je fume à mon goût. Que le diable emporte le reste!»

Et pour bien marquer qu'il en avait fini avec ses vaines tentatives, il s'alluma une cigarette en pénétrant dans la cuisine.

— Tu viens pas te coucher ? lui demanda Jeanne de la chambre où elle venait de pénétrer.

— Dans deux minutes. Je finis d'abord ma cigarette, répondit Maurice, fébrile.

Le lendemain matin, au réveil, Maurice ressentit une sorte de dégoût pour son absence de volonté, mais ce sentiment céda vite la place au plaisir de fumer sans avoir à se préoccuper de rien.

—

Peu avant Noël, Guy annonça à ses parents qu'il avait demandé la main d'Annie Delorme à son père et qu'ils avaient décidé de se marier au début de l'été suivant.

Quelques jours plus tard, Maurice profita d'une visite de son gendre, Georges, pour lui demander comment son père avait accepté la demande en mariage de Guy.

— Il s'y attendait depuis un bon bout de temps, monsieur Dionne, mais lui et ma mère trouvent ça dur quand même. Annie, c'est leur bébé, c'est la plus jeune.

— Guy, c'est aussi notre plus jeune, rétorqua Maurice.

— En tout cas, beau-père, j'ai averti Guy au sujet de ma sœur. Je lui ai dit que c'est un bébé gâté.

— Et ?

— Ça a pas eu l'air de lui faire peur.

— Est-ce que ton père a l'intention d'organiser des grosses noces ?

— Il a dit qu'il ferait la même chose pour Annie que pour mes autres sœurs et c'étaient des belles noces.

En fait, Germain Delorme ne ménagea pas ses efforts pour faire du mariage de sa fille cadette une journée mémorable et il réussit à merveille. Les deux familles, qui s'étaient côtoyées sept ans auparavant lors de l'union de Georges et de Martine, se retrouvèrent dans la salle paroissiale de Bois-des-Filion après la cérémonie, pour le banquet.

En cette occasion, les gens présents à la noce purent constater à quel point Guy ressemblait à son jumeau. Durant le repas, le nouveau marié s'absenta un instant de la table d'honneur et rencontra brièvement Marc dans les toilettes. Les deux frères décidèrent d'échanger leur veston et leur place dans l'intention de mystifier Annie et de faire rire les invités.

De retour à la table d'honneur, Marc prit place aux côtés d'Annie et tint le rôle du marié durant plusieurs minutes, du moins jusqu'au moment où les invités se mirent à frapper sur les tables pour inviter les nouveaux époux à s'embrasser. À ce moment-là, le faux marié se leva et fit signe à son frère, assis au fond de la salle avec Mylène, de revenir prendre sa place sous le regard ahuri des convives. Quand ce dernier se présenta à la table, Marc lui tendit cérémonieusement son veston et réclama le sien.

La mariée, confuse de s'être laissé berner, enguirlanda Guy, qui reprenait sa place à ses côtés. Si les invités à la noce s'amusèrent de la plaisanterie, les parents de la mariée ne la trouvèrent pas particulièrement drôle.

—

Après le mariage de Guy, il ne resta plus à la maison que Denis, qui ne semblait pas pressé de quitter le nid familial. Il allait avoir vingt-sept ans l'automne suivant.

Maurice était heureux de pouvoir encore compter sur la présence d'un dernier fils à la maison. Depuis le mois d'avril précédent, il avait l'impression d'avoir vieilli d'un seul coup parce qu'il avait fêté ses soixante ans... Soixante ans! Lui, l'adolescent maladif, avait vécu plus longtemps que son père et son frère Adrien. Mais à soixante ans, on était un vieillard, songeait-il avec un frisson. À cet âge-là, il fallait commencer à penser à sa retraite et même à sa mort, perspectives déplaisantes, s'il en était. Durant les jours qui suivirent son anniversaire, il fut d'une humeur sombre d'où il était difficile de le tirer. Jeanne, excédée de le voir arborer un air morose, finit par lui dire :

— Maurice Dionne, reviens-en ! T'es pas mort ! T'as soixante ans ; t'en as pas quatre-vingt-dix ! T'es pas malade et t'es même pas encore à la retraite. Secoue-toi un peu.

Maurice se le tint pour dit et sembla bientôt oublier qu'il venait de changer de décennie. Pourtant, avant la fin de l'été, il trouva le courage d'aller rencontrer un représentant des entreprises funéraires Alfred Dallaire pour organiser et payer ses pré-arrangements funéraires, même si Jeanne s'était vivement opposée à cette idée, qu'elle trouvait un peu trop macabre.

La semaine suivante, le père de famille expliqua en détail à ses enfants ce qui avait été prévu lorsqu'il mourrait. En cette occasion, Paul réalisa soudainement que celui qu'il avait si longtemps considéré comme une sorte de tyran domestique glissait lentement vers la vieillesse sans que les siens s'en rendent vraiment compte. Le passage inéluctable des années le marqua pour la première fois.

—

Deux mois plus tard, Simone, l'épouse d'Adrien Dionne, mourut. Son décès ne fut une surprise pour personne, même si elle n'avait que soixante-deux ans. La pauvre femme avait passé une grande partie des dernières années de sa vie dans divers hôpitaux à se faire traiter pour différents maux. Maurice et Jeanne s'étaient fait un devoir d'aller la visiter au moins une fois par mois depuis la mort de son mari, survenue sept ans plus tôt.

La mort de Simone permit à Maurice de revoir sa sœur et Georges Duhamel, qu'il avait peu vus depuis deux ans. Suzanne avait géré à sa façon la retraite de son mari en l'incitant à se transformer en homme à tout faire qui louait ses services aux plus offrants. Les trois fils du couple étaient maintenant mariés, mais Jeanne comprit rapidement que sa belle-sœur était à couteaux tirés avec chacune de ses brus.

— Un peu plus, on manquait les funérailles de Simone, laissa tomber Maurice.

— Comment ça ? lui demanda sa sœur.

— Ben, j'ai réservé un voyage de deux semaines à la Jamaïque pour le commencement de novembre.

— Et pour ton école ?

— Pas de problèmes. Je prends deux semaines de vacances.

Depuis son départ de St-Andrews, Maurice avait dû se trouver une nouvelle source de motivation pour pouvoir continuer de travailler. Les voyages étaient alors rapidement devenus un but intéressant.

Lors de son retour de la Jamaïque, Maurice, tout bronzé, fut intarissable sur les innombrables plaisirs que leur avait réservés l'île. Il raconta aux siens que c'était beaucoup mieux que Porto Rico, l'endroit où Jeanne et lui avaient séjourné l'année précédente. Pourtant, les semaines suivantes, Jeanne laissa échapper au compte-gouttes des informations surprenantes. Ses enfants apprirent peu à peu que le fameux voyage avait été loin d'être un rêve.

Tout d'abord, Maurice avait confondu la Jamaïque avec la Martinique. Les Dionne s'étaient donc retrouvés dans une île anglophone alors qu'ils s'attendaient à séjourner dans un environnement francophone. Ensuite, les réservations d'hôtel effectuées à la va-vite avaient eu les conséquences les plus fâcheuses. Logés à près de soixante milles de Kingston, en pleine brousse, dans un motel miteux, il leur avait fallu supplier le propriétaire pour obtenir une navette afin de se rendre dans la capitale à deux ou trois occasions durant leur séjour.

—

Si l'année 1981 avait été aussi fertile que 1980 en événements de toutes sortes, l'année suivante fut remarquablement dépourvue de tout intérêt, du moins aux yeux des Dionne. Toute la saga entourant les modifications de la constitution canadienne ne les intéressa évidemment en rien.

Les huit enfants mariés du couple semblaient jouir d'un bonheur tranquille. Pas de crise à l'horizon. Ils étaient raisonnablement en santé, avaient tous un emploi et leurs enfants grandissaient. Ils étaient presque tous propriétaires puisqu'il était de plus en plus question que Guy et Annie emménagent dans une maison neuve à Bois-des-Filion.

Denis, le seul célibataire de la famille, fréquentait depuis déjà plusieurs mois Nathalie Boudreau, une future enseignante. Leur relation semblait prendre une tournure de plus en plus sérieuse si on se fiait aux économies que le jeune homme avait entrepris de réaliser depuis six mois.

L'année précédente, il avait vendu la Chrysler achetée à son père pour acquérir une TransAm noire dont le capot était orné d'un grand aigle doré. Ce véritable bolide était la fierté de son nouveau propriétaire qui se souciait aussi peu de son importante consommation d'essence que de sa première chemise. Or, un beau jour, au milieu de l'été, son père le vit revenir à la maison au volant d'une petite voiture japonaise.

— Veux-tu ben me dire ce qui est arrivé à ton char ? demanda-t-il, soupçonnant son fils d'avoir eu un accrochage.

— Je l'ai vendu, p'pa.

— Pourquoi ? Il allait pas ben ?

— Non. Il me coûtait trop cher à rouler. Sans parler des assurances.

— T'iras pas loin avec cette espèce de suppositoire d'autobus, dit Maurice en désignant la petite voiture d'un geste méprisant.

— Peut-être, mais elle coûte presque rien pour rouler.

Un mois plus tard, Jeanne apprit à son mari des nouvelles encore plus surprenantes au sujet de leur dernier fils résidant encore à la maison.

— Est-ce que Denis t'a parlé de ses plans ? lui demanda-t-elle un soir où ils veillaient tous les deux, seuls, sur le balcon.

— Non. Qu'est-ce qu'il a fait encore ?

— Il parle de se marier l'été prochain.

— C'est normal, non ? Il va avoir vingt-neuf ans. Je trouve même ça pas mal vieux pour se décider. Je viens de comprendre pourquoi il s'est débarrassé de sa TransAm.

— Pas seulement pour ça, reprit Jeanne. Il va signer demain soir pour se faire construire une maison neuve à Repentigny.

— Mais il aura jamais assez d'argent pour ça ! s'exclama Maurice.

— Inquiète-toi pas. Il m'a dit que Nathalie a un bon compte de banque et lui, il ramasse son argent depuis un bout de temps. Ils veulent partir sur le bon pied. Ils vont se faire construire un bungalow à leur goût à Repentigny le printemps prochain et entrer dedans en revenant de leur voyage de noces.

— Sacrement! jura Maurice, envieux. C'est pas à nous autres que ce serait arrivé une chance comme ça quand on s'est mariés. On est partis avec une claque et une bottine.

Jeanne eut du mal à réprimer un sourire en songeant à leur départ dans la vie commune, trente-neuf ans auparavant. Maurice avait dû lui arracher l'argent reçu en cadeaux de noces pour parvenir à payer les deux billets de train grâce auxquels ils avaient pu revenir de Saint-Joachim, où leur mariage avait été célébré. Ils n'avaient même pas eu assez d'argent pour s'offrir un taxi pour les conduire de la gare jusque chez sa belle-mère où ils allaient habiter en pension durant un an. Ils avaient été obligés de prendre le tramway.

Le week-end suivant, Denis et Nathalie annoncèrent aux Dionne leur intention de se fiancer en mai et de se marier au mois de juillet. C'était maintenant une certitude : la maison familiale serait bientôt bel et bien désertée.

L'année 1982 marquait le quarantième anniversaire de mariage de Jeanne et de Maurice. Pour l'occasion, ce dernier voulut faire une grande surprise à sa femme en organisant, à son insu, un voyage à Hawaï pour célébrer l'événement.

Au début du mois de novembre, Jeanne partit donc en voyage. Pourtant, elle avait le cœur lourd d'inquiétude. Depuis quelques semaines, sa mère souffrait de graves troubles respiratoires et avait dû être hospitalisée plus d'un mois au début de l'automne. La vieille dame de quatre-vingt-six ans semblait avoir tant de mal à reprendre des forces que sa fille aurait préféré aller s'installer à son chevet plutôt que de quitter le pays, même pour une destination aussi extraordinaire. Mais comment renoncer à un tel voyage ? Comment faire comprendre un tel choix à Maurice ? Le voyage eut donc lieu comme prévu et procura tout de même au couple beaucoup de beaux moments de plaisir.

À son retour, Jeanne apprit avec un immense soulagement que l'état de santé de sa mère s'était suffisamment amélioré durant son absence pour ne plus susciter d'inquiétude.

La tranquillité et la routine régissaient maintenant la vie des Dionne. Après ce voyage, la vie reprit rapidement son cours normal.

Chapitre 18

1983

Toutefois, ces jours paisibles ne durèrent pas. À la fin du mois de janvier, Jeanne reçut un appel téléphonique de sa sœur Germaine. Leur mère avait été hospitalisée d'urgence la nuit précédente et le médecin traitant n'était guère optimiste à son sujet. L'aînée demanda à Jeanne si elle voulait venir assurer son tour de garde à l'hôpital et s'occuper aussi de leur père qui, à quatre-vingt-douze ans, ne voyait presque plus rien et ne pouvait être laissé seul. Laure, Ruth et Cécile lui avaient promis de venir prendre la relève à tour de rôle.

Quand Maurice rentra du travail cet après-midi-là, Jeanne avait déjà préparé sa valise et des odeurs appétissantes embaumaient la maison.

— Veux-tu ben me dire ce que t'as fait cuire ? lui demanda son mari en enlevant ses bottes sur le paillasson. Ça sent ben bon !

— Toutes sortes d'affaires, lui répondit Jeanne, épuisée d'avoir cuisiné presque toute la journée. Germaine m'a appelée à matin.

— Puis ?

— Ma mère va encore plus mal et ils ont dû la rentrer d'urgence à l'hôpital la nuit passée. Les docteurs lui donnent plus grand temps à vivre, fit sa femme en se mettant à pleurer.

— Bon. Ça te sert à rien de te mettre à brailler. Écoute. Elle a quand même quatre-vingt-six ans. En plus, elle est pas encore morte, non ?

— Germaine a demandé qu'on aille s'occuper de p'pa et veiller m'man à l'hôpital.

— Il y a des gardes-malades pour ça !

— Aïe, Maurice Dionne ! C'est mon père et ma mère. On va tous faire notre part. J'ai dit à Germaine que j'arriverais à soir à Québec. Ma valise est prête. Viens-tu me conduire à Québec ou bien je prends l'autobus ? Je t'ai fait à manger, à toi et à Denis, pour quelques jours. Je pense que vous êtes capables de vous débrouiller pour faire réchauffer vos repas.

— Whow, sacrement ! s'emporta Maurice. Donne-moi le temps de souffler un peu ! Il y a pas le feu ! J'espère que tu vas au moins me laisser le temps de souper avant d'aller te conduire là-bas.

En un rien de temps, son couvert fut mis et son repas fut servi.

— Tu manges pas ? demanda Maurice en voyant sa femme s'asseoir à table sans mettre son couvert.

— J'ai pas faim.

— Tu vas leur être ben utile si tu tombes malade, toi aussi, lui fit-il remarquer, tout de même inquiet. Force-toi un peu. Mange quelque chose.

Jeanne mangea un bol de soupe aux légumes pour lui faire plaisir. Un peu avant six heures, le couple se mit en route. Il faisait si froid que le système de chauffage de la grosse Chrysler avait du mal à maintenir une chaleur acceptable dans l'habitacle. Le voyage aurait pu être plus confortable si Maurice n'avait pas été obligé de baisser un peu une des glaces latérales pour évacuer la fumée des cigarettes qu'il fumait à la chaîne.

Il laissa sa femme à la porte de l'Hôtel-Dieu de Québec vers neuf heures et refusa de rendre visite à sa belle-mère, prétextant qu'il était déjà tard et qu'il devait encore laisser la valise de Jeanne chez son père avant de retourner à Saint-Léonard. Jeanne se présenta donc seule à l'urgence.

Trois jours plus tard, elle téléphona à son mari pour lui apprendre le décès de sa mère. Elle s'était éteinte durant la nuit en lui tenant la main. Jusqu'à la dernière seconde, la vieille dame avait refusé de mourir et s'était débattue, ce qui avait profondément bouleversé sa fille. Avant de partir pour Québec, Maurice tint à apprendre la nouvelle à ses enfants en leur téléphonant à tour de rôle.

Au salon funéraire, Maurice se retrouva assis durant de longs moments aux côtés de son beau-père. Le vieillard semblait être devenu un peu confus et ne paraissait pas encore réaliser le décès de sa compagne. Marie laissait dans le deuil son mari, ses huit enfants, une cinquantaine de petits-enfants et presque autant d'arrière-petits-enfants.

— Qu'est-ce qui va arriver à ton père maintenant que ta mère est plus là pour en prendre soin? demanda Maurice à son beau-frère Claude, au moment où ils pénétraient tous les deux dans le fumoir.

— Il paraît que Germaine a déjà tout arrangé, répondit l'homme d'une cinquantaine d'années avec une certaine amertume.

— Comment ça?

— Elle a dit à Cécile que le logement de mes parents était déjà loué à un couple et qu'elle installerait le père dans une chambre de sa maison.

— Maudit, elle a pas perdu de temps, réagit Maurice, estomaqué. J'espère qu'elle va au moins attendre que les funérailles soient finies avant de déménager ton père.

— J'ai parlé à Jean. Il m'a dit qu'il calmerait sa femme.

Après le service funèbre, Jeanne revint chez elle et eut beaucoup de mal à vivre son deuil durant les semaines suivantes.

Un mois plus tard, les Sauvé se réunirent à nouveau pour se partager l'héritage de leur mère. Fait inhabituel, on avait laissé le vieux Léon de côté, dans une autre pièce, comme si le partage des objets de sa femme ne le concernait pas. Les possessions de la disparue avaient été réparties en plusieurs lots et chacun pouvait choisir celui qu'il désirait, pourvu que les autres soient d'accord. On en vint même à procéder à un tirage au sort pour certains objets sans aucune valeur, et c'est alors que la grogne débuta.

On se disputa pour des vétilles et il y eut des accusations de malhonnêteté plus ou moins formulées. Un manteau de fourrure et une certaine somme d'argent avaient mystérieusement disparu. Certains évoquèrent des dons faits par la mère avant de mourir, tandis que d'autres, plus soupçonneux, laissèrent entendre qu'on avait forcé la main de la malade. Cette rencontre familiale finit par donner lieu à une belle foire d'empoigne et les conjoints ne furent pas les moins actifs.

Maurice avait assisté silencieux aux scènes disgracieuses et finit par perdre patience au bout de quelques minutes. En colère, il se leva finalement, prêt à quitter la maison de Germaine, où avait lieu la réunion.

—Je veux pas que tu rapportes rien, ordonna-t-il sèchement à sa femme qui hésitait entre deux lots. On n'est pas pauvres au point de se battre pour deux ou trois guenilles. Tes garde-robes en sont pleins. Prends-toi un souvenir ou deux de ta mère et viens-t'en.

Cette sortie brutale de Maurice jeta un froid sur la réunion familiale. On regarda silencieusement le couple Dionne quitter la résidence. En cours de route, Maurice laissa éclater sa mauvaise humeur.

— Tu parles d'une belle bande de rapaces! s'écria-t-il. Ils étaient prêts à se manger pour des cochonneries.

— Il reste quand même qu'il y a un paquet d'affaires de ma mère qui sont disparues et on sait pas où elles sont passées, fit remarquer Jeanne avec une certaine acrimonie. Ça me surprendrait pas que Germaine soit allée se choisir ce qui lui plaisait dans les affaires de m'man avant aujourd'hui.

— Et pour le manteau de fourrure? demanda Maurice.

— Il paraît que m'man l'a donné à Ruth dans le temps des fêtes. C'est du moins ce que Ruth dit.

— As-tu pensé à ton père dans tout ça?

— Pauvre p'pa, dit Jeanne en s'essuyant les yeux. C'est comme s'il comptait plus.

— Qu'est-ce qui a été décidé pour ses yeux?

— Les docteurs vont l'opérer pour ses cataractes. Mais ça va se faire à Montréal. Tu sais ce qu'on devrait faire, Maurice?

— Non. Quoi? demanda son mari, subitement méfiant.

— J'ai pensé qu'on pourrait garder mon père pendant la semaine qu'il va être obligé de passer à Montréal. J'en prendrais soin. Je suis toujours à la maison.

— Il en est pas question, calvaire! s'emporta-t-il. Ma maison est pas un hôpital.

— Envoye donc, Maurice! Pour me faire plaisir. Juste une semaine. Mon père cause pas de trouble. On l'entend pas. Ce pauvre vieux, il verra rien pendant une semaine. On n'est pas pour le laisser à l'hôpital quand c'est pas nécessaire.

— Je t'avertis, Jeanne Sauvé, si on le garde, tu vas le surveiller. Ton père fume et il voit plus rien. S'il met le feu, tu vas en entendre parler.

— Inquiète-toi pas, le rassura Jeanne, heureuse de lui avoir arraché cette concession. Je le laisserai pas tout seul une minute.

À la fin du mois d'avril, quelques semaines après que Maurice eut célébré son soixante-deuxième anniversaire, Léon Sauvé arriva chez les Dionne avec une petite valise. Durant plus d'une semaine, Jeanne eut le temps de gâter son vieux père qu'on opéra aux deux yeux. Fait surprenant, son gendre ne se plaignit pas une seule fois d'avoir à l'amener en quelques occasions à l'hôpital Sainte-Jeanne-d'Arc où il subit ses interventions chirurgicales.

Dès la première nuit de l'arrivée de son beau-père à la maison, Maurice se réveilla en sursaut en entendant des pas dans le couloir.

— Jeanne, chuchota-t-il, je pense que c'est ton père qui vient de se lever. Je l'ai entendu marcher dans la cuisine.

Comme sa femme ne se réveillait pas, il dut se résigner à se lever en maugréant pour aller voir ce que le vieil homme faisait. Il le découvrit assis dans sa chaise berçante en train de fumer une cigarette, dans le noir.

— Vous êtes pas raisonnable, beau-père, de vous lever comme ça en pleine nuit pour fumer, le réprimanda-t-il gentiment.

— J'ai toujours fait ça, se contenta de répondre Léon.

L'odeur de la fumée du tabac donna le goût de fumer à Maurice. Il alluma une cigarette à son tour, autant pour le plaisir de fumer que pour se donner le temps de vérifier si son beau-père éteignait correctement son mégot avant de retourner au lit. Cette scène se répéta les sept autres nuits que Léon passa sous le toit des Dionne. Maurice ne tint aucunement rigueur de cette habitude à son beau-père, un homme qu'il avait toujours beaucoup apprécié.

Cette visite de Léon chez sa fille et son gendre allait être la dernière. Au début du mois de mai, Germaine déclara être incapable de continuer à s'occuper plus longtemps de son vieux père. Selon ses dires, il demandait maintenant trop de soins. Elle lui avait déniché une place dans un foyer pour personnes âgées. Comme aucun de ses enfants ne se déclara prêt à prendre la relève, Léon Sauvé emménagea dans ce foyer pour y vivre la dernière étape de sa longue vie.

— Au fond, il va être ben mieux là que dans sa petite chambre étouffante chez ta sœur, déclara Maurice à l'annonce de la nouvelle.

— C'est tout de même triste qu'il y ait pas un de ses enfants capable de prendre soin de lui, rétorqua Jeanne en dissimulant mal le regret de n'avoir pu garder son père à demeure chez elle.

— Peut-être, mais si tu penses qu'on pourrait le garder, je t'avertis tout de suite qu'il en est pas question, rétorqua sèchement Maurice.

S'attendant à cette réponse sans équivoque, Jeanne garda son désarroi pour elle-même.

—

Quelques semaines plus tard, les parents de Nathalie, la fiancée de Denis, voulurent célébrer les fiançailles de leur fille en invitant toute la famille Dionne à une petite fête. Pour l'occasion, ils avaient abondamment décoré la cour arrière de leur bungalow de ville d'Anjou et y avaient installé des tables et des chaises. Adrienne et Gérard Boudreau n'avaient pas ménagé leurs efforts pour faire de cette soirée une réussite.

Ce soir-là, Maurice, toujours aussi peu à l'aise avec des étrangers, avait du mal à se concentrer sur ce que lui racontait son hôte. Il était à la fois intimidé par ces gens stricts dont les cinq enfants avaient une tenue irréprochable et inquiet de la conduite des siens. Même si ces derniers étaient tous des adultes, Maurice se sentait encore responsable d'eux et avait remarqué que certains buvaient un peu trop en cette chaude soirée de la fin du mois de mai. Il sentait que cette fête pourrait facilement être gâchée et il voulait éviter cette honte à tout prix.

Alors qu'il surveillait particulièrement son fils André, qui ne détestait pas boire un peu à l'occasion, ce fut Yvon, le mari de Lise, qui causa le scandale tant redouté.

Le pompier de quarante-deux ans but un peu trop de vin blanc, qui fit mauvais ménage avec le fromage qu'il avait mangé. Le visage du pauvre homme prit subitement une teinte verdâtre et il dut quitter la fête en catastrophe pour trouver refuge dans la salle de bain de la résidence. Malheureusement, par la fenêtre ouverte, chacun des invités put entendre clairement ses haut-le-cœur pathétiques. Pour en rajouter, Claude et Denis, debout sous la fenêtre, se mirent à imiter en riant les efforts de leur beau-frère malade.

Maurice, consterné, était rouge de honte. Il affirma promptement à son hôte, un peu collet monté :

— Ça fait plus de vingt ans que je connais mon gendre, et c'est la première fois que je le vois comme ça. Il boit jamais. Pour moi, il doit couver quelque chose.

À ce moment précis, la plupart des hommes de la famille formaient un cercle autour des deux sexagénaires. Dans le silence qui tomba soudainement sur le groupe, chacun put entendre distinctement la voix d'André qui déclara, faussement consterné :

— Ce maudit Yvon-là ! Chaque fois qu'il vient à une fête, il faut qu'il boive comme un cochon et nous fasse honte.

Il y eut des ricanements autour du plaisantin, mais Maurice jeta un regard assassin à son fils, tout fier de sa blague.

Si les Boudreau crurent que les Dionne formaient une bien drôle de famille, ils n'avaient encore rien vu. Il leur restait à vivre la journée du mariage.

—

Denis et Nathalie se marièrent par une magnifique journée ensoleillée de juillet et on ne manqua pas de les envier, autant chez les Boudreau que chez les Dionne. Grâce à ses économies, le jeune couple allait s'installer dans une maison neuve confortablement meublée dès son retour de voyage de noces.

La cérémonie et le banquet se déroulèrent dans la plus parfaite harmonie. Sans trop le montrer, Maurice surveillait étroitement les siens. Il ne voulait pas que se reproduise un incident semblable à celui qui avait eu lieu chez les Boudreau quelques semaines plus tôt.

Après le repas, plusieurs Dionne quittèrent discrètement la salle du banquet durant quelques minutes pour laisser aux serveurs l'occasion de desservir les tables. Gilles, le mari de Francine, proposa de traverser le boulevard et d'aller boire une tasse de café au Duncan Donuts plutôt que d'attendre debout au soleil. Une douzaine de personnes le suivirent. Quelques minutes plus tard, le petit groupe revint à la salle, mais Gilles, pour plaisanter, s'était emparé d'un gros pot de fleurs qui ornait l'entrée du restaurant. Il l'avait rapporté jusqu'à sa voiture. Accompagné par les rires de ses beaux-frères, il l'avait déposé dans le coffre.

Moins de dix minutes plus tard, deux policiers firent leur apparition à la porte de la salle du banquet. Ils discutèrent quelques instants avec le père de la mariée qui se dirigea ensuite vers Maurice et lui dit quelques mots à l'oreille. Ce dernier blêmit et se précipita vers ses fils et ses gendres qui s'étaient regroupés au fond de la salle.

— La police est ici, leur dit-il, sèchement. Il paraît qu'il y a un maudit comique qui est allé voler un pot de fleurs chez Duncan Donuts, en face. Ils veulent qu'on ouvre toutes les valises des chars dans le parking. J'espère que c'est pas un de vous autres qui a fait ça, conclut Maurice.

— C'est moi, monsieur Dionne, avoua piteusement Gilles. Je vais leur remettre tout de suite leur pot de fleurs, ajouta-t-il en se dirigeant déjà vers la porte de la salle.

Rouge de confusion et fou de rage, Maurice, suivi à faible distance par ses fils et ses gendres, emboîta le pas au coupable. Gilles, peu fier de lui, admit sa faute aux policiers et sortit du coffre de sa Ford l'encombrant pot de fleurs. Lorsque les agents de la paix parlèrent de l'arrêter, il offrit d'aller s'excuser publiquement auprès du gérant du restaurant que tout le monde pouvait voir, debout sur le pas de la porte de son établissement, de l'autre côté du boulevard.

Finalement, après une brève hésitation, les policiers acceptèrent son offre et l'escortèrent jusqu'au restaurateur à qui il dut faire de plates excuses avant de revenir à la noce.

À son retour, Maurice, toujours aussi furieux, lui tourna carrément le dos et rentra dans la salle. Il ne devait jamais pardonner tout à fait à son gendre ce geste douteux qui avait terni la réputation de sa famille. Toutefois, cette disgrâce eut peu d'importance puisque Gilles Bigras n'allait plus demeurer très longtemps dans la famille.

—

L'été passa rapidement. Peu après le mariage de Denis, Maurice et Jeanne partirent en vacances une semaine à Wildwood. Pour la première fois en vingt ans, Maurice effectua le trajet en deux jours. À son retour, il admit, sans fausse honte, que conduire près de douze heures le fatiguait trop maintenant. Il préférait dormir un soir à Albany pour arriver frais et dispos dans la petite ville balnéaire du New Jersey. Dorénavant, il louait une chambre au motel Le Voyageur de la rue Andrew et le séjour ne dépassait plus une semaine.

À la fin du mois de septembre, Jeanne se décida un soir à parler à Maurice d'un projet qu'elle caressait depuis quelques semaines déjà.

— J'ai décidé de prendre moins de contrats de couture cette année, lui dit-elle.

— Tiens. Pourquoi ? Tu te trouves assez riche ? demanda Maurice qui avait toujours cherché à savoir combien d'économies possédait sa femme.

— C'est pas ça, mais je pense que je vais suivre des cours de peinture.

— Bon. Qu'est-ce que c'est cette nouvelle idée de fou-là ? s'exclama Maurice.

— Je viens d'avoir soixante ans et j'ai juste envie de sortir de la maison une journée par semaine pour apprendre à peindre.

— Es-tu rendue comme tes filles et tes brus ? T'es pas ben chez vous ? Il faut absolument que tu sortes ? Qui t'a mis ça dans la tête ?

— Personne. J'en ai parlé avec des clientes qui ont commencé à en suivre et ça a l'air intéressant. En plus, ça coûte presque rien. C'est Thérèse Daigneault qui donne un atelier de peinture à une douzaine de femmes qui peignent ensemble toute la journée, tous les mercredis. On apporte notre lunch et ça finit autour de quatre heures.

— Où est-ce que ça se donne, ces cours-là ?

— Dans une salle paroissiale, sur la rue Beaubien.

— J'espère que tu t'attends pas à ce que j'aille te chercher là après ma journée d'ouvrage ?

— Bien non, Maurice. Ce char-là est juste à toi ; ça fait
longtemps qu'on le sait. Je vais y aller en autobus, et je
prendrai aussi l'autobus pour revenir.

— Et le souper ?

— Inquiète-toi pas pour ton souper. Il va être prêt
pareil quand tu vas revenir de l'école. Ta servante va être
là.

Maurice n'ajouta rien, persuadé que sa femme renon-
cerait vite à cette lubie après avoir été obligée de se
déplacer en autobus un certain nombre de fois. Mais
c'était mal connaître la détermination de Jeanne. Elle
aima immédiatement l'ambiance de cet atelier et se mit à
apprendre à peindre avec entrain. Pour la toute première
fois, elle se réalisait grâce à une activité qu'elle avait
choisie.

Après un mois, Maurice se mit à aller chercher sa
femme après sa journée de travail du mercredi. C'était
maintenant un fait établi : le mercredi était la journée que
Jeanne consacrait à la peinture et on n'avait plus à revenir
là-dessus.

Quelques mois plus tard, au plus grand étonnement de
son mari, Jeanne vendit sa première toile lors d'une exposition organisée par la directrice de l'atelier. Autour d'elle,
on lui reconnaissait un talent certain en peinture.

⚊

Or, d'autres changements s'annonçaient. L'automne
allait apporter aux Dionne deux mauvaises nouvelles coup
sur coup.

Tout d'abord, au début d'octobre, Francine vint rendre une brève visite à sa mère un vendredi après-midi, alors que son père était encore au travail à St-Pete.

— Je m'en viens vous annoncer une nouvelle, m'man, dit-elle à sa mère sur un ton détaché.

— Une bonne, j'espère?

— Ben, ça dépend, répondit Francine avec un entrain forcé. Je divorce.

— Pas encore! s'exclama Jeanne. Il me semble que tu viens à peine de te remarier.

— Exagérez pas, m'man, protesta la femme de trente-huit ans. On est mariés depuis un bon bout de temps, mais ça marche plus. Gilles couraille à gauche et à droite et je peux plus sentir son gars. On a décidé de divorcer.

— Je sais pas ce que ton père va en penser.

— Ben, c'est pas de ses affaires, m'man. C'est pas p'pa qui vit avec Gilles Bigras.

— Qu'est-ce que tu vas faire pour vivre?

— Je vais continuer à travailler à la banque et il y aura rien de changé pour Sylvie. Martin continue à me payer une pension pour elle et je vais arriver, inquiétez-vous pas. J'ai pas besoin de Gilles Bigras pour vivre.

— Je suppose que tu veux que j'annonce la nouvelle à ton père?

— Vous êtes pas obligée, m'man. Je suis capable de lui dire ça quand je le verrai.

Mais Jeanne ne put garder cette mauvaise nouvelle pour elle seule et, le soir même, elle en fit part à Maurice.

— Maudit sacrement! blasphéma-t-il. Veux-tu ben me dire ce qu'elle a dans la tête, elle? demanda-t-il en parlant de sa fille. Rendue à son âge, est-ce qu'elle s'imagine qu'elle va se remarier quand elle va vouloir?

— Je suppose qu'elle doit s'en douter, dit Jeanne en cherchant à l'apaiser.

— Et, évidemment, elle va encore déménager.

— Ça, je le sais pas. Elle en a pas parlé.

Cette allusion de Maurice au déménagement possible de Francine était prévisible. Depuis de nombreuses années, il s'était créé chez les Dionne un esprit de groupe qui obligeait tous les membres de la famille à participer au déménagement de l'un des leurs. Il fallait reconnaître que cet esprit d'entraide était, en grande partie, redevable au père de famille qui était toujours le premier à battre le rappel et à venir donner un coup de main. Le plus souvent, il participait même aux travaux de peinture de la nouvelle maison ou du nouvel appartement.

—

Le mois de novembre 1983 fut anormalement froid et à la fin de la seconde semaine, il était déjà tombé quelques centimètres de neige qui hésitait à fondre.

André vint rendre visite à ses parents un samedi soir. En le voyant entrer dans la maison, Jeanne réalisa soudain qu'elle n'avait pas vu son fils et les siens depuis près d'un mois.

— Où sont Johanne et les petites ? lui demanda-t-elle en ne voyant personne entrer derrière lui.

— Je suis tout seul, m'man.

— Elles sont pas malades, j'espère ? dit Jeanne, subitement inquiète.

— Non, non. Elles sont correctes. P'pa est pas là ? demanda André à son tour en remarquant que la chaise berçante dans le coin de la cuisine était inoccupée.

— Il est en haut, devant la télévision. Il va descendre.

— Non, m'man. Laissez faire. Je vais monter. C'est pas nécessaire de lui faire manquer le programme qu'il regarde.

— Monte, lui dit sa mère. Je te prépare une tasse de café et je vais te la monter.

Lorsque Jeanne rejoignit son mari et son fils dans la petite salle de télévision qui n'était éclairée que par l'écran du téléviseur, un étrange silence régnait. Elle déposa la tasse de café qu'elle portait sur la petite table près d'André.

— Ton gars est venu nous apprendre une nouvelle, dit Maurice d'une voix étrangement neutre.

— Ah oui ! Laquelle ?

Il y eut à nouveau un bref silence pendant lequel le jeune homme de trente-deux ans sembla chercher ses mots.

— Je viens de dire à p'pa que je me suis séparé de Johanne le mois passé. Elle veut divorcer.

— Mais pourquoi ? demanda sa mère, alarmée.

— Elle dit qu'elle veut vivre sa vie de jeune fille, qu'elle s'est mariée trop jeune.

— Qu'est-ce qui va se passer ?

— Ben. Comme elle veut garder les filles, je lui ai laissé le duplex et je lui paye une pension alimentaire.

— Et toi, où est-ce que tu restes ?

— J'ai loué un deux et demi dans le sous-sol d'un bloc à appartements de ville d'Anjou.

— T'aurais pu nous demander de l'aide pour déménager, lui fit remarquer son père.

— J'avais presque rien à transporter, p'pa.

— Et comment tu te débrouilles pour manger ? lui demanda sa mère.

— Je me débrouille. Vous oubliez, m'man, que j'étais habitué de cuisiner chez nous.

— C'est déjà tout arrangé entre vous deux ?

— Non, m'man. Johanne vient de prendre une avocate. Si je l'écoutais, il me resterait même pas assez d'argent pour manger. Je vais être obligé de prendre un avocat moi aussi.

André demeura encore une heure chez ses parents avant de prendre congé. Ces derniers ne savaient comment le réconforter tant il semblait désemparé.

— Veux-tu ben me dire ce qu'ils ont tous à vouloir divorcer, Christ ? jura Maurice, les dents serrées, après le départ de son fils.

— Je le sais pas, dit Jeanne, aussi bouleversée que son mari.

— Vivre sa vie de fille ! Sacrement ! Elle a oublié qu'il y a deux enfants dans son affaire.

Durant plus d'un an, les démêlés juridiques d'André et de son ex-épouse furent l'objet de bien des conversations dans la famille Dionne. On déplorait que celui qu'on surnommait affectueusement « le petit gros » soit aux prises avec un problème dont il ne parvenait pas à se dépêtrer. Le jeune père de famille avait eu beau accepter de se priver encore plus pour payer des cours de formation d'aide-infirmière à celle qui avait été sa femme, il n'existait entre eux qu'un dialogue de sourds. Pendant ce temps, les notes de frais de son avocat atteignaient des sommets vertigineux et il commençait à ne plus voir le jour où il allait pouvoir s'en sortir.

— Le problème, disait-il à son frère Paul, c'est que le juge prend toujours pour la mère dans les cas de divorce. En plus, comme mon ex a une avocate et non un avocat, je vois pas comment je vais pouvoir gagner. Déjà, pour arriver, j'ai accepté d'être le concierge de l'immeuble où je reste pour pas avoir à payer de loyer et j'entretiens le terrain pendant mes vacances.

Décidément, nul n'était à l'abri des revers de fortune. La vie n'épargnait personne.

Chapitre 19

Une bien drôle d'idée

Au printemps de 1984, les cours de peinture de Jeanne furent déplacés le samedi. Pendant un moment, elle crut que Maurice lui ferait une scène en apprenant qu'il aurait à passer la moitié du week-end seul à la maison. Elle se trompait. Après quelques remarques acerbes sur les femmes incapables de demeurer chez elles pour s'occuper de leur intérieur, il finit par accepter de la voir partir tôt chaque samedi matin et prit même l'habitude d'aller la chercher à la fin de sa journée de peinture.

Un samedi avant-midi de mai, Maurice venait de finir de peindre en gris clair le solage du bungalow lorsqu'il vit une Buick rouge vin s'immobiliser devant la maison. Debout dans l'entrée de son garage, il continua à se nettoyer les mains avec de la térébenthine tout en surveillant du coin de l'œil le conducteur. Ce dernier venait de descendre de sa voiture et s'était planté devant la maison. L'homme entre deux âges était vêtu d'un costume bleu marine et tenait un porte-documents.

— Si c'est un témoin de Jéhovah, dit Maurice à mi-voix, les dents serrées, il va vite prendre une débarque, lui. J'ai pas le goût pantoute de me faire écœurer aujourd'hui avec leurs maudites affaires.

L'inconnu sembla brusquement remarquer sa présence. Après lui avoir adressé un petit signe de tête, il s'avança dans l'allée asphaltée, la figure illuminée par un large sourire.

— Bonjour, monsieur. Vous avez là une bien belle maison.

— Merci, dit Maurice, pris de court.

— On voit que vous en prenez bien soin, poursuivit l'homme.

— On fait son possible, répondit Maurice, incapable de deviner à qui il avait affaire.

— Avez-vous déjà songé à la mettre en vente ? reprit l'inconnu.

— Pourquoi je ferais ça ?

— Parce que située où elle est et aussi bien entretenue, vous avez entre les mains une vraie petite mine d'or.

— Il faut pas exagérer, rétorqua Maurice, sur la défensive.

— Écoutez, monsieur. Je m'appelle Bruno Gariépy et je suis agent immobilier depuis vingt ans, dit l'homme en tendant sa carte à Maurice. Je pense pas me tromper en disant que votre maison vaut son pesant d'or.

— En tout cas, la vendre m'avancerait pas à grand-chose, laissa tomber Maurice en s'approchant de l'homme qui s'était immobilisé au milieu de l'allée asphaltée. Il faudrait ben que ma femme et moi, on reste quelque part.

— C'est vrai ce que vous dites, monsieur ?

— Dionne.

— Êtes-vous à la retraite, monsieur Dionne ?

— Pas encore, mais ça s'en vient, reconnut Maurice.

— Avez-vous déjà pensé à la belle vie que vous pourriez avoir si vous pouviez ajouter à votre pension les intérêts que la banque vous donnerait sur le gros capital que représente votre maison ?

— « Gros capital », vous y allez pas mal fort, dit le propriétaire, sceptique.

— Je maintiens ce que je viens de vous dire, monsieur Dionne, s'entêta le courtier. Si l'intérieur de votre maison est aussi soigné que l'extérieur, je suis certain de vous avoir au moins soixante mille dollars facilement.

— Voyons donc ! s'écria Maurice, incrédule.

Il avait beau savoir que sa maison avait pris de la valeur depuis qu'il en avait fait l'acquisition au printemps de 1958, il était loin de penser que le bungalow payé sept mille neuf cents dollars pouvait valoir six fois son prix vingt-six ans plus tard.

— Je vous le dis, monsieur. Écoutez. Voulez-vous que je vous en fasse une évaluation gratuite ? Ça vous engage à rien et vous saurez combien vaut votre maison.

Maurice n'hésita qu'un instant avant d'accepter l'offre de l'agent immobilier. Il n'avait pas du tout l'intention de vendre sa maison, mais s'il pouvait avoir une idée de sa valeur marchande, il pourrait toujours s'en vanter auprès de ses visiteurs.

— Je vous le dis tout de suite, déclara Maurice, en faisant signe à l'agent de le suivre à l'intérieur de la maison. Vous pouvez venir l'évaluer, mais j'ai pas pantoute l'intention de la vendre cette année.

Le propriétaire montra au visiteur le salon, la cuisine, les trois chambres et la salle de bain du rez-de-chaussée avant de l'inviter à le suivre à l'étage, puis dans le sous-sol. Durant toute la visite, Bruno Gariépy se contenta de prendre des notes sur un calepin tiré de son porte-documents. Ensuite, Maurice lui montra la cour arrière au gazon impeccable et la cabane de jardin adossée au garage. Les deux hommes rentrèrent dans la maison et prirent place autour de la table de cuisine. L'agent immobilier n'avait pratiquement pas ouvert la bouche durant toute la visite des lieux. Il sortit divers papiers de son porte-documents avant de prendre la parole devant un

Maurice impatient de connaître enfin la valeur de son bien.

— Puis ? Combien vous pensez que je pourrais demander pour ma maison ?

— J'ai pas changé d'idée, monsieur Dionne. Au moins soixante mille. Et je pense que j'aurais pas trop de misère à vous trouver un acheteur.

— C'est bon à savoir, conclut le propriétaire, tout heureux de se savoir si riche.

— On va se parler franchement, monsieur Dionne, reprit Gariépy. Aujourd'hui, votre maison vaut ça, mais il n'y a rien qui dit que dans un an ou deux, le marché sera aussi bon. C'est possible qu'elle vaille plus cher, mais c'est aussi possible qu'elle vaille moins.

— Vous pensez ?

— On sait jamais. Écoutez, monsieur Dionne. J'ai pas l'intention de faire du tordage de bras. On vend quand on est prêt à vendre, pas avant. Je vais dire clairement ce que je pense. Vous approchez de votre retraite. Je suppose que vous allez vouloir vous reposer un beau jour. Entretenir une maison, ça coûte toujours pas mal cher et c'est fatigant. La plupart de mes clients sont des gens de votre âge. Ils ont élevé leur famille dans une maison qui est devenue trop grande pour eux. L'entretien les épuise et ils voient venir le jour où ils vont être obligés de payer des étrangers pour faire cet entretien-là. Alors, ils décident de vendre et d'aller demeurer à loyer. L'argent de la vente leur permet de mener la belle vie.

— Ouais. C'est sûr que c'est tentant.

L'agent immobilier se jeta tout de suite dans la brèche qu'il venait d'apercevoir.

— C'est tentant et c'est facile à faire. Vous signez un contrat d'exclusivité avec Royal Lepage pour les six prochains mois. On annonce votre maison à vendre, mais rien vous oblige à la laisser partir pour moins cher que disons, soixante-deux mille dollars. Si dans six mois je ne suis pas parvenu à vous trouver un acheteur, vous reprenez votre liberté et vous faites affaire avec un autre agent.

— Pourquoi je signerais avec vous ? demanda Maurice dans un sursaut de lucidité. Je suis capable de vendre ma maison tout seul et j'aurais rien à vous payer.

— C'est vrai, reconnut Gariépy. Mais c'est un gros risque que vous prendriez. Comment feriez-vous pour vérifier la solvabilité de votre acheteur ? En plus, vous seriez obligé de faire vous-même toutes les démarches pour les papiers officiels et le contrat. Chez Royal Lepage, on ne prend que quatre pour cent du prix de vente. Si vous calculez bien, c'est pas cher pour être certain de régler correctement une vente aussi importante.

— Si je signe, vous vous occupez de la vente de ma maison jusqu'au 18 novembre, c'est bien ça ? demanda Maurice, après un bref moment d'hésitation.

— C'est ça.

— C'est correct.

Bruno Gariépy remplit les espaces blancs du contrat et tendit le formulaire à Maurice qui s'empressa de signer au bas du document. L'agent immobilier quitta rapidement le bungalow du boulevard Lacordaire après avoir promis à son propriétaire de lui donner de ses nouvelles très bientôt.

Après le départ de l'agent, Maurice alla chercher un Coke dans le réfrigérateur et revint s'asseoir sur le balcon. Il alluma une cigarette et se mit à réfléchir aux implications du geste qu'il venait de poser. En pensée, il se voyait déjà en train de chercher un appartement et planifiait son déménagement. Puis, peu à peu, son humeur s'assombrit. À aucun moment, durant la visite de l'agent immobilier, il n'avait songé à ce que Jeanne penserait de sa décision. Il ne l'avait jamais consultée. Pire, il n'en avait jamais été question entre eux. Comment allait-elle réagir ?

De plus en plus inquiet, il passa le reste de l'après-midi à peaufiner tous les arguments possibles qui plaidaient en faveur de son geste.

Un peu avant quatre heures, Maurice alla chercher sa femme à son cours de peinture. Le retour à la maison se fit dans un silence tout relatif. Nerveux, le conducteur attendait le moment favorable pour aborder le sujet qui le préoccupait.

Parvenu à la maison, il décida d'aller s'asseoir dans la cuisine pendant que Jeanne entreprenait d'éplucher les pommes de terre du souper. À bout de patience, il décida de se jeter à l'eau.

— Il y a un agent d'immeuble qui est venu voir la maison aujourd'hui, dit-il abruptement à sa femme.

— Un agent d'immeuble ? demanda-t-elle, surprise. Qu'est-ce qu'il voulait ?

— Il m'a offert d'évaluer la valeur de la maison.

— Pourquoi ?

— Toi et tes questions niaiseuses ! s'emporta Maurice, sans raison. Pour que je sache combien elle vaut, cette affaire.

— Il avait du temps à perdre, ton agent d'immeuble. Tu lui as pas dit qu'elle était pas à vendre ?

— C'est ce que je lui ai dit d'abord, répondit Maurice. Mais après avoir su le prix qu'il pense qu'on pourrait avoir, j'ai changé d'idée.

— De quoi tu parles ? demanda Jeanne en s'interrompant soudainement de peler les pommes de terre.

— Il est sûr de nous avoir environ soixante mille piastres pour la maison. Ça fait que j'ai signé le contrat.

— Ma foi du bon Dieu, t'es devenu complètement fou, Maurice Dionne ! s'écria sa femme. Vendre la maison! Juste ça! Sans m'en parler! Je reste pas ici, moi!

— Christ! Calme-toi! hurla Maurice à son tour. Cette maison-là, c'est avec mon salaire que je l'ai payée. J'ai le droit d'en faire ce que je veux. Si j'ai envie de la vendre, je vais la vendre. Elle est à mon nom, à part ça. C'est moi qui paye les taxes et le chauffage, pas toi.

— Bien sûr! dit Jeanne, sarcastique. Moi, j'ai jamais rien fait dans cette maison-là. Je la nettoie depuis vingt-six ans, mais ça compte pas, je suppose.

— T'es pas parlable, sacrement! décréta Maurice, rouge de colère.

— Et où est-ce qu'on va aller rester après l'avoir vendue? Je suppose que t'as pensé à ça aussi.

— Les appartements à louer, c'est pas ce qui manque.

— Bien oui. Après avoir travaillé toute notre vie, on va se ramasser dans un petit logement étouffant en ville à endurer le bruit des voisins. En tout cas, moi, je t'avertis, Maurice Dionne. Il est pas question que je parte d'ici. Tu m'entends?

Sur ces mots, Jeanne, furieuse, se tut et déposa bruyamment son chaudron de pommes de terre sur la cuisinière électrique avant d'aller se réfugier dans sa salle de couture. Maurice, non moins en colère, alla s'asseoir sur le balcon.

Ce soir-là, ils passèrent la soirée sur le balcon, assis à bonne distance l'un de l'autre sans s'adresser la parole. Chacun était enfermé dans ses pensées amères. Maurice rageait de constater que sa femme était incapable de comprendre la logique de sa démarche. Le bungalow valait beaucoup d'argent et ils n'avaient plus besoin de tant d'espace. De plus, cette maison était SA maison et il avait peiné sang et eau pour parvenir à la payer avec son argent. De son côté, Jeanne était ulcérée de constater encore une fois à quel point son avis avait peu d'importance aux yeux de son mari. Il avait décidé de leur avenir sans même la consulter. Elle était encore plus attachée que lui à cette maison. Elle aimait Saint-Léonard et y avait ses amies et sa clientèle. Qu'est-ce qu'elle allait faire dans un petit appartement étriqué? Elle ne se voyait pas ailleurs que dans cette demeure où elle avait élevé ses enfants... L'idée de devoir chercher un appartement lui rappelait trop de mauvais souvenirs. Mais comment le faire revenir sur cette décision? Maintenant, il était peut-être trop tard. Il avait signé ce contrat sur un coup de tête.

Lorsque l'obscurité tomba, ils rentrèrent à l'intérieur et allèrent s'asseoir à l'étage pour regarder un vieux film mettant en vedette Fernandel et Bourvil. Maurice fumait à la chaîne. Jeanne, incapable de bouder plus longtemps, fut la première à briser le silence, au moment où le film prenait fin. Il sursauta légèrement lorsqu'elle lui adressa la parole.

— La maison est pas encore vendue, Maurice. Je suis pas sûre que t'as eu une si bonne idée que ça de la mettre en vente. Penses-y bien comme il faut avant de la laisser aller.

— C'est ça, se contenta-t-il de dire sur un ton hargneux avant de se lever pour éteindre le téléviseur.

Les Dionne descendirent se mettre au lit. Si Jeanne dormit mal cette nuit-là, elle put se consoler en constatant que son mari ne cessait de bouger dans le lit, signe que le sommeil le fuyait lui aussi. À un certain moment, elle se rendit compte qu'il n'était plus à ses côtés. Comme il ne revenait pas se coucher, elle finit par se lever et entrouvrit la porte de la chambre pour voir où il pouvait bien être. Elle le découvrit attablé dans la cuisine en train de lire le contrat qui le liait à Royal Lepage.

Le lendemain matin, Maurice se contenta de dire :

— On s'énerve ben pour rien. Je suis sûr qu'il trouvera jamais quelqu'un prêt à payer ce montant-là pour la maison. Moi, je baisserai pas mon prix d'une cenne.

Le lundi après-midi, le claquement d'une portière d'automobile près de la maison fit sortir Jeanne de sa salle de couture. Au moment où elle s'approchait de la fenêtre de la cuisine pour connaître l'identité du visiteur, elle vit une voiture rouge vin sortir de l'allée asphaltée. Intriguée, elle se rendit sur le balcon. Elle n'eut pas besoin de s'interroger plus longtemps pour savoir qui venait de quitter les lieux en apercevant le panneau planté au milieu de la pelouse. Au bout d'un solide piquet en bois fiché dans le sol, l'agent immobilier avait fixé une plaque de quatre pieds par trois pieds sur lequel Royal Lepage était écrit en grosses lettres noires soulignées de rouge. Dessous étaient inscrits les mots « Maison à vendre » suivis d'un numéro de téléphone. Le visage de Jeanne se crispa. Elle tourna les talons et rentra dans la maison.

Maurice revint du travail à la fin de l'après-midi sans rien remarquer d'anormal. En entendant claquer la porte d'entrée, sa femme sortit de sa salle de couture pour lui demander :

— T'as vu ce que ton agent a laissé au milieu du terrain ?

— Quoi ?

— Va voir en avant, se contenta-t-elle de dire.

Maurice retourna sur ses pas et sortit du bungalow. Il aperçut immédiatement le panneau laissé par l'agent immobilier.

— Ah ben, sacrement ! jura-t-il en revenant à l'intérieur. Qu'est-ce que c'est cette maudite cochonnerie-là devant la maison ? Il a jamais été question qu'il vienne planter ça au milieu de mon gazon.

— Voyons, Maurice! Tu devais ben t'attendre à ce qu'il annonce la maison quelque part, lui fit remarquer Jeanne.

— Mais moi, j'en veux pas de cette affaire-là sur mon terrain! Rien dans le contrat m'oblige à endurer ça.

Sur ces mots, il sortit, descendit l'escalier et alla arracher l'écriteau qu'il alla ranger au fond de son garage dont il rabattit rageusement la porte.

Deux jours plus tard, Jeanne fut interrompue dans une conversation téléphonique par un coup de sonnette à la porte d'entrée. Elle pria son interlocutrice de patienter un instant, le temps de répondre à l'homme qui se tenait debout devant la porte moustiquaire.

— Bonjour, madame Dionne. Bruno Gariépy, de Royal Lepage.

— Bonjour, monsieur.

— Auriez-vous vu ce qui est arrivé à l'annonce que je suis venu planter sur votre terrain lundi avant-midi? Elle est disparue.

— Non. Tout ce que je peux vous dire, c'est qu'elle était là encore hier soir, mentit Jeanne.

— Bon. Je vais en replanter une autre, dit l'agent, résigné. Je vous remercie.

Bruno Gariépy retourna à son véhicule et ouvrit le coffre pour en tirer un nouvel écriteau qu'il planta avec une masse au même endroit que le précédent. Le soir même, Maurice, sans dire un mot, fit subir au panneau publicitaire le même sort qu'au précédent.

Le même scénario se reproduisit à trois autres reprises durant le mois de juin. Chaque fois que l'agent immobilier se rendait compte que la maison du boulevard Lacordaire était dépourvue du placard publicitaire de Royal Lepage, il s'arrêtait pour en planter un autre. Chaque fois, il eut affaire à Jeanne, qui disait toujours ignorer ce qu'il était advenu du panneau.

Bruno Gariépy n'était pas un imbécile. Il vendait des maisons depuis trop longtemps pour se laisser abuser. Il avait deviné que seuls les propriétaires pouvaient être responsables de la disparition de son matériel publicitaire. Évidemment, il ne pouvait y avoir qu'une raison à les pousser à agir ainsi : ils avaient changé d'avis et ne voulaient plus vendre leur maison. Mais ils étaient liés par un contrat et il devait le leur rappeler, même s'il n'avait eu encore aucune demande d'acheteurs éventuels de visiter les lieux.

Un soir de la première semaine de juillet, il aperçut Maurice en train de fumer paisiblement sur son balcon et décida de s'arrêter un moment pour mettre les choses au point. Le lundi précédent, il avait planté son cinquième écriteau qui, naturellement, avait disparu comme les quatre précédents. Furieux, l'homme descendit de voiture et s'arrêta au pied de l'escalier qui conduisait au balcon. À sa vue, le propriétaire se leva et s'avança, sans toutefois l'inviter à venir s'asseoir sur le balcon.

— Voulez-vous bien me dire, monsieur Dionne, où est encore passée mon annonce ? demanda-t-il sur un ton exaspéré.

— Comment voulez-vous que je le sache ? demanda Maurice avec une mauvaise foi assez apparente. Je peux pas passer ma journée à la surveiller. J'ai autre chose à faire, moi.

— Voyons, monsieur Dionne, soyons sérieux, protesta Gariépy. Ça fait vingt ans que je vends des maisons et c'est la première fois qu'une affaire pareille m'arrive.

— Peut-être que vous la plantez pas assez solidement, suggéra Maurice.

— Non, monsieur. Je vais vous dire ce que moi, je pense. Je pense que c'est vous qui l'arrachez parce que vous avez changé d'idée et que vous voulez plus vendre. Je vous rappelle que vous avez signé un contrat valide jusqu'à la mi-novembre...

— Whow, sacrement! s'emporta Maurice, rouge de colère. Si vous êtes pas content pour votre Christ d'annonce, vous avez juste à vous apporter une chaise et à vous asseoir sur le terrain pour la surveiller.

— Il faut pas vous fâcher, monsieur Dionne, dit l'agent, se rendant subitement compte d'être peut-être allé trop loin.

— Je vais me fâcher si je veux, répliqua Maurice toujours aussi agressif. À partir d'aujourd'hui, je veux plus vous voir mettre un pied sur mon terrain, vous m'entendez? Je suis chez nous ici.

— Et les acheteurs?

— Si vous avez des acheteurs, vous téléphonerez avant pour voir si on peut les recevoir. Je vous avertis tout de suite: il est pas question que vous veniez chez nous avec du monde quand je suis pas là.

Là-dessus, Maurice laissa Bruno Gariépy et rentra chez lui en faisant claquer la porte derrière lui. L'agent, dépassé par la violence de la colère de son client, retourna à sa voiture et quitta rapidement les lieux.

— Je pense que ça va prendre un bout de temps avant qu'on lui revoie la face, dit Maurice, tout fier, à Jeanne qui avait assisté à la scène, debout derrière la porte d'entrée.

De fait, l'agent d'immeuble renonça à venir planter à nouveau son écriteau devant la maison des Dionne. Il fallait croire que le marché immobilier était particulièrement calme cet été et cet automne-là, puisque Gariépy ne se présenta en compagnie d'acheteurs éventuels qu'en trois occasions chez ses clients après les avoir prévenus plusieurs jours à l'avance de sa visite.

Chaque fois, Maurice montra beaucoup de mauvaise grâce à laisser visiter sa propriété. Il talonnait de si près le vendeur et les visiteurs que l'agent, excédé, finit par lui dire en aparté, lors de sa première visite :

— Vous savez, monsieur Dionne, vous êtes pas obligé de nous accompagner partout. Si vous avez autre chose à faire, gênez-vous pas pour nous.

— Ma maison, c'est pas un moulin. Il est pas question que je laisse des étrangers se promener partout sans voir ce qu'ils font. Je les connais pas, ces gens-là. Qu'est-ce qui me dit qu'ils essaieront pas de me voler quelque chose ?

— Je suis là pour ça, monsieur Dionne.

— C'est ben beau que vous soyez là, mais je vous connais pas ben ben plus qu'eux autres, conclut un Maurice insultant.

Et tout fut dit. Bruno Gariépy dut se résoudre à tolérer la présence du propriétaire sur ses talons. Il comprit rapidement la véritable raison de cette attitude à la façon qu'il avait de répondre aux nombreuses questions des visiteurs. S'il y avait parmi eux des acheteurs sérieux, il parvint à les décourager en gonflant exagérément le coût du chauffage annuel et des taxes municipales, en se plaignant des inconvénients de la lourde circulation du boulevard Lacordaire, et surtout, en énumérant les réparations coûteuses que sa maison allait bientôt exiger.

Bref, Maurice parvint à éloigner tout acheteur potentiel de sa maison jusqu'au mois de novembre. L'effort exigé pour y arriver fut tel qu'il se promit de ne plus jamais renouveler l'expérience. Le soir où il put déchirer le contrat qui l'avait lié durant six mois à Royal Lepage, il ne put s'empêcher de dire à Jeanne, en poussant un soupir de soulagement :

— Voilà une maudite bonne affaire de faite! Si j'avais pas été là tout le temps pour voir à tout, on serait dans la rue à soir. On n'aurait plus de maison.

Jeanne, satisfaite au-delà de toute expression de voir enfin arriver la fin de ce cauchemar, lui rappela tout de même :

— Je te ferai remarquer que si t'avais pas été si pressé de signer ce contrat-là le printemps passé, tu te serais épargné tous ces troubles-là.

À compter de ce jour, Maurice se plut à raconter aux siens ses démêlés avec l'agent immobilier en se donnant évidemment le beau rôle. À l'entendre, il l'avait roulé dans la farine parce qu'il avait tenté de lui faire vendre sa maison bien au-dessous du prix qu'elle valait réellement.

Chapitre 20

1985 - 1986

Près de six mois passèrent avant que plusieurs événements importants surviennent dans la vie des Dionne. Pendant cette période d'accalmie, la terre n'avait certes pas cessé de tourner. Il y avait eu la tragédie de Bhopal qui avait causé deux mille morts en Inde, la démission du premier ministre Trudeau, l'élection de Brian Mulroney à la tête du pays et la visite du pape Jean-Paul II à Montréal.

Le jour même où René Lévesque annonçait sa démission du poste de chef du Parti québécois, André prenait connaissance, avec un indéniable soulagement, du verdict que le juge venait de rendre en sa faveur dans sa cause de divorce. C'était plus que ce qu'il avait pu imaginer dans ses rêves les plus fous depuis le début de ses démêlés avec son ex-femme.

Le magistrat avait ramené la pension alimentaire à des proportions beaucoup plus réalistes et, de plus, enjoignait à la jeune mère de libérer le duplex familial qu'elle occupait depuis près de deux ans pour en redonner la libre jouissance à son ex-mari. Le magistrat avait jugé que les cours de formation défrayés par André donnaient dorénavant à la jeune femme la capacité de gagner honorablement sa vie.

Johanne accepta d'assez bonne grâce le jugement. Le combat était terminé entre les deux ex-époux. Malgré leurs mésententes passées, André reconnaissait que la jeune femme était une excellente mère qui méritait largement la garde de ses deux filles. Par conséquent, il ne se fit pas tirer l'oreille pour venir lui prêter main-forte lorsqu'elle emménagea dans un vieil appartement du quartier. Pour l'occasion, toute la famille Dionne se déplaça pour venir l'aider.

—

Une semaine plus tard, Léon Sauvé, maintenant âgé de quatre-vingt-quatorze ans, fut hospitalisé d'urgence et mourut moins de quarante-huit heures après son admission à l'Hôtel-Dieu de Québec. Toute la grande famille Sauvé se rencontra au salon funéraire pour rendre un dernier hommage à celui qui s'était éteint aussi discrètement qu'il avait vécu. Quelques jours plus tard, un nombre impressionnant de personnes assistèrent aux obsèques célébrées à Saint-Joachim, le berceau de la famille.

Le départ du «père Léon», comme le surnommait affectueusement Maurice, fit autant de peine à son gendre que s'il se fût agi du décès de son propre père. Il partagea en cette occasion les remords de sa femme qui se reprochait de n'être pas allée assez souvent visiter son vieux père à Québec depuis le décès de sa mère.

À peine deux mois plus tard, Jean, le mari de Germaine, décéda à son tour. L'ancien agent d'assurances, âgé de soixante-quinze ans, ne s'était jamais tout à fait remis de l'accident lors duquel une voiture l'avait heurté au moment où il traversait une rue de la vieille capitale. Survenu au début des années soixante-dix, cet accident l'avait laissé infirme et amoindri. Il laissait dans le deuil sa femme et ses neuf enfants.

—

Au début de l'année 1986, l'humeur de Maurice sembla s'assombrir singulièrement. Silencieux, il passait maintenant de longs moments à fixer le mur de la cuisine sans rien dire quand Jeanne était occupée ailleurs dans la maison. Il ne parlait pratiquement plus de St-Pete qu'il avait fini, au fil des dernières années, par nettoyer à son goût. Pourtant, il ne boudait pas. Quelqu'un de plus perspicace que Jeanne aurait compris qu'il était rongé par l'inquiétude.

À la maison, l'homme de soixante-quatre ans évoquait rarement sa retraite prochaine, comme si le fait d'en parler avait pu la hâter. Il se souvenait encore trop bien du départ amer d'Aurèle Morin, son prédécesseur à St-Pete.

Évidemment, s'il avait eu à abandonner St-Andrews, son départ à la retraite aurait été encore beaucoup plus pénible. Mais il n'était jamais parvenu à considérer St-Pete comme sa véritable école. Non. Le problème ne se situait pas là. Qu'allait-il faire de ses dix doigts à compter du 7 avril ? Il n'allait tout de même pas passer ses journées à se bercer dans la cuisine ou à regarder passer les voitures sur le boulevard Lacordaire, assis sur le balcon. À soixante-cinq ans, il ne voulait surtout pas devenir un petit vieux inutile, incapable de faire quoi que ce soit.

Après s'être torturé l'esprit durant des semaines, Maurice finit par décider qu'il se chercherait un emploi de concierge à temps partiel dans un magasin ou dans une institution quelconque dès l'automne. Avant cela, il prendrait de longues vacances de trois ou quatre mois… s'il en avait les moyens financiers, évidemment.

L'argent était son principal sujet de préoccupation. Il en faisait des cauchemars depuis plusieurs semaines.

Aurait-il assez d'argent pour vivre durant sa retraite? Dans le cagibi qui lui servait de bureau à St-Pete, il reprenait inlassablement les mêmes calculs depuis des mois. Il avait beau ajouter à la pension que lui verserait la CECM les mensualités du régime des rentes du Québec et la pension des personnes âgées du gouvernement du Canada, il trouvait la marge de sécurité beaucoup trop étroite à son goût et cela l'angoissait plus que tout. S'il arrivait un imprévu, pensait-il, il devrait aller gruger dans «le vieux gagné», ce qu'il refusait absolument d'envisager.

— C'est ben connu, se répétait-il souvent, quand on travaille pas, on dépense.

Maurice ignorait que sa femme était au moins aussi inquiète que lui en voyant approcher l'heure de sa retraite, mais pour une tout autre raison.

Depuis le mariage de Denis, le couple vivait maintenant seul dans la maison familiale. Jeanne avait mis beaucoup de temps à s'habituer à la présence de son mari dès quatre heures et demie, chaque après-midi, depuis son transfert à St-Pete. Elle avait dû changer ses habitudes de travail et accepter de passer toutes ses soirées devant le téléviseur, à ses côtés. Mais qu'allait-elle faire quand Maurice serait dans la maison toute la journée à tourner en rond? Elle n'avait pas l'intention de renoncer à la couture et à sa clientèle. Allait-il accepter qu'elle demeure occupée pendant qu'il n'aurait rien à faire? Elle craignait que sa vie ne devienne un véritable enfer.

Finalement, le 6 avril finit par arriver et, ce jour-là, Maurice quitta définitivement son travail. Il eut tout de même un départ plus agréable que celui qui avait été réservé à son prédécesseur.

La direction de St-Pete et les enseignants de l'institution lui firent un cadeau d'adieu en reconnaissance de tous les efforts qu'il avait déployés pour améliorer la propreté de leur école. Ce jour-là, à la fin de l'après-midi, il se rendit pour la dernière fois au siège social de la CECM pour rendre son trousseau de clés et signer son départ à la retraite. Lorsqu'il sortit de l'immeuble de la rue Sherbrooke quelques minutes plus tard, il se sentit soulagé et inquiet tout à la fois : une nouvelle vie commençait pour lui.

Cependant, ce ne fut pas ce soir-là qu'il put évaluer comment serait sa vie de retraité. Dès sept heures, le bungalow du boulevard Lacordaire fut pris d'assaut par ses enfants et ses petits-enfants venus lui souhaiter un bon anniversaire. Aucun d'entre eux ne fit la moindre allusion à sa retraite et au fait qu'il allait toucher maintenant un chèque mensuel du gouvernement canadien à titre de personne âgée. Il s'agissait là d'un drame personnel et les siens étaient probablement trop jeunes pour en imaginer la portée.

Le lendemain, Maurice reçut un appel téléphonique de Charles Beaudoin, le responsable des ressources humaines de la CECM. Ce dernier l'invitait à une fête offerte le premier samedi de mai aux employés qui avaient pris leur retraite durant l'année.

— Est-ce que vous allez venir ? lui demanda Beaudoin.

— Je le sais pas encore, répondit Maurice, sans enthousiasme.

— Cette fête-là est donnée en votre honneur et en l'honneur de tous ceux qui ont pris leur retraite cette année, monsieur Dionne, plaida le responsable. Si vous y pensez bien, la commission scolaire ne vous a pas fait souvent des cadeaux toutes les années que vous avez travaillé pour elle. Vous seriez bien bête de ne pas en profiter.

— Vous savez, je ne suis pas ben fort sur les fêtes.

— Oui, je me rappelle, mais faites tout de même un effort, monsieur Dionne. Vous ne le regretterez pas ; je vous le garantis.

Charles Beaudoin ne connaissait pas personnellement l'ex-concierge de St-Pete. Il en avait seulement entendu parler. On lui avait dit que c'était un employé modèle qui ne s'absentait jamais. Par ailleurs, il se souvenait vaguement que l'homme avait carrément refusé de se déplacer lorsqu'on l'avait invité à une soirée célébrant ses vingt ans de services.

Quand Maurice raccrocha, il se sentit obligé de révéler à Jeanne l'identité de celui qui venait de lui téléphoner et la raison de son appel.

— J'espère qu'on va y aller, dit Jeanne.

— Il en est pas question, rétorqua-t-il sèchement. Si tu penses que je vais aller niaiser toute une soirée là, toi, tu te trompes ! Je veux plus rien savoir de la commission scolaire. C'est fini.

— C'est ça, mon Maurice. S'ils ont un cadeau pour toi, ils le garderont, comme ils ont fait pour tes vingt ans de services.

— Qu'ils se le mettent où je pense, leur maudit cadeau ! lança Maurice, exaspéré. J'en ai pas besoin pour vivre.

En fait, Maurice refusait d'assister à l'événement par pure timidité. Il ne se sentait pas à l'aise en société. Il avait des sueurs froides à la seule idée de se retrouver assis à la même table avec des étrangers durant toute une soirée.

— Voyons, Maurice, tu connais sûrement des concierges qui ont pris leur retraite cette année, plaida Jeanne pour le raisonner. On pourrait s'asseoir avec eux et avoir du *fun*, ajouta-t-elle, devinant ce qui empêchait son mari d'accepter l'invitation.

— Il y aurait ben eu Langevin, mais il est mort l'année passée, réfléchit Maurice à haute voix.

Ernest Langevin, le concierge de l'école Saint-Charles et son unique ami, était décédé l'année précédente et il n'avait pas consenti à aller le voir au salon funéraire. Les deux hommes ne s'étaient plus jamais adressé la parole depuis que Maurice ne l'avait pas invité au mariage de Martine. Tous les efforts de Jeanne et de Thérèse Langevin pour les réconcilier avaient lamentablement échoué.

— Il y en a certainement d'autres, affirma Jeanne, sans trop le savoir.

— Achale-moi pas avec ça! J'ai pas envie d'aller là et j'irai pas! finit-il par dire avant de se diriger vers l'escalier qui conduisait à l'étage dans l'intention d'aller regarder la télévision.

Jeanne n'insista pas. Et ce ne fut pas nécessaire. La veille de la fête, son mari déclara de façon tout à fait inattendue :

— Si ça te tente encore, demain, on peut aller faire un tour à la fête. Mais je te le dis tout de suite, si c'est le moindrement ennuyant, on revient.

Par le plus heureux des hasards, la fête à laquelle le nouveau retraité avait tant hésité à se rendre allait lui laisser des souvenirs impérissables.

Maurice et Jeanne eurent tout d'abord la chance d'être assis à une table de joyeux lurons bien décidés à s'amuser ce soir-là. Maurice, mis à l'aise par l'ambiance régnant dans le groupe, ne put faire autrement que de participer. En outre, on servit un excellent repas et l'animation fut irréprochable.

Après le souper, on déposa sur une table, à l'avant de la salle, une douzaine d'écrins et le maître de cérémonie invita une première personne à venir présenter son cadeau-souvenir à un nouveau retraité. Ce dernier était un menuisier.

— As-tu remarqué que la commission scolaire a demandé à un patron du retraité de venir lui présenter son cadeau? demanda l'un de ses voisins à Maurice.

— Si c'est son *boss* qui vient de parler, il avait pas grand-chose à dire sur son compte, rétorqua ce dernier.

La présentation du patron des menuisiers de la CECM avait été particulièrement brève. Après une phrase ou deux, il avait invité son ex-employé à venir prendre possession de l'écrin qu'il lui tendait déjà. Il lui serra brièvement la main et le nouveau retraité, un petit homme maigre, retourna à sa table sous les applaudissements polis des gens rassemblés dans la salle.

Lorsque vint le tour de Maurice, ce dernier vit Louis Provost s'avancer sur l'estrade pour s'emparer du micro que lui tendait le maître de cérémonie. L'inspecteur attendit que le silence se rétablisse dans la salle pour se lancer dans un éloge remarquable de l'excellent concierge qu'avait été Maurice Dionne. Il le décrivit comme un employé modèle que toute direction d'école rêverait d'avoir. Il parla de sa serviabilité, de son sens du travail bien fait, de sa ponctualité et, surtout, de son dévouement. Louis Provost termina son panégyrique en souhaitant bientôt avoir la chance de rencontrer un autre concierge aussi consciencieux et fier de sa tâche.

Durant toute l'allocution de l'inspecteur, Maurice, rouge de plaisir, fixa la table devant lui. Rien ne pouvait lui causer une plus grande joie que de se faire louanger ainsi devant sa femme et les gens avec qui il avait passé la soirée. Pour cet homme qui avait toujours travaillé seul dans son école, cette reconnaissance publique de son travail quotidien était aussi inattendue qu'appréciée.

Quand Louis Provost invita Maurice à venir recevoir la montre Bulova offerte par la commission scolaire, ce dernier, d'un pas un peu hésitant, s'avança vers l'estrade sous un tonnerre d'applaudissements et quelques remarques envieuses.

— Combien tu l'as payé, Dionne, pour qu'il te lance des fleurs comme ça? lui demanda au passage un aide-concierge qui avait déjà travaillé à St-Andrews.

— À ta place, je prendrais pas ma retraite, lui fit remarquer un autre. T'es ben trop fin pour aller te reposer.

Pour une fois, Maurice attendit la fin de la soirée avant de quitter les lieux. Lors de son retour à la maison, il planait sur un nuage et ne se lassait pas d'entendre Jeanne lui rappeler les termes de l'allocution prononcée par l'inspecteur.

— Il y a pas à dire, conclut sa femme en passant sa robe de nuit, la commission scolaire vient de se rendre compte qu'elle a perdu son meilleur concierge.

— Il faut pas exagérer, dit Maurice en se rengorgeant.

Les jours suivants, chaque visiteur chez les Dionne eut droit au récit de la soirée et Maurice buvait du petit lait chaque fois que Jeanne racontait l'éloge dont il avait été l'objet.

Il faut croire que cette soirée eut des effets euphorisants sur le nouveau retraité parce que moins de dix jours plus tard, oubliant tous ses tourments au sujet de l'importance de ses revenus, il s'arrêta dans une agence de voyages dans le but de réserver un voyage en Espagne pour le début de l'automne.

— On va être les premiers de la famille à mettre les pieds en Europe! dit-il sur un ton triomphal à sa femme à qui il venait d'apprendre la bonne nouvelle.

Il oubliait involontairement que son fils Guy avait effectué le même voyage quelques années auparavant.

— C'est sûr qu'on est chanceux de pouvoir se payer ça, répliqua Jeanne, heureuse de la perspective d'un tel voyage. C'est la pauvre Simone qui aurait aimé voyager comme ça, ajouta-t-elle, nostalgique, en pensant à la femme de son beau-frère Adrien qui avait passé sa vie à attendre que son mari trop prudent cesse d'économiser pour se décider à voyager.

— Le «cheuf» est mort avant d'avoir fait un seul voyage, lui fit remarquer Maurice. Il lui a laissé de l'argent, mais il était trop tard pour en profiter. Elle était trop malade pour pouvoir voyager.

— Tu te souviens de la phrase de Simone qui avait tant fait enrager ton frère quand ils étaient venus nous voir un an ou deux avant sa mort?

— Non. Qu'est-ce qu'elle avait dit?

— Elle nous avait raconté en se plaignant que l'horloge chez eux répétait toujours la même phrase ennuyante: «Tou-jours-souf-frir. Ja-mais-sor-tir». Adrien avait vu rouge quand il l'avait entendue dire ça.

— En tout cas, c'est pas notre cas. Nous autres, on voyage chaque année, déclara fièrement Maurice. On est allés à Porto Rico, à Acapulco, en Jamaïque, à Hawaï et, à cette heure, on va aller en Espagne.

—

Durant quelques semaines, Maurice sembla se calmer et prendre le rythme de vie d'un retraité sans trop embêter Jeanne. Il s'occupa à mille petits travaux autour de la maison comme soigner sa pelouse, repeindre le solage du bungalow, nettoyer le garage et réparer la clôture. Ensuite, à la suggestion de sa femme, il accepta de transformer l'ancienne chambre des filles, située en face de la cuisine, en petite salle de télévision. Pour la première fois depuis trente ans, les deux pièces de l'étage allaient être désertées. Le dortoir ne servait déjà plus que très occasionnellement lorsque des visiteurs dormaient à la maison. André et Guy aidèrent leur père à transporter les meubles. Le lit et la commode furent rapidement remplacés par le téléviseur couleur et deux confortables fauteuils neufs.

— Le deuxième étage sert plus à rien à cette heure, constata Maurice avec regret. On n'a plus affaire à monter là.

— Oui, mais on est bien mieux avec la salle de télévision proche comme ça, rétorqua Jeanne. Plus besoin de descendre quand quelqu'un sonne à la porte ou quand quelqu'un téléphone. Tout est à la portée de la main. Tu vas voir comment on va être bien comme ça, prédit-elle.

— En tout cas, ça va nous coûter moins cher de chauffage cet hiver, dit Maurice, toujours aussi économe. On va poser une trappe sur la cage d'escalier et on va arrêter de chauffer pour rien le deuxième étage.

Il faut croire que le nouveau retraité finit par apprécier sa nouvelle salle de télévision parce que peu à peu, il prit l'habitude de s'y réfugier après le dîner, sous prétexte de regarder le film projeté au début de l'après-midi à Télé-Métropole. Mais le plus souvent, il dormait à poings fermés dix minutes après le début de la projection et ne se réveillait généralement que vers trois heures.

Au début de septembre, les Dionne partirent pour leur voyage en Espagne. Il s'agissait de leur premier voyage organisé. Le périple ne sembla pas les avoir particulièrement éblouis. À leur retour à la maison, trois semaines plus tard, ils décrivirent plus volontiers à leurs enfants les démêlés de certains voyageurs désagréables avec leur guide que la beauté des sites visités.

— On dira ce qu'on voudra, conclut Maurice, mais on mange pas ben là-bas comme ici. Puis, il y a des places qui font pas mal dur.

— En tout cas, les enfants, vous avez failli manger de bonnes olives qui venaient d'être cueillies, dit Jeanne.

Les visiteurs jetèrent un regard interrogateur à leur mère devant le coup d'œil furieux que sa remarque lui avait attiré de la part de son mari.

— Ce que votre mère veut dire, expliqua-t-il sèchement, c'est que le premier jour où on est arrivés là-bas, elle s'est dépêchée d'acheter un gallon d'olives. Après, j'ai été poigné pour traîner ce maudit gros pot-là dans l'autobus du matin au soir. En plus, chaque fois qu'on changeait d'hôtel, j'étais pris pour transporter cette cochonnerie-là.

— Puis? demanda Francine, impatiente de connaître le fin mot de l'histoire.

— Ça fait que le troisième jour, ton père, patient comme il est, l'a lancé dans un champ.

C'était bien leur père. Les enfants le connaissaient depuis assez longtemps pour savoir qu'il n'avait dû avoir qu'une envie au moment où il avait posé le pied sur le sol espagnol : revenir le plus rapidement possible chez lui. Casanier et peu aventureux de nature, il aimait se retrouver entouré de choses qu'il connaissait bien. Les nourritures exotiques et les visites de cathédrales n'avaient pas dû l'emballer outre mesure, même s'il se gardait bien de le dire.

—

Après un voyage aussi coûteux, on aurait pu croire que Maurice aurait eu à cœur de commencer un régime d'austérité fondé sur des économies de bouts de chandelle, une politique qu'il avait souvent pratiquée par le passé après d'importantes dépenses. Ce ne fut pas du tout le cas cette fois-ci. La faute en incomba indirectement à Paul et à Marc.

À la fin du mois d'octobre, la Renault Alliance de Paul se mit à faire défaut à répétition, même si elle comptait moins de douze mois d'usure. Excédé, l'enseignant de quarante-deux ans décida d'acheter une Chevrolet Celebrity neuve à Lucie et de reprendre la vieille Caprice familiale rouge que le couple possédait depuis plus de huit ans. Naturellement, l'enseignant vint faire admirer sa nouvelle acquisition à son père qui ne montra, évidemment, aucun enthousiasme et refusa même — suprême insulte — de l'essayer.

Quelques jours plus tard, ce fut au tour de Marc et de Mylène d'acheter une petite Oldsmobile neuve. Le même scénario se reproduisit quand ils s'arrêtèrent à la maison du boulevard Lacordaire pour la faire admirer. Maurice leur fit grise mine et refusa même de sortir de la maison pour la voir de plus près.

Durant une semaine, il arbora un air renfrogné. Apparemment, quelque chose ne tournait pas rond. Jeanne se méfiait. Elle avait raison. Un matin, son mari quitta la maison sans prévenir et ne revint qu'à la fin de l'avant-midi.

— Où est-ce que t'étais passé? lui demanda-t-elle, intriguée par cette absence inhabituelle.

— Au garage.

— T'as déjà fait poser tes pneus d'hiver? s'étonna-t-elle.

— Non. J'ai changé de char. J'en ai acheté un neuf.

— Voyons donc, Maurice. Je t'ai entendu dire à Paul que la Chrysler avait même pas trente mille milles…

— Occupe-toi pas de ça, lui ordonna Maurice avec humeur. La Chrysler avait déjà sept ans et elle était finie. Il était temps que je la change.

Jeanne se contenta de secouer la tête en signe de découragement et retourna dans sa salle de couture. Elle eut la sagesse de ne pas faire une scène inutile. Le mal était déjà fait.

Quelques instants plus tard, Maurice, dépité par le peu d'intérêt manifesté par sa femme, alla la rejoindre. Il s'arrêta sur le seuil de la petite pièce où elle était occupée à raccommoder l'ourlet de la robe d'une cliente.

— Tu veux même pas savoir ce que j'ai acheté? lui demanda-t-il sèchement.

— Qu'est-ce que ça peut bien faire? Le char est acheté, non?

— J'ai choisi une grosse Oldsmobile. Elle est noire avec le toit gris. Je vais l'avoir demain.

— Et ça te fait pas peur de dépenser autant quand on vient de faire un grand voyage? s'enquit Jeanne.

— Pantoute. Tu sauras que ce char-là me coûte pas cher parce que j'ai fait baisser pas mal le prix et le garage m'a donné un bon montant pour la Chrysler.

— S'ils t'ont donné un bon montant pour la Chrysler, c'est peut-être parce qu'elle était encore bonne, non? lui fit remarquer sa femme, avec un bon sens évident.

— T'es vraiment pas parlable, toi! s'emporta son mari en tournant les talons pour retourner s'asseoir dans la cuisine.

Il s'empressa alors de téléphoner à plusieurs de ses enfants pour leur parler de son nouvel achat. Il était clair qu'il désirait ardemment les voir dès le lendemain pour avoir le plaisir de leur montrer sa voiture neuve.

— Tiens, dit Paul à sa femme. Ça fatiguait mon père d'avoir une des autos les plus vieilles de la famille. Il s'est dépêché d'aller en acheter une neuve, même si l'autre aurait été bonne encore plusieurs années. J'ai bien envie de pas me déranger pour aller la voir.

— Fais pas ça, lui conseilla Lucie. Tu sais comment il est. Il va bouder pendant des semaines, si tu fais ça.

— C'est correct, consentit l'enseignant en soupirant. Je vais arrêter deux minutes demain après-midi, après l'école.

Le lendemain, Maurice revint tôt à la maison au volant de sa nouvelle voiture qu'il laissa fièrement à l'extérieur du garage, malgré la petite pluie fine qui tombait depuis la fin de l'avant-midi.

Un peu après quatre heures, Paul s'arrêta, comme convenu, chez ses parents pour les saluer. Rancunier, il se garda bien de parler du nouveau véhicule derrière lequel il avait stationné sa vieille Caprice rouge. Il attendit avec une joie mauvaise que son père aborde le sujet.

— T'as vu mon nouveau char ? finit par dire Maurice quand il se rendit compte que le visiteur n'en parlait pas.

— Oui. Il est beau. Vous l'avez choisi d'une belle couleur.

— Ça m'a pris presque deux heures pour faire descendre le prix, mentit-il, s'attendant évidemment à ce que son fils demande d'examiner de plus près son achat.

Mais ce dernier ne bougea pas de la chaise sur laquelle il venait de s'asseoir. Il ne se leva même pas pour s'approcher de la fenêtre de la cuisine et admirer la nouvelle acquisition de son père, stationnée près de la maison.

— J'ai remarqué que vous l'avez acheté à Terrebonne, dit Paul en faisant allusion à l'étiquette apposée bien en évidence sur le coffre du nouveau véhicule. Vous avez fait affaire avec Pierre Boulay, je suppose ?

Pierre Boulay était le mari d'une amie de Lucie et les deux couples s'étaient fréquentés à une certaine époque. Paul avait acheté presque toutes ses voitures au garage dont Boulay était le vice-président et le meilleur vendeur.

— Ouais, répondit son père, mis de mauvaise humeur par le peu d'enthousiasme de son fils pour sa nouvelle acquisition.

— Je suis certain que vous le regretterez pas. D'habitude, il donne un bon service après vente. Bon, c'est bien beau tout ça, mais il faut que j'y aille avant que le pont-tunnel soit trop encombré. Je vous félicite, p'pa, pour votre achat. Vous avez une belle auto.

Sur ces mots, Paul embrassa sa mère et quitta la maison paternelle. Maurice était si en colère qu'il ne se donna même pas la peine de le raccompagner jusqu'à la porte. Paul reprit le volant de sa voiture en jubilant. Il s'était vengé.

— Tu parles d'un Christ de jaloux! explosa Maurice au moment où son fils quittait l'allée asphaltée.

— Pourquoi tu dis ça? demanda Jeanne, surprise par cet éclat.

— Tu l'as vu comme moi. Il a même pas voulu venir voir mon char neuf.

— Mais Maurice, t'as fait exactement la même chose quand il est venu te montrer le char neuf qu'il a acheté à Lucie il y a moins de deux semaines.

— C'était pas pantoute la même chose, affirma Maurice avec une mauvaise foi évidente.

Quelques jours plus tard, Paul apprit de la bouche même de Pierre Boulay que son père n'avait aucunement tenté de faire baisser le prix de sa nouvelle voiture. Pire, il avait tenu mordicus à la payer comptant, en se vantant du fait qu'il utilisait l'argent économisé dans son REER pour la payer.

— T'es pas sérieux? demanda Paul. Mon père a pas fait ça?

— Bien oui, répondit le vendeur. J'ai bien essayé de lui faire comprendre que ça lui reviendrait moins cher d'emprunter à GMAC que de vider son REER, mais ton père n'a rien voulu savoir. Il voulait payer comptant.

Paul fit une grimace en songeant aux conséquences financières du geste de son père, mais n'ajouta rien. Après tout, il était bien libre de faire ce qu'il désirait de ses économies.

—

Moins d'un mois plus tard, Jeanne aborda avec son mari un sujet plutôt délicat. Depuis plusieurs mois, Maurice avait des nuits plutôt agitées ; chaque nuit, il se levait à plusieurs reprises, secoué par des quintes de toux ou incapable de supporter plus longtemps des crampes qu'il avait dans les jambes. Par conséquent, il ne cessait de la réveiller involontairement parce qu'ils partageaient le même lit.

Or, Jeanne avait entendu sa sœur Germaine parler des avantages de certains lits orthopédiques dont on pouvait incliner la tête et le pied à de multiples positions par la simple pression d'un bouton. La femme de soixante-dix ans venait de faire l'acquisition d'un tel lit à Québec et ne tarissait pas d'éloges sur les avantages de son achat. Bien sûr, ce type de lit était coûteux, selon Germaine, mais il assurait un confort incomparable au dormeur. Jeanne en discuta avec certaines de ses clientes et l'une d'elles lui dit avoir vu de la publicité sur ce type de lit dans une revue. Elle lui promit de la lui apporter. Quand la dame eut tenu parole, Jeanne se décida à en parler à Maurice.

— Qu'est-ce que tu dirais, Maurice, si je te faisais un cadeau ? demanda-t-elle à son mari un matin, après une nuit particulièrement agitée.

— Bon. Qu'est-ce que tu vas encore me sortir ?

— J'ai vu des annonces de lits inclinables et je me suis dit que ce serait pas une mauvaise idée de changer notre lit. D'abord, notre matelas a vingt-cinq ans et il est fatigué. On pourrait se payer un bon lit.

— Il y a des lits doubles comme ça ? demanda Maurice, soupçonneux.

— Non. Juste des lits simples.

— Ça fait plus que quarante ans qu'on couche ensemble et t'es écœurée, c'est ça que tu veux me dire ?

— Bien non, se défendit Jeanne. Les deux lits simples seraient collés l'un à côté de l'autre. La seule différence, c'est qu'on serait bien plus confortables avec des lits comme ça. Quand t'as de la misère à respirer la nuit, t'aurais juste à peser sur un bouton pour relever ta tête de lit à la hauteur que tu veux. La même chose pour tes crampes dans les jambes ; tu pourrais relever le pied de ton lit pour améliorer ta circulation. Tu pourrais surtout te lever quand tu le voudrais sans avoir peur de me réveiller.

Jeanne sentit que Maurice était vaguement intéressé par ces perspectives et s'empressa de lui montrer la publicité laissée discrètement par sa cliente.

— Ça entrera jamais dans notre chambre deux lits de cette grosseur-là, déclara Maurice sur un ton sans appel après avoir jeté un coup d'œil au message publicitaire. Tu vois ben qu'ils prennent ben trop de place.

— On devrait mesurer la largeur de la chambre et aller voir quand même au magasin cet après-midi. On n'est pas obligés d'acheter si ça fait pas notre affaire. Si t'aimes ça, ce sera ton cadeau des fêtes.

— Whow ! Énerve-toi pas, dit Maurice en repoussant vers elle la publicité découpée par la cliente. Laisse-moi le temps de respirer.

Maurice réfléchit tout l'avant-midi à la proposition de sa femme. Après le dîner, il accepta finalement de mesurer les dimensions de la chambre et d'aller rendre visite au distributeur. Moins de deux heures plus tard, le couple était de retour à la maison.

— Deux mille cent piastres ! répéta Maurice pour la dixième fois. Il faut être folle pour dépenser autant d'argent pour deux lits. Si ça a de l'allure !

— Arrête de répéter la même chose, Maurice Dionne ! soupira Jeanne, excédée. C'est pas la fin du monde ! C'est moi qui paye. Tu vas voir comment on va être bien couchés dans ces lits-là.

— Ouais, mais qui va venir me donner un coup de main pour monter notre vieux lit dans le dortoir, en haut ?

— Les lits seront pas livrés avant trois jours. Inquiète-toi pas avec ça. Tu sais bien que d'ici là, un de nos garçons va venir et qu'il va nous aider.

En fait, André et Guy vinrent la veille de la livraison et se chargèrent du travail en quelques minutes. Le lendemain soir, Maurice et Jeanne étrennèrent les deux lits orthopédiques que les livreurs avaient gracieusement installés dans leur chambre. Ils étaient peut-être lourds et un peu encombrants, mais quel confort !

À partir de ce soir-là, Maurice, qui s'était fait tant tirer l'oreille pour adopter ce genre de lit, en devint le plus grand défenseur.

— Une fois que t'as essayé ce lit-là, disait-il aux visiteurs, tu veux plus dormir dans un autre lit. Il a deux moteurs : un pour lever la tête et l'autre pour lever le pied. Je te garantis que tu te lèves reposé le matin après avoir dormi là-dessus. Il est cher, mais il vaut son prix.

Chaque fois qu'il en parlait, il se gardait bien de mentionner qu'il ne l'avait pas payé, qu'il s'agissait d'un cadeau de sa femme. Mais Jeanne ne lui en tint pas rigueur. Elle pouvait enfin dormir confortablement, c'était le principal.

Chapitre 21

Les dernières années

Étrangement, Maurice cessa de parler de se trouver un petit emploi dès la fin de l'automne 1986. Au retour de son voyage en Espagne, le retraité mentionna bien à quelques reprises avoir l'intention de se trouver bientôt un travail à temps partiel pour s'occuper, mais de toute évidence, rien ne pressait. Il semblait reculer devant l'obligation d'aller remplir des demandes d'emploi. Finalement, il parut renoncer définitivement à l'idée et il n'en fut plus question.

En fait, il apprécia beaucoup n'avoir qu'à regarder tomber la neige par la fenêtre de la cuisine sans avoir à faire autre chose que d'attendre au chaud que la chute de neige cesse pour dégager sans se presser son balcon et son allée asphaltée. Lorsque Jeanne parla de lui offrir une « souffleuse » comme cadeau, il refusa carrément en arguant qu'il n'aurait pas suffisamment de place pour ranger la machine. Au fond, il préférait sa bonne vieille pelle.

Maurice trouva les premiers mois de 1987 plutôt agréables et occupa ses nombreuses heures de loisirs à regarder la télévision et à déambuler avec Jeanne dans les grands centres commerciaux, quand l'envie de bouger le prenait. Par ailleurs, même s'il s'en plaignait parfois, il semblait accepter que sa femme continue à coudre pour ses nombreuses clientes. Une ou deux fois par semaine, le couple allait souper tôt dans un restaurant et revenait finir la soirée à la maison.

— On fait une maudite belle vie ! disait parfois Maurice à ses visiteurs qui s'informaient de sa vie de retraité. J'ai même une journée de congé par semaine, le samedi, ajoutait-il pour faire fâcher Jeanne. Ma femme va à ses cours de peinture toute la journée et j'ai la paix. Personne pour me donner des ordres !

Mais il ne faut pas croire qu'il s'agissait d'un bonheur sans nuages. Il restait à traverser la dure période des déclarations de revenus, période qui avait toujours eu le don d'énerver singulièrement l'homme de soixante-cinq ans.

Cette année-là, Maurice téléphona à son fils Paul le dernier jour de février pour lui demander s'il aurait le temps de venir remplir ses déclarations d'impôts bientôt.

— J'ai tous mes papiers, affirma-t-il pour faire comprendre à l'enseignant que rien ne pouvait l'empêcher de venir faire le travail le soir même.

— Bon. Sortez-les, p'pa. Je vais essayer d'aller chez vous après le souper.

Ce coup de téléphone venait de révéler à Paul que son père n'avait pas été satisfait du travail d'Yvon l'année précédente. Le retraité devait croire que son gendre n'avait pas bien rempli ses dernières déclarations d'impôts, puisqu'il avait dû acquitter un certain montant au lieu de toucher un remboursement des gouvernements provincial et fédéral.

Il n'y avait là aucune surprise. Depuis vingt ans, le même scénario se reproduisait infailliblement chaque année. Quand Maurice devait payer de l'impôt à la fin de l'année ou ne recevoir qu'une toute petite somme, il en imputait la responsabilité à celui qui remplissait ses déclarations, et pour bien marquer son mécontentement, il faisait appel à quelqu'un d'autre l'année suivante. Or, comme il ne voulait pas payer pour ce service, son choix était plutôt limité. En règle générale cependant, il faisait appel à son fils aîné pour ce travail, ne gardant son gendre en réserve que pour punir l'enseignant. Quand cela se produisait, Paul le savait automatiquement sans que son père ait à le lui dire ouvertement. S'il ne recevait pas d'appel avant le 28 février, il avait confié le travail à Yvon et on n'en parlait plus... du moins jusqu'à l'année suivante.

Lorsque Paul pénétra chez ses parents ce soir-là, il trouva tous les reçus d'impôts étalés sur la table de la cuisine. Pendant qu'il sortait sa calculatrice et son crayon, son père prit place en face de lui, au lieu de s'asseoir, comme d'habitude, dans sa chaise berçante.

— Ça me surprendrait pas que je sois obligé d'en payer un peu, déclara-t-il avant que son fils ait eu le temps d'inscrire le premier montant sur le formulaire ouvert devant lui.

Maurice avait dit cela comme pour conjurer le mauvais sort. Il avait ensuite résolument gardé le silence pour ne pas déconcentrer celui qui calculait devant lui. Paul se garda bien d'émettre le moindre commentaire en travaillant, mais il essaya d'utiliser tous les abris fiscaux disponibles. Il vérifia chaque calcul deux fois plutôt qu'une pour s'assurer qu'aucune erreur ne s'était glissée. Tout en travaillant, il ne pouvait s'empêcher de se souvenir combien il avait eu de la difficulté à persuader son père de commencer à verser de l'argent dans un REER quelques années auparavant. Il lui avait fallu lui prouver noir sur blanc qu'il économiserait ainsi une bonne somme d'argent chaque année grâce à ce programme avant qu'il ne se décide à l'adopter.

— J'ai presque fini, p'pa, déclara Paul près de deux heures après avoir commencé. Je vais vérifier une dernière fois pour être certain de n'avoir rien oublié.

— Prends ton temps, lui conseilla son père, qui craignait la moindre erreur en sa défaveur. De toute façon, si j'ai à en payer, ce sera pas ben gros parce que je travaille plus. J'ai juste mes chèques de pension...

Malheureusement, Maurice se trompait, et de beaucoup. Le fait d'avoir dégagé en une seule fois les vingt mille dollars accumulés dans son REER pour acheter sa voiture neuve l'automne précédent avait fait passer son revenu brut de vingt et un mille à quarante et un mille dollars. Les sommes à payer aux deux paliers de gouvernement étaient considérables.

Quand Paul osa lui annoncer la facture à acquitter, son père blêmit.

— Ben, voyons donc, sacrement! Ça a pas d'allure ce que tu dis là! ne put-il s'empêcher de s'exclamer. Ils viennent me chercher un tiers de ce que j'ai.

— J'ai tout examiné, p'pa, se défendit Paul. J'ai utilisé tous les abris. Mais en sortant tout l'argent de votre REER, vous avez doublé votre revenu. Vous êtes imposé sur quarante et un mille piastres.

— Christ! jura Maurice. Avoir su ça, j'aurais jamais mis une maudite cenne dans cette patente-là! s'écria-t-il avec un illogisme évident. C'est du vrai vol!

Paul eut beau lui expliquer plusieurs fois pourquoi il était tenu de payer un montant aussi élevé, son père refusa obstinément de comprendre. Rageur, il finit par signer les chèques libellés aux deux paliers de gouvernement, mais il était évident qu'il blâmait son fils de l'avoir entraîné dans une affaire qui lui coûtait maintenant une véritable fortune. Maudit REER! S'il avait dépensé son argent au fur et à mesure au lieu de le mettre là-dedans, il n'aurait pas été obligé de payer de tels montants ce soir-là.

Inutile de préciser que la soirée tourna court et que Paul n'eut droit qu'à des remerciements du bout des lèvres pour son travail. Lorsqu'il monta dans sa voiture pour retourner à Longueuil, il ne put s'empêcher de se dire à voix haute :

— J'ai bien l'impression que j'ai perdu ma job pour l'année prochaine.

Évidemment, Maurice s'empressa de répandre dans la famille la nouvelle de la facture salée qu'il avait à acquitter en laissant entendre que toute la faute en incombait à Paul qui l'avait poussé à prendre un REER sans se rendre compte que cela lui coûterait aussi cher. Il était sous-entendu que c'était ce qui arrivait quand on faisait remplir sa déclaration d'impôts par quelqu'un qui n'y connaissait pas grand-chose.

—

Quelques jours avant de célébrer son soixante-sixième anniversaire, Maurice fit une mauvaise chute en pénétrant dans le Canadian Tire de la rue Jean-Talon. Il s'en tira avec une fracture à l'avant-bras droit et dut porter un plâtre durant plusieurs semaines, ce qui fut loin d'améliorer son humeur en ce début de printemps.

Comble de malheur, le retraité avait de plus en plus mal aux jambes depuis quelque temps. Il n'en soufflait pas un mot à Jeanne parce qu'il savait qu'elle aurait insisté pour qu'il aille consulter un médecin. Il n'aurait plus connu la paix chez lui. Cette douleur n'était pas tout à fait nouvelle. Elle l'incommodait déjà bien avant qu'il prenne sa retraite, mais il ne s'agissait alors que d'engourdissements passagers dus à une mauvaise circulation sanguine, du moins, le croyait-il. Maintenant, ses jambes lui faisaient vraiment mal, au point qu'il lui arrivait de plus en plus souvent d'être obligé de se lever durant la nuit pour avaler des analgésiques en cachette. Ces maux de jambes, ajoutés à des quintes de toux irrépressibles, l'empêchaient de bien se reposer la nuit, malgré le confort de son lit orthopédique.

En fait, tous ces maux commençaient à l'inquiéter sérieusement. Il n'avait jamais été vraiment malade. Durant toute sa vie active, il ne s'était pas absenté une seule journée de son travail à cause d'une maladie. Mis à part quelques grippes soignées avec des comprimés 222 et du sirop, il avait joui d'une santé florissante. Il avait eu beau fumer sans modération depuis son adolescence et boire quotidiennement une quantité impressionnante de cola, rien ne semblait être en mesure d'altérer sa santé. Évidemment, il n'avait pas de médecin traitant et son dernier examen médical approfondi datait de juin 1956, soit plus de trente ans auparavant, lorsqu'il avait été engagé par la CECM.

Maurice croyait que les médecins étaient surtout destinés aux femmes et à leurs petits bobos, qu'elles prenaient un étrange plaisir à se découvrir en leur donnant beaucoup trop d'importance. Pour sa part, il était fidèle à la pensée magique selon laquelle il suffit d'ignorer l'existence d'un mal pour le faire disparaître.

L'été 1987 passa assez rapidement. Encore une fois, Maurice et Jeanne allèrent se reposer une semaine à Wildwood en juillet. Cette fois-ci, le hasard voulut qu'ils rencontrent Paul et sa petite famille, déjà sur place depuis cinq jours. Heureux de se revoir, on alla souper ensemble au restaurant avant d'aller marcher sur la promenade. Ce soir-là, Paul ne put faire autrement que de remarquer à quel point son père n'était plus le marcheur infatigable qu'il avait été. Moins d'une heure après avoir quitté le restaurant, il s'était déclaré trop fatigué pour continuer et avait proposé de rentrer au motel.

À leur retour des États-Unis, Maurice fit remarquer à sa femme que le vingt-cinquième anniversaire de mariage de Lise et d'Yvon aurait lieu deux semaines plus tard. Quand il se rendit compte que les enfants du couple n'avaient pas prévu de petite fête pour célébrer cet anniversaire, il prit sur lui de rassembler toute la famille dans un restaurant de l'ouest de Montréal pour fêter l'événement. Au dessert, il profita de l'occasion pour annoncer à tous les siens que Jeanne et lui effectueraient leur première croisière au mois de novembre suivant. C'était son cadeau pour marquer son quarante-cinquième anniversaire de mariage.

L'homme de soixante-six ans avait longtemps cherché un cadeau original pour l'occasion. Comme il n'avait pas voulu envisager un autre voyage organisé, il s'était finalement laissé tenter par une croisière dans les Caraïbes après avoir entendu Paul et Lucie vanter avec enthousiasme ce type de voyage. Les deux enseignants avaient déjà fait trois croisières et lui avaient recommandé le *Britannis*, un vieux bateau de la compagnie Chandris, dont les escales étaient enchanteresses.

Les Dionne quittèrent Montréal le 12 novembre sous une petite neige folle à destination de Porto Rico, leur port d'embarquement. Lorsqu'ils revinrent huit jours plus tard, basanés et apparemment très contents de leur expérience, plusieurs de leurs enfants les attendaient à Mirabel. Ce soir-là, réunie dans la cuisine du bungalow du boulevard Lacordaire, toute la famille présente eut droit à une description enthousiaste des plaisirs d'une croisière. Maurice vanta surtout la variété et l'abondance des mets servis à bord du bateau ainsi que la qualité du service tandis que sa femme parlait de la beauté des îles visitées.

Au début du mois de décembre, Jeanne se réveilla une nuit en sursaut. Le grincement de la porte de la chambre l'avait tirée de son sommeil. Le lit voisin était vide. Elle s'enfonça frileusement sous les couvertures et attendit un long moment, les yeux ouverts, le retour de Maurice, qui s'était probablement rendu aux toilettes. Ne le voyant pas revenir, elle finit par quitter son lit en se plaignant du froid qui régnait dans la maison et sortit de la chambre. Elle entra dans la cuisine plongée dans l'obscurité.

— Veux-tu bien me dire ce que tu fais dans la noirceur comme ça ? demanda-t-elle à son mari, qu'elle trouva assis dans sa chaise berçante, dans le noir.

Elle alluma le plafonnier.

— Je peux pas dormir.

— Mais tu vas attraper ton coup de mort ! On gèle dans la maison. Au moins, fais partir la fournaise. Qu'est-ce qui t'empêche de dormir ? T'as rien mangé avant de te coucher.

— J'ai mal aux jambes, c'est écœurant, se plaignit Maurice. On dirait que je les sens plus et j'ai de la misère à aller aux toilettes.

— Tiens ! C'est nouveau, ça, constata Jeanne, un peu inquiète d'entendre son mari se plaindre.

— Non, ça fait longtemps que ça me fait mal.

— Et c'est là que tu te décides à m'en parler ? Demain, on prend rendez-vous chez le docteur Ménos.

— Ah ! Achale-moi pas avec ton docteur, dit Maurice.

— Si t'aimes mieux crever tout seul dans ton coin sans te faire soigner, Maurice Dionne, c'est ton affaire. T'as des assurances ; j'en profiterai.

— Retourne donc te coucher et sacre-moi patience !
lui ordonna son mari en grimaçant de douleur.

Jeanne retourna au lit et finit par se rendormir.
Lorsqu'elle se leva quelques heures plus tard, elle retrouva
son mari assis à la même place que la nuit précédente. Il
ne semblait pas être parvenu à chasser la douleur. Ses
traits tirés révélaient qu'il avait peu ou pas dormi de la
nuit. Il paraissait à bout.

— As-tu fini par pouvoir aller te coucher ? lui
demanda-t-elle.

— J'ai pas été capable.

Jeanne ne fit aucun commentaire et prépara le déjeuner. Après le repas, elle prit son ton le plus posé pour
tenter de faire entendre raison à son mari.

— J'appelle Ménos et je prends rendez-vous pour toi,
Maurice. Il faut qu'il te donne un calmant pour que tu
puisses dormir. Tu peux pas continuer comme ça à passer
tes nuits debout.

— On pourrait juste passer à la pharmacie, suggéra son
mari sans aucun entrain.

— Les bons calmants, on les a avec une ordonnance du
docteur. Les autres valent rien.

Épuisé, Maurice ne protesta pas et sa femme obtint un
rendez-vous au début de l'après-midi même.

À une heure, le couple pénétra dans la salle d'attente
du médecin. Il n'y avait aucun patient dans le bureau du
praticien qui fit immédiatement entrer Maurice. Lorsqu'il
apprit que le dernier examen du retraité datait de plus de
trente ans, il eut un mouvement d'humeur.

— Qu'est-ce que vous attendiez pour vous faire examiner, monsieur Dionne ? Le corps, c'est une machine et
vous devriez savoir que cette machine-là, comme toutes
les machines, s'use avec le temps.

Visiblement épuisé, Maurice ne trouva rien à dire. Le médecin fit un examen complet de son nouveau patient et prit de nombreuses notes pendant qu'il se rhabillait.

— Bon. Je vais vous donner une prescription pour des calmants, lui dit Ménos au moment où Maurice prenait place devant le bureau du médecin, mais il est urgent que vous alliez passer tous les tests et une radiographie de vos poumons dès cette semaine. Les calmants que je vous prescris vont vous soulager, mais ils ne soignent rien. J'aime autant vous dire que j'aime pas beaucoup votre rythme cardiaque. Vous allez aussi passer un électrocardiogramme. Quand je recevrai les résultats de ces tests, ma secrétaire vous téléphonera pour vous donner un autre rendez-vous.

Maurice ressentit un immense soulagement en quittant le bureau du médecin. En route vers la pharmacie, il ne put s'empêcher de dire à sa femme :

— Là, j'achète ses maudites pilules, mais qu'il s'imagine pas que je vais dépenser une fortune en remèdes.

Le lendemain, il fallut que Jeanne déploie des trésors de patience pour persuader son mari de se présenter à l'hôpital Notre-Dame pour subir les divers tests exigés par le médecin.

L'arrivée de la période des fêtes aida Maurice à oublier peu à peu cet épisode éprouvant et bientôt, il ne pensa plus aux résultats de ses examens médicaux. Pour sa part, Jeanne trouva un certain réconfort dans le fait que la secrétaire du médecin n'avait pas donné signe de vie.

— S'il y avait quelque chose de grave, finit-elle par dire à Maurice, la secrétaire de Ménos t'aurait appelé.

Le couple oubliait qu'en ce début d'année 1988, les urgences des hôpitaux débordaient et que les laboratoires de ces mêmes institutions ne suffisaient pas à la tâche.

—

L'appel téléphonique de la secrétaire du docteur Ménos arriva le 6 janvier, un mardi avant-midi, au moment où Maurice s'apprêtait à aller pelleter la neige tombée durant la nuit précédente dans son allée asphaltée. Le médecin voulait le rencontrer de toute urgence à son bureau l'après-midi même, à deux heures.

— Ça doit pas être ben grave, dit Jeanne à Maurice, autant pour se rassurer que pour calmer l'inquiétude visible de son mari. Si ça avait été important, il t'aurait appelé bien avant ça. De toute façon, je vais y aller avec toi.

— Je suis pas un enfant, répliqua-t-il. Je suis capable d'y aller tout seul. J'ai pas besoin de toi.

Après le dîner, Maurice, nerveux, refusa à nouveau que Jeanne l'accompagne chez le médecin. À deux heures, il pénétra seul dans le bureau du praticien, qui arborait une mine grave.

— J'ai reçu les résultats de tous vos tests, monsieur Dionne. Les nouvelles ne sont pas très bonnes.

— Ah oui ! fit Maurice, la gorge subitement sèche. Qu'est-ce que j'ai ?

— Tout d'abord, vos reins sont en très mauvais état. Je vous ai pris un rendez-vous après-demain matin chez un excellent néphrologue, le docteur Paradis. Vous n'aurez qu'à confirmer ce rendez-vous par téléphone en rentrant chez vous. Ma secrétaire vous donnera ses coordonnées avant votre départ.

— OK.

— Il y a aussi votre cœur. Vous m'avez bien dit que votre mère et votre frère étaient décédés d'une maladie cardiaque ?

— Oui.

— Le docteur Lamontagne, le cardiologue de l'hôpital Notre-Dame, veut vous rencontrer dès cette semaine. Je vous conseille de prendre aussi rendez-vous avec sa secrétaire aujourd'hui même.

— À part ça, je suppose que tout va bien? voulut plaisanter Maurice d'une voix mal assurée.

— Ne vous inquiétez tout de même pas trop, tenta de le rassurer le généraliste. Laissez d'abord les spécialistes vous examiner à fond. Ça ne sert à rien de vous en faire avant de connaître les résultats. Ils ne vont peut-être trouver que des petites choses sans gravité.

Maurice demeura un long moment assis derrière le volant de sa voiture dans le stationnement de l'immeuble où était situé le bureau du médecin avant de se décider à démarrer. Il était assommé. Tout lui tombait dessus en même temps. Il rentra à la maison totalement démoralisé. Après avoir appris ces mauvaises nouvelles à Jeanne, il lui confia le soin de prendre les rendez-vous nécessaires avant d'aller s'asseoir dans la salle de télévision avec une tasse de café.

Quelques minutes plus tard, Jeanne entra dans la pièce.

— La secrétaire du docteur Lamontagne t'a trouvé une place. Il peut te voir demain matin, à dix heures.

— Où ça? À son bureau ou à l'hôpital?

— À son bureau. Il est sur Sherbrooke, près de Papineau. Elle m'a dit qu'il est tout près de l'hôpital Notre-Dame.

Le lendemain matin, Maurice ne s'opposa pas à ce que Jeanne l'accompagne au bureau du cardiologue. La consultation fut assez longue. Le spécialiste, un petit homme sec âgé d'une quarantaine d'années, l'examina à fond et consulta longuement son dossier médical, que le docteur Ménos lui avait fait parvenir. Après avoir refermé la chemise cartonnée grise qu'il avait devant lui, le spécialiste lui parla sur un ton incisif qui ne laissait place à aucun doute.

— Monsieur Dionne, vos artères sont bloquées. Dans un cas comme le vôtre, il ne s'offre pas cent possibilités. Nous allons commencer par vous soumettre à une médication durant quelques semaines. Si elle n'apporte aucune amélioration notable, il faudra procéder à un déblocage par intervention chirurgicale.

À cette seule évocation, Maurice sentit des sueurs froides lui couler dans le dos.

— Je ne vous cache pas que j'aurais aimé vous faire tout de suite un ou deux pontages, mais votre état de santé général est trop mauvais à l'heure actuelle. Votre médecin traitant a écrit que vous deviez voir un néphrologue.

— Oui, docteur.

— Quand avez-vous votre rendez-vous ?

— Demain avant-midi, docteur.

— Bon. J'attendrai son verdict avant de prendre une décision.

— Merci, docteur.

— Est-ce que vous fumez ? demanda Julien Lamontagne en lui jetant un regard sévère.

— Un peu, mentit Maurice.

— Un peu, c'est déjà trop, monsieur Dionne. Vous arrêtez aujourd'hui même, ordonna sèchement le praticien. Dans votre cas, c'est une question de survie. Ça ne servirait à rien de vous soigner si vous continuez à fumer.

— Je pourrais pas juste diminuer ? suggéra Maurice, atterré.

— Plus une cigarette, monsieur ! dit le spécialiste en lui tendant une ordonnance.

— OK.

— Bon. On se reverra probablement quand votre néphrologue vous aura examiné.

Sur ce, le docteur Lamontagne se leva pour signifier à son patient la fin de la consultation.

Lorsque Maurice retrouva sa femme dans la salle d'attente, il ne dit pas un mot. Il se contenta d'endosser le manteau qu'elle lui tendait. Jeanne attendit patiemment qu'ils aient pris place dans l'Oldsmobile pour lui demander des nouvelles.

— Puis, comment ça s'est passé? lui demanda-t-elle, inquiète.

— Il est bête en sacrement, ce docteur-là! déclara Maurice avec humeur. Il paraît que j'ai le cœur malade. Il parle de m'opérer. En attendant, il va me faire prendre encore des Christ de remèdes et il veut plus que je fume.

— Tu vas peut-être trouver ça dur de plus fumer, mais tu vas t'habituer, fit sa femme pour le réconforter.

— Dis donc pas des niaiseries, calvaire! éclata Maurice. On voit ben que t'as jamais fumé, toi. On n'arrête pas comme ça. Moi, je fume depuis l'âge de quatorze ans.

— Il y en a qui ont été capables d'arrêter, Maurice, plaida Jeanne.

— J'ai déjà essayé, ça a pas marché.

Jeanne ne répliqua pas. Deux minutes plus tard, Maurice reprit d'une voix altérée:

— De toute façon, j'ai pas le choix. Il m'a dit qu'il faut que j'arrête, sinon j'étais pour crever.

Ce jour-là, il s'enferma dans un profond mutisme, fit une longue sieste durant l'après-midi et se coucha tôt le soir. Pendant ce temps, Jeanne appelait chacun des enfants pour leur apprendre les mauvaises nouvelles. Quand l'un d'eux parlait de venir réconforter son père, elle lui faisait comprendre qu'il valait mieux le laisser tranquille pour l'instant, le temps qu'il s'habitue à l'idée.

Maurice passa une très mauvaise nuit. L'envie de fumer autant que l'engourdissement de ses jambes le gardèrent réveillé une bonne partie de la nuit. Il ne trouva finalement le sommeil qu'aux petites heures du matin. Jeanne dut aller le réveiller un peu avant huit heures pour qu'il se prépare pour son rendez-vous avec le docteur Paradis.

Il se leva en ronchonnant et s'enferma un long moment dans la salle de bain avant de venir boire une tasse de café en se plaignant que ça n'avait aucun goût quand on le buvait sans une cigarette.

À l'extérieur, il faisait un froid sibérien et le vent provoquait des tourbillons de neige au milieu du boulevard Lacordaire. Par la fenêtre de la cuisine, Jeanne voyait passer des enfants chaudement emmitouflés qui se dirigeaient à pied vers l'école Pie XII située rue Lavoisier.

— Je commence à avoir hâte que cette maudite semaine-là soit finie, dit Maurice à sa femme quelques minutes plus tard, en s'installant derrière le volant de la voiture. Je suis pas une femme, moi, pour passer mon temps à me faire tâter par les docteurs. Où est le bureau de ce maudit docteur-là?

— Sur Saint-Joseph, proche de Parthenais, expliqua Jeanne.

— Ça va être le *fun* encore de trouver un *parking* dans ce coin-là, maugréa-t-il en mettant le véhicule en marche.

Le couple dut patienter près d'une heure dans la salle d'attente du spécialiste avant que ce dernier, un grand homme à la figure sévère, ne fasse entrer Maurice dans son bureau.

— Est-ce qu'il faut que je me déshabille? demanda Maurice.

— Ce n'est pas nécessaire, monsieur… monsieur Dionne, dit le médecin en jetant un bref coup d'œil au dossier ouvert devant lui. Assoyez-vous. Je dois vous expliquer certaines choses.

Maurice, vaguement soulagé de ne pas avoir à subir un examen, prit place sur la chaise de bois placée devant le bureau et attendit que le spécialiste ait terminé la lecture du rapport qu'il avait devant lui.

— Bon. Je suppose qu'il ne sert à rien que j'y aille par quatre chemins. On ne se racontera pas d'histoire. Vous êtes un grand garçon, pas vrai? Je vous le dis tout de suite : l'un de vos reins ne fonctionne plus, l'autre ne travaille plus qu'à dix pour cent.

— Qu'est-ce qui va m'arriver? demanda Maurice, atterré et incapable de feindre plus longtemps un calme qu'il n'éprouvait pas.

— Il reste la greffe de reins, monsieur. C'est la solution.

— Une greffe des reins?

— Oui, mais seulement si vous êtes chanceux et patient, continua le néphrologue, refusant de lui masquer la vérité. Vous n'êtes pas tout seul à avoir les reins malades. Vous devez comprendre qu'il y a une longue liste de patients qui attendent une greffe, eux aussi.

Maurice se contenta de hocher la tête en signe de compréhension.

— Vous savez que les reins servent à nettoyer votre sang. Lorsqu'ils ne fonctionnent plus, il ne reste comme solution que la dialyse en attendant la greffe.

— Ça veut dire quoi, docteur?

— Ça veut dire que vous devrez venir trois fois par semaine passer de trois à quatre heures à l'hôpital pour être branché sur une sorte de rein artificiel qui va purifier votre sang.

— Mais je vais passer ma vie à l'hôpital ! se révolta Maurice, abasourdi par la perspective de passer tant de temps dans cet endroit déprimant.

— C'est ça ou mourir, cher monsieur... De plus, à compter d'aujourd'hui, vous allez devoir vous soumettre à un contrôle sévère de tous les liquides que vous absorberez. Vous devrez calculer la moindre quantité de liquide que vous allez prendre. Si vous dépassez la quantité permise, vous allez enfler et vous devrez être hospitalisé.

— Si j'ai pas le choix, laissa tomber le retraité sur un ton pathétique.

— De toute façon, ce n'est pas aussi pire que ça en a l'air, tenta de le rassurer le médecin. J'ai des patients qui viennent en dialyse depuis près de cinq ans et ils mènent une vie presque normale. Il faut être courageux et croire à une greffe. Encouragez-vous en vous disant qu'un jour, vous aurez des reins en parfait état de marche et que vous retrouverez la vie que vous avez toujours connue. Avez-vous des questions à me poser ?

— Non, ça va aller, docteur.

— Bon, vous allez entrer à l'hôpital à deux heures cet après-midi. Vous direz que vous venez de ma part. Ils vont vous installer dans le bon service.

— Quoi ? Je dois rester à l'hôpital ? demanda Maurice, au bord de la panique.

— Bien oui, monsieur Dionne. Ayez pas peur, on vous mangera pas. Il s'agit seulement de vous installer des canules dans le poignet droit. C'est là-dessus que l'appareil à dialyse va être branché quand vous viendrez en traitement. On va vous garder environ une semaine pour s'assurer que la dialyse vous réussit bien et que vous vous habituez à contrôler vos liquides.

Là-dessus, Jérôme Paradis conduisit son patient jusqu'à la porte de son bureau et lui souhaita bonne chance.

Quand Maurice expliqua à sa femme le verdict du spécialiste ainsi que les implications de la dialyse sur sa vie, cette dernière s'efforça de conserver son calme pour ne pas accroître le désarroi de son mari. La nouvelle de son hospitalisation l'après-midi même ne fit rien pour la rassurer.

— Je suis pas inquiète, mentit-elle à son mari. Tu vas t'en sortir et je vais t'aider. Tu vas voir.

Maurice ne répliqua rien, trop absorbé par le malheur qui venait de le frapper de plein fouet. Quel genre de vie allait-il avoir sans ses reins ? Non seulement il n'avait plus le droit de fumer, mais encore il ne pourrait plus boire quand il en avait envie. Qu'est-ce qui allait lui rester ? Il s'inquiéta ensuite de la façon dont il allait se rendre à l'hôpital l'après-midi même. Il ne pouvait tout de même pas laisser sa voiture dans le stationnement de l'hôpital toute une semaine.

Une heure plus tard, ce problème était résolu. Marc s'arrêta chez ses parents à l'heure du dîner et proposa immédiatement de conduire son père à l'hôpital dès que sa valise serait prête. À deux heures, Maurice fit son entrée à l'hôpital Notre-Dame et une heure plus tard, pour la première fois de sa vie, il était installé dans une chambre de l'institution, petite pièce qu'il partageait avec un parfait inconnu.

Ce soir-là, presque tous ses enfants lui rendirent visite. Ils étaient si nombreux à être venus le voir qu'ils occupèrent à eux seuls le petit fumoir que les autorités de l'hôpital Notre-Dame s'étaient résignées à installer au bout du couloir du service quelques années plus tôt. Pour eux, voir leur père malade, en robe de chambre, à l'hôpital, était un choc de taille tant il leur avait toujours paru indestructible.

—

Lorsque Maurice Dionne quitta l'hôpital Notre-Dame une semaine plus tard, il était méconnaissable. Il avait perdu plusieurs kilos et, surtout, il avait abandonné sa perruque brune qu'il portait depuis près de vingt-cinq ans. En l'apercevant, le crâne dénudé et les traits tirés, Paul sursauta violemment. Il ne s'était pas attendu à le voir aussi vieilli quand il avait proposé de venir le chercher à l'hôpital pour le ramener à sa maison du boulevard Lacordaire.

Pourtant, l'état du père de famille sembla se stabiliser rapidement durant le reste de l'hiver. Maurice reprit même un peu de poids. Après quelques jours d'abattement fort compréhensible, son moral s'améliora peu à peu et il parut s'habituer progressivement à l'obligation de compter chaque goutte de liquide absorbé et même à l'interdiction formelle de fumer. Il se résigna à ses trois séances hebdomadaires de dialyse à l'hôpital, même s'il en revenait affaibli chaque fois.

Poussé par la charité chrétienne, un voisin à la retraite était même venu proposer à Maurice de le transporter gratuitement à l'hôpital quand il le désirerait. Le malade l'avait remercié, mais se sentait encore fort capable de conduire sa voiture jusqu'à l'institution.

Les enfants éprouvaient beaucoup d'admiration devant le courage et la force de volonté de leur père, particulièrement dans sa lutte contre le tabagisme. Comme ils étaient presque tous des fumeurs invétérés, ils savaient à quel point cette privation totale de nicotine devait être insupportable à quelqu'un qui avait fumé toute sa vie. Pour lui faciliter les choses, ils évitaient de fumer en sa présence.

Pourtant, Jeanne se disait que cette résignation et cette obéissance de Maurice aux ordonnances des médecins étaient trop exemplaires pour ne pas cacher quelque chose.

Le chat sortit du sac quelques semaines après que Maurice eut débuté ses traitements. Un matin, elle trouva par inadvertance plusieurs paquets de cigarettes dissimulés dans la lingerie des toilettes et comprit soudainement pourquoi son mari allait si souvent à cet endroit durant la journée. Maurice venait s'y réfugier quand l'envie de fumer devenait trop insupportable et allumait une cigarette qu'il fumait en cachette. Sa femme aurait pu feindre d'ignorer la chose, et ainsi, il aurait continué à contrôler son tabagisme en étant obligé de se cacher pour fumer. Mais ce fut plus fort qu'elle : elle le démasqua.

— Regarde donc ce que je viens de trouver dans l'armoire de la salle de bain, lui dit-elle, triomphante, en déposant sur la table de cuisine deux paquets de cigarettes.

Maurice blêmit en voyant sa duplicité découverte, puis se fâcha tout rouge.

— Touche pas à ça et remets ça là où tu l'as pris ! ordonna-t-il à sa femme.

— T'es pas raisonnable, Maurice. Le docteur t'a dit que le tabac était pour te tuer.

— Mêle-toi de tes maudites affaires, sacrement ! s'emporta-t-il. C'est tout ce qui me reste, fumer ! Je peux même plus boire un Coke tranquille. Une cigarette de temps en temps, c'est pas ça qui va me rendre malade.

— Je pensais que t'avais arrêté pour de bon, ajouta Jeanne, qui venait de se rendre compte qu'elle aurait dû se taire et feindre l'ignorance.

— Ah ! Puis laisse-moi mes paquets de cigarettes là, lança Maurice, comme s'il venait de prendre subitement une décision. Il se leva et alla chercher un cendrier qu'il mit sur le rebord de la fenêtre, à l'endroit où il avait toujours été posé depuis que les Dionne demeuraient dans le bungalow.

À compter de ce jour, Maurice se remit à fumer au vu et au su de tout le monde, mais en tentant tout de même de se restreindre lorsqu'il en était capable.

— Au moins, il boit plus de Coke, admit Jeanne avec soulagement quand certains de ses enfants la blâmèrent de ne pas avoir fait semblant d'ignorer que leur père fumait en cachette.

Malheureusement, là aussi, elle se faisait des illusions. Les séances de dialyse avaient lieu les lundis, mercredis et samedis matin, de neuf heures à midi. Or, Maurice avait vite pris l'habitude de quitter la maison à six heures ces matins-là pour aller s'installer confortablement à bord de sa voiture, dans le stationnement de l'hôpital, avec le journal du jour, son paquet de cigarettes et quelques bouteilles de Coke. Dans sa logique, il se disait qu'il pouvait bien boire ce qu'il désirait juste avant le traitement puisque la dialyse allait tout nettoyer. Et boire un Coke sans fumer n'aurait présenté aucun intérêt à ses yeux. En somme, fait étonnant, les séances de dialyse devinrent progressivement des sorties assez agréables pour lui. Elles finirent même par lui permettre de fraterniser un peu avec des hommes aux prises avec une situation identique à la sienne.

—

À la fin du printemps, une mauvaise nouvelle vint encore assombrir l'humeur de Maurice et de Jeanne. Cette fois-ci, c'était le couple de leur fils Claude qui s'écroulait. Après avoir vendu leur maison de l'Île-Bizard,

Claude et Tina avaient acquis un bungalow à Dollard-des-Ormeaux quelques années auparavant et y avaient emménagé avec leurs deux jeunes enfants. Pour diverses raisons, la mésentente s'était peu à peu installée dans le couple au point que toute réconciliation devint vite impossible. Quand le jeune père de famille de trente-cinq ans apprit la nouvelle à sa mère, cette dernière fut en état de choc.

— Mais il y a les enfants! protesta Jeanne en parlant de Mario, dix ans, et d'Anna, trois ans.

— C'est réglé, m'man, rétorqua sèchement Claude. Mario va rester avec moi et la petite va aller vivre avec sa mère.

— Et la maison?

— Elle est vendue. Je me suis déjà trouvé un appartement.

Maurice réagit avec une sorte de fatalisme lorsque Jeanne lui raconta toute l'histoire.

— Je te dis qu'on a une belle famille! On est rendus avec trois divorcés: Francine, André et Claude. Qui va être le prochain?

Ce fut là le seul commentaire du vieil homme. Il en aurait probablement eu de plus amers s'il avait été au courant de toutes les péripéties du divorce de son fils. Par chance, il les ignora.

——

Pour la première fois depuis plus de vingt ans, Maurice et Jeanne ne bougèrent pas de la maison de l'été. Les séances de dialyse rendaient tout voyage impossible. Il fallut donc oublier les vacances à Wildwood, les visites au chalet de l'un ou l'autre des enfants et, surtout, le voyage que le couple avait maintenant pris l'habitude d'effectuer au mois de novembre.

Être cloué à la maison par la maladie alors que les enfants prenaient leurs vacances à leur chalet ou allaient dans le New Jersey n'améliora pas le moral de Maurice. Par conséquent, il ne fut pas étonnant que ce dernier vît arriver les premiers froids de l'automne avec une certaine indifférence.

Au début d'octobre, le docteur Paradis lui annonça qu'on devrait l'hospitaliser à nouveau pour quelques jours, le temps d'installer de nouvelles canules, cette fois à la saignée de son bras droit. Maurice supporta l'intervention sans trop se plaindre et, les jours suivants, il recommença ses séances de dialyse.

Cet automne-là, Jeanne se mit en tête de convaincre son mari de rénover la maison familiale. Pour l'occasion, elle fit preuve d'un entêtement extraordinaire, comme si sa survie dépendait soudainement des modifications qu'elle voulait apporter à la résidence.

— On peut plus voyager, Maurice. L'argent qu'on aurait mis sur les voyages, on devrait le mettre sur la maison, plaida-t-elle.

— La maison est parfaite comme elle est là, déclara d'abord son mari sur un ton cassant.

Ce midi-là, il revenait fatigué de trois heures de dialyse et n'avait absolument pas envie d'entendre parler de rénovation.

— On perd de l'espace pour rien avec le salon, s'entêta sa femme. Il y a jamais personne qui va là. Si on jetait à terre le mur entre le salon et la cuisine, ça nous ferait une grande salle à manger bien éclairée et on pourrait poser de la belle céramique blanche sur le plancher. Je te dis que ce serait beau. Ça changerait toute la maison.

— T'es brillante en Christ, toi! Et sur quoi va tenir le deuxième étage si t'enlèves le mur? Des plans pour que la maison nous tombe sur la tête! s'emporta l'homme affaibli par la maladie.

— Bien non. J'en ai parlé à madame Tondreau, une de mes clientes, qui a une maison comme la nôtre. Son mari vient d'enlever le mur du salon pour faire une grande salle à manger. Il y a pas eu de problème. Il dit que c'était pas un mur porteur et qu'il y avait même pas besoin d'ajouter une poutre. Elle est déjà là.

— Et on jetterait le set de salon, je suppose? avança Maurice, sarcastique.

— Bien non. On le mettrait dans le sous-sol. Il y a de la place. Je te le dis, ça nous ferait une grande pièce où on pourrait s'asseoir à l'aise et recevoir le monde.

— Achale-moi pas avec ça! trancha Maurice, sur un ton sans appel. J'ai pas d'argent à gaspiller avec cette niaiserie-là. La maison est correcte comme ça et elle va rester comme elle est.

Jeanne ne revint pas sur le sujet durant quelques jours. Elle attendit son heure. Elle connaissait assez bien Maurice pour savoir qu'il apprivoisait lentement son idée. Mais elle poussa quand même à la roue en faisant en sorte que sa cliente s'arrête à la maison durant la semaine en compagnie de son mari, sous prétexte de venir prendre livraison d'une robe qu'elle lui avait donnée à réparer.

Monsieur Tondreau, toujours par le plus grand des hasards, parla longuement des rénovations qu'il avait effectuées chez lui et de la facilité qu'il y avait à faire disparaître le mur séparant le salon de la cuisine. Maurice l'écouta sans s'engager.

— Je vous le dis, monsieur Dionne, dit Charles Tondreau, c'est une affaire de rien d'enlever ce mur-là. Si jamais vous vous décidez à faire cette job-là, je suis prêt à venir vous donner un coup de main n'importe quand.

Maurice le remercia en lui disant qu'il allait y penser. Une semaine plus tard, il aborda le sujet avec son fils André venu les visiter.

Ce dernier s'était découvert des talents de bricoleur depuis le temps où il avait servi de concierge dans l'immeuble de ville d'Anjou qu'il avait habité durant deux ans. Il les avait par la suite largement développés en réalisant toutes sortes de rénovations dans son duplex de la rue Des Ormeaux depuis qu'il y avait emménagé après le départ de sa femme.

Ce soir-là, le jeune homme proposa à ses parents de se charger, dès le mois de janvier, des modifications qu'ils souhaitaient apporter à leur maison, et même, de peindre toutes les pièces du rez-de-chaussée. Il ne laisserait à son oncle, Claude Sauvé, que la pose de la céramique, un travail qu'il se sentait incapable de réaliser convenablement.

Après quelques instants d'hésitation, son père, pas trop rassuré, finit par lui demander :

— T'es sûr que t'es capable de faire cette job-là ?

— Inquiétez-vous pas, p'pa.

— Je pourrai pas ben ben t'aider, arrangé comme je suis là, poursuivit son père.

— J'ai pas besoin de votre aide, p'pa. Je suis capable de me débrouiller tout seul. Si je suis mal pris à un moment donné, je pourrai toujours demander un coup de main à Paul ou à Denis.

— Et tu vas me demander combien pour cet ouvrage-là ?

— On en reparlera quand ce sera fini, déclara André.

Sans s'en douter, il venait de donner la même réponse que son beau-frère Yvon quand il avait accepté de construire le sous-sol de son beau-père, quatorze ans plus tôt.

L'automne céda sa place à l'hiver et les premiers grands froids firent leur apparition à la mi-décembre cette année-là. Maurice installa à l'extérieur quelques séries d'ampoules multicolores et il consacra ses loisirs à pelleter lentement son balcon et son allée asphaltée. Quand vinrent les célébrations des fêtes, il se servit de sa dialyse comme excuse pour refuser certaines invitations et pour abréger quelques soirées auxquelles il avait été convié en compagnie de Jeanne.

Les Dionne commencèrent tout de même l'année 1989 avec la bénédiction paternelle. Au jour de l'An, tous les enfants souhaitèrent à leurs parents une meilleure année que celle qui venait de prendre fin. Ils purent cons-tater avec un certain soulagement que leur père semblait, ce jour-là, en meilleure forme que durant les derniers mois, ce qui contribua à les rassurer quelque peu.

—

André entreprit les travaux de rénovation chez ses parents dès la troisième semaine de janvier. Il arrivait habituellement au début de la soirée pour cesser le travail vers dix heures. Il lui suffit de sa première soirée de travail pour comprendre l'air apitoyé qui était apparu quelques jours plus tôt sur le visage de son beau-frère Yvon, quand il lui avait révélé avoir accepté cette tâche chez son père.

— Ça t'aurait pas tenté de faire cette job-là? lui avait demandé André. T'as ben plus d'expérience que moi dans les rénovations.

— Non, j'ai trop d'ouvrage à faire au chalet, avait menti Yvon.

En fait, le pompier n'avait pas encore oublié ce qu'il avait vécu quand il avait aménagé le sous-sol. Il aurait refusé l'offre, même si on lui avait fait un pont d'or.

— Je m'entends bien avec ton père, avait dit Yvon à Lise après le départ d'André, mais travailler pour lui, c'est pas endurable.

André comprenait maintenant à quel point il était agaçant d'avoir toujours quelqu'un dans son dos à l'épier et à lui faire la conversation pendant qu'il essayait de se concentrer pour ne pas gâcher les matériaux.

— Pourquoi vous allez pas vous reposer devant la télévision ? demandait-il parfois à son père.

— Ben non. Je la regarde toute la journée, répondait Maurice qui se contentait de repousser un peu plus loin sa chaise berçante lorsqu'il nuisait au travail de son fils.

Malgré tout, les modifications se concrétisèrent et le travail avança assez rapidement. Les cloisons entre le salon, la cuisine et le couloir furent abattues. La poutre existante fut recouverte d'un coffrage. Les joints furent remplis. Le parquet des trois pièces fut recouvert d'un nouveau contreplaqué. Chaque soir, avant de partir, André amassait les débris et balayait la poussière pour permettre à ses parents de vivre décemment jusqu'au lendemain soir.

Pendant ce temps, Maurice s'épuisait en va-et-vient inutiles et tournait inlassablement autour de son fils. Chaque nouvel achat de matériaux exigé par ce dernier le plongeait dans des rages folles aussitôt qu'André avait quitté la maison, à la fin de la soirée.

— As-tu une idée de combien ça va finir par nous coûter, cette affaire-là ? reprochait-il alors à Jeanne. Maudite idée de fou ! La maison était ben correcte avant. Depuis un mois, on vit dans une maison à l'envers et il y a de la poussière partout. On sait même plus où s'asseoir sans se salir !

Quand vint le jour où la céramique devait être posée sur le parquet, Claude Sauvé refusa de s'exécuter à moins que le nouveau contreplaqué installé par André soit cloué tous les quatre pouces.

— Si on fait pas ça, expliqua-t-il à son beau-frère, la céramique va craquer partout.

Pris au dépourvu par cette exigence, André n'eut d'autre choix que de demander à son frère Paul de venir lui donner un coup de main le lendemain. Ce soir-là, avant de quitter la maison paternelle, il demanda à son père d'aller acheter une seconde chaudière de clous le lendemain. Ce dernier renâcla devant cette autre dépense, mais finit par aller effectuer l'achat.

Le soir même, les deux fils clouèrent sans arrêt durant près de cinq heures sous l'œil soupçonneux de Maurice, comme s'il craignait de les voir quitter les lieux avec ses précieux clous dans leurs poches.

Après la pose de la céramique, André entreprit de repeindre chaque pièce du rez-de-chaussée. À la mi-février, son travail fut enfin terminé. Comme il refusait d'être payé, Maurice et Jeanne lui offrirent un téléviseur couleur à titre de récompense pour tout le travail qu'il avait accompli.

—

Au début du printemps 1989, Maurice fêta ses soixante-huit ans. Si ses séances de dialyse semblaient lui faire du bien, il en allait tout autrement avec sa circulation sanguine. Depuis quelques semaines, il perdait du poids et son teint devenait grisâtre.

Un après-midi de mai, il se sentit si mal qu'il demanda lui-même à Jeanne de faire venir un taxi pour le transporter à l'hôpital. Cette dernière refusa.

— Je fais venir l'ambulance. Comme ça, tu perdras pas de temps à l'urgence. Ils vont te soigner tout de suite en arrivant à l'hôpital.

Transporté à Notre-Dame, Maurice fut examiné quelques minutes plus tard par le docteur Lamontagne qui, par chance, était présent dans l'institution.

Lorsque Jeanne put enfin voir son mari à la fin de l'après-midi, il avait été installé dans une chambre du service de cardiologie.

— Comment tu te sens? lui demanda-t-elle en entrant dans la chambre.

— Ils parlent de me couper les deux jambes demain, répondit-il sur un ton mélodramatique. Le docteur dit que la circulation se fait plus dans mes jambes. Ils vont m'opérer de bonne heure, demain matin.

Bouleversée, Jeanne quitta son mari quelques minutes plus tard en lui promettant de revenir le voir le soir même. Avant de quitter l'hôpital, elle téléphona à Francine pour lui annoncer la mauvaise nouvelle.

— Bougez pas de là, m'man, je vais venir vous chercher, lui ordonna sa fille. Je vous ramènerai à la maison après avoir vu p'pa. Allez boire un café à la cafétéria en m'attendant.

Lorsque Francine entra dans la cafétéria, elle offrit à sa mère d'essayer d'aller rencontrer le cardiologue avec elle pour savoir exactement ce qu'il se préparait à faire à Maurice. Les deux femmes eurent la chance de le trouver au poste de garde du service de cardiologie.

Le médecin, comprenant leur inquiétude, les fit entrer dans une petite pièce attenante pour leur expliquer l'intervention qu'il avait planifiée afin d'améliorer l'état de santé de son patient.

— Il m'a dit que vous alliez lui couper les deux jambes demain matin, dit Jeanne, au bord des larmes.

— Qu'est-ce que vous me racontez là, madame ? s'insurgea le praticien.

— C'est ce que mon mari vient de me dire.

— Voyons donc ! Ça n'a pas d'allure, cette affaire-là ! Votre mari est un grand nerveux, madame Dionne. Ce que je lui ai dit cet après-midi, c'est que demain matin, je vais lui faire une petite incision aux deux jambes et c'est par là que je vais tenter de déboucher ses artères. Venez avec moi. On va éclaircir ça tout de suite.

Sur ces mots, le cardiologue quitta la pièce, suivi de près par Jeanne et sa fille. Pendant que Jeanne entrait dans la chambre occupée par Maurice à la suite du cardiologue, Francine s'arrêta à la porte, bien décidée à attendre le départ du spécialiste avant d'entrer voir son père.

— Voulez-vous bien me dire pourquoi vous vous amusez à faire peur à votre femme pour rien ? demanda le praticien sur un ton sévère en s'adressant à Maurice. Arrêtez ces niaiseries-là ! J'ai pas de temps à perdre, moi. Ce que je vous ai dit était pourtant clair. Je vous ai dit que j'étais pour vous faire deux petites entailles aux cuisses pour débloquer vos artères demain matin. C'est une intervention chirurgicale mineure qui va nécessiter, au plus, une hospitalisation de trois ou quatre jours.

Sur ce, le docteur Lamontagne quitta la chambre dans un froufroutement de sarrau et Maurice, furieux, se retrouva face à sa femme et à sa fille qui venait de pénétrer dans la chambre.

— Veux-tu ben me dire, Christ, ce que t'avais d'affaire à aller le déranger pour rien ? s'emporta-t-il.

— Il a bien fallu que je le fasse, rétorqua Jeanne, non moins furieuse, c'est le seul moyen de savoir la vérité.

— Bon. À cette heure que tu sais tout, tu peux sacrer ton camp. J'ai besoin de me reposer.

Après avoir prononcé ces mots, le malade tourna le dos à ses deux visiteuses et se tut. Après une ou deux minutes d'attente, Jeanne et Francine sortirent de la chambre. Elles ne revinrent que le lendemain matin, au moment où on transportait Maurice sur une civière, en direction de la salle d'opération.

Les deux femmes durent attendre sa sortie de la salle de réanimation jusqu'au milieu de l'après-midi. Lorsqu'elles quittèrent l'hôpital, Maurice avait repris conscience et semblait heureux d'avoir traversé l'épreuve de l'intervention chirurgicale. Les soirs suivants, chacun des enfants se fit un devoir de venir visiter le malade avant qu'il reçoive son congé de l'hôpital.

—

Durant près d'une année entière, la santé de Maurice sembla encore une fois se stabiliser. Bien sûr, ses trois séances de dialyse hebdomadaires l'épuisaient bien un peu, mais les petites siestes qu'il s'accordait l'avant-midi et l'après-midi lui permettaient de tenir le coup. Il se sentait assez bien pour continuer de refuser les offres de service du voisin qui lui proposait souvent de le conduire à l'hôpital lors de ses traitements. Cependant, lui qui avait tant parlé d'une greffe de rein qui le libèrerait définitivement de la dialyse cessa progressivement d'en parler, comme si cette possibilité n'était devenue qu'une vague illusion à laquelle il ne croyait plus du tout.

En avril 1990, la famille se réunit pour célébrer son soixante-neuvième anniversaire et il fit bonne figure à ses enfants et petits-enfants venus le voir.

Pourtant, son état de santé se détériora encore un peu au début du mois de juin, à son retour d'une séance de dialyse. Un lundi midi, les canules implantées dans son bras se déplacèrent alors qu'il était au volant et il perdit beaucoup de sang dans sa voiture avant son arrivée à la maison. Il fallut alors l'hospitaliser de nouveau et les médecins s'inquiétèrent autant des effets débilitants de ses séances de dialyse que du mauvais état de son cœur. Cette fois, il demeura hospitalisé près de deux semaines.

En cette occasion, Maurice se mit à jouer, on ne savait pourquoi, le rôle pathétique du malade délaissé par les siens. Ses enfants ne pouvaient aller le voir durant l'après-midi parce qu'ils travaillaient tous. Par contre, ils s'étaient entendus pour ne pas tous envahir sa chambre le même soir et s'étaient partagés équitablement les soirs de visite. Mieux, chaque soir, il y avait toujours l'un d'entre eux pour se charger de conduire sa mère à l'hôpital et la ramener à la maison à la fin de la visite.

Maurice prit alors l'habitude étrange de faire rapporter par sa femme chaque soir, à la maison, tous les cadeaux que lui laissaient ses visiteurs, en prétextant qu'ils l'encombraient. Son dénuement paraissait alors tel qu'il semblait ne jamais rien recevoir de personne.

Lorsque sa sœur Suzanne vint le visiter un après-midi, il se plaignit à mots à peine couverts de ne voir personne. Par conséquent, cette dernière se fit un devoir de venir le voir presque chaque après-midi... du moins jusqu'au jour où elle rencontra Paul, qui sortait de la chambre de son père.

— C'est ben effrayant de voir ça, mon petit garçon, lui dit-elle. Élever neuf enfants et il y en a pas un qui vient le voir quand il est malade.

— Voyons donc, ma tante ! Qui est-ce qui vous a raconté ça ? lui demanda l'enseignant, surpris. C'est pas vrai ! On vient le voir tous les soirs depuis qu'il est hospitalisé.

— Mais il a même pas reçu une boîte de chocolats ou une revue, plaida la sœur de Maurice.

— Il arrête pas de recevoir des cadeaux, mais il veut que ma mère les rapporte chaque soir à la maison. Il dit que ça l'encombre. Je suis prêt à vous gager une piastre que demain, la grosse boîte de bonbons que je viens de lui laisser va avoir disparu. Elle va déjà être dans sa chambre, à la maison.

—

Lorsque Maurice reçut finalement son congé de l'institution, Paul alla le chercher. En cette journée torride de la Saint-Jean-Baptiste, l'enseignant en vacances trouva son père couvert d'un épais lainage. Le vieil homme semblait si affaibli que son fils le fit asseoir dans un fauteuil roulant pour le conduire jusqu'à sa fourgonnette, stationnée devant la porte de l'hôpital.

Chapitre 22

La fin

Contre toute attente, la santé de Maurice s'améliora suffisamment durant l'été pour que Jeanne et lui songent à effectuer une croisière dans les Caraïbes durant la seconde semaine du mois de novembre suivant. Maurice avait entendu dire qu'un bateau de la Royal Caribbean Cruise Line avait été doté d'un appareil à dialyse et qu'une association provinciale de patients assumait le coût supplémentaire engendré par l'utilisation de l'appareil durant la croisière. Il suffisait d'en faire la demande. Malgré son handicap, il avait décidé de célébrer avec éclat son quarante-huitième anniversaire de mariage. Il voulait aussi faire plaisir à Jeanne.

— T'es pas sérieux, protesta sa femme quand il lui apprit la nouvelle. Et ta dialyse ?

— Tout est réglé, affirma son mari. Je vais recevoir mes trois dialyses sur le bateau pendant la semaine, comme si je restais ici.

— Et la fatigue ?

— Je ferai un somme de temps en temps. Sacrement ! On dirait que ça te tente pas ! finit par s'emporter Maurice.

— Ça me tente, dit Jeanne, sans manifester un grand enthousiasme. Mais je voudrais pas que ça te jette à terre.

— Inquiète-toi pas pour ça.

Malgré tout, Jeanne était terriblement inquiète. Elle avait un mauvais pressentiment. S'il arrivait quoi que ce soit à son mari durant cette croisière, comment allait-elle se débrouiller? Elle ne parlait pas un mot d'anglais. À l'insu de son mari, elle téléphona au docteur Paradis. À sa grande surprise, ce dernier l'encouragea à effectuer le voyage.

— Ça va faire du bien au moral de votre mari, affirma le spécialiste. Si le bateau a un appareil de dialyse, c'est qu'il y a un médecin compétent à bord. Partez sans crainte, madame Dionne.

Jeanne se rassura quelque peu.

Le jour du départ, Paul alla chercher ses parents à la maison pour les conduire à l'aéroport de Dorval. Il s'efforça de plaisanter tout le long du trajet, mais il était singulièrement inquiet de l'état de faiblesse apparent de son père, qu'il dut conduire en fauteuil roulant jusqu'au comptoir de la compagnie aérienne parce que le vieil homme se sentait trop faible pour marcher.

— Le soleil et le grand air vont peut-être lui faire du bien, se dit-il en revenant à la maison.

Une semaine plus tard, lorsqu'il alla attendre ses parents à leur retour de croisière, Paul découvrit son père assis dans un fauteuil roulant, apparemment encore trop faible pour se déplacer par ses propres moyens. Le sexagénaire était aussi blême qu'à son départ et il avait les traits tirés par l'épuisement. Son fils dut l'aider à monter dans sa fourgonnette avant de se charger des bagages. La joyeuse animation manifestée par sa mère ne le trompa pas un instant. Il y avait dans ses propos un soulagement évident d'être enfin de retour.

Paul ne resta que quelques minutes à la maison familiale pour permettre à ses parents de se reposer. Le lendemain, sa mère, profitant de l'absence de Maurice parti en traitement, lui raconta au téléphone la croisière qu'elle venait de vivre.

— Jamais plus ! s'exclama-t-elle. Ton père a passé la semaine enfermé dans notre cabine. Il était même pas capable de venir manger à la salle à manger. Il était trop faible pour rester deux heures à table. Il est monté une seule fois durant dix minutes sur le pont et il est pas descendu une fois à terre. Tu peux pas savoir à quel point j'avais hâte de revenir. Je sais pas si la machine à dialyse était moins bonne sur le bateau, mais on aurait dit que ses traitements lui faisaient moins de bien que d'habitude. Je suis tellement soulagée d'être revenue, tu peux pas savoir.

—

Le dimanche suivant, Martine et Georges invitèrent toute la famille à se réunir à leur maison de Bois-des-Filion pour célébrer le quarante-huitième anniversaire de mariage de Maurice et de Jeanne. Pour l'occasion, ils avaient fait confectionner un énorme gâteau.

Encore une fois, Paul s'arrêta chez ses parents pour les conduire à la fête. Ce faisant, il voulait éviter à son père la fatigue de conduire sa voiture. Ce dernier semblait avoir pris un peu de mieux depuis son retour de voyage et on était la veille d'une séance de dialyse à Notre-Dame. Maurice sembla soulagé de ne pas avoir à conduire et il monta dans la voiture de son fils sans se faire prier. Chez Martine, il mangea un petit morceau de gâteau et, après une heure, demanda à Paul s'il pouvait les ramener, lui et Jeanne, à la maison. Il se sentait fatigué.

—

Trois jours plus tard, Maurice se présenta en dialyse à l'heure habituelle. Après le traitement, l'infirmière responsable refusa qu'il quitte l'institution avant de voir un médecin, tant son état lui semblait peu rassurant. Alerté, le docteur Lamontagne exigea qu'on l'amène immédiatement à son service. À la vue des résultats de certains tests, le spécialiste décida de l'hospitaliser immédiatement.

— Et mon char ? demanda Maurice.

— Appelez chez vous, monsieur Dionne. Un de vos enfants est capable de venir le chercher, répondit le médecin. De toute façon, vous n'êtes pas en état de conduire.

— Je vais sortir quand, docteur ? demanda Maurice, inquiet.

— On ne vous gardera pas trop longtemps. Juste le temps de débloquer certaines de vos artères. Je crois qu'on a assez attendu.

— Vous allez faire ça quand ?

— Le temps de vous préparer correctement. Je pense qu'on devrait être capables de vous opérer vendredi avant-midi.

À la fin de cet après-midi-là, André et Denis passèrent à l'hôpital rendre visite à leur père. André prit ensuite le volant de l'Oldsmobile paternelle pour la remiser dans le garage de la maison du boulevard Lacordaire.

Le vendredi midi, Paul téléphona à sa mère pour prendre des nouvelles de son père. Elle lui révéla que la veille, elle lui avait apporté une lettre de la SAAQ qui l'avait bouleversé. La missive lui apprenait que son permis de conduire lui était définitivement retiré. L'enseignant promit à sa mère d'aller visiter son père à l'hôpital le soir même pour tenter de lui remonter le moral et, surtout, pour s'assurer que l'intervention chirurgicale avait bien réussi.

Ce soir-là, Paul franchit la porte de la chambre 209 derrière sa mère. Son père n'avait repris conscience que quelques heures plus tôt. Il semblait se porter bien après son intervention, mais son humeur était sombre. Son fils essaya de lui prouver tant bien que mal que la perte de son permis de conduire n'était pas la fin du monde et qu'il pourrait toujours compter sur ses enfants quand il voudrait se déplacer en voiture. Lorsqu'il le quitta vers neuf heures ce soir-là, il ne se doutait pas qu'il voyait son père vivant pour la dernière fois.

—

Le lendemain, le samedi 20 novembre, plusieurs enfants allèrent rendre visite à leur père hospitalisé, mais Paul préféra aller souper chez sa belle-sœur, remettant au lendemain une autre visite à l'hôpital. En fin de soirée, il passa devant Notre-Dame avant d'emprunter le pont Jacques-Cartier et de rentrer chez lui, à Longueuil, en compagnie de Lucie.

À peine venait-il de pénétrer dans la maison que le téléphone sonna. Lucie se précipita pour répondre, écouta quelques instants et tendit l'appareil à son mari. Ce dernier entendit alors la voix de son frère André.

— Paul ?

— Oui.

— Je suis à l'hôpital Notre-Dame.

— Qu'est-ce que tu fais là à une heure pareille ? lui demanda son frère aîné. Il est pas mal tard pour les visites, non ?

— Le père vient de mourir, dit André sans plus de précaution. Viens me rejoindre.

Bouleversés, Paul et Lucie laissèrent leurs enfants adolescents seuls à la maison pour se précipiter à l'hôpital où ils retrouvèrent André, complètement désemparé, debout devant le poste de garde du deuxième étage.

— Ils m'ont appelé il y a une heure, dit-il à Paul et Lucie en venant les accueillir à la sortie de l'ascenseur. J'avais laissé mon numéro de téléphone au poste de garde avant-hier quand je suis venu chercher son char.

— Qu'est-ce qui est arrivé? demanda Paul, la voix étranglée par l'émotion.

— Ils m'ont expliqué que le père a eu une crise cardiaque vers dix heures. Le docteur m'a dit tout à l'heure qu'ils ont tout fait pour essayer de le sauver, mais ils ont pas pu rien faire.

— Où est-ce qu'il est?

— Ils l'ont installé dans la petite chambre au fond du couloir.

— As-tu appelé les autres?

— Pas encore.

— Bon. Appelle-les pendant que je vais aller chercher m'man à la maison, dit Paul, qui aurait donné volontiers sa place à quelqu'un d'autre.

Avant de quitter l'hôpital, il entra dans la chambre où les infirmières avaient installé le corps de son père. Il régnait un silence étrange dans la petite pièce peinte en blanc. Une valise renfermant ses affaires personnelles avait été déposée près de la table de nuit. Le vieil homme était étendu sur un petit lit étroit, soigneusement bordé. Il avait la figure grisâtre, mais les traits détendus. Sentant venir les larmes, Paul quitta la chambre et partit chercher sa mère. Il était déjà près de minuit.

Durant tout le trajet le conduisant à Saint-Léonard, il chercha désespérément comment présenter le décès de son père à sa mère. Lorsqu'il sonna à la porte du bunga-low du boulevard Lacordaire, il lui fallut attendre de longues minutes avant que la lumière du couloir s'allume et que sa mère vienne voir qui venait sonner si tard à la porte. À la vue de son fils, elle devina qu'il s'était produit quelque chose de grave.

— Qu'est-ce qui se passe? demanda-t-elle à Paul en l'invitant à entrer dans la maison.

— Je viens vous chercher pour vous amener à l'hôpital, m'man, répondit ce dernier. P'pa vient d'avoir une crise cardiaque.

C'était tout ce que Paul avait pu trouver comme entrée en matière, et il n'en était pas très fier.

— Non! s'écria Jeanne. Il est pas…

— Oui, m'man. Il est mort il y a une heure. Ils ont rien pu faire pour le sauver.

Paul eut droit à une véritable crise de désespoir de sa mère. En larmes, le visage ravagé par le chagrin et le choc de la nouvelle, Jeanne restait debout, immobile au centre de la cuisine. Elle ne parvenait pas à croire à ce que son fils venait de lui apprendre. Elle avait passé la soirée en compagnie de son mari et elle l'avait quitté vers neuf heures. À ce moment-là, il semblait aller beaucoup mieux que la veille, jour de son intervention chirurgicale. Après plusieurs minutes, Paul parvint à la calmer un peu et à la persuader de s'habiller.

Quand ils arrivèrent au second étage de l'hôpital Notre-Dame, il n'y avait que le poste de garde brillamment éclairé. Le couloir au bout duquel se trouvait la chambre où on avait installé le corps de Maurice Dionne n'était éclairé que par quelques veilleuses. Paul, soutenant sa mère, retrouva ses frères, ses sœurs et leurs conjoints dans la chambre. Ils entouraient le lit où reposait Maurice de son dernier sommeil. On pleura et on chercha à se réconforter. La famille Dionne, plus unie que jamais, allait faire face à cette épreuve douloureuse.

Paul confia sa mère à ses frères et sœurs avant de s'esquiver en compagnie d'André. Il leur fallait aller à l'administration pour fermer le dossier de leur père et voir à ce que son corps soit transporté chez Alfred Dallaire, là où le disparu avait prévu être exposé.

Moins d'une heure plus tard, tout le monde rentra chez soi après s'être donné rendez-vous très tôt, le lendemain matin, pour s'entendre sur les arrangements funéraires. De retour à la maison, Paul et Lucie durent expliquer à Hélène et Paul-André comment leur grand-père était décédé. Les parents décidèrent que Mélanie, leur aînée vivant en appartement près de l'Université de Montréal, n'apprendrait la nouvelle que le lendemain matin. Paul s'endormit d'un lourd sommeil sans rêve d'où il fut tiré quelques heures plus tard par les bruits de ses enfants en train de déjeuner.

Il s'empressa de retourner chez sa mère pour assister au conseil de famille prévu la nuit précédente. Deux de ses sœurs avaient eu la bonne idée de coucher à la maison familiale des Dionne pour ne pas laisser leur mère seule en ces heures pénibles. Ses frères et ses sœurs étaient déjà sur place, assis autour de la table, en train de boire une tasse de café. Ce matin-là, il n'y avait pas les éclats de voix habituels qui caractérisaient les rassemblements de la famille. Tout était feutré.

À l'arrivée de Paul, Jeanne, les traits tirés et les yeux rougis, se contenta de lui tendre une enveloppe sur laquelle il n'y avait qu'un mot: « Paul ».

— Ton père l'avait laissée pour toi dans le premier tiroir de son bureau.

La gorge serrée, le fils ouvrit l'enveloppe. Elle ne contenait qu'une feuille de papier sur laquelle son père avait écrit ses dernières volontés et l'avait institué son exécuteur testamentaire. Après avoir fait part de la volonté de leur père à ses frères et sœurs, Paul demanda à sa mère la permission d'explorer les tiroirs de son père pour tenter de mettre la main sur le contrat de pré-arrangements funéraires qu'il avait signé quelques années auparavant. Il souhaitait également vérifier s'il n'avait pas laissé un autre testament.

Moins de dix minutes plus tard, le fils aîné sortit de la chambre de ses parents en tenant deux enveloppes. La première contenait le contrat et la seconde renfermait une forte somme d'argent laissée par son père. Prévoyant, il avait probablement voulu éviter que Jeanne soit laissée sans ressources durant une longue hospitalisation ou les premiers jours après sa disparition, s'il mourait.

— On dirait que p'pa sentait venir sa fin, déclara Paul, ému, à ses frères Claude et André qui avaient tenu à l'accompagner au salon funéraire pour faire part au responsable des modifications qu'ils désiraient apporter au contrat de pré-arrangements signé par leur père.

Ce dernier, toujours guidé par son sens de l'économie, n'avait prévu qu'une soirée d'exposition et choisi un cercueil de mauvaise qualité. Encouragés par leur mère, tous les enfants s'opposèrent unanimement ce matin-là à une telle parcimonie. Ils s'entendirent pour trois jours d'exposition et un cercueil plus beau, sans tenir compte des dernières volontés du disparu. Les trois hommes allèrent ensuite commander des arrangements floraux et un buffet avant d'aller rencontrer le curé de la paroisse. Ce dernier accepta de célébrer le service funèbre de Maurice Dionne le jeudi matin, après avoir demandé quelques précisions sur la vie de la personne décédée. Ce fut un bien triste dimanche.

Les trois journées suivantes se déroulèrent comme dans un cauchemar. La température froide et les averses de pluie n'empêchèrent pas des dizaines de parents, d'amis et de connaissances de venir rendre un dernier hommage au disparu au salon funéraire de la rue Jean-Talon. Le jeudi matin, une centaine de personnes s'entassèrent silencieusement dans l'église Sainte-Angèle pour assister aux obsèques avant de se retrouver dans la salle de réception d'un traiteur.

Lorsque Jeanne rentra à la maison au milieu de l'après-midi, elle ne trouva que ces mots pour exprimer son désarroi et sa peine :

— Mon Dieu ! Qu'est-ce que je vais faire toute seule ?

Soudainement, à soixante-sept ans, elle se trouvait confrontée à une réalité angoissante. Comment se débrouiller seule ? Elle se rendait compte que son défunt mari s'était toujours chargé du budget familial et qu'elle ignorait même comment rédiger un chèque. Elle n'avait jamais acquitté elle-même un compte et elle ne savait pas conduire une voiture. En d'autres mots, elle se retrouvait dans sa maison, seule et sans défense.

Les jours suivants, la veuve entreprit courageusement d'apprivoiser sa nouvelle solitude et elle s'étourdit un peu en mettant de l'ordre dans sa maison.

Paul vint durant quelques jours, après avoir donné ses cours à l'école. À titre d'exécuteur testamentaire, il examina tous les papiers laissés par son père. Chaque fois qu'il pénétrait dans la maison familiale, l'enseignant avait l'impression qu'elle avait perdu une partie importante de son âme avec le départ de celui qui y avait toujours imposé ses règles.

Ses incursions dans les documents laissés par son père permirent à Paul de se rendre compte à quel point ce dernier avait été angoissé par l'arrivée de l'heure de sa retraite quelques années auparavant. Il mit à jour des cahiers remplis de calculs très éloquents sur son état d'esprit de l'époque.

En outre, au fil des jours, il eut l'occasion de s'étonner de l'importance de l'héritage qu'il avait laissé à sa veuve. Enfin, il découvrit que l'un des derniers gestes de son père avant son hospitalisation avait été d'aller payer un repas qu'il désirait offrir aux siens la veille de Noël dans un restaurant de Montréal-Nord. Quand Paul évoqua devant sa mère la possibilité de se faire rembourser la somme par le restaurateur, cette dernière s'y opposa vivement.

— C'était ce que ton père voulait. On va tous y aller la veille de Noël, déclara Jeanne sur un ton ferme.

La vie reprit progressivement ses droits. Le 24 décembre, soit un mois après le décès de Maurice, toute la famille Dionne se réunit pour souper dans le restaurant qu'il avait choisi. Pour ne pas assombrir l'ambiance, on se garda bien d'évoquer le souvenir du disparu. L'effort pour y arriver s'avéra cependant plus pénible que de s'être laissé aller à en parler.

—

Au début de l'année 1991, Jeanne se mit résolument au travail pour prouver qu'elle était capable d'assumer sa nouvelle autonomie. À ses enfants qui essayaient de la diriger, elle se contentait de dire avec humeur :

— Il en est pas question ! Je me suis fait mener par le bout du nez pendant presque cinquante ans ; je suis capable de décider toute seule.

Elle le prouva amplement durant les mois suivants. Elle confia le déneigement de l'allée et du balcon à un entrepreneur, apprit à acquitter ses factures et se débrouilla pour faire ses achats de nourriture et entretenir la maison. Elle sut s'appuyer sur un large cercle d'amies et sur ses enfants pour retrouver son équilibre menacé un instant par le départ de son vieux compagnon.

Ses enfants découvrirent avec surprise que leur mère, en apparence si fragile, ne manquait ni de force de caractère ni de détermination. Elle reprit ses cours de peinture et sa clientèle de couturière. Elle accepta même de participer au conseil d'administration des Spiritains, une communauté religieuse.

À la fin du printemps, Jeanne demanda à Paul de l'accompagner au Repos Saint-François. Elle acheta un lot au cimetière et souhaita que les cendres de Maurice y soient enterrées. À la mi-mai, toute la famille se réunit pour l'inhumation de l'urne funéraire, ravivant, comme si c'était nécessaire, le souvenir du disparu.

Depuis le décès de Maurice, ses enfants évitaient, lors de leurs visites chez leur mère, de s'asseoir dans la chaise berçante dans laquelle leur père s'était si longtemps bercé. Jeanne l'utilisa peu à peu, et cette prise de possession prit une signification symbolique.

Avant la fin de l'année, la veuve confia à un entrepreneur la construction d'une salle vitrée à l'extrémité du couloir et la rénovation complète de la salle de bain. On aurait juré qu'elle cherchait à imprimer sa marque personnelle à l'endroit où elle vivait depuis si longtemps. Contrairement à son défunt mari, elle vit à ce que les matériaux utilisés soient de première qualité. Évidemment, ces rénovations changèrent passablement l'apparence intérieure de la maison. Par la même occasion, Jeanne décida de transformer sa chambre en pièce réservée aux visiteurs et elle s'installa dans l'ancienne chambre des filles.

Les années suivantes, la vieille dame entreprit d'assouvir son goût pour le voyage. Elle retourna en Espagne, puis elle voyagea en France, en Grèce et même en Arabie Saoudite.

Quand l'un de ses fils commença à la harceler pour qu'elle emménage dans une maison pour personnes âgées, elle coupa court à la tentative.

— Arrête de m'achaler avec ça, dit-elle sèchement. Je suis pas encore assez vieille pour aller mourir là-dedans. Quand je me sentirai prête, je te le dirai.

⸺

Depuis le début de 1991, le garage bâti à côté du bungalow des Dionne n'abrite plus de voiture. On n'y retrouve plus qu'un vieil escabeau bancal, un boyau d'arrosage en caoutchouc noir démodé ainsi que quelques meubles laissés là par les enfants à court de place.

Depuis cette époque, plus personne n'a revu le propriétaire de la petite maison du boulevard Lacordaire en train d'arroser avec soin la pelouse ou assis sur le balcon, occupé à fumer. Cependant, il arrive encore très souvent que l'allée asphaltée soit encombrée par plusieurs véhicules et que le balcon soit pris d'assaut par une dizaine d'invités en train de rire et de parler fort. Si Maurice Dionne assiste à ce spectacle de là-haut, il doit esquisser un sourire de satisfaction à la vue de cette réunion des siens, chez lui.

Chapitre 23

Ce qu'ils sont devenus

En ce samedi 1ᵉʳ août 2003, la chaleur humide incite les invités à entrer rapidement dans la petite salle de banquet de la rue Sherbrooke réservée par Claude Dionne. Il est cinq heures et une centaine de personnes attendent avec impatience l'arrivée de Jeanne, dont on tient à célébrer avec panache le quatre-vingtième anniversaire de naissance.

Son fils Claude a lancé l'invitation aux familles Sauvé et Dionne quelques semaines auparavant. À voir le nombre de gens déjà entassés dans la salle, la plupart des membres des deux familles ont tenu à participer à la fête. Dans la famille immédiate de Jeanne, on ne déplore que l'absence de Lise et de son mari, partis camper avec leurs enfants et leurs trois petits-enfants au Nouveau-Brunswick... Mais il manque surtout André, dont on n'accepte pas encore le départ aussi tragique qu'inattendu survenu six mois plus tôt.

André était le plus jovial et le plus serviable des Dionne. Toute sa famille appréciait son sens de l'humour et de l'hospitalité. Or, un peu avant Noël, le mécanicien de cinquante et un ans avait été hospitalisé pour des maux d'estomac qui s'étaient révélés être provoqués par un cancer de l'estomac, du foie et du pancréas. Le verdict des médecins ne laissa place à aucun espoir : il était condamné à brève échéance. On ne lui donnait, tout au plus, que deux mois à vivre. André avait pourtant tenu à cacher à sa mère la gravité de son mal jusqu'au début du mois de janvier. Quelques jours avant son cinquante-deuxième anniversaire, il s'était éteint, laissant derrière lui un vide que personne ne parviendrait jamais à combler. Cependant, encore une fois, et à l'étonnement de tous les siens, sa mère avait trouvé en elle la force morale de surmonter l'épreuve.

Quelques minutes plus tard, il y eut un mouvement près de la porte d'entrée de la salle. Jeanne apparut en compagnie de sa fille Francine et de son mari. Ils étaient allés la chercher à la maison. La vieille dame, tout sourire, se mit à embrasser parents et amis qui se bousculaient pour lui présenter leurs meilleurs vœux.

L'octogénaire était rayonnante de bonheur. Les années semblaient l'avoir légèrement voûtée et rendue un peu plus frêle, mais il suffisait de l'entendre parler et rire pour se rendre compte qu'elle avait gardé toute sa vivacité d'esprit et son humour.

Son fils Claude s'avança et entraîna sa mère à la table d'honneur où avaient déjà pris place les frères et les sœurs de la vieille dame. Il ne manquait que Germaine, décédée au milieu des années quatre-vingt-dix.

— Les huit enfants, les dix-huit petits-enfants et les huit arrière-petits-enfants de Maurice et de Jeanne Dionne sont heureux et fiers de vous accueillir ce soir, dit Claude en se campant devant la salle, le micro en main.

Un silence relatif tomba peu à peu sur la salle et des gens encore debout regagnèrent leur place pour écouter la suite de la présentation.

— Où est-ce que Lise est passée avec sa famille? demanda Denis à mi-voix à son frère Paul, assis près de lui. Je la vois pas nulle part.

— Tu perds ton temps à la chercher ; elle n'est pas là. Elle ne voulait pas renoncer à son camping. Je te dis que Claude était de bonne humeur quand il a appris ça.

Denis tourna la tête pour regarder pendant un long moment ses frères et ses sœurs entourés de leur famille, dispersés autour de trois ou quatre tables.

— Je nous regarde, ajouta Denis, à demi sérieux ; je te dis qu'on n'a pas rajeunis. Je suis pas sûr que le père nous reconnaîtrait facilement s'il revenait à soir.

Paul ne répondit rien, mais durant un long moment, il cessa de s'intéresser à ce que racontait son frère Claude, tout heureux de monopoliser l'attention de l'assistance. Durant quelques instants, il revit en pensée ce qui s'était produit dans la famille Dionne depuis le décès de son père.

⁓

Lise allait avoir soixante ans dans quelques semaines. À soixante-deux ans, Yvon, son mari, était retraité depuis maintenant douze ans.

En 1991, le pompier de cinquante ans avait pris sa retraite après avoir éprouvé un malaise cardiaque. Peu après, le couple avait vendu sa maison de la rue Des Ormeaux pour s'établir définitivement dans le Nord et vivre en pleine nature. Durant près de dix ans, Lise et Yvon s'étaient occupés activement du club de motoneiges de l'endroit, ce qui avait agréablement rempli leur retraite.

Malheureusement, Lise était tombée sérieusement malade à la fin de l'été 2000 et elle avait dû subir plusieurs pontages coronariens. Elle avait eu alors besoin d'une longue convalescence pour surmonter les séquelles de cette intervention chirurgicale.

Quand leurs enfants, France et Sylvain, leur avaient donné trois petits-enfants en quelques mois, les nouveaux grands-parents étaient tombés sous le charme de ces bébés et avaient vite changé leurs habitudes de vie de manière à pouvoir venir les voir en banlieue de Montréal au moins une fois par semaine. Cependant, il fallait tout de même reconnaître que les autres membres de la famille voyaient assez peu le couple parce qu'il demeurait loin de Montréal.

—

Lucie et Paul n'avaient pas suivi le même cheminement, même s'ils s'étaient retirés, eux aussi, à la campagne, quatre ans auparavant.

Les deux enseignants âgés de cinquante-huit ans avaient pris leur retraite en 1997 et en 1999, après plus de trente ans d'enseignement. Ils s'étaient alors empressés de vendre leur bungalow de Longueuil pour venir s'établir près d'un petit village situé à une faible distance de Drummondville. Leurs trois enfants étaient devenus de jeunes adultes capables de se débrouiller dans la vie. Mélanie, devenue nutritionniste, vivait à Québec, alors que sa sœur Hélène et son frère Paul-André s'étaient établis à Longueuil. Félix, l'unique petit-fils du couple, faisait la joie et la fierté de ses grands-parents.

Les deux retraités de l'enseignement avaient célébré quelques semaines plus tôt leur trente-cinquième anniversaire de mariage. Ils avaient tenté de conserver une vie active depuis le début de leur retraite. Lucie participait à plusieurs chorales et donnait bénévolement des cours d'anglais tandis que son mari se passionnait pour l'écriture. En outre, l'un et l'autre avaient développé un goût très prononcé pour les voyages depuis une dizaine d'années. Leur retraite leur permettait de satisfaire ce plaisir.

—

À cinquante-sept ans, Francine avait, elle aussi, passablement changé. Mariée depuis quelques années à Jean Leroy, un excellent homme, elle avait quitté son emploi de caissière à la banque pour jouir un peu de la vie. Propriétaire depuis peu d'une maison à Montréal, le couple s'amusait à la décorer à son goût. Lorsque Sylvie, la fille de Francine, donna naissance à son premier enfant, la grand-mère se mit à partager ses temps libres entre son petit-fils et sa mère.

Les membres de la famille Dionne reconnaissaient unanimement que leur mère était chanceuse de pouvoir compter sur Francine, toujours prête à venir l'aider et à en prendre soin quand sa santé vacillait. Par ailleurs, depuis le décès de son frère André, elle se chargeait de consoler la compagne de son frère disparu et de lui redonner envie de vivre.

—

Claude n'avait pas été plus épargné par le temps que ses aînés. À cinquante-quatre ans, il éprouvait déjà quelques problèmes de santé. Après avoir tâté de plusieurs métiers, il s'était finalement spécialisé dans la vente de systèmes de sécurité. Il ne s'était pas remarié après son divorce avec Tina. Il avait préféré éduquer seul son fils Mario qui avait maintenant vingt-quatre ans. Tina s'était chargée d'Anna qu'on ne voyait que très rarement dans la famille Dionne. Claude et son fils occupaient un appartement dans un duplex de Saint-Léonard, près de la demeure familiale des Dionne. Cette proximité leur permettait de rendre visite quotidiennement à Jeanne et de s'assurer qu'elle n'avait besoin de rien.

Fait étonnant, tous ceux qui avaient connu Maurice Dionne le reconnaissaient dans son fils Claude. Il est vrai qu'en prenant de l'âge, ce dernier ressemblait physiquement de façon troublante à son défunt père.

—

Même si André avait connu une fin dramatique et abrupte, il faut tout de même mentionner qu'après les années de solitude qui avaient suivi son divorce avec Johanne, le jeune père de famille eut de la chance. Un an après le décès de son père, il avait rencontré, par l'intermédiaire de sa sœur Francine, Jasmine, une femme douce et compréhensive. Tous les deux s'entendirent parfaitement bien et décidèrent de vivre ensemble.

Jasmine était mère d'un grand adolescent au caractère facile, tandis qu'André avait la charge de Karine, la plus jeune de ses deux filles, qui avait préféré venir vivre avec son père quelques mois plus tôt. C'était l'exemple parfait d'une famille reconstituée et chacun apprit à vivre avec l'autre. Par ailleurs, la nouvelle compagne d'André fut acceptée d'emblée par toute la famille Dionne qui vit en elle une nouvelle belle-sœur discrète et délicate.

Quelques années plus tard, André et Jasmine achetèrent un chalet situé non loin de la maison des Larivière. C'est d'ailleurs à cet endroit que le couple se proposait de se retirer quand l'heure de la retraite viendrait. Durant sa dernière année, André avait installé sa fille Karine, étudiante en pédagogie, dans le sous-sol du duplex familial. Pendant ce temps, son aînée travaillait un peu partout en Europe et l'inquiétait par ses silences prolongés.

—

En ce début du mois d'août 2003, Martine et Georges venaient à peine d'aborder la cinquantaine. Ils vivaient toujours dans leur bungalow de Bois-des-Filion avec leurs deux grands fils, Étienne et François. Georges était toujours employé chez Bell, tandis que Martine assurait la garde des élèves dans une école du voisinage.

L'un et l'autre étaient reconnus dans la famille Dionne pour leur sens de l'hospitalité et c'est souvent sous leur toit qu'avaient lieu les rencontres familiales durant la période des fêtes.

Pour leur part, Denis et Nathalie habitaient toujours la maison qu'ils avaient achetée lors de leur mariage, vingt ans auparavant. Parents de trois garçons et d'une fille, le couple possédait la famille la plus nombreuse chez les Dionne.

Nathalie n'avait eu l'occasion d'enseigner qu'une année avant l'arrivée de son premier fils et elle s'était consacrée à l'éducation de ses enfants jusqu'à tout récemment. Elle venait à peine de renouer avec le monde de l'enseignement. Son mari, un travailleur acharné, faisait preuve de beaucoup de courage dans un monde du travail assez instable. Mais tant qu'il y aurait du travail quelque part, il en trouverait.

Il fallait reconnaître que la chance n'avait guère favorisé Denis depuis huit ou neuf ans, époque où Shell avait procédé à des mises à pied massives. Il avait fait partie de la première vague de congédiements et, depuis ce temps, il allait d'un emploi à l'autre, à la recherche d'une stabilité que le monde du travail lui refusait. Il avait même suivi des cours de formation durant une année pour pouvoir accéder à un emploi valable. La compagnie Bombardier venait de l'engager quelques mois auparavant, ce qui était très prometteur.

—

Marc avait connu le même sort que son frère chez Shell en 1993, même s'il était comptable et non magasinier. Pendant que Mylène conservait son emploi dans la même compagnie, le père de famille de trente-sept ans se mit à la recherche d'un travail qui lui permettrait de payer la nouvelle demeure familiale de Saint-Paul-L'ermite et de subvenir aux besoins de ses deux enfants adolescents.

Après des mois de recherches infructueuses, il fit le grand saut. Il annonça à toute la famille qu'il avait accepté un poste dans une compagnie arabe de Ryad, en Arabie Saoudite. Mylène avait accepté de demeurer avec ses enfants au Québec, du moins durant la première année de son contrat. Après un repas d'adieu réunissant tous les Dionne dans un restaurant montréalais, il était parti avec la promesse de revenir passer ses vacances estivales avec les siens, douze mois plus tard. Cette longue absence de l'un de ses fils fut particulièrement pénible à supporter pour Jeanne.

L'année suivante, Mylène quitta le Québec à son tour pour aller vivre avec son mari à Ryad. Peu à peu, le couple avait dû s'adapter à vivre loin de ses parents et de ses enfants. Maintenant, après huit ans, sa visite annuelle au Canada était attendue chaque été. Depuis un an ou deux, Marc parlait même de la possibilité d'un retour définitif au Québec.

—

Guy, son jumeau, avait connu, pour sa part, un parcours beaucoup moins agité. Après avoir épousé Annie en 1981, le jeune homme de vingt-cinq ans s'était lancé dans la réparation de téléviseurs et d'orgues. Le couple avait rapidement eu deux enfants, Christine et Maude, après s'être installé dans la maison que le père d'Annie avait fait construire pour eux à Bois-des-Filion. Quelques années plus tard, au milieu des années quatre-vingt-dix, Guy avait divorcé d'Annie et ses deux filles étaient demeurées avec leur mère.

Ce divorce avait bouleversé sa vie. Il avait abandonné son affaire de réparations et s'était spécialisé dans l'installation de systèmes antivol. Il ne s'était remarié qu'en 2002, l'année où sa fille Christine l'avait transformé en grand-père de quarante-six ans.

—

Des applaudissements nourris firent sursauter Paul. Durant un bref moment, il eut du mal à reprendre pied dans la réalité. Il se pencha finalement vers Lucie, assise à ses côtés.

— Qu'est-ce qui se passe? demanda-t-il à sa femme.

— Ta mère vient de remercier tous les invités d'être venus célébrer avec elle son quatre-vingtième anniversaire. Elle a l'air vraiment contente de la fête.

Paul jeta un coup d'œil à l'octogénaire qui venait de s'asseoir à la table d'honneur, au milieu de ses frères et sœurs. Elle souriait à deux de ses petits-enfants qui, armés d'un appareil photo, lui demandaient de les regarder pendant qu'ils la photographiaient.

— Pour une femme de son âge, elle a l'air pas mal en forme, fit remarquer Carole, l'épouse de Guy, avec un soupçon d'admiration dans la voix.

— Tu ne connais pas ma mère, rétorqua Paul. Même si elle était malade, elle n'en dirait pas un mot pour ne pas inquiéter les gens. De toute façon, elle est tellement solide que ça ne m'étonnerait pas qu'on soit obligés de lui organiser une autre fête pour son quatre-vingt-dixième anniversaire.

Quelques minutes plus tard, la plupart des invités envahirent la piste de danse. Paul, demeuré assis seul à sa table, fixait d'un air absent les premières tavelures brunes apparues dernièrement sur le dessus de ses mains. Il sentit soudain une main se poser sur son épaule. Sa mère se pencha pour lui dire à l'oreille :

— Il y a pas de quoi s'inquiéter, mon garçon. Ces taches-là, c'est la poussière laissée par le temps.

FIN DE LA SAGA

SAINTE-BRIGITTE-DES-SAULTS
SEPTEMBRE 2004

Table des matières